कश्मीर
एक अंतहीन जंग

सतीश वर्मा

डायमंड बुक्स

www.diamondbook.in

© लेखकाधीन

प्रकाशक : डायमंड पॉकेट बुक्स (प्रा.) लि.
X-30 ओखला इंडस्ट्रियल एरिया, फेज-II
नई दिल्ली-110020
फोन : 011-40712200
ई-मेल : sales@dpb.in
वेबसाइट : www.diamondbook.in

Kashmir : Ek Antheen Jung
By : Satish Verma
Ed. By : M I Rajasve

समर्पण

यह पुस्तक कश्मीर से बहुत लगाव रखने वाले मेरे स्वर्गीय अनुज विजय वर्मा, मित्र स्वर्गीय रामावतार गर्ग तथा स्वर्गीय पंडित विनोद शर्मा को समर्पित है।

प्रशंसनीय प्रयास

सोहेल क़ाजमी

लेखक सतीश वर्मा की यह दूसरी पुस्तक है। उनकी पहली पुस्तक An Encounter with Pakistan Reality 2011 में प्रकाशित हुई। इस दूसरी पुस्तक में कश्मीर में होने वाले घटनाचक्रों पर विस्तृत प्रकाश डाला गया है तथा इसे विभिन्न अध्यायों में समेटा गया है। हर विषय को एक अलग अध्याय में निबद्ध किया गया है।

लेखक ने जम्मू-कश्मीर का भारत में विलय, कश्मीरी नेतृत्व के साथ केंद्र का समझौता, पाकिस्तान समर्थित आतंकवाद, उससे उपजी समस्याएं, सुरक्षा दलों पर मानवाधिकार उलंघन के आरोपों की असलियत, चीन-पाकिस्तान का गठजोड़, श्री अमरनाथ आंदोलन, रिफ्यूजियों की समस्याएं, कश्मीरी पंडितों का वादी से पलायन, आदि संवेदनशील समस्याओं पर गंभीर होकर कलम चलायी है। संबंधित घटनाओं का चित्रण करते हुए हर जगह एक पत्रकार का अनुभव पूरी पुस्तक को एक नई दिशा प्रदान करती है।

'कश्मीरः एक अंतहीन जंग' पाठकों को जम्मू कश्मीर की वास्तविक स्थिति के बारे में विस्तृत जानकारी उपलब्ध कराती है। लेखक का यह प्रयास प्रशंसनीय है।

—सोहेल क़ाजमी
महासचिव, जम्मू प्रेस क्लब

प्रस्तावना

सन् 1947 का साल कई मायनों में खास ही नहीं, बल्कि इतिहास भी लिखने जा रहा था। इसकी शुरुआत भारत पर हुकूमत कर रहे ग्रेट ब्रिटेन की राजधानी लंदन में एक उत्साहहीन माहौल में हुई। वहां आमतौर पर नए साल का आगमन जश्न और गर्मजोशी के बीच होता रहा है। लंदन पर छाए कुहासे की ठिठुरन मायूसी के बादलों के साथ छाई हुई थी। नए साल के मौके पर इतना नीरस और उदास माहौल कभी नहीं देखा गया। इसकी वजह समझ में आने लगी थी। महज डेढ़ साल पहले मानवता के नाम पर छिड़े विश्वयुद्ध-दो का विश्वविजेता होने के बावजूद 10, डाउनिंग स्ट्रीट, जो ग्रेट ब्रिटेन के प्रधानमंत्री का आवास था, वहां भी अजीब किस्म की बेचैनी का माहौल था। भयानक युद्ध में विश्वविजेता बनने के लिए उसे भारी कीमत चुकानी पड़ी थी। उसके उद्योग-धंधे चौपट और खजाना बेहद खस्ताहाल हो गया था। जिस पौंड पर ग्रेट ब्रिटेन इतराता रहा, उसे अब अमेरिका और कनाडा के डॉलर की बैसाखियों का सहारा लेना पड़ रहा था। उस दिन लंदनवासियों को गर्म पानी तक मयस्सर नहीं हुआ था। शराब की बोतल की कीमत भी बढ़कर 8 पौंड हो चुकी थी। यह उस महान् राष्ट्र का बदतर हाल था, जिसके राज में सूरज कभी डूबता नहीं था। उस वक्त ग्रेट ब्रिटेन के राजा जॉर्ज षष्ठम् (6) थे, जो राजा जॉर्ज पंचम के बेटे थे।

10, डाउनिंग स्ट्रीट के अपने घर पर मौजूद प्रधानमंत्री क्लीमेंट ऐटली की समझ में आ रहा था कि इस बेहद आर्थिक जर्जर स्थिति में भारत में अपनी हुकूमत बरकरार रखना काफी मुश्किल है। भारत भर में उनकी हुकूमत के खिलाफ आजादी के लिए क्रांतिकारियों तथा अहिंसावादियों का प्रबल विरोध जारी था। प्रधानमंत्री क्लीमेंट ऐटली, जो लेबर पार्टी के नेता थे और अपने महान् मुल्क के हालात को भली-भांति समझ चुके थे। भारत में अपने शासन को लेकर अब वह काफी असहज थे। इस साल की शुरुआत में क्लीमेंट ऐटली ने अपने मंत्रिमंडल में फैसला लिया कि ओवरसीज जिम्मेदारियों में फौरन कटौती की जाए उनकी यह भी भली-भांति समझ

में आ चुका था कि अब उनका भारत से रुख़सत होना ही बेहतर रहेगा। ऐटली ने बर्मा में तैनात अपने वाइसराय लुईस माउंटबेटन को किसी अहम काम के लिए 10, डाउनिंग स्ट्रीट बुलवाया और उनसे भारत के भविष्य को लेकर गहन चर्चा की। तय हुआ कि अब सत्ता हस्तांतरण के लिए हमें आगे बढ़ना होगा, मगर सवाल था कि कांग्रेस के दिग्गजों महात्मा गांधी, पं. जवाहरलाल नेहरू, सरदार पटेल वगैरह के अलावा मुस्लिम लीग के सर्वेसर्वा मोहम्मद अली जिन्ना से कौन और कैसे बात करे? ऐटली ने इसकी जिम्मेदारी भी वाइसराय लुईस माउंटबेटन को सौंप दी।

नई दिल्ली लौटकर माउंटबेटन ने सबसे पहले महात्मा गांधी जी से बड़ी अहतियात के साथ बातचीत की। यह बातचीत थी सत्ता हस्तातंरण और मुल्क के बंटवारे को लेकर। गांधी जी सत्ता हस्तांतरण यानी आजादी के लिए तो सहर्ष तैयार हो गए, मगर बंटवारे के मुद्‍दे पर एकदम अड़ गए, 'बंटवारा किसी भी हाल में नहीं होगा। यदि होगा तो मेरी लाश पर'। गांधी जी से बात नहीं बनी तो फिर माउंटबेटन ने पं. जवाहरलाल नेहरू व सरदार पटेल से मंत्रणा की। माउंटबेटन ने उन्हें बताया, 'जिन्ना साहब हर सूरत में बंटवारा चाहते हैं, जबकि गांधी जी इसके जबरदस्त खिलाफ है।' पं. नेहरू दोधारी स्थिति में थे। वे गांधी जी को हरगिज नाराज नहीं करना चाहते थे, वहीं उनके माउंटबेटन व उनकी पत्नी के साथ मित्रवत् रिश्ते थे। नेहरू उहापोह में थे कि अब वे करें तो क्या करें, तब सरदार पटेल ने उनसे कहा, 'जब जिन्ना विभाजन चाहते हैं, तो क्या दिक्कत है। हो जाए बंटवारा...।'

दरअसल, बंटवारा भी इतना आसान नहीं था। ग्रेट ब्रिटेन को तमाम औपचारिकताओं के बावजूद दंगे भड़कने का खासा डर भी था। इतना ही नहीं, जिन्ना अपने लिए बंटवारे में पंजाब और बंगाल भी चाहते थे। जिन्ना का मानना था, 'जल्दी बंटवारा हो, वरना यह मुल्क मिट जाएगा।' जिन्ना की यह राय एक गंभीर धमकी की ओर भी इशारा कर रही थी। जिन्ना का तर्क था कि हिंदुस्तान कभी भी सही मायने में एक कौम नहीं हो सकता। जिन्ना बंटवारे को लेकर बेहद उत्साहित थे और उनकी इसे लेकर वाइसराय माउंटबेटन के साथ कई मुलाकातें हुईं। जिन्ना की ये मुलाकातें बंटवारे के सुझाव से 4 माह पहले से जारी थीं।

उस दिन तारीख थी 3 जून, 1947। वाइसराय लुईस माउंटबेटन नई दिल्ली के वाइसराय भवन में मौजूद थे। उनके एक तरफ मोहम्मद अली जिन्ना बैठे थे। जिन्ना अपने बहुमूल्य होल्डर में लगी ब्रेवन-ए-सिगरेट का लम्बा कश खींच रहे थे। इससे उनकी बेताबी साफ पढ़ी जा सकती थी। शाम के सात बजे थे कि तभी भारत के चार बड़े नेताओं ने एक मुल्क को दो सार्वभौम राष्ट्रों में विभाजित करने की अपनी सहमति जाहिर कर दी। बाद में जब वहां मौजूद पत्रकारों ने इसकी तारीख पूछी तो भारत के लिए 15 अगस्त का दिन माउंटबेटन ने घोषित किया। हालांकि संसद ने

18 जुलाई, 1947 को ही भारतीय स्वतत्रंता अधिनियम–1947 पारित कर दिया था। कांग्रेस ने अपनी कार्यसमिति में माउंटबेटन योजना की पुष्टि कर दी थी। अंततः दो मुल्कों का विभाजन हो गया। पाकिस्तान और भारत दो देश बन गए। ग्रेट ब्रिटेन का यूनियन जैक झंडा उतारकर दोनों मुल्कों के अपने–अपने झंडे चढ़ गए।

बात यहीं खत्म नहीं हुई यानी हिंदुस्तान के बंटवारे के बाद पाकिस्तान के रूप में नए मुल्क के वजूद में आने पर उसके सर्वेसर्वा कायदे–आजम मोहम्मद अली जिन्ना, जिनके दिलोदिमाग में प्रिंसली स्टेट जम्मू–कश्मीर पहले से ही पैठ जमा चुकी थी, उसे हासिल करने की उनकी इस हसरत को अंजाम देने के लिए पाकिस्तान हुकूमत ने शतरंज बिछा दी थी। शुरू में महाराजा हरि सिंह को बरगलाने से लेकर समझाने–बुझाने की हर संभव कोशिश की गई कि प्रिंसली स्टेट चूंकि मुस्लिम बाहुल्य है, पाकिस्तान में शामिल कर दी जाए। इसके लिए महाराजा हरि सिंह को बहलाने–फुसलाने का भरसक प्रयास किया गया। दरअसल, महाराजा हरि सिंह अपने एक अहम् सलाहकार एवं स्टेट के पूर्व प्रधानमंत्री रामचंद्र काक की सलाह पर ज्यादा गौर कर रहे थे। काक नहीं चाहते थे कि प्रिंसली स्टेट का भारत में विलय हो। उनकी सलाह थी कि स्टेट को एक आजाद स्वरूप में रखा जाए, जैसा कि स्विटजरलैंड अपनी नैसर्गिक खूबसूरती के लिए मशहूर है। साथ ही महाराजा हरि सिंह यह भी चाहते थे कि उनके भारत और पाकिस्तान दोनों मुल्कों के साथ रिश्ते एकदम ठीक रहे, मगर ऐसा हो न सका। पाकिस्तानी हुकूमत के 'सब्र का प्याला' उछालें मारने लगा था और आखिरकार एक सोची–समझी रणनीति के तहत अक्टूबर, 1947 के अंतिम सप्ताह में प्रिंसली स्टेट पर चौतरफा खतरों ने हमला बोल दिया है। हमलावर दुर्दांत कबाइली और सादा वर्दी पाक–फौजी थे। महाराजा हरि सिंह ने भारत सरकार से मदद मांगी और फिर रियासत का भारत में अधिमिलन हो गया।

इस किताब में शोध के बाद उन तमाम बड़ी घटनाओं का जिक्र है, जो इतिहास बन गईं। इसमें बाबा–ए–कौम शेख मोहम्मद अब्दुल्ला का एक क्रांतिकारी आंदोलनकारी से लेकर रियासत में उनकी भूमिका को भी अहमियत दी गई है। *'कश्मीरः एक अंतहीन जंग'* नामक इस किताब में घाटी व जम्मू तथा लद्दाख के आवाम के असंतोष के अलावा पाक के आजाद जम्मू–कश्मीर व 'नार्दर्न एरिया' की हकीकत को भी सामने लाने की कोशिश की गई है। इसमें युद्ध, धारा 370, अलगाववाद, आतंकवाद से लेकर अन्य कई मुद्दे भी हैं।

'...गैरों में कहां दम था, मुझे तो अपनों ने लूटा,
मेरी किश्ती वहीं डूबी, जहां पानी कम था।'

यह शेर भी कमाल का है। ठीक उसी तरह जन्नत कहे जाते रहे जम्मू-कश्मीर की मौजूदा स्थिति है। इस रियासत की वह नैसर्गिक खूबसूरती किसने दागदार कर दी? क्यों लहलहाते चिनार के दरख्तों के नीचे कश्मीर की बुलबुल कही जाने वाली हब्बा खातून के प्रेमगीतों की जगह गोला-बारूद और तबाही के वीरानों ने ले ली? 16वीं सदी की कश्मीरी लोकगायिका हब्बा खातून के साथ जम्मू के अखनूर इलाके में चिनाब दरिया के किनारे बसे एक गांव मूल की मशहूर गायिका मल्लिका पुखराज के वे मधुर बोल 'अभी तो मैं जवान हूं ..' और 'मेरे कातिल मेरे दिलदार मेरे पास रहो...' मानो उस बेपनाह खूबसूरत कश्मीर को आवाज दे रही हो, जो उन्होंने देखा था।

इस किताब में मैंने जम्मू-कश्मीर में बतौर पत्रकार अपनी तैनाती के दौरान अनेक खबरें व किस्से कलमबद्ध किए, उनमें से कई चुनिंदा किस्सों को भी इसमें समाहित किया है। जम्मू-कश्मीर की मौजूदा दशा पर शायर ने कहा भी है, 'जख्म एक नहीं, दो नहीं, सारा जिस्म है छलनी, दर्द बेचारा है परेशां कि आखिर कहां से उठे...।' कश्मीर पर किताब को अमल रूप देने के लिए मेरे मित्रों जम्मू-कश्मीर के पूर्व डीएसपी एवं एडवोकेट स्वतंत्र कुमार अरोड़ा, अमित श्रीवास्तव, नरेंद्र भंडारी के अलावा भाई ओम प्रकाश वर्मा, बेटे आतिश वर्मा व यशवीर वर्मा और मेरे गुरु पुष्कर पुष्प ने भी योगदान दिया। मेरे स्वर्गीय पिताजी स्वतंत्रता सेनानी हरि प्रसाद वर्मा तथा माताजी स्वतंत्रता सेनानी तारावती वर्मा का आशीर्वाद इस काम में अहम रहा है। सबका तहेदिल से आभार!

अंतिम मुगल बादशाह बहादुरशाह जफर की चंद पंक्तियां—

'मैं नहीं हूं नग्म-ए-जांकिया, मुझे सुनके कोई करेगा क्या।
मैं बड़े वियोग की हूं सदा, मैं बड़े दु:खों की पुकार हूं॥
जो बिगड़ गया वो नसीब हूं, जो उजड़ गया वो बियार हूं।'

—सतीश वर्मा

satish_vrma@rediffmail.com
satishsahara2014@gmail.com
Cell No. 9990022287

एक नज़र पुस्तक पर

प्राचीन काल से ही कश्मीर भारत का अभिन्न अंग रहा है। भारत के विभाजन के बाद देसी रियासतों को भारतीय गणतंत्र में शामिल होने के लिए प्रोत्साहित किया गया, क्योंकि ये रियासतें भौगोलिक रूप से भारत से न केवल समीपता रखती थीं, बल्कि यहां के लोग भी भारत का हिस्सा बनने की इच्छा रखते थे। कश्मीर के राजा हरि सिंह ने भारत में शामिल होने का फैसला लेने में देर कर दी और अपने को स्वतंत्र रियासत के तौर पर बनाए रखा, लेकिन जल्द ही हरि सिंह को अपनी गलती का अहसास हो गया, जब आजादी के कुछ ही हफ्तों के बाद पाकिस्तान ने भारत के साथ

पहला युद्ध छेड़ दिया। पाकिस्तान ने वजीरीस्तान से आदिवासी मिलिशिया भेजकर कश्मीर पर कब्जा करना चाहा। इसके लिए पाकिस्तानी सेना ने पश्चिमोत्तर सीमांत प्रांत से पख्तूनों के हजारों लड़ाकों की भर्ती की और कश्मीर पर आक्रमण कर उसे अपने कब्जे में लेने का प्रयास किया। ये लड़ाके रास्ते भर लूटमार और मार-काट करते हुए आगे बढ़े। इसके बाद भारत सरकार ने कश्मीर के महाराजा से मदद दिए जाने के बारे में पूछा और बाद में एक समझौते के तहत कश्मीर भारत में शामिल हो गया।

जनवरी, 1949 में पाकिस्तान और भारत के बीच युद्धविराम समझौते पर हस्ताक्षर किए गए जिसके परिणामस्वरूप कश्मीर घाटी का एक बड़ा हिस्सा भारत के नियंत्रण में आ गया, साथ ही जम्मू और कश्मीर भारत में शामिल हो गए। जबकि कश्मीर का एक हिस्सा और गिलगित-बाल्टिस्तान पाकिस्तान के नियंत्रण में चला गया।

वर्ष 1962 में भारत-चीन युद्ध के बाद चीन ने अक्साई चीन पर कब्जा कर लिया, जिसे 1963 में पाकिस्तान से प्राप्त किया गया था। इसे 'ट्रांस काराकोरम पथ' कहा जाता है। भारत इस क्षेत्र को एक विवादित क्षेत्र मानता है, क्योंकि यह जम्मू-कश्मीर का ही हिस्सा है। तब से लेकर पाकिस्तान भारत के साथ अब तक

कश्मीर पर अपना कब्जा जमाने के लिए दो युद्ध लड़ चुका है। पहला वर्ष 1965 में और दूसरा वर्ष 1971 में, लेकिन दोनों बार ही पाकिस्तान को हार का सामना करना पड़ा। कारगिल में भी सियाचिन ग्लेशियर से भारतीय सेना को हटाने की पाकिस्तान की कोशिश नाकाम रही है। वर्ष 1971 के युद्ध में पाकिस्तानी सेना को पूर्वी पाकिस्तान में समर्पण करना पड़ा था, जिसके नतीजे में बांग्लादेश की स्थापना हुई।

भारत और पाकिस्तान के मध्य वर्ष 1972 में शिमला समझौते पर हस्ताक्षर किए गए। इस समझौते में यह तय किया गया कि दोनों देश एक-दूसरे की नियंत्रण रेखा का सम्मान करेंगे, साथ ही दोनों देशों के मध्य उत्पन्न सभी प्रकार के विवादों का निबटारा आपसी बातचीत के द्वारा किया जाएगा। शिमला समझौते के तहत कश्मीर दोनों देशों का आपसी मामला है। कश्मीर मुद्दे को अंतर्राष्ट्रीय स्तर पर नहीं उठाया जा सकता और न ही किसी तीसरे पक्ष को इस विवाद को सुलझाने में शामिल किया जा सकता है। पाकिस्तान ने इस समझौते का समय-समय पर उल्लंघन किया है और वह कश्मीर मामले को अंतर्राष्ट्रीय मंच पर उठाता रहा है। पाकिस्तान के द्वारा सीमा पर लगातार युद्धविराम का भी उल्लंघन होता रहा है।

पाकिस्तान भारत में आतंकवादी गतिविधियों को बढ़ावा देने, आतंकवादियों को घुसपैठ में मदद देने और सीमा पर भारतीय जवानों की हत्याएं करने में शामिल रहा है। पाकिस्तान अपने नापाक इरादे को अंजाम देने के लिए आतंकवादी संगठनों को एक हथियार के तौर पर अपने यहां पैदा करता है और इस तरह वह पश्चिमी देशों जैसे अमेरिका, यूनाइटेड किंगडम आदि देशों की नजरों में भी आतंकी गतिविधियों को बढ़ावा देने वाले एक अपराधी के तौर पर कुख्यात हो चुका है। पाकिस्तानी खुफिया एजेंसी आई.एस.आई. आतंकी संगठनों को नैतिक और अन्य जरूरी सहायता प्रदान कर रही है, जिससे ये संगठन फल-फूल रहे हैं।

पश्चिमी देशों की खुफिया एजेंसियों ने ऐसी अनेक सैटेलाइट तस्वीरें हासिल की हैं, जिनमें आतंकी संगठनों के कैंप साफ तौर पर देखे जा सकते हैं। कश्मीर घाटी में आतंकवादी गतिविधियों के लिए जिम्मेदार लश्कर-ए-तैयबा को मदद पहुंचाने के पर्याप्त दस्तावेज और सबूत होने और मुंबई में 26/11 के आतंकवादी हमले, जिसमें सैकड़ों बेगुनाह मारे गए थे, में पाकिस्तान का हाथ होने के सबूतों के बावजूद पाकिस्तान अधिकृत कश्मीर में आज भी आतंकी शिविर चलाए जा रहे हैं। जबकि अमेरिका द्वारा कई संगठनों को आतंकी संगठन करार दिया जा चुका है। इनमें से अधिकतर आतंकवादी संगठन संयुक्त राष्ट्र द्वारा प्रतिबंधित हैं, लेकिन ये संगठन नए नामों से अपनी गतिविधियां जारी रखे हुए हैं। इन संगठनों को पाकिस्तानी सेना द्वारा आर्थिक मदद दी जा रही है, प्रशिक्षण दिया जा रहा है, हथियार मुहैया कराए जा रहे हैं, जो प्रायोजित आतंकी संगठन जम्मू-कश्मीर और देश के अन्य हिस्सों में आतंक फैलाने का

काम कर रहे हैं। ये आतंकी संगठन पाकिस्तानी सेना की एक रणनीतिक परिसंपत्ति के तौर पर काम कर रहे हैं।

पाकिस्तान की स्थापना धर्म के नाम पर हुई थी और पाकिस्तानी सेना एक इस्लामिक देश के अभिभावक की तरह काम करते हुए देश के सबसे शक्तिशाली संस्थान के तौर पर उभरी है। धार्मिक संगठन जैसे 'जमाते-इस्लामी' और 'जमीयत उलेमा' पाकिस्तानी सेना के शासन को वैधता प्रदान करते हैं। इनका मानना है कि लोकतंत्र एक गैर इस्लामिक विचारधारा है और मुसलमानों को एक मजबूत सरकार बनानी चाहिए तथा गैर मुस्लिमों के खिलाफ जेहाद किया जाना चाहिए। जेहादी और सेना दोनों एक-दूसरे पर निर्भर करते हैं और दोनों जेहाद को बढ़ावा देते हैं। पाकिस्तानी सेना और जेहादियों का रिश्ता बहुत पुराना है। इनकी जड़ें बहुत गहरी हैं। पाकिस्तान की योजना है कि कश्मीर को अपने में मिलाकर और अफगानिस्तान के साथ गठजोड़ करके एक इस्लामिक अमीरात का निर्माण किया जाए। इस गठजोड़ में तेल समृद्ध पड़ोसी क्षेत्र मुस्लिम बहुल चीन के जिनजियान प्रांत को भी शामिल किया जाए। यह अमीरात भविष्य की खिलाफत का हिस्सा होगा, जो आतंकवादियों का अंतिम उद्देश्य है। आतंकवाद को समर्थन देने की पाकिस्तान की नीति मध्य एशिया में अपने प्रभाव को मजबूत करने की योजना का हिस्सा है।

पाकिस्तानी सेना इस्लाम के नाम पर आतंकवादियों को धर्मनिरपेक्ष और अलगाववादी आंदोलनों को दबाने और लोगों को संगठित होने से रोकने के लिए इस्तेमाल कर रही है। इसके बावजूद पाकिस्तान में लोगों की जातीय पहचान, धार्मिक पहचान से अधिक मजबूत है। वे पहले सिंधी, बलूच या पख्तून है, फिर पाकिस्तानी। कुछ जातीय समुदाय तो पाकिस्तान के निर्माण के समय 1947 से ही पाकिस्तान में शामिल होने का विरोध करते रहे हैं। कश्मीर ने पाकिस्तान में शामिल होने से इनकार कर दिया था, क्योंकि उन्हें डर था कि पंजाबी बड़ी संख्या में उनके क्षेत्रों में बस जाएंगे और यह जनसांख्यिकीय बदलाव उनके पक्ष में नहीं होगा।

पूर्वी बंगाल पाकिस्तान से अलग हो गया और एक स्वतंत्र देश बांग्लादेश का निर्माण हुआ, क्योंकि पूर्वी पाकिस्तान के लोग पाकिस्तानी सेना द्वारा जुल्म और शोषण के शिकार थे। पाकिस्तानी सेना और अन्य संस्थानों में पंजाबियों का वर्चस्व है। सेना द्वारा बलूच अल्पसंख्यक जाति को बलपूर्वक दबाने का काम किया जा रहा है और अन्य अल्पसंख्यक जातियों के साथ दूसरे दर्जे के नागरिकों जैसा बरताव किया जा रहा है। पाकिस्तान में धार्मिक अल्पसंख्यक और उनके धार्मिक स्थल भी सुरक्षित नहीं हैं। ये सेना द्वारा समर्थित आतंकवादियों के निशाने पर हैं। पाकिस्तान एक आतंकवाद के वैश्विक हब के तौर पर उभर रहा है। पाकिस्तानी सेना व आतंकवादी संगठन देश में अपना राजनीतिक प्रभाव बढ़ाने के लिए धर्म का इस्तेमाल कर रहे हैं। जेहाद को समर्थन देने के पीछे पाकिस्तान की योजना क्षेत्र को अस्थिर बनाए रखने की है, जिसका सर्वाधिक खामियाजा

अफगानिस्तान को भुगतना पड़ रहा है। यदि विश्व बिरादरी वास्तव में आतंकवाद के खात्मे को लेकर गंभीर है, तो पाकिस्तान के खिलाफ कठोर आर्थिक और सैन्य प्रतिबंध लगाने होंगे, जब तक कि पाकिस्तान की सेना इस्लामिक आतंकी संगठनों को मदद देना बंद न करके वापस बैरकों में न लौट जाए, ताकि देश में वास्तविक लोकतंत्र को फलने-फूलने का मौका मिले। यह कदम पाकिस्तान में लोकतांत्रिक ताकतों को मजबूत करने और अफगानिस्तान तथा अन्य देशों में उत्पन्न अस्थिरता को दूर करने में कारगर साबित होगा।

जहां तक भारत का प्रश्न है, हमारी सुरक्षा व्यवस्था पाकिस्तानी सेना और आतंकवादियों से निपटने में सक्षम है। जम्मू-कश्मीर में पाकिस्तान अपने मकसद को पूरा करने में कभी कामयाब नहीं हो सकता। जहां एक ओर भारत लगातार आर्थिक, राजनीतिक और सैन्य क्षेत्र में विकास कर रहा है और विश्व में एक प्रमुख शक्ति के तौर पर उभर रहा है, वहीं दूसरी ओर पाकिस्तान गंभीर आर्थिक और राजनीतिक संकट का शिकार है। पाकिस्तान में अस्थिरकारी ताकतें तेजी से उभर रही हैं। तहरीके-तालिबान जैसे आतंकवादी संगठन सरकार के खिलाफ फिर से उठ रहे हैं और सत्ता पर काबिज होने के लिए जेहाद को बढ़ावा दे रहे हैं। देश गंभीर रूप से जातीय और धार्मिक हिंसा की चपेट में हैं और स्टेट इस गंभीर स्थिति को नियंत्रित कर पाने में सक्षम नहीं है।

श्री सतीश वर्मा द्वारा लिखी गई यह पुस्तक कश्मीर पर भारत और पाकिस्तान के बीच विवाद के पूरे इतिहास को समेटती है। जम्मू-कश्मीर का संक्षिप्त इतिहास और किस प्रकार पाकिस्तान ने आतंकवादियों तथा अपनी सेना की मदद से कश्मीर के एक हिस्से पर कब्जा कर भारत के साथ कश्मीर विवाद को जन्म दिया, पुस्तक इस पर बखूबी चर्चा करती है। आतंकवादियों की विचारधारा और इन आतंकवादी संगठनों का गठन तथा उनके पाकिस्तानी सेना से संबंधों पर पुस्तक में एक अलग अध्याय रखा गया है।

यह पुस्तक कश्मीर मुद्दे पर भारत-पाकिस्तान विवाद को समझने और इस समस्या से निबटने की दिशा में एक अंतर्दृष्टि प्रदान करेगी। श्री वर्मा की यह पुस्तक ***'कश्मीरः एक अंतहीन जंग'*** हिंदी भाषा में अपनी तरह की प्रथम पुस्तक होगी, उनके इस प्रयास पर मैं उन्हें शुभकामना देता हूं। इससे पूर्व भी श्री वर्मा ने पाकिस्तान और उसके कब्जे वाले कश्मीर तथा नार्दर्न एरिया यानी गिलगित-बाल्टिस्तान, कराकोरम की यात्रा कर जमीनी हकीकत को दर्शाती हुई बेहतरीन किताब **'पाकिस्तान की हकीकत से रू-ब-रू'** लिखी थी, जिसे बेहद सराहा गया है। कामना करता हूं कि प्रिंसली स्टेट जम्मू-कश्मीर पर लिखी गई यह किताब भी काफी लोकप्रिय साबित होगी।

—कमर आगा (वरिष्ठ पत्रकार)
दक्षिण एशियाई मामलों के विशेषज्ञ

विषय सूची

जम्मू-कश्मीर का इतिहास

अंतहीन जंग में उलझा जम्मू-कश्मीर एकदम उत्तर में स्थित भारत का एक राज्य है। भारत का ताज कहे जाने वाले कश्मीर का इतिहास बेहद पुरातन है। यहां कश्यप ऋषि से लेकर सम्राट अशोक महान तक का इतिहासकार कल्हण की 'राजतरंगिनी' में जिक्र है। 'राजतरंगिनी' संस्कृत में रचित एक ग्रंथ है। राजतरंगिनी का अर्थ है राजाओं की नदी, जिसका भाव है राजाओं का इतिहास या समय प्रवाह। इसमें कश्मीर का इतिहास महाभारत काल से प्रारंभ है।

यह विशाल ग्रंथ कल्हण के शोध पर आधारित बेहद विश्वसनीय माना जाता है। इसकी रचना सन् 1147 से 1149 के बीच हुई थी। तीसरी सदी बी.सी. में सम्राट अशोक का कश्मीर में शासन रहा। यहां हिंदू व बौद्ध संस्कृतियों का जबरदस्त बोलबाला रहा। सन् 1589 में मध्यकाल (मध्य युग) में मुस्लिम आक्रांता यहां काबिज हो गए थे। परिस्थितियों के कारण यहां व्यापक पैमाने पर धर्म परिवर्तन हुआ था। अहमद शाह अब्दाली के शासन में हिंदुओं पर प्रताड़ना का दौर चला।

मुगलों के यहां से चले जाने के बाद मुस्लिम-पठान शासकों ने कश्मीर में लोगों को पूरी तरह से प्रताड़ित किया था कि तभी उसी दौरान सिख शासकों के उदय होने पर कश्मीर के लोगों ने उनसे राहत की उम्मीद जताई। नतीजतन सन् 1819 में महान सिख शासक महाराजा रणजीत सिंह ने यहां के आवाम को पठान राज से निजात दिलाई, तभी यहां पर सिख-शासन हुआ। यह शासन काल 1819 से 1846 तक रहा। इस बीच महाराजा रणजीत सिंह ने तेजतर्रार बहादुर राजपूत गुलाब सिंह को सन् 1820 में जम्मू का महाराजा बना दिया था। डोगरा राजवंश के संस्थापक महाराजा गुलाब सिंह का अखनूर में चिनाब नदी के किनारे राजतिलक हुआ था। 1834 में महाराजा गुलाब सिंह ने अपने जीवट सेनापति जनरल जोरावर सिंह को लद्दाख पर विजय पाने के लिए भेजा था। लद्दाख और बाल्टिस्तान पर कब्जा हो गया था। लद्दाख की सीमाएं चीन और तिब्बत से मिलती हैं। यह मध्य एशिया में खास किस्म की ऊन के व्यापार का केंद्र था।

ठंडा रेगिस्तान कहे जाने वाले इस विशाल क्षेत्र पर जनरल जोरावर सिंह ने जंसकार, बाल्टिस्तान समेत अनेक इलाकों पर जीत हासिल की थी। सन् 1845 में सिख महाराजा रणजीत सिंह की मृत्यु हो गई। उनके सबसे बड़े बेटे सरदार खड़क सिंह सिख महाराजा बने, जो पिता महाराजा रणजीत सिंह की तरह पराक्रमी नहीं थे। इससे उनकी शासन में पकड़ ढीली पड़ती गई थी। महज एक साल बाद ही उनकी भी मृत्यु हो गई थी। इसके बाद सिख-शासन संकट में घिर गया था। अंग्रेज बेहद चालाक थे। सो, उन्होंने पंजाब की सरहदों के साथ अपनी सैन्य ताकत बढ़ानी शुरू कर दी थी। फिरोजपुर, लुधियाना, अम्बाला तथा कसौली में भी अपनी ताकत बढ़ा ली थी।

सन् 1845 में अंग्रेज और सिख सेना में युद्ध शुरू हो गया। इस युद्ध में सिख सेना की पराजय हुई थी। फिर इसके बाद अलग-अलग दो संधियां हुईं। एक संधि 'लाहौर संधि' के नाम से सिखों और अंग्रेजों के बीच हुई, जिसमें शर्तें तय हुई थीं। जिस पर 9 मार्च, 1846 को दस्तखत हुए थे, फिर एक सप्ताह बाद दूसरी संधि 16 मार्च, 1846 को महाराजा गुलाब सिंह और अंग्रेजों के बीच 'अमृतसर संधि' हुई। अंग्रेजों ने सिखों से जंग में क्षतिपूर्ति राशि के तौर पर डेढ़ करोड़ रुपये मांगे, परंतु वे (सिख) रुपये देने में असमर्थ रहे, इसलिए सिखों ने प्रथम संधि में इसके एवज में अपने राज के कुछ क्षेत्र अंग्रेजों को दे दिए थे। दूसरी संधि, अंग्रेजों ने महाराजा गुलाब सिंह से क्षतिपूर्ति राशि के 75 लाख रुपये लेने के बाद स्वेच्छा से कश्मीर समेत सिखों से प्राप्त अन्य इलाकों को स्वतंत्र रूप से डोगरा-राजवंश को दे दिया था। अब कश्मीर व अन्य इलाके सीधे महाराजा गुलाब सिंह के नियंत्रण में आ गए थे। अंग्रेजों के साथ हुई संधि में महाराजा गुलाब सिंह को सिंधु के पश्चिम की जमीन, जिसमें हाजरा शामिल है, भी हासिल हुई थी।

महाराजा गुलाब सिंह ने अपनी रियासत के विस्तार के साथ एक मजबूत शासन का भी परिचय दिया, लेकिन 1850 के मध्य में उनके स्वास्थ्य में गड़बड़ी शुरू हो गई थी। राजपरिवार में सत्ता को लेकर किसी प्रकार का संघर्ष न हो, इसलिए महाराजा गुलाब सिंह ने 8 फरवरी, 1856 को अपने बेटे रणवीर सिंह को अपना उत्तराधिकारी घोषित कर दिया था। जब तक महाराजा गुलाब सिंह जीवित रहे, तब तक उन्होंने रियासत पर अपनी पूरी पकड़ बनाकर रखी। 7 अगस्त, 1857 को उनकी मृत्यु के बाद महाराजा रणवीर सिंह ने राजकाज अपने हाथों में ले लिया था। उसके बाद महाराजा रणवीर सिंह ने जनरल देवी सिंह के नेतृत्व में भारी संख्या में फौज गिलगित भेजी। यासीन और पुनयाल पर कब्जा करके वहां क्रमशः उजमत शाह और ईसा बहादुर को इन दोनों क्षेत्रों का गवर्नर बना दिया था, फिर गिलगित भी जीत लिया गया था। अंग्रेजों ने अपनी रणनीति में बदलाव लाकर रूस के भय से गिलगित में 1877 में गिलगित-एजेंसी स्थापित कर दी।

अंग्रेजों को यह खतरा था कि रूस कहीं मध्य एशिया में अपना विस्तार न कर ले। गिलगित-एजेंसी को रूस की गतिविधियों का मुकाबला करने के लिए बनाया गया था। महाराजा रणवीर सिंह की सन् 1885 में मृत्यु हो गई। उसके उत्तराधिकारी के तौर पर प्रताप सिंह को महाराजा जम्मू-कश्मीर बनाया गया। सन् 1900 में गिलगित का संपूर्ण सैन्य प्रशासन के अलावा कश्मीर के कुछ अन्य ट्राइबल-एरिया ब्रिटिश सरकार के नियंत्रण में आ गए। गिलगित-स्काउट्स के नाम से नई सेना 1913 में गठित की गई, जिसे गिलगित की आंतरिक व बाह्य सुरक्षा का जिम्मा दिया गया था। सन् 1889 से पूर्व तक जम्मू-कश्मीर की आधिकारिक भाषा फारसी थी, लेकिन इसी साल राज्य परिषद् जम्मू-कश्मीर ने फारसी भाषा की जगह उर्दू को सूबे की सरकारी भाषा बना दिया था।

महाराजा हरि सिंह

महाराजा प्रताप सिंह के कार्यकाल में कश्मीर-घाटी में असंतोष का दौर भी रहा था। सन् 1925 में महाराजा प्रताप सिंह की मृत्यु के बाद उनके भतीजे महाराजा हरि सिंह का राजतिलक हुआ था। यह रस्म सन् 1926 में जम्मू में सम्पन्न हुई थी। महाराजा हरि सिंह सूबे के बाहर के लोगों के सरकारी नौकरियों में मौजूदगी से परेशान थे। महाराजा हरि सिंह इन 'बाहरी' लोगों से खफा थे और वे इसे सूबे के लिए बड़ा खतरा महसूस करने लगे। नतीजतन, 1927 में 'वंशानुगत स्टेट सब्जेक्ट' बिल पारित कराकर लागू करा दिया, ताकि सूबे के बाहर के लोग जम्मू-कश्मीर में आकर सरकारी नौकरी वगैरह न कर पाएं, बल्कि ये 'बाहरी' लोग यहां की जमीन-जायदाद भी न खरीद पाएं। महाराजा हरि सिंह के कार्यकाल में मुसलमानों की स्थिति बेहद चिंताजनक थी। कश्मीर घाटी के मुसलमान अपनी परेशानियों को सार्वजनिक करने के लिए लाहौर से छपने वाले उर्दू समाचार पत्रों में खबरें छपवाते थे और फिर उसे खरीदकर सूबे में एक-दूसरे को पढ़वाते।

उसी दौरान चौधरी गुलाम अब्बास सरीखे नेताओं ने एक संगठन बनाकर मुसलमानों की दिक्कतों तथा बेहतरी के लिए आवाज उठानी शुरू की। महाराजा हरि सिंह द्वारा अत्यधिक गंभीरता न दिखाने के कारण श्रीनगर में दंगा भड़क गया था। पुलिस की गोलीबारी में कई कश्मीरी मारे गए थे। इस पर महाराजा हरि सिंह ने नवम्बर, 1931 में ब्रिटिश-इंडिया सरकार के विदेशी एवं राजनैतिक मामलों के

विभाग के एक अधिकारी बी.जे. गलेंसी के नेतृत्व में आयोग बनाकर दंगे की जांच का जिम्मा सौंपा था। इस आयोग ने मुसलमानों की बेहतरी को लेकर कई कदम उठाने के सुझाव भी दिए थे। इसके बाद अक्टूबर, 1932 में सूबे के पहले राजनैतिक दल, 'ऑल जम्मू एण्ड कश्मीर मुस्लिम कांफ्रेंस' का गठन किया गया। इसमें जम्मू से चौधरी गुलाम अब्बास और कश्मीर से शेख मोहम्मद अब्दुल्ला प्रमुख नेता थे। उसके बाद डोगरा महाराजा हरि सिंह के खिलाफ एक लम्बी जंग की शुरुआत हुई थी।

मुगल बादशाह जहांगीर ने कश्मीर की तारीफ में फारसी में कहा था–
गर फिरदौस बर रुए जमीन अस्त, हमीं अस्त हमीं अस्त।
यानी धरती पर कहीं स्वर्ग है, तो वह यहीं है यहीं है।

वैसे भी सदियों तक एशिया में संस्कृति एवं दर्शनशास्त्र का एक अहम स्थान रहा है। सूफी संतों का दर्शन भी यहां की सांस्कृतिक विरासत का महत्त्वपूर्ण हिस्सा रहा है। इतिहास के लम्बे कालखंड में यहां मौर्य, कुषाण, हूण, लौहरा, मुगल, अफगान, सिख और डोगरा राजाओं का राज रहा है। कालांतर में इसके साथ बहुत कुछ घटा। पाकिस्तान राजनेताओं, धार्मिक कट्टरपंथी नेताओं के अलावा अन्य तत्त्वों की कारगुजारियों ने जन्नत कहे जाने वाले सूबे को कहां-से-कहां पहुंचा दिया।

यहां के हालात दर्शाता हुआ एक शायर का शेर अर्ज है–

'वो वक्त भी देखा है तारीख की गहराइयों में,
लम्हों ने खता की, सदियों ने सजा पाई।'

शेख मोहम्मद अब्दुल्ला का उदय

यह दुनिया-भर में जन्नत कहे जाने वाली इस खूबसूरत प्रिंसली स्टेट के महाराजा हरि सिंह के ग्रह-नक्षत्रों की बिगड़ी चाल थी या फिर स्टेट को लगी किसी की बुरी नजर कि आकर्षक व्यक्तिव के धनी महाराजा तनाव के कुचक्र में फंसे हुए थे। वे पाकिस्तानी हमले से पहले 'शेरे-कश्मीर' कहे जाने वाले शेख मोहम्मद अब्दुल्ला के निशाने पर बने हुए थे। 5 दिसम्बर, 1906 को श्रीनगर के सौरा में शेख मोहम्मद इब्राहिम के घर पैदा हुए शेख मोहम्मद अब्दुल्ला बचपन से ही आक्रामक तबीयत के थे। इस्लामिया कॉलेज, लाहौर से बी.एससी. करने के बाद अलीगढ़ मुस्लिम यूनिवर्सिटी से एम.एससी. पूरी करने के बाद वे श्रीनगर लौट आए। उन्होंने प्रिंसली स्टेट के महाराजा हरि सिंह को सामंतवादी बताते हुए उनके खिलाफ लम्बी लड़ाई छेड़ दी। हालांकि महाराजा का कहना था, 'उनका धर्म इंसानियत है, न कि कोई मजहब विशेष। उनके लिए सभी धर्म समान हैं।'

बावजूद इसके मुस्लिम बाहुल्य प्रिंसली स्टेट में हिंदू-डोगरा महाराजा के खिलाफ आंदोलन शुरू किए गए, जिससे लोग जुड़ते गए। फिर 16 अक्टूबर, 1932 को मुस्लिम कांफ्रेंस के नाम से कश्मीर में पहला राजनैतिक दल बना लिया। ऑल जम्मू एवं कश्मीर मुस्लिम कांफ्रेंस के शेख मोहम्मद अब्दुल्ला-अध्यक्ष, चौधरी गुलाम अब्बास- महासचिव तथा मौलवी अब्दुल रहीम-सचिव बनाए गए। नारा दिया गया, 'मुसलमानों के साथ भेदभाव बंद करो'। मुस्लिम आवाम से कहा गया कि यह पार्टी (दल) उनकी बेहतरी के लिए जद्दोजहद करती रहेगी। कश्मीर घाटी में मुस्लिम कांफ्रेंस ने अपनी खासी जगह बना ली थी, वहीं इसका जम्मू में भी असर होने लगा था। चूंकि कालांतर में महाराजा हरि सिंह और शेख मोहम्मद अब्दुल्ला में आपसी टकराव काफी बढ़ गया था, इसलिए मुस्लिम कांफ्रेंस में सांप्रदायिकता का रंग परवान चढ़ रहा था। इसी दौरान महाराजा हरि सिंह का 24 सितम्बर, 1932 को जन्मदिन मनाने का मौका आया तो श्रीनगर में इसकी भव्य तैयारियां चल रही थीं। जाहिर है कि इसकी तैयारियों में मुस्लिम भी बड़ी तादाद में जुटे थे। यह शेख

मोहम्मद अब्दुल्ला और उनकी पार्टी को नागवार गुजरा। महाराजा के जन्मदिन पर शोभायात्रा निकाली जा रही थी कि तभी उस पर पत्थरबाजी शुरू हो गई। देखते-ही-देखते माहौल इस कदर बिगड़ा कि वहां सांप्रदायिक फसाद शुरू हो गए, हिंदुओं को लूटा गया और मारा-पीटा गया। कुल मिलाकर श्रीनगर का माहौल एकदम बिगड़ गया था जिसे बड़ी मुश्किल से नियंत्रण में लाया जा सका।

शेख मोहम्मद अब्दुल्ला की आक्रामक शैली ने उन्हें कश्मीर में बेहद लोकप्रिय बना दिया था। महाराजा के खिलाफ आंदोलन में लोगों की तादाद निरंतर बढ़ती जा रही थी जिसे शेख अब्दुल्ला बखूबी भुना रहे थे। यह वो दौर था, जब मुस्लिम लीग के एकमात्र बड़े नेता मोहम्मद अली जिन्ना ब्रिटिश-इंडिया के एक वर्ग के मुसलमानों में काफी चहेते थे। कश्मीर उनके साथ जो था, इसके लिए उन्हें मुस्लिम कांफ्रेस का मंच मिला तो वे गद्‌गद्‌ हो उठे। उन्हें मुस्लिम कांफ्रेंस ने कश्मीर आने का न्यौता दिया तो वे फूले नहीं समाए। चूंकि तब तक शेख मोहम्मद अब्दुल्ला कश्मीर के सबसे कद्दावर नेता बन चुके थे, इसलिए जिन्ना और शेख दोनों में अहम् कम नहीं था।

चूंकि जिन्ना के दिलो-दिमाग में कश्मीर पूरी तरह घर कर चुका था, इसलिए मुस्लिम कांफ्रेंस के इजलास में जिन्ना ने अपना प्रभाव जमाने के लिए खूब लच्छेदार भाषण दिया। शेख मोहम्मद अब्दुल्ला को यह समझने में देर नहीं लगी। कालांतर में जिन्ना और शेख ने एक-दूसरे पर फिकरेबाजी करने में कोई गुरेज नहीं किया। फिर भी जिन्ना ने कश्मीरी मुसलमानों से कहा, 'मुसलमानों का एक मंच, एक कलमा और एक खुदा है...' सबको अपने हक के लिए जी-जान से लड़ना होगा।

जानकारों का मानना है कि जिन्ना ने बातें काफी सोच-समझकर और दूरगामी नीति के मद्देनजर कही थीं। चूंकि सन् 1930-31 में लंदन में गोलमेज कांफ्रेंस हुई थी। यह कांफ्रेंस अंग्रेजों ने ब्रिटिश-इंडिया के राजा-महाराजाओं के मन की चाह लेने के लिए भी रखी थी, तब डोगरा महाराजा हरि सिंह ने ब्रिटिश-इंडिया की रियासतों का प्रतिनिधित्व किया था। इसमें उन्होंने सेल्फ-रूल की वकालत करते हुए कहा था कि यदि कल को रियासतों के अधिमिलन का मौका आता है, तो वे सबसे पहले अपनी रियासत का आजाद भारत में मिलन करेंगे। महाराजा हरि सिंह की ये बातें न अंग्रेजों को पसंद आई थीं और न ही जिन्ना को।

मोहम्मद अली जिन्ना

अलबत्ता, जिन्ना और शेख मोहम्मद

अब्दुल्ला का आपसी टकराव निरंतर बढ़ता जा रहा था। शेख मोहम्मद अब्दुल्ला अब अपना राजनैतिक भविष्य तय करने में लगे थे। वे हिंदू-डोगरा राजा के खिलाफ तो आग बरसा ही रहे थे, लेकिन अब उनकी यह भी समझ में आ गया था कि रियासत में गैर मुस्लिमों को भी साथ लेकर चलना होगा। इसी मकसद से उन्होंने मुस्लिम कांफ्रेंस की 24 जून, 1938 को वर्किंग कमेटी की एक बैठक बुलाई। इसमें कहा गया कि महाराजा के खिलाफ जारी आंदोलन में अब गैर मुस्लिमों की भी जरूरत है, तभी हम पूरी तरह अपने मकसद में कामयाब हो सकेंगे, फिर जिसमें जिया लाल किलम, पंडित सुदामा सिड्डा, प्रेमनाथ बजाज, बुद्ध सिंह तथा कश्यप बंधु सरीखे लोगों को आमंत्रित किया गया। इस बैठक में एक मांगपत्र तैयार किया गया। यह मांगपत्र महाराजा को देने की तैयारी की गई। 28 अगस्त, 1938 को महाराजा हरि सिंह जब श्रीनगर में एक भाषण दे रहे थे, उसी दौरान शेख मोहम्मद अब्दुल्ला अपने साथियों के साथ निषेधाज्ञा का उल्लंघन करते हुए वहां आ पहुंचे। महाराजा उनका मांगपत्र लेने को तैयार नहीं हुए तो वहीं हंगामा खड़ा कर दिया गया। नतीजतन शेख मोहम्मद अब्दुल्ला को गिरफ्तार कर लिया गया और 6 माह के लिए जेल भेज दिया गया। 24 फरवरी, 1939 को शेख मोहम्मद अब्दुल्ला जब रिहा होकर लौटे तो उन्हें उनके समर्थकों ने भव्य पार्टी दी। महात्मा गांधी के कहने पर शेख मोहम्मद अब्दुल्ला ने आंदोलन वापस ले लिया था।

11 जून, 1939 को मुस्लिम कांफ्रेंस का अधिवेशन बुलाया गया तो उसमें बहुमत शेख मोहम्मद अब्दुल्ला के साथ था, इसलिए पार्टी का नाम बदलकर 'ऑल जम्मू-कश्मीर नेशनल कांफ्रेंस' रख दिया गया। मुस्लिम कांफ्रेंस दो फाड़ हो गई थी। हालांकि शेख मोहम्मद अब्दुल्ला चाहते थे कि चौधरी गुलाम अब्बास उनके साथ रहें, चूंकि उनका जम्मू में खासा असर था, लेकिन ऐसा हो न सका। चौधरी गुलाम अब्बास मुस्लिम कांफ्रेंस को जिंदा रखने की जद्दोजहद में लग गए थे। चूंकि जिन्ना शेख मोहम्मद अब्दुल्ला को पसंद नहीं करते थे, इसलिए अब उन्होंने मुस्लिम कांफ्रेंस के चौधरी गुलाम अब्बास से संबंध और प्रगाढ़ कर लिए। इसका बाद में चौधरी गुलाम अब्बास को लाभ भी मिला, उन्हें आजाद जम्मू-कश्मीर में ऊंचा पद देकर नवाजा गया।

शेख मोहम्मद अब्दुल्ला के हौंसले बुलंद थे उनके पं. जवाहरलाल नेहरू के साथ-साथ महात्मा गांधी, मौलाना आजाद तथा अब्दुल गफ्फार खान से भी मजबूत सम्बंध बन चुके थे। नेशनल कांफ्रेंस के उदय से पहले सन् 1931 में शेख मोहम्मद अब्दुल्ला के आंदोलन का नतीजा था कि महाराजा ने 'ग्रेवेंसेज कमीशन' की नियुक्ति की थी। इसके हेड एक अंग्रेज अफसर वी.जे. ग्लेन्सी थे। उन्होंने अपनी रिपोर्ट मार्च, 1932 में महाराजा को सौंप दी, फिर 'संविधान सुधार आयोग' बनाकर उसका

प्रमुख भी ग्लेंसी को बनाया गया। उनकी रिपोर्ट व सलाह के बाद एक निर्वाचित प्रजा सभा बनाई गई। इसमें 33 निर्वाचित तथा 42 नामांकित सदस्य थे। इसकी शक्तियां महाराजा के पास ही रहीं। इससे भी शेख मोहम्मद अब्दुल्ला महाराजा पर काफी भड़के थे।

सन् 1937 में शेख मोहम्मद अब्दुल्ला की पं. जवाहरलाल नेहरू के साथ मुलाकात के बाद 'ऑल इंडिया स्टेट्स पीपुल्स कांफ्रेंस' का गठन किया गया, जिसका मकसद था कि प्रिंसली स्टेट कश्मीर की भांति ब्रिटिश-इंडिया के लोगों के अधिकारों की लड़ाई लड़ी जाए। इसमें शेख मोहम्मद अब्दुल्ला अध्यक्ष और महासचिव द्वारकानाथ काचरू बने। इस संस्था के जरिए प्रिंसली स्टेट के लोगों के हकों की लड़ाई को समर्थन देने के लिए सभी मजहब के लोगों को सक्रिय होने की अपील की गई। 1944 में 'नया कश्मीर' का पुरजोर नारा दिया गया और उसी दिशा में संघर्ष तेज कर दिया गया।

मई, 1946 में शेख मोहम्मद अब्दुल्ला ने महाराजा हरि सिंह के खिलाफ आर-पार की लड़ाई छेड़ दी और कश्मीर छोड़ो आंदोलन शुरू किया। उग्र आंदोलन के चलते उन्हें गिरफ्तार करके जेल भेज दिया गया। उन्हें तीन साल की सजा का ऐलान हुआ था, लेकिन 16 माह बाद ही जेल से रिहा कर दिया गया था। इस आंदोलन का कश्मीरी लेखक रशीद तासीर ने भी उर्दू में किताब 'तहरीक-ए-हुर्रियत-ए-कश्मीर' में विस्तृत जिक्र किया है। शेख मोहम्मद अब्दुल्ला का कश्मीर छोड़ो आंदोलन महात्मा गांधी के भारत छोड़ो आंदोलन से प्रेरित होकर लड़ा गया था, जो तब से 4 साल पहले गांधी जी ने अंग्रेजी हुकूमत के खिलाफ चलाया था। पूर्व सदर-ए-रियासत एवं महाराजा हरि सिंह के बेटे डॉ. कर्ण सिंह ने अपनी आत्मकथा के पेज 52 पर लिखा कि शेख मोहम्मद अब्दुल्ला डोगरा विरोधी थे। 1930-40 के दौरान उन्होंने कई आंदोलन चलाए, जिसमें उन्होंने घाटी में अपना दबदबा बनाए रखा था। युवराज डॉ. कर्ण सिंह आगे लिखते हैं, 'यह इत्तेफाक ही था कि नेशनल कांफ्रेंस मेरे पिता महाराजा हरि सिंह के खिलाफ और पं. जवाहरलाल नेहरू की समर्थक थी, मगर वहीं मुस्लिम कांफ्रेंस मेरे पिताजी के पक्ष में लेकिन पाकिस्तान समर्थक थी।

युवराज डॉ. कर्ण सिंह ने अपनी आत्मकथा के पेज 81 पर अपने पिता महाराजा हरि सिंह और पं. जवाहरलाल नेहरू के रिश्तों के बारे में लिखा कि वे दोनों बामुश्किल अच्छे दोस्त थे, जिसका शेख मोहम्मद अब्दुल्ला हमेशा अनुचित लाभ उठाते रहे थे। यह भी आरोप लगाया गया था कि विभाजन के बाद जम्मू में मुसलमानों का नरसंहार हुआ था, उसके पीछे महाराजा साहब की आरएसएस को शह थी, बल्कि महात्मा गांधी की हत्या के बाद मेरे पिता महाराजा साहब ने मिठाइयां

बांटी थीं। इस तरह झूठी बातें शेख मोहम्मद अब्दुल्ला उड़ाते रहते थे। रायशुमारी का मुद्दा शेख मोहम्मद अब्दुल्ला ने अपने हाथ में तुरुप के पत्ते की तरह रख रखा था।

शेख मोहम्मद को जब मई, 1946 में तीन साल की सजा दी गई थी और वे जेल में थे, तो 26 सितम्बर, 1947 को उन्होंने (शेख) एक माफीनामा भेजा था, जिसे रियासत के जस्टिस मेहरचंद महाजन तत्कालीन प्रधानमंत्री ने भी पढ़ा था। इसके बाद शेख मोहम्मद अब्दुल्ला को जल्दी रिहा कर दिया गया था। बावजूद इसके शेख मोहम्मद अब्दुल्ला ने महाराजा साहब से ठीक रिश्ते नहीं रखे। हालांकि पं. जवाहरलाल नेहरू जो मेरे गुरु थे, उन्होंने भी दोनों के बीच सुलह की कोशिशें कीं, लेकिन शेख मोहम्मद के कारण ऐसा हो न सका कि आपसी रिश्ते ठीक हो पाएं।

यह जगजाहिर है कि इसी मुस्लिम कांफ्रेंस ने मोहम्मद अली जिन्ना के कहने पर महाराजा हरि सिंह पर पूरा दबाव बनाया था कि वह रियासत का भारत में विलय न करें। इधर शेख मोहम्मद अब्दुल्ला कांग्रेस के कई बड़े नेताओं के खास करीबी बन चुके थे और उन्हें मोहम्मद अली जिन्ना के साथ जाने में अपना राजनैतिक भविष्य अंधेरे में डूबता दिखाई देता था, इसलिए वे जिन्ना के द्विराष्ट्रवाद सिद्धांत का विरोध कर रहे थे। इसी बीच कई अंग्रेज अफसर इस साजिश में लग गए थे कि रियासत का किसी भी तरह भारत में अधिमिलन न हो सके। अंतिम वाइसराय लॉर्ड लुईस माउंटबेटन ऑफ बर्मा का रुख भी साफ नहीं लगता था। उनके मन में भी इस प्रिंसली स्टेट के विलय को लेकर कोई साफ बात नहीं थी। अंग्रेजों की कोशिश थी कि यह स्टेट इन दोनों मुल्कों के बीच हमेशा के लिए झगड़े तथा विवाद की जड़ बनी रहे। कुछेक इतिहासकारों का मानना है कि लॉर्ड लुईस माउंटबेटन व पं. जवाहरलाल नेहरू के साथ अच्छे संबंध दर्शाते हुए अपने हिडन-एजेंडे को अंजाम देने की कोशिश में थे। उन्होंने मोहम्मद अली जिन्ना को भी भरोसे में ले रखा था। दरअसल, विभाजन और इसके बाद की पटकथा लिखी जा चुकी थी। अंग्रेजों को अच्छी तरह मालूम था कि दोनों मुल्कों के बीच कश्मीर हमेशा-हमेशा का विवाद रहेगा। चूंकि इसकी भारत, पाकिस्तान के अलावा चीन, तिब्बत, रूस और अफगानिस्तान से सीमाएं लगती हैं। विलय को लेकर जहां मोहम्मद अली जिन्ना बेहद परेशां थे कि कहीं यह रियासत भारत में विलय न कर जाएं, वहीं ब्रिटिश कूटनीति भी अपना रंग बदल रही थी। कभी अंग्रेज अफसर साफ-साफ पाकिस्तान के साथ दिखाई देते तो कभी भारतीय नेताओं को यह जताते कि वे उन्हीं के साथ हैं।

भारत के प्रधानमंत्री पं. जवाहरलाल नेहरू के साथ शेख मोहम्मद अब्दुल्ला के साथ गहरे दोस्ताना संबंध थे, वहीं मोहम्मद अली जिन्ना के साथ उनकी अदावत भी जगजाहिर हो चुकी थी। अब वे राजनीति के केंद्र में अपनी पैठ जमा चुके थे। 2

अक्टूबर, 1947 को शेख मोहम्मद अब्दुल्ला ने ऑल जम्मू-कश्मीर नेशनल कांफ्रेंस की वर्किंग कमेटी की बैठक बुलाकर सर्वसम्मति से फैसला किया कि प्रिंसली स्टेट जम्मू-कश्मीर का भारत में विलय हो। प्रधानमंत्री पं. नेहरू को इस फैसले की जानकारी ऑल इंडिया स्टेट्स पीपुल्स कांफ्रेंस के महासचिव द्वारकानाथ काचरू ने दी, जो उस बैठक में बतौर पर्यवेक्षक मौजूद हुए थे। बाद में शेख मोहम्मद ने 25 अक्टूबर, 1947 को नई दिल्ली में प्रधानमंत्री पं. नेहरू के आवास तीन मूर्ति मार्ग पहुंचकर उन्हें राय दी कि बिना एक पल गंवाए महाराजा हरि सिंह के विलय पत्र को मंजूर करके रियासत को कबाइलियों के हमले से बचाने के लिए फौरन सेना भेज दें। किताब 'आतिश-ए-चिनार' में इसका जिक्र है। किताब कश्मीरी लेखक एम. वाई. टेंग ने लिखी थी, जो कि शेरे-कश्मीर शेख मोहम्मद अब्दुल्ला की मौत के बाद प्रकाशित हुई।

प्रिंसली स्टेट जम्मू-कश्मीर के भारत में विलय के बाद अरसे तक पाकिस्तानी फौज और कबाइली कत्लेआम, औरतों से बलात्कार, लूटपाट, आगजनी करते रहे। मीरपुर में जिस तरह की बर्बरता का नंगा नाच हुआ, वह हर किसी को शर्मसार कर देने वाला था। यहां करीब 10 हजार हिंदू व सिखों का कत्ल, हजारों लड़कियों व औरतों का अपहरण व बलात्कार, बुजुर्ग मीरपुरियों के जेहन में आज भी खौफ बनकर सिरहन पैदा कर रहा है। ये वे बुजुर्ग हैं, जो उस वक्त किशोर थे और किसी तरह इंटरनेशनल रेडक्रॉस के हस्तक्षेप के कारण शरणार्थी शिविरों में पहुंचकर बच पाए थे और फिर भारत चले आए।

रियासत के विलय के बाद प्रधानमंत्री पं. जवाहरलाल नेहरू और महात्मा गांध ी ने हालात के मद्देनजर आपसी राय मशविरा किया, फिर महाराजा हरि सिंह को इस बात के लिए राजी किया कि वे सूबे के हालात के मद्देनजर शेख मोहम्मद अब्दुल्ला को आपतकालीन प्रशासन का प्रमुख बना दें। चूंकि उस वक्त जस्टिस मेहरचंद महाजन प्रधानमंत्री थे। महाराजा अपनी रियासत की स्थितियों से मानसिक तौर पर कमजोर पड़ते जा रहे थे, इसलिए उन्होंने 30 अक्टूबर, 1947 को कश्मीर के सबसे ताकतवर नेता शेख मोहम्मद अब्दुल्ला को आपातकालीन प्रशासन का प्रमुख बना दिया। महाराजा हरि सिंह व उनके प्रधानमंत्री जस्टिस मेहरचंद ने जम्मू का रुख किया। प्रधानमंत्री जस्टिस मेहरचंद महाजन उस वक्त श्रीनगर में मौजूद भारत सरकार के सचिव वी.पी. मेनन को लेकर नई दिल्ली चले गए थे।

पाकपरस्त कबाइलियों के हमले से महाराजा व उनके प्रधानमंत्री इस कदर खौफजदा हो गए थे कि 25 अक्टूबर की शाम को वे फैसला ले रहे थे कि या तो विमान में बैठकर नई दिल्ली चले जाएं या फिर पाकिस्तान के सामने आत्मसमर्पण कर दें। आपातकालीन प्रशासक मोहम्मद अब्दुल्ला की चूंकि कश्मीरी आवाम में जबरदस्त

स्वीकृति थी, इसलिए जब हालात कुछ सामान्य हुए तो 5 मार्च, 1948 को महाराजा हरि सिंह ने आपात प्रशासन को हटाकर जस्टिस मेहरचंद महाजन के स्थान पर शेख मोहम्मद अब्दुल्ला को रियासत का प्रधानमंत्री बना दिया प्रगतिशील विचारों के पक्षधर महाराजा हरि सिंह ने इस मौके पर ऐलान किया, 'मेरी दिली इच्छा है कि आपात प्रशासन की जगह लोकप्रिय अंतरिम सरकार की स्थापना करूं।' साथ में उन्होंने कहा कि नया लोकतांत्रिक संविधान वयस्क मताधिकार पर निर्भर होगा और वंशानुगत शासन वंश का व्यक्ति केवल संवैधानिक मुखिया ही होगा।

जस्टिस मेहरचंद महाजन

शेख मोहम्मद अब्दुल्ला को प्रधानमंत्री बनाए जाने पर अमूमन हर कोई खुश था और यदि कोई दुःखी था तो वह पाकिस्तान और उसके हिमायती थे। पाकिस्तान सरकार ने तब कहा था कि शेख मोहम्मद और उनकी पार्टी पं. जवाहरलाल नेहरू की एजेंट है, इसलिए उन्होंने कश्मीरी आवाम के दूसरे नेताओं की बात नहीं मानी कि जम्मू-कश्मीर का पाकिस्तान में विलय होना चाहिए था।

जम्मू मूल के कद्दावर नेता चौधरी गुलाम अब्बास ने बाद में अपनी किताब 'कशमकश' में लिखा, 'शेख मोहम्मद अब्दुल्ला एक गैरभरोसे के व्यक्ति हैं।' किन्तु वहीं पाकिस्तान के कई नामचीन शायरों, जिनमें फैज अहमद फैज, हाफिज जालंधरी तथा जोश ने शेख मोहम्मद अब्दुल्ला के कश्मीरी आवाम के लिए किए गए संघर्ष और कुर्बानी की तारीफ की थी। शेख साहब की प्रधानमंत्री पद पर ताजपोशी के बावजूद पाकिस्तान निरंतर हमले करता रहा और रियासत का एक बड़ा हिस्सा कब्जा लिया था। चूंकि यह जंग लम्बी हो गई थी, इसलिए 1 जनवरी, 1949 को संयुक्त राष्ट्र सुरक्षा परिषद ने हस्तक्षेप करके सीजफायर लाइन जिसे बाद में लाइन ऑफ कंट्रोल यानी नियंत्रण रेखा कहा जाता है, तय कर दी थी।

महाराजा का दु:खांत और शेख की गिरफ्तारी

महाराजाधिराज हरि सिंह गहन चिंता में डूबे थे। उन्हें समय का फेर घेर रहा था। वे बेचैन और असहज थे। इसकी वजह उन्हीं का बनाया हुआ प्रधानमंत्री शेख मोहम्मद अब्दुल्ला था। महाराजा हरि सिंह का विरोध करने का उनका स्वभाव अब स्थायी हो चुका था। जैसे कि इस प्रिंसली स्टेट के भारत में विलय से पूर्व दशकों से वे महाराजा के खिलाफ आवाज बुलंद करते आए थे। महाराजा समझ नहीं पा रहे थे कि पं. जवाहरलाल नेहरू और महात्मा गांधी के कहने पर अपने धुर-विरोधी जिस शेख मोहम्मद अब्दुल्ला को उन्होंने रियासत का प्रधानमंत्री बना दिया, अब वह उन्हें सार्वजनिक तौर पर क्यों लांछित करने में लगा है। जब लगातार मिल रही जानकारियों के चलते महाराजा के सब्र का बांध टूट गया तो उन्होंने 20 अप्रैल, 1948 को गृहमंत्री सरदार वल्लभभाई पटेल को खत लिखा कि शेख मोहम्मद अब्दुल्ला उनके प्रति अपमानजनक भाषा का इस्तेमाल कर रहे हैं। उन्हें ऐसा करने से रोका जाए।

इसके बाद 3 दिसम्बर, 1948 को एक पत्र प्रधानमंत्री पं. जवाहरलाल नेहरू को लिखां। पत्र में महाराजाधिराज ने कहा, 'मैं आपका ध्यान अपने खिलाफ रियासत के मंत्रियों द्वारा दुष्प्रचार करने की ओर दिलाना चाहता हूं। हालांकि मैं इससे पहले भी आपको व आपकी मंत्रिपरिषद के सदस्यों को इस बाबत अवगत करा चुका हूं। बावजूद इसके आज भी मेरे खिलाफ दुष्प्रचार जारी है। सबूत के तौर पर रियासत के कुछ मंत्रियों और नेशनल कांफ्रेंस के नेताओं के कुछ बयान भी भेज रहा हूं। मैं जबकि अभी भी रियासत का संवैधानिक हेड हूं, बावजूद इसके मेरे प्रति घोर आपत्तिजनक व्यवहार किया जा रहा है। मैं उम्मीद करता हूं कि आप समुचित कार्रवाई करेंगे...।'

डा. कर्ण सिंह ने अपनी आत्मकथा के पृष्ठ 87 पर लिखा, 'शेख मोहम्मद अब्दुल्ला मेरे पिता महाराजा साहब को शारीरिक तौर पर रियासत से बाहर निकालने की कोशिशें कर रहे थे।'

चूंकि शेख मोहम्मद अब्दुल्ला के प्रधानमंत्री पं. जवाहरलाल नेहरू के साथ घनिष्ठ संबंध थे, उसका वे पूरी तरह फायदा उठा रहे थे। पं. जवाहरलाल पूरे दिल से शेख मोहम्मद अब्दुल्ला के साथ थे तो गृहमंत्री सरदार पटेल, जिन्हें भी इस पूरे प्रकरण की निरंतर जानकारी दी जा रही थी, वे महाराजा साहब के लिए खड़े होते, मगर कोई ठोस नतीजा नहीं निकलता। कहते हैं कि इसी विवाद के निरंतर चलते रहने और शेख मोहम्मद अब्दुल्ला को ऐसा करने से रोक पाने में असमर्थ होने पर सरदार पटेल ने मंत्री परिषद से इस्तीफा तक देने का फैसला कर लिया था, लेकिन टल गया।

जम्मू-कश्मीर के प्रधानमंत्री शेख मोहम्मद अब्दुल्ला को भारत के प्रधानमंत्री पं. जवाहरलाल नेहरू की ओर से जिस तरह अत्यधिक महत्त्व मिल रहा था, उससे उनके हौसले काफी बुलंद थे। वे महाराजा हरि सिंह से अब किसी भी तरह का समझौता नहीं करना चाहते थे, जिससे वे शांत हो सके। महाराजा हरि सिंह भारत सरकार के प्रधानमंत्री और गृहमंत्री को लगातार खत लिख रहे थे। बावजूद इसके शेख मोहम्मद अब्दुल्ला का उन पर हमला जारी रहा। अप्रैल, 1949 की बात है कि हम दिल्ली आए थे और वहां पुरानी दिल्ली रेलवे स्टेशन के सामने बने मैडंस होटल में ठहरे हुए थे कि हमें तभी पं. जवाहरलाल नेहरू की ओर से लंच का न्यौता मिला। मैं, मेरा पिता महाराजा साहब तथा महारानी साहिबा तीनों तीनमूर्ति हाउस पहुंचे। हमने अपना होटल बदल लिया था और नई दिल्ली के होटल इम्पीरियल में ठहर गए थे।

तीनमूर्ति हाउस में उस वक्त इंदिरा गांधी भी थी, जिन्होंने लंच का इंतजाम किया था। चूंकि मेरे पिता और पं. जवाहरलाल नेहरू दोनों उस मौजूदगी में खुद को असहज महसूस कर रहे थे, सो पंडित जी वहां से किसी काम से चले गए थे। इसके बाद 20 अप्रैल को सरदार वल्लभभाई पटेल के बुलावे पर हमारा खाने का कार्यक्रम बना। उस दिन भी हम तीनों सरदार वल्लभभाई पटेल के यहां पहुंचे थे। उस वक्त उनकी बेटी मणिबेन तथा उनके निजी सचिव वी. शंकर भी वहां मौजूद थे। रात्रिभोज करने के बाद मेरे माता-पिता व सरदार पटेल अन्य कमरे में चले गए।

बाद में मुझे मेरे माता-पिता ने बताया कि सरदार पटेल ने उनसे कहा है कि शेख मोहम्मद अब्दुल्ला दबाव बना रहे हैं कि वे (महाराजा) अपनी स्टेट-हेड की जिम्मेदारी से हट जाएं। भारत सरकार महसूस करती है कि ऐसी स्थिति में महाराजा-महारानी कुछ माह के लिए स्टेट से कहीं बाहर चले जाएं। यह राष्ट्रीय हित में होगा। चूंकि रायशुमारी के प्रस्ताव को लेकर दिक्कतें खड़ी की जा रही हैं। यह भी कहा कि मुझे मेरे पिता रियासत का रीजेंट घोषित कर दें, ताकि उनकी गैरहाजिरी में मैं उनके कर्तव्य व जिम्मेदारियों का निर्वहन कर सकूं।

सरदार पटेल के मुंह से यह सब कुछ सुनकर मेरे पिता स्तब्ध रह गए थे।

हालांकि इस प्रकार की साजिशों की अफवाहें कई दिनों से उड़ रही थीं, मगर हम यकीन नहीं कर पा रहे थे।

इसके बाद हम खामोशी के साथ होटल इम्पीरियल लौट आए थे। मेरे पिता ने अपने सलाहकारों बख्शी टेकचंद, जस्टिस मेहरचंद महाजन के साथ फौरन बातचीत की। मेरी मां अपने कमरे में चली गई थीं। बाद में मैं जब उनके कमरे में गया तो वे बिस्तर पर लेटी रो रही थीं। कह रही थीं कि अब तुम्हारे पिता और मुझे रियासत से बाहर धकेला जा रहा है। भारत सरकार तुम्हें रीजेंट बनाना चाहती है रियासत का...।

ऐसी संकट की घड़ी में बाद में पं. जवाहरलाल नेहरू ने मुझे अकेले अपने घर पर नाश्ते के लिए बुलाया। मैं उस वक्त बेहद उत्सुक हो गया था। मैं डाइनिंग-रूम में पहुंचा तो वहां इंदिरा गांधी अपना खाना लेकर फारिग हुई थीं कि तभी पं. जवाहरलाल नेहरू चलते हुए मेरी ओर मुखातिब होकर बोले 'हैलो टाइगर' और फिर हम दोनों ब्रेकफास्ट करने बैठ गए थे। खाने के दौरान उन्होंने मुझसे कश्मीर-समस्या की आउट-लाइन, शेख मोहम्मद अब्दुल्ला की भूमिका तथा रियासत की स्थिति से जुड़े राष्ट्रीय हितों पर चर्चा की। फिर कहा कि जो गतिरोध बना है, तोड़ने के लिए जरूरी है कि तुम्हें रियासत का रीजेंट नियुक्त किया जाए...।

पं. जवाहरलाल नेहरू से हुई चर्चा को लेकर माता-पिता से मेरी बातचीत हुई। इससे घर में तनाव और ज्यादा बढ़ गया था। महाराजा साहब ने उस गहरे तनाव के माहौल में कई लोगों से बातचीत की, बाद में 6 मई को सरदार पटेल को विस्तृत पत्र लिखा। यह पत्र काफी लम्बा था। इस पत्र में मेरे पिता ने अपनी व्यथा का पुन: उल्लेख करते हुए दस बिंदुओं का जिक्र किया था जिसमें उनके बनाए गए प्रधानमंत्री शेख मोहम्मद अब्दुल्ला द्वारा अरसे से की जा रही उनकी संवैधानिक स्थिति की अवहेलना का हवाला देते हुए कहा गया था कि शेख मोहम्मद अब्दुल्ला को झूठे आरोप व भद्दी आलोचना का अभियान बंद करना होगा...।

पं. जवाहरलाल नेहरू

यह पत्र महाराजा की मनोस्थिति को दर्शाता था कि वे भारत सरकार के प्रधानमंत्री के उक्त सुझाव से कितने बेबस व दु:खी हैं।

जानकारों का कहना है कि प्रगतिशील विचारधारा का दिखावा करने वाले शेख

मोहम्मद अब्दुल्ला पूर्णत: सत्ता पाकर तानाशाह व निरंकुश हो गए थे। यही वजह थी कि जब उन्हें पहले रियासत का आपात प्रशासक नियुक्त किया गया था, तब भी वे प्रधानमंत्री जस्टिस मेहरचंद महाजन से सलाह-मशविरा किए बिना हर तरह के फैसले ले लेते थे। प्रधानमंत्री जस्टिस मेहरचंद महाजन ने भी शेख मोहम्मद अब्दुल्ला की भारत सरकार से शिकायत की थी।

आखिरकार महाराजा हरि सिंह को भारी मन से वह फैसला लेना ही पड़ा, जो उन्हें पंडित जवाहरलाल नेहरू की ओर से कहा गया था, 'महाराजा व महारानी कुछ अरसे के लिए रियासत से बाहर चले जाएं।' महाराजा ने इस फैसले में युवराज कर्ण सिंह को स्टेट का रीजेंट नियुक्त करने की भी बात स्वीकार कर ली। 9 जून, 1949 को युवराज कर्ण सिंह की रीजेंट के तौर पर ताजपोशी कर दी गई थी। उस वक्त वे महज 20 वर्ष के थे।

श्रीनगर पहुंचने पर एयरपोर्ट पर प्रधानमंत्री शेख मोहम्मद अब्दुल्ला, उनकी मंत्री परिषद व नौकरशाहों ने युवराज कर्ण सिंह का गर्मजोशी से स्वागत किया। श्रीनगर पहुंचने से पहले नई दिल्ली में पं. जवाहरलाल नेहरू ने उन्हें सीख दी कि वे शेख मोहम्मद अब्दुल्ला से सौहार्दपूर्ण रिश्ते बनाकर रखें। चूंकि वे कश्मीर के एकमात्र कद्दावर नेता हैं।

जून, 1949 में ही आखिरकार महाराजा हरि सिंह को पं. नेहरू और शेख के दबाव में अपनी मातृभूमि को छोड़कर बम्बई चले जाना पड़ा। जहां वे 14 वर्ष निर्वासन में रहे और फिर मात्र 66 वर्ष की आयु में 26 अप्रैल, 1961 को वहीं उन्होंने आखिरी सांस ली थी। उनकी मृत्यु से हर कोई क्षुब्ध व सदमे में था। लोग महाराजा की इस स्थिति के लिए पं. जवाहरलाल नेहरू और शेख मोहम्मद अब्दुल्ला को जिम्मेदार बताते रहे हैं। ब्लॉगर डॉ. शब्बीर चौधरी का कहना है, 'महाराजा हरि सिंह एक महान सुधारक, राष्ट्रवादी व देशभक्त थे। उन्हें भारत और पाकिस्तान दोनों ने गहरा दु:ख पहुंचाया और उनके साथ गद्दारी की थी।'

जानकारों का मानना है कि हालांकि भारत के प्रधानमंत्री पं. जवाहरलाल नेहरू से घनिष्ठता के कारण शेख मोहम्मद अब्दुल्ला जमकर अपनी मनमर्जी करते आ रहे थे। वे रियासत के संवैधानिक हेड को भी नजरअंदाज कर रहे थे, मानो इस स्टेट के वही राजा हैं, फिर भी यदि कहीं से प्रबल विरोध का सामना करना पड़ता था तो वे थे सरदार पटेल। 15 दिसम्बर, 1950 को उनके देहांत के बाद वह भय भी शेख साहब के मन से निकल गया था। अब वे जब भी विदेश जाते, वहां रियासत के हित अथवा देश (भारत) की विदेश नीति को दरकिनार कर जो मर्जी कह देते थे। इसकी जानकारी नई दिल्ली को संबंधित देश के मीडिया में छपी खबरों के जरिए मिलती रहती थी।

जम्मू के लोग पं. नेहरू और शेख मोहम्मद अब्दुल्ला से तो नाराज थे ही, वहीं वे युवराज कर्ण सिंह द्वारा 'रीजेंट' बनने पर उनसे खफा थे। डोगरा समाज खुद को आहत व ठगा-सा महसूस कर रहा था। युवराज कर्ण सिंह के रीजेंट बनने के बाद भी शेख मोहम्मद अब्दुल्ला महाराजा हरि सिंह को अपमानित करने से रुक नहीं रहे थे। ऐसी खबर उड़ी कि शेख साहब महाराजा हरि सिंह के खिलाफ युद्ध अपराधी का केस चलाने की सोच रहे हैं जिससे उन्हें जेल में ठूंस दिया जाए। माना जा रहा है कि यह कदम वे (शेख) महाराजा के कार्यकाल में कई बार गिरफ्तार करने व जेल जाने के प्रतिशोध में उठाने जा रहे थे। शेख मोहम्मद अब्दुल्ला रीजेंट युवराज कर्ण सिंह पर लगातार अपना दबाव बनाए हुए थे। रीजेंट का पद राज्य प्रमुख का होता है, इसलिए तकनीकी तौर पर बाद में उन्हें रीजेंट के स्थान पर जुलाई, 1952 में सदर-ए-रियासत बना दिया गया था जिसे युवराज कर्ण सिंह ने स्वीकार कर लिया था। अब वे राज्य प्रमुख का पद खो चुके थे। पद ग्रहण के बाद जब कर्ण सिंह जम्मू गए तो वहां लोगों ने उनका जमकर विरोध किया था।

शेख मोहम्मद अब्दुल्ला बेबाक व निडर नेता के साथ-साथ अति महत्त्वाकांक्षी भी थे। उन्होंने अपने प्रधानमंत्रित्व काल में संविधान सभा की 31 अक्टूबर, 1951 से लेकर 1953 तक कुल छह बैठकें कीं। इनमें उन्होंने रियासत का अलग झंडा बनाया, जो पार्टी नेशनल कांफ्रेंस से मेल खाता था और वंशानुगत शासन खत्म करने के ही फैसले किए थे। इससे वे खुद व पार्टी को और मजबूत करना चाहते थे। संविधान सभा ने 20 जून, 1952 को राजशाही खत्म करने और स्टेट हेड के स्थान पर निर्वाचित सदर-ए-रियासत के पद की स्थापना करने का प्रस्ताव पारित किया था, लेकिन उनके इस प्रस्ताव पर देश भर में खासी बहस छिड़ गई थी, तब शेख मोहम्मद अब्दुल्ला ने कहा था कि डोगरा साम्राज्य का अंत हो गया है।

शेख मोहम्मद अब्दुल्ला के इस कदम पर डॉ. कर्ण सिंह का कहना था, 'भारतीय परिसंघ में प्रिंसली स्टेट जम्मू-कश्मीर विलय की कानूनी और संवैधानिक वैधता मेरे पिता महाराजा हरि सिंह द्वारा हस्ताक्षरित अधिमिलन-पत्र पर तय हो गई थी। अब उसी महाराजा के उत्तराधिकारी को ऐसी सभा द्वारा अपमानजनक तरीके से अलग किया जा रहा था, जिसे उसी उत्तराधिकारी बेटे द्वारा हस्ताक्षरित घोषणापत्र द्वारा बनाया गया था। पं. जवाहरलाल नेहरू और शेख मोहम्मद अब्दुल्ला, दोनों ही जिस राजनैतिक परिदृश्य से मेरे पिता महाराजा साहब को यहां से पूरी तरह हटाने को अनिवार्य बाध्यता समझ रहे थे, उससे एक संवैधानिक गतिरोध पैदा हो गया था।'

शेख मोहम्मद अब्दुल्ला का मन उड़ानें भर रहा था। उन्हें यह भी अहसास नहीं रहा कि वे संविधान को खुल्लम खुल्ला मुंह चिढ़ाने में लगे हैं। उन्होंने 29 जुलाई, 1952 को पं. जवाहरलाल नेहरू को पत्र लिखा कि राज्य की संविधान सभा आगामी

16 अगस्त को सदर-ए-रियासत का चुनाव कराने जा रही है, सो राष्ट्रीय धारा 370 के तहत आवश्यक अधिसूचना जारी करें। पं. नेहरू कानूनविद् थे और कानून ज्ञाता, ने शेख मोहम्मद अब्दुल्ला को उसी दिन जवाब दिया कि 'वैधानिक तौर पर यह साफ नहीं है कि क्या धारा 370 के अंतर्गत राष्ट्रपति अनेक बार ऐसी अधिसूचनाएं जारी कर सकते हैं। दूसरी समस्या यह भी है कि वर्तमान महाराजा का क्या किया जाए? या तो वे खुद त्यागपत्र दे, यदि ऐसा नहीं होता तो फिर इस बारे में राष्ट्रपति को ही सोचना होगा।' उधर, महाराजा हरि सिंह को रियासत में शेख मोहम्मद अब्दुल्ला की ऐसी कोशिशों की लगातार जानकारियां मिल रही थीं। उन्होंने राष्ट्रपति को एक पत्र लिखकर उक्त प्रस्ताव की संवैधानिक वैधता पर सवाल खड़ा कर दिया। नतीजतन, राष्ट्रपति ने 6 सितम्बर, 1952 को प्रधानमंत्री पं. नेहरू को पत्र लिखकर संवैधानिक स्थिति साफ करते हुए इस प्रक्रिया की संवैधानिक वैधता पर संदेह जाहिर किया। शेख मोहम्मद अब्दुल्ला चाहते थे कि धारा 370 की उपधारा एक में दिए गए स्पष्टीकरण में जम्मू-कश्मीर के महाराजा के स्थान पर सदर-ए-रियासत शब्द जोड़ा जाए। कुल मिलाकर राष्ट्रपति ने शेख मोहम्मद अब्दुल्ला की मांग पर संवैधानिक आपत्तियां उठा दी थीं।

पंडित जवाहरलाल नेहरू के बारे में आम धारणा यही थी कि वे साफगोई पसंद थे। उन्हें जो भी कहना होता था, वह साफ कह देते थे। वे मानते थे कि महाराजा हरि सिंह द्वारा भारत में हस्ताक्षरित अधिमिलन का पत्र दिए जाने के बाद इस रियासत का अधिमिलन संविधान एवं कानूनी दृष्टि से अंतिम है। इसे किसी भी हाल में पलटा नहीं जा सकता है। बावजूद इसके 26 जनवरी, 1950 को भारत गणतंत्र बन जाने और संविधान निर्माण के बाद भी पं. नेहरू पहले भी और बाद में कई बार यह कहते रहे कि 'राज्य के लोग मतदान करके जो भी निर्णय करेंगे, हमें मंजूर होगा। भले ही वे हमसे अलग होना चाहें...।' पं. नेहरू ने यह बात क्यों कही, वही बेहतर जानते होंगे, लेकिन अलगाववादी कश्मीरी और पाकिस्तान पं. नेहरू के इसी बयान को लेकर नाच रहे हैं। पं. नेहरू के इसी बयान पर एक शायर का शेर याद आता है—

'वक्त की आंखों से हमने वो दौर भी देखा है,
लम्हों ने खता की और सदियों ने सजा पाई है।'

पं. जवाहरलाल नेहरू ने यह पहली भयंकर गलती की थी, जब उन्होंने भारत में विलय के बावजूद कश्मीरी आवाम से कहा था कि 'हालात सामान्य होने के बाद सूबे की तकदीर कि वे कहां रहना चाहेंगे, रायशुमारी के जरिए तय कर लेंगे।' दूसरी बड़ी गलती उन्होंने अपने अभिन्न दोस्त शेख मोहम्मद अब्दुल्ला के हर गुनाह को नजरअंदाज अथवा मूक माफ करते रहने की वजह से की थी।

महाराजा हरि सिंह को उनकी रियासत से उन्हें ही बाहर खदेड़ने के बाद रीजेंट पद पर आसीन युवराज कर्ण सिंह की अवहेलना करते-करते अब शेख मोहम्मद अब्दुल्ला बेकाबू हो चुके थे। वे न केवल जम्मू-कश्मीर राज्य बल्कि देश के हितों अथवा सम्मान को भी अब ताक पर रखने में कोई कसर नहीं छोड़ रहे थे। सूरतेहाल यह थी कि अब पंडित जवाहरलाल नेहरू अपने इस लाड़ले मित्र से बेहद परेशान होने लगे थे।

राजनैतिक तथा राजनयिक महत्त्व को दूर रख वे पाक के कब्जे वाले आजाद जम्मू-कश्मीर के नेतृत्व से आजाद शासक की भांति बातचीत करते रहते। इससे लगा कि शेख व आजाद जम्मू-कश्मीर नेतृत्व के बीच कोई आंतरिक समझौता हो गया है। ऐसा संदेश जाने लगा कि शेख मोहम्मद अब्दुल्ला ने पं. जवाहरलाल नेहरू को राजनैतिक तथा राजनयिक तौर पर बंधक बना लिया हो।

उन्हीं दिनों सितम्बर, 1950 को अमेरिका के नई दिल्ली स्थित राजदूत लॉर्ड हैंडरसन गुप्त तौर पर श्रीनगर गए थे। वहां प्रधानमंत्री शेख मोहम्मद और अमेरिकी राजदूत के बीच कश्मीर के भविष्य को लेकर चर्चा हुई। तब शेख मोहम्मद अब्दुल्ला ने कहा था कि यहां की बहुमत जनता सूबे का वजूद आजाद चाहती है। यह भी कहा कि 'आजाद जम्मू-कश्मीर' के कई नेता भी यही कहते हैं कि इसके लिए वे (आजाद जम्मू-कश्मीर) उन्हें (शेख को) सहयोग देने को तैयार है। कभी-कभार शेख मोहम्मद अब्दुल्ला इस तरह का भी बयान दे देते कि सूबे की बेहतरी भारत में रहकर हो सकती है, पाकिस्तान के साथ जाकर नहीं।

तीन साल बाद शेख मोहम्मद अब्दुल्ला ने मई, 1953 में वह बात फिर दोहराई, जो उन्होंने नई दिल्ली स्थित अमेरिकी दूतावास के राजदूत लॉर्ड हैंडरसन से कही थी, वही बात उन्होंने अमेरिकी डेमोक्रेट लीडर अदलाई स्टीवेंसन से कह दी थी। इसकी भी जानकारी पंडित जवाहरलाल नेहरू को मिली थी जिससे वे तनाव में आ गए थे। उन्हें अब लगा था कि समय आ गया है, 'बेलगाम' शेख मोहम्मद अब्दुल्ला पर नकेल डालने का। उधर, सदर-ए-रियासत कर्ण सिंह तो पहले से ही शेख मोहम्मद अब्दुल्ला से उनके 'कारनामों' के चलते बेहद खफा थे। चूंकि अब सीध ा-सीधा मामला राज्य व देश के साथ द्रोह करने का था तो कश्मीर के शेर कहे जाने वाले प्रधानमंत्री शेख मोहम्मद अब्दुल्ला को 9 अगस्त, 1953 को बर्खास्त करके अगले दिन 8 अगस्त को गिरफ्तार कर लिया गया। उनके स्थान पर 9 अगस्त को उप प्रधानमंत्री बख्शी गुलाम मोहम्मद को प्रधानमंत्री पद की शपथ दिलाई गई। 'कश्मीर षड्यंत्र' मामले में गिरफ्तार किए गए शेख मोहम्मद अब्दुल्ला को 11 साल के लिए जेल भेज दिया गया जिसे प्रधानमंत्री बख्शी गुलाम मोहम्मद ने एकदम उचित बताया था। उन्होंने कहा कि शेख मोहम्मद अब्दुल्ला देश हितों के खिलाफ

काम कर रहे थे और वे आजादी की आग भड़का रहे थे। उल्लेखनीय है कि जब शेख मोहम्मद अब्दुल्ला को बर्खास्त करके गिरफ्तार कर जेल भेजा गया था, तब घाटी में दंगा हो गया था। गोलीबारी में कुछ लोग मारे गए थे। शेख मोहम्मद अब्दुल्ला के खास करीबी मंत्री मिर्जा अफजल बेग को भी गिरफ्तार कर लिया गया था। 5 अक्टूबर, 1953 को संविधान सभा में शेख मोहम्मद अब्दुल्ला व मिर्जा अफजल बेग के बिना बख्शी गुलाम मोहम्मद को प्रधानमंत्री पद पर विश्वासमत हासिल हो गया।

दिलचस्प बात यह है कि जिस मोहम्मद अली जिन्ना की शेख मोहम्मद अब्दुल्ला से शत्रुता थी, उनकी बहन सुश्री फातिमा जिन्ना ने शेख मोहम्मद को बर्खास्त किए जाने पर गहरा दु:ख जताया था, बल्कि 14 अगस्त के पाकिस्तान दिवस, जिस दिन वह आजाद मुल्क बना, के निर्धारित कार्यक्रम को रद्द करके शेख की रिहाई के लिए कराची में बड़ा प्रदर्शन किया गया था। उन्होंने कश्मीर को आजाद कराने की आवाज उठाते हुए शेख मोहम्मद अब्दुल्ला को पाकिस्तान का हीरो तक कह डाला था।

जानकारों का मानना है कि शेख मोहम्मद अब्दुल्ला की बर्खास्तगी के बाद पाकिस्तान में उनके समर्थन में जिस तरह प्रतिक्रियाएं हुईं, उससे उन शंकाओं को बल मिलता है कि शेख साहब के सीमापार के कई नेताओं से गहरे संबंध रहे और कश्मीर को लेकर उनकी गोपनीय चर्चाएं वगैरह भी हुई थीं।

अब्दुल्ला परिवार से समझौता

भारत के प्रथम प्रधानमंत्री पंडित जवाहरलाल नेहरू से लेकर प्रधानमंत्री इंदिरा गांधी और उनके बेटे प्रधानमंत्री राजीव गांधी तक का बाबा-ए-कौम शेख मोहम्मद अब्दुल्ला और उनके बेटे डॉ. फारूक अब्दुल्ला से विशेष लगाव रहा है। कश्मीर के 'ट्रेजिक हीरो' कहे गए शेख मोहम्मद अब्दुल्ला को भले ही जितनी भी बार जेल की हवा खानी पड़ी हो, लेकिन वे नेहरू-गांधी परिवार के दिलों से अलग नहीं हो सके थे। लम्बे अरसे तक जेल काटने और सत्ता से बीस साल से ज्यादा दूर रहने के बाद शेख मोहम्मद अब्दुल्ला के साथ कांग्रेस सरकार ने 13 नवम्बर, 1974 को कश्मीर समझौता किया और फिर सूबे की कमान थमा दी। प्रधानमंत्री इंदिरा गांधी ने ही उन्हें जेल से रिहा करवाया था। उस वक्त हालांकि कांग्रेस के पास बहुमत भी था। सूबे की 75 सीटों में 46 विधायक कांग्रेस के थे। जम्मू-कश्मीर नेशनल पैंथर्स पार्टी के सुप्रीमो प्रो. भीम सिंह का कहना है कि जेल के घने अंधेरे में 22 साल काटने के बाद शेख मोहम्मद अब्दुल्ला रिहा होकर सूबे का मुख्यमंत्री बनाए जाने पर इंदिरा गांधी के प्रति आभारी हो गए थे। उन्हें 25 फरवरी, 1975 को मुख्यमंत्री पद की शपथ दिलाई गई। उनके नेतृत्व में 2 नवम्बर को मंत्री मिर्जा अफजल बेग बने। बेग शेख मोहम्मद अब्दुल्ला के खासमखास थे।

'इंदिरा-शेख समझौता' पर प्रधानमंत्री इंदिरा गांधी की ओर से जी. पार्थसारथी ने भारत सरकार के प्रतिनिधि के तौर पर और शेख मोहम्मद अब्दुल्ला की तरफ से उनके 'सेकेंड-इन-कमांड' कहे जाने वाले मिर्जा अफजल बेग ने दस्तखत किए थे। मुख्यमंत्री बने शेख मोहम्मद अब्दुल्ला को प्रधानमंत्री इंदिरा गांधी ने अपने पिता पं. नेहरू की तरह राज-काज चलाने की खुली छूट दे दी थी।

जानकारों का कहना है ब्रिटिश-इंडिया के भारत और पाकिस्तान बनने के बाद शेख मोहम्मद अब्दुल्ला प्रिंसली स्टेट जम्मू-कश्मीर का सुल्तान बनने का सपना संजोए बैठे थे। भारत में विलय के बाद जम्मू-कश्मीर की बिगड़ती-बनती परिस्थितियों और जेल में काटे लम्बे वक्त के बाद शेख मोहम्मद अब्दुल्ला जमीनी

हकीकत से रू-ब-रू हो चुके थे। इसलिए शेख मोहम्मद अब्दुल्ला ने सूबे का प्रधानमंत्री बनने के बजाय मुख्यमंत्री बनना मंजूर कर लिया था।

दिलचस्प बात यह है कि जी.एम. सादिक जब 1965 में सूबे के प्रधानमंत्री बने, तब नेशनल कांफ्रेंस का कांग्रेस में विलय हो गया था, तभी सदर-ए-रियासत को राज्यपाल और प्रधानमंत्री को मुख्यमंत्री का विधिवत् रूप दे दिया गया था। सादिक के इस प्रयास को केंद्र तथा सूबे के बीच बेहतर रिश्तों की दिशा में उनका एक बड़ा कदम माना गया था। शेख मोहम्मद अब्दुल्ला ने बिना किसी संकोच के इस संवैधानिक रिश्ते को कुबूल कर लिया था। सन् 1975 में जब शेख मोहम्मद अब्दुल्ला को मुख्यमंत्री बनाया गया था, उस वक्त कांग्रेस के सैयद मीर कासिम मुख्यमंत्री थे। उस वक्त कांग्रेस पार्टी से रहे प्रो. भीम सिंह का कहना है कि शेख मोहम्मद अब्दुल्ला को मुख्यमंत्री बनाना कांग्रेस नेतृत्व की एक बड़ी भूल थी, तब मुफ्ती मोहम्मद सईद ने इसका विरोध किया था। आपातकाल हटने के बाद शेख मोहम्मद अब्दुल्ला ने कांग्रेस के खिलाफ ही मोर्चा खोल दिया था। इस पर कांग्रेस ने शेख सरकार से अपना समर्थन वापस ले लिया था।

इंदिरा गांधी और शेख मोहम्मद अब्दुल्ला के बीच हुए समझौते पर जिन मुद्दों का जिक्र हुआ, वे हैं; **एक**—जम्मू-कश्मीर राज्य भारत संघ का एक अविभाजित अंग है और इसके रिश्ते भविष्य में भारत के संविधान की धारा 370 से संचालित होंगे।

दो— यद्यपि कानून बनाने की अवशिष्ट शक्तियां राज्य के पास रहेंगी, फिर भी संघीय संसद का ऐसे तमाम विषयों पर कानून बनाने का अधिकार बरकरार रहेगा, जिसका संबंध भारत की क्षेत्रीय अखंडता और प्रभुसत्ता को भंग करने, चुनौती देने या नकारने के किसी प्रत्यक्ष अथवा परोक्ष प्रभाव और भारतीय क्षेत्र के किसी भाग को उससे अलग करने या भारत के किसी क्षेत्र को संघ से अलग करने या भारतीय राष्ट्रीय ध्वज, भारतीय राष्ट्रीय गान व संविधान का अपमान करने की किसी भी गतिविधि को रोकने से है।

तीन— यदि जम्मू-कश्मीर राज्य में भारतीय संविधान के किसी प्रावधान को अनुकूलित और संशोधित अवस्था में लागू

इंदिरा गांधी

किया गया हो, तो ऐसे अनुकूलनों और संशोधनों को धारा 370 के अंतर्गत राष्ट्रपति के आदेश के जरिये बदला या निरस्त किया जा सकता है तथा इस बारे में हर निजी प्रस्ताव को उसके गुणावगुणों के आधार पर देखा जाएगा, लेकिन जम्मू-कश्मीर राज्य में पहले से लागू संविधान के उप प्रावधानों को, जो संशोधित या अनूकूलित व्यवस्था में लागू किए गए थे, बदला नहीं जाएगा।

चार– कल्याण कार्यों, सांस्कृतिक मामलों, सामाजिक सुरक्षा, वैयक्तिक कानून तथा व्यावहारिक कानून आदि के मामलों में खुद के कानून बनाने की जम्मू-कश्मीर की स्वतंत्रता को, राज्य की विशेष परिस्थितियों के अनुरूप सुनिश्चित करने की गरज हो। इस बात पर सहमति व्यक्त की जाती है कि राज्य सरकार 1953 के बाद राज्य के लिए बनाए गए या राज्य में लागू किए गए समवर्ती सूची के विषयों से जुड़े किसी भी कानून की समीक्षा कर सकती है। उसमें संशोधन कर सकती है या उसे चाहे तो रद्द कर सकती है। लिहाजा संविधान की 254वीं धारा के अंतर्गत समुचित कदम उठाए जाएं। ऐसे मामलों में राज्य सरकार राष्ट्रपति की सहमति लेने के बारे में सहानुभूतिपूर्वक विचार करेगी। यही दृष्टिकोण उक्त धारा की उपधारा-दो के अंतर्गत संसद द्वारा भविष्य में बनाए जाने वाले कानूनों के बारे में भी अपनाया जाएगा। राज्य में ऐसा कोई भी कानून लागू करने से पहले राज्य सरकार से विचार-विमर्श किया जाएगा और राज्य सरकार के विचारों पर अधिकतम ध्यान दिया जाएगा।

पांच– जैसा कि संविधान की धारा 368 के अंतर्गत पारस्परिक प्रावधान है, राज्य में लागू इस धारा को राष्ट्रपति के आदेश के जरिए संशोधित करके ऐसी व्यवस्था की जाए कि निम्नलिखित विषयों को प्रत्यक्ष या अप्रत्यक्ष प्रभावित करने की मंशा से जम्मू-कश्मीर के संविधान में संशोधन हेतु राज्य विधायिका द्वारा बनाया जाने वाला कोई भी कानून तब तक लागू न हो, जब तक कि उस कानून के विधेयक पर राष्ट्रपति की मंजूरी नहीं ली जाती। ये विषय हैं-

(क) राज्यपाल की नियुक्ति, उसकी शक्तियां, उसके कार्य, कर्तव्य, विशेषाधिकार उनकी नियुक्तियां।

(ख) चुनावों से जुड़े मामलों पर भारत के चुनाव आयोग का पर्यवेक्षण, दिशा निर्देशन, नियंत्रण व बिना किसी भेदभाव के मतदाता सूचियों में प्रविष्टियां, बालिग मताधिकार का सुनिश्चितीकरण और विधान परिषद का गठन, जिसका जम्मू-कश्मीर के संविधान की धाराओं- 138, 139, 140 तथा 50 में प्रावधान है।

छह– राज्यपाल और मुख्यमंत्री के पदनाम के सवाल पर कोई समझौता संभव नहीं था, लिहाजा इस मामले को छोड़ दिया जाता है।

मिर्जा अफजल बेग (प्रतिनिधि शेख अब्दुल्ला)
नई दिल्ली, 13 नवम्बर, 1974

जी. पार्थसारथी
(प्रतिनिधि भारत सरकार)

सन् 1984 में इंदिरा गांधी की नृशंस हत्या और शेख मोहम्मद अब्दुल्ला की मृत्यु के बाद केंद्र में राजीव गांधी, प्रधानमंत्री और जम्मू कश्मीर में डॉ. फारूक अब्दुल्ला, मुख्यमंत्री बने थे। डॉ. फारूक अब्दुल्ला 8 सितम्बर, 1982 से 2 जुलाई, 1984 तक इस पद पर रहे, फिर उन्हें हटा दिया गया था। उनके बाद आवामी नेशनल कांफ्रेंस के जी.एम. शाह 6 मार्च, 1986 तक मुख्यमंत्री बने रहे। उनके कार्यकाल में कश्मीर में हालात तेजी से बिगड़ गए थे। सूबे में राष्ट्रपति शासन 6 मार्च, 1986 को ही लगा दिया गया। राष्ट्रपति शासन की समाप्ति के साथ डॉ. फारूक अब्दुल्ला को 7 नवम्बर, 1986 को मुख्यमंत्री बना दिया गया। सूबे के कांग्रेसी नेता नेशनल कांफ्रेंस के साथ मिलकर सरकार बनाने के लिए प्रधानमंत्री राजीव गांधी पर निरंतर दबाव बनाए हुए थे। पुनः मुख्यमंत्री बनने पर डॉ. फारूक अब्दुल्ला ने अपने विरोधियों पर नकेल कसनी शुरू की। अब्दुल गनी लोन को जेल में डाल दिया गया था। नेशनल कांफ्रेंस और कांग्रेस के गठबंधन के राज में घाटी में असंतोष तथा गुस्सा और मुखर हो गया था। डॉ. फारूक अब्दुल्ला जमकर अपने मन की कर रहे थे। कश्मीर में अलगाववादी तथा पाक समर्थक ताकतें ज्यादा ताकतवर होती गई थीं। 'राजीव-फारूक अनुबंध' का सूबे पर दुष्प्रभाव ही पड़ा।

अलगाववादी नेताओं ने 1987 के विधानसभा चुनाव में 'मुस्लिम यूनाइटेड फ्रंट' (मफ) बनाकर अपने उम्मीदवार मैदान में उतारे थे। इस चुनाव पर भारी गड़बड़ी व धांधलियों के संगीन आरोप लगे थे। सरकार डॉ. फारूक अब्दुल्ला के नेतृत्व में बनी। 23 मार्च, 1987 को हुआ यह चुनाव कांग्रेस और नेशनल कांफ्रेंस ने मिलकर लड़ा था। जानकारों का कहना है कि मुख्यमंत्री बनने के बाद डॉ. फारूक अब्दुल्ला ने कश्मीर में बिगड़े हालात पर कोई संजीदगी नहीं दिखाई। पाकपरस्त ताकतें साजिशें बुनकर उसे अंजाम देने की कोशिश में लगी रहीं। घाटी के बेरोजगार मुस्लिम युवकों की गतिविधियों पर कोई नजर नहीं जा रही थी। बड़ी

डॉ. फारूक अब्दुल्ला

संख्या में युवक लाल चौक से ऐलानिया बस में बैठकर बारामूला के बांडीपुरा की नियंत्रण रेखा (लाइन ऑफ कंट्रोल) पार करके पाक के कब्जे वाले आजाद जम्मू-कश्मीर में हथियारों का प्रशिक्षण लेने जा रहे थे। सूबे में सक्रिय खुफिया तथा सुरक्षा एजेंसियां भी मूकदर्शक बनी रहीं। उन्होंने न तो इन नौजवानों का अता-पता लिया और न ही संबंधित बस ड्राइवर तथा मालिक से पूछताछ की अथवा उसे पकड़ा। उस वक्त नियंत्रण रेखा पर कोई खास निगरानी नहीं थी। कश्मीरी नौजवान काफी बड़ी तादाद में सरहद पार चले गए थे। इस ओर डॉ. फारूक अब्दुल्ला की इस कदर रहस्यमय खामोशी ने उन्हें संदेह के घेरे में ला दिया था।

जानकारों का मानना है कि डॉ. फारूक अब्दुल्ला सरकार के कुछ मंत्री भी इसमें संलिप्त थे। सूबे की इस पूरी स्थिति से प्रधानमंत्री राजीव गांधी अनभिज्ञ रहे। हालात इतने बिगड़ गए कि आतंकवादी, जिसकी चाहें उसकी हत्या कर देते, मगर सूबे की सरकार हाथ-पे-हाथ रखकर तमाशबीन बनी रही। घाटी के विचार मंदिर के पंडित केदारनाथ को 9 फरवरी, 1988 को जम्मू-कश्मीर पुलिस के एक सिपाही ने मार डाला। हब्बा बदल में एक अन्य मंदिर आग के हवाले कर दिया गया। एक विधायक का नाम अलफतेह आतंकवादी संगठन से जुड़ा, लेकिन उस विधायक से किसी ने पूछताछ तक नहीं की थी।

जब हालात पूरी तरह बिगड़ गए और बेकाबू हो गए तो सूबे में 19 जनवरी, 1990 को राष्ट्रपति शासन लागू कर जगमोहन को राज्यपाल बनाकर भेजा गया। चारों तरफ हिंसक जुलूस, आगजनी व अराजकता मची हुई थी। 'राजीव-फारूक अनुबंध' ठीक उसी तरह बेहद बुरा साबित हुआ, जैसे कि 'इंदिरा-शेख अनुबंध'। इन दोनों दौर में कश्मीर जलता रहा, भारत-विरोधी ताकतें मजबूत होती चली गईं और हिंदुओं पर बर्बरता का नंगा नाच हुआ, तब पाकपरस्त तत्वों का जमकर बोलबाला रहा था।

इन समझौतों को लेकर कई लोगों ने तल्ख टिप्पणियां कीं। नेशनल कांफ्रेंस और कांग्रेस विरोधी प्रो. भीम सिंह इन दोनों अनुबंधों को भारत सरकार की बड़ी भूलों की संज्ञा देते हैं। वहीं, अब्दुल्ला राजशाही के उमर अब्दुल्ला, जो अभी इस सूबे के नौजवान मुख्यमंत्री हैं, जब एनडीए सरकार में विदेश राज्यमंत्री थे, ने कहा था कि इन राजनैतिक गलतियों की वजह से सूबे में आतंकवाद बढ़ा। बीबीसी के एक कार्यक्रम में उमर अब्दुल्ला ने कांग्रेस पर आरोप लगाया था कि एक निर्वाचित सरकार को बर्खास्त कर देना, फिर उसके निर्वाचित मुख्यमंत्री को जेल में ठूंस देना—यह सब गलतियां रही हैं और अनुबंध करना, एक भयंकर भूल थी।

आजाद जम्मू-कश्मीर की असलियत

लियाकत अली खान

कायदे-आजम, जो गवर्नर जनरल पाक भी थे, मोहम्मद अली जिन्ना कुदरत के इस बेपनाह खूबसूरत सूबे या यूं कहें कि जन्नत पर हर सूरत में अपना अधिपत्य चाहते थे। उनके इस दुःस्वपन को साकार करने में मददगार बने प्रधानमंत्री लियाकत अली खान। कई मुल्कों की सरहद तक सटे इस प्रिंसली स्टेट के कश्मीर भाग में तो उन्होंने अपनी सादी वर्दीवाली फौज के साथ खतरनाक कबाइलियों को हथियारों के साथ भेजा भी था। ठीक इसके बाद जम्मू रीजन के मीरपुर-कोटली, वाघा और पुंछ पर भी आधी रात में अचानक हमला हुआ। ये वो इलाके थे, जहां हिंदू व सिख बाहुल्य में थे, मुसलमान अल्पसंख्यक, परंतु सभी में आपसी भाईचारे के प्रगाढ़ रिश्ते थे। कायदे-आजम ने अपनी हसरत पूरी करने की चाहत में इस धर्मनिरपेक्षता के प्रतीक इलाके पर भी पूरी ताकत से हमला करवाया था। मीरपुर से जैसे-तैसे जान बचाकर भागे जम्मू, भारत व दुनिया के अन्य हिस्सों में रह रहे अनेक मीरपुरियों का यही कहना था। मकसद था जम्मू, जिससे इस प्रिंसली स्टेट की शीतकालीन राजधानी पर कब्जा हो जाए।

सूबे के इन हालात पर गवर्नर मोहम्मद अली जिन्ना और प्रधानमंत्री लियाकत अली खान का मानना था, 'यह कश्मीर-संकट भारत की साजिश है। प्रिंसली स्टेट जम्मू-कश्मीर लद्दाख के भारत में अधिमिलन के पीछे अंतिम वाइसराय लॉर्ड माउंटबेटन का भी हाथ है।' यही वजह थी कि 27 अक्टूबर, 1947 को भारतीय प्रधानमंत्री पं. जवाहरलाल नेहरू ने इस प्रिसंली स्टेट के भारत में अधिमिलन को लेकर लियाकत अली खान को जो टेलीग्राम किया था, उसे पाकिस्तान ने गंभीरता से नहीं लिया था। इसमें पं. जवाहरलाल नेहरू ने साफ-साफ कहा था, 'जम्मू-कश्मीर में

भारतीय सेना अधिकृत तौर पर वहां के महाराजा के अनुरोध पर मदद करने भेजी गई। मैं स्पष्ट कर देना चाहता हूं कि इस आपात स्थिति में कश्मीर की मदद के पीछे हमारा मकसद यह नहीं कि हम राज्य को प्रभावित करना चाहते हैं, ताकि वह भारत में शामिल हो...।'

इत्तेफाक से उस वक्त दोनों मुल्कों के आर्मी सुप्रीम कमांडर आउचीन लैक थे। वे नहीं चाहते थे कि इन दोनों मुल्कों में कोई जंग हो। यह साफ हो गया था कि प्रिंसली स्टेट के भारत में अधिमिलन के बाद कोई भी सैन्य कार्रवाई दोनों मुल्कों के बीच जंग की वजह होगी। हालात काफी संगीन बन गए थे, जिस तरह कश्मीर में कबाइलियों के साथ सादा वर्दी पाक फौज हमले कर रही थी।

सरदार वल्लभ भाई पटेल

हालात की नाजुकता के मद्देनजर लॉर्ड माउंटबेटन 1 नवम्बर, 1947 को लॉर्ड इस्मए के साथ लाहौर गए, जहां वे मोहम्मद अली जिन्ना और लियाकत अली खान के साथ कश्मीर-संकट पर बातचीत कर सके। इस बातचीत के लिए पं. जवाहरलाल नेहरू को भी बुलावा भेजा गया, लेकिन अस्वस्थता के कारण वे इस बैठक में जाने से असमर्थ थे। भारत सरकार के गृहमंत्री सरदार वल्लभभाई पटेल को कहा गया कि वे लाहौर चले जाएं, परंतु सरदार पटेल ने यह कहकर साफ मना कर दिया कि चूंकि प्रिंसली स्टेट का भारत में अधिमिलन बिना शर्त था और पूर्णत: था, सो बैठक में जाने का क्या औचित्य है? इसके बाद लॉर्ड माउंटबेटन ने मोहम्मद अली जिन्ना को सुझाव दिया कि मौजूदा कश्मीर मसला हालात ठीक होने पर रायशुमारी से सुलझा लिया जाए। यह प्रक्रिया संयुक्त राष्ट्र की देखरेख में हो। अंग्रेजी लेखक अलास्टर लम्ब ने भी अपनी किताब 'डिस्प्युटिड लीगेसी (1846-1990)' में लिखा कि मोहम्मद अली जिन्ना अंतिम वाइसराय लॉर्ड माउंटबेटन की राय से सहमत नहीं हुए थे।

अलबत्ता, प्रिंसली स्टेट जम्मू-कश्मीर की ग्रीष्मकालीन राजधानी श्रीनगर में कब्जा करने से नाकाम रहे कबाइलियों ने टीटवाल, बारामूला, उड़ी में खदेड़े जाने के बाद जम्मू रीजन के मीरपुर कोटली पर हमला बोल दिया था। बेखौफ हमलावरों, जिनमें कबाइली व सादा वर्दी पाक फौज थी, ने 4 नवम्बर, 1947 को यह हमला किया और जल्द ही नरसंहार, लूटपाट तथा औरतों की अस्मतें लूटते हुए यहां अपना कब्जा कर लिया। यहां फाटा के पख्तून कबाइलियों की हथियारबंद भीड़ थी। करीब हफ्ता भर

चले इस भीषण हमले के बाद मीरपुर शहर उनके पूर्णतः कब्जे में आ गया था। यहां रह रहे हिंदू-सिख काफी संख्या में मार दिए गए, जो भागने में कामयाब रहे, वे बच गए, मगर जो उनके हत्थे चढ़ा, औरत हो या मर्द, जबरन धर्मपरिवर्तन कराया गया। 25 नवम्बर तक यह पूरा जिला कब्जा लिया गया। समुद्र तल से 450 मीटर ऊंचाई पर बसा मीरपुर शहर पेशावर-लाहौर जीटी रोड पर दीना तहसील से लिंक है। पुराना मीरपुर शहर अब मंगला झील में डूब चुका है।

चूंकि भारतीय सेना यहां समय पर पहुंच नहीं पाई, इसलिए मीरपुर के साथ कोटली पर भी हमला हुआ। मीरपुर से कोटली करीब 310 किलोमीटर है। आजकल मुजफ्फराबाद की तरह मीरपुर-कोटली और वाघा जिलों में आतंकवादियों के कई ट्रेनिंग कैम्प चलते हैं।

मीरपुर जिले के बाद कोटली में 26 नवम्बर को हमले तथा वाघा पर कब्जे के साथ पाकिस्तान के 'ऑपरेशन गुलमर्ग' के तहत सुंदरवनी, नौशेरा, भिम्बर, राजौरी और पुंछ में विद्रोहियों के साथ मिलकर कबाइलियों ने हमला बोला, लेकिन यहां उन्हें उनके मनमाफिक कामयाबी नहीं मिल पाई। चूंकि यहां भारतीय सेना के साथ स्थानीय विद्रोहियों को जब यह अहसास हुआ कि हमलावर कबाइली अब उनकी औरतों की इज्जत पर हाथ डाल रहे हैं, लूटमार और हत्याएं कर रहे हैं तो फिर वे भारतीय सेना के साथ हो गए। हमलावरों द्वारा लगातार दुश्वारियां खड़ी की जा रही थीं, मगर बावजूद इसके यहां हालात नियंत्रण में आ गए थे। सूरते-हाल यह थी कि न केवल सेना को रसद, लोगों को, जो रिफ्यूजी थे, उन्हें राशन, दवाइयां वगैरह नहीं मिल पा रही थीं। भारतीय सेना के पास अखनूर मार्ग, जिसे रणनीतिक तौर पर लाइफ लाइन माना जाता है, केवल यही सड़क मार्ग था जिसके जरिए वाया नौशेरा, सुंदरवनी, राजौरी होते हुए पुंछ तक पहुंचा जा सकता था, मगर यह मुश्किल व जोखिम भरा मार्ग था। सो, आपातकालीन हालात में पुंछ में एयर राष्ट्रीय एक सप्ताह के रिकॉर्ड समय में तैयार किया गया। इस पर ए.वी.एम. सुब्रोतो मुखर्जी तथा एयर कमांडर मेहर सिंह पहले उतरे। इस डकोटा विमान में रसद का काफी सामान था, यहां पुंछ हाइट से हमलावरों को खदेड़ दिया गया था। बावजूद इसके सेना व वायुसैनिकों ने यहां कड़ी निगरानी के बीच इस एयर राष्ट्रीय को एक साल तब तक इस्तेमाल किया, जब तक 1 जनवरी, 1950 को सीजफायर का ऐलान हुआ था। यहां भी रॉयल इंडियन एयरफोर्स और रॉयल इंडियन आर्मी के अफसरों व जवानों ने जांबाजी से लड़ाई लड़ी और कई इस जंग में शहीद भी हुए।

अविभाजित जम्मू-कश्मीर प्रिंसली स्टेट के जिस हिस्से पर कब्जा करके पाकिस्तान आजाद जम्मू-कश्मीर कहता है, वहां जाने का मुझे मौका मिला सन् 2004 में, तब वहां राष्ट्रपति जनरल परवेज मुशर्रफ थे। आम तौर पर आजाद

जम्मू-कश्मीर का किसी भी भारतीय मूल के व्यक्ति को पाकिस्तान वीजा नहीं देता है।

नवम्बर, 2004 की बात है। सर्दी के दिन थे। कोहरे और ठंड का असर साफ अहसास करा रहा था। मीरपुर जैसा कि पहले जिक्र कर चुका हूं कि कबाइलियों के हमले से पहले हिंदू व सिख बाहुल्य इलाका रहा है। मीरपुर के कई किस्सों से मैंने जम्मू-कश्मीर में अपनी तैनाती के दौरान सुने थे। जम्मू में गवर्नमेंट मेडिकल कॉलेज के बाहर की सड़क का नाम मीरपुर रोड है। यहां अच्छी-खासी तादाद में मीरपुरिए रहते हैं। नई दिल्ली के लाजपत नगर में भी ये विस्थापित रहते हैं। हम लाहौर से कई घंटे का लम्बा सफर तय कर मीरपुर पहुंचे थे। यह फासला तकरीबन 225 किलोमीटर का है। चूंकि हम 'साउथ एशिया फ्री मीडिया एसोसिएशन' (सैफमा) के डेलीगेशन में वहां पहुंचे थे, तो स्वाभाविक रूप से हमारा वहां जोरदार स्वागत हुआ था। वहां हमें स्थानीय जवीर होटल में ठहराया गया था। यहां हमारी पहले से तय लोगों, जिनमें पत्रकार व अलगाववादी भी थे, के साथ कश्मीर पर मुलाकात व चर्चाएं हुईं। सामरिक दृष्टि से यह इलाका काफी महत्त्वपूर्ण माना जाता है। इस क्षेत्र की नियंत्रण रेखा के पार भारत के जम्मू-कश्मीर का नौशेरा पड़ता है। होटल जवीर तथा स्थानीय प्रेस क्लब में अनेक लोगों से बातचीत हुई। एक बड़े वर्ग का मानना था कि कहने भर के लिए हम आजाद यानी आजाद जम्मू-कश्मीर है, मगर सभी पाकिस्तान हुकूमत के रहमोकरम पर हैं। आईएसआई और फौज की यहां अहम भूमिका है।

हम अल्लाह से दुआ करते हैं, मगर नहीं जानते कि हम वास्तव में कब आजाद राज्य बनेंगे यानी अविभाजित जम्मू-कश्मीर के रूप में। पाकिस्तान के सबसे प्रमुख अलगाववादी नेता अमानुल्ला खान तो बरसों से इसकी तहरीक चला रहे हैं। कई बार उन्हें जेल की हवा भी खानी पड़ी है। केवल जेकेएलएफ संस्थापक अमानुल्ला खान ही क्यों, जम्मू-कश्मीर लिबरेशन लीग के अध्यक्ष तथा आजाद जम्मू-कश्मीर के पूर्व मुख्य न्यायाधीश जनाब अब्दुल मजीद मलिक तो इस बाबत बाकायदा कोर्ट में लड़ाई लड़कर जीत चुके हैं, मगर पाकिस्तान सुप्रीम कोर्ट ने फैसले को दबा दिया। गिलगित-बाल्टिस्तान, प्रिंसली स्टेट, जम्मू-कश्मीर का हिस्सा वगैरह को पाकिस्तान ने तथाकथित आजाद जम्मू-कश्मीर सरकार के साथ फर्जी-समझौते करके बाद में इसे नया नाम 'नार्दर्न एरिया' दे दिया था।

सन् 1990 में आजाद जम्मू-कश्मीर (एजेके) हाई कोर्ट के पूर्व मुख्य न्यायाधीश अब्दुल मजीद मलिक ने पाकिस्तान के इस खेल को चुनौती दी। इस पर एजेके हाई कोर्ट ने 1993 में माना कि नार्दर्न एरिया ऐतिहासिक व संवैधानिक तौर पर एजेके का ही हिस्सा है। 1994 में पाकिस्तान सरकार के दावे में एजेके सुप्रीम कोर्ट ने कहा

कि नार्दर्न एरिया प्रिंसली स्टेट जम्मू-कश्मीर का हिस्सा रहा है। पाकिस्तान सरकार बाद में पाकिस्तान सुप्रीम कोर्ट गई तो वहां फैसला दिया गया कि इस एरिया का हर नागरिक हर प्रकार से पाकिस्तानी बाशिंदा है और यह मामला यहीं दब गया था।

मीरपुर में हमें ऐसे भी लोग मिले, जो पाकिस्तान से निजात चाहते हैं, मगर इन लोगों से हमारी बातचीत की भनक आईएसआई के कर्मियों को लगी तो इनमें से कई लोगों को पकड़कर न जाने कहां ले जाया गया। मीरपुर में बने मंगला डैम तथा उससे उत्पादित बिजली के इस्तेमाल को लेकर मीरपुर के लोगों में पाकिस्तान प्रशासन के प्रति गहरी नाराजगी है। इसे लेकर स्थानीय लोगों ने तहरीक चलाने के अलावा कई किताबें भी लिखी हैं।

इतिहासकार मानते हैं कि ईसापूर्व इस धरती पर दो सूफी संत हुए—मीर शाह गाजी (मुस्लिम) व गौसाईं वोधपुरी (हिंदू)। बाद में इन्हीं सूफियों के नामों को मिलाकर मीरपुर नाम पड़ा था इस जगह का, लेकिन 1947 में इन सूफियों की शिक्षा तब तार-तार हुई, जब हथियारबंद कबाइलियों ने यहां तांडव मचाया था। हिंदू-सिख मर्दों का कत्ल, लूटपाट और औरतों की अस्मतें लूटीं गई थीं। इसका जिक्र मैंने सन् 2011 में प्रकाशित अपनी पुस्तक 'पाकिस्तान की हकीकत से रू-ब-रू' में किया है।

डिक्सन फॉर्मूला

क्या कश्मीर मसले के हल को लेकर सुझाए गए फॉर्मूलों की आड़ में इसके वजूद को ही खतरे में डाला जा रहा है? क्या इसे तोड़-मरोड़कर एक 'आदर्श मुस्लिम राज्य' की परिकल्पना को साजिशन अंजाम देने की कोशिशें हैं? वगैरह वगैरह। जानकारों का यहां तक मानना है कि जस्टिस ओवेन डिक्सन के 'डिक्सन फॉर्मूले' से लेकर अब तक जितने भी सुझाव सामने आ चुके हैं, उससे इस ध र्मनिरपेक्ष राज्य में फिर रक्तपात का दौर शुरू हो सकता है। इससे इंकार नहीं किया जा सकता है, बल्कि सूबे में दंगे भड़क सकते हैं।

जस्टिस ओवेन डिक्सन को संयुक्त राष्ट्र ने भारत और पाकिस्तान के बीच प्रिंसली स्टेट जम्मू-कश्मीर को लेकर सन् 1947 में हुए झगड़े के बाद मध्यस्थ के तौर पर सन् 1950 में भारत के साथ-साथ पाकिस्तान भेजा था। जस्टिस डिक्सन 27 मई, 1950 को नई दिल्ली आए। 10 जून को जस्टिस डिक्सन ने जम्मू-कश्मीर के प्रधानमंत्री शेख मोहम्मद अब्दुल्ला के साथ मीटिंग की। पाकिस्तान के प्रधानमंत्री अय्यूब खान से मुलाकात करके उनकी राय जानी, फिर 22 अगस्त को जस्टिस डिक्सन ने ऐलान किया, 'वह इस नतीजे पर पहुंचे हैं कि दोनों मुल्क तत्काल किसी हल के पक्ष में नहीं है।' उन्होंने 15 सितम्बर, 1950 को संयुक्त राष्ट्र सुरक्षा परिषद को अपनी रिपोर्ट सौंप दी।

जस्टिस डिक्सन का फॉर्मूला भारत और पाकिस्तान दोनों मुल्कों में छपा था। जानकारों का कहना है कि जस्टिस डिक्सन ने भारत के तत्कालीन प्रधानमंत्री पं. जवाहरलाल नेहरू को राय दी थी कि सूबे की पूर्वी सरहद का मुस्लिम बाहुल्य एरिया पाकिस्तान को दे दिया जाए। इस पर पं. नेहरू ने सख्त आपत्ति जाहिर की थी।

डिक्सन योजना जम्मू-कश्मीर को साम्प्रदायिक रेखा पर बांटने की थी। इस बेहद खतरनाक योजना के तहत जम्मू संभाग के उधमपुर, डोडा, रियासी तथा जम्मू जिला, जिसमें अखनूर भी शामिल है, के अलावा पुंछ व राजौरी जिले के मुस्लिम इलाकों

को पाकिस्तान अथवा मुस्लिम बाहुल्य कश्मीर में शामिल कर दिया जाए। यदि ऐसा होता अथवा हो तो इसके नतीजे खून-खराबे तथा दंगों की परिणति के होंगे। एक मायने में अंग्रेज तथा पश्चिमी मुल्कों की यह खतरनाक योजना भारत विरोधी है। जानकारों का कहना है कि 'डिक्सन प्लान' अमेरिकी गुप्तचर सी.आई.ए. का षड्यंत्र था और कश्मीर को एक बिखरा राज्य बनाकर भारत को अस्थिर करना था।

अप्रैल, 1978 में अमेरिका ने रॉक फैलर को कश्मीर भेजा, रॉक फैलर न्यूयॉर्क के तब गवर्नर थे। श्रीनगर में रहने के बाद वे नई दिल्ली ठहरे थे। रॉक फैलर की यह यात्रा 'मिशन कश्मीर' थी। उन्होंने जम्मू-कश्मीर के तत्कालीन मुख्यमंत्री शेख मोहम्मद अब्दुल्ला से भी उनकी राय जाननी चाही थी।

इस बीच इससे पूर्व संयुक्त राष्ट्र सुरक्षा परिषद ने 30 मार्च, 1951 को डॉ. फ्रैंक ग्राहम को विवाद के निपटारे के लिए अपना प्रतिनिधि नियुक्त किया था। डॉ. फ्रैंक ग्राहम की भारत और पाकिस्तान के साथ 5 गोलमेज बातचीत हुई। डॉ. ग्राहम ने सितम्बर, 1951 से फरवरी, 1953 के बीच की गई कवायद के बाद अपनी राय दी थी कि पाकिस्तान को अपनी सेनाएं 'आजाद जम्मू-कश्मीर' से हटानी होगी, जिसे पाकिस्तान ने नहीं माना था। 17 दिसम्बर, 1949 को कनाडा के जनरल एजीएल मैकनाटन ने संयुक्त राष्ट्र आयोग की ओर से भारत और पाकिस्तान का दौरा कर जायजा लिया था। 3 फरवरी, 1950 को अपनी रिपोर्ट में उन्होंने अपनी कोशिशों को विफल बताया था।

इसके बाद संयुक्त राष्ट्र ने अपने पूर्व अध्यक्ष गन्नर जेरिंग को इस काम के लिए अधिकृत किया था। उन्होंने 14 मार्च और 11 अप्रैल, 1957 को अपनी भारत-पाक यात्राओं के बाद राय दी कि दोनों मुल्कों को अपनी-अपनी सेनाएं हटानी होंगी, जिसे किसी ने नहीं माना और जेरिंग ने अपनी इस यात्रा को विफल माना था।

कालांतर में कठवारी प्लान, ग्रेटर कश्मीर भाटोनमी, सेल्फ रूल, मुशर्रफ फॉर्मूला, चिनाब वैली, हिल डेवलमेंट कौंसिल वगैरह कई फॉर्मूले कश्मीर मसले के हल के लिए सामने आए। इतना ही नहीं, पीपुल्स डेमोक्रेटिक पार्टी (पीडीपी) के बांडीपोरा से विधायक निजामुद्दीन बट्ट ने 15 सितम्बर, 2011 को एक निजी बिल के जरिए जम्मू-कश्मीर को भारत से अलग करने की मांग की, जिसे विधानसभा अध्यक्ष मोहम्मद लोन ने खारिज कर दिया।

एक कश्मीरी बुद्धिजीवी मोहम्मद यूसुफ बुच ने 'बुच फॉर्मूला' आगे बढ़ाया। बुच फॉर्मूले में जिक्र किया गया कि भारत और पाकिस्तान दोनों मुल्कों को आपसी सहमति से नियंत्रण रेखा पर से न केवल अपनी-अपनी सेनाएं हटा लेनी होंगी, बल्कि दोनों मुल्कों को अपने-अपने कश्मीर से सेना में कटौती करनी होगी। जम्मू-कश्मीर के सभी राजनैतिक बंदी रिहा हों। नियंत्रण रेखा के दोनों तरफ

आने-जाने तथा भाषण करने की छूट हो, मगर इस फॉर्मूले को भी नकार दिया गया।

डिक्सन प्लान व उससे मेल खाते अन्य फॉर्मूले के विरोध में 'फोरम अंगेस्ट डिक्सन प्लान' (एफएडीपी) एक मंच बना। इसमें जम्मू विश्वविद्यालय के पूर्व प्रोफेसर हरिओम, भारतीय जनता पार्टी के बाली भगत, पख्तून कश्मीर के डॉ. अजय चरंग के अलावा अब्दुल मोहम्मद राउफ शामिल हैं। इन तमाम जानकारों का मानना है कि ऐसे फॉर्मूले को पाकिस्तान तथा कश्मीर के अलगाववादी मीरवाइज उमर फारूक, पीडीपी नेता मुफ्ती मोहम्मद सईद तथा एजी नूरानी जम्मू संभाग को साम्प्रदायिक-रेखा पर विभाजित करना चाहते हैं। इनका मानना है कि डिक्सन फॉर्मूला व इससे मेल खाते फॉर्मूले पाकिस्तान प्रशासन को मदद करेंगे। चूंकि पाकिस्तान चाहता है कि चिनाब नदी का नियंत्रण उसे मिले, ताकि सिंध, बलूचिस्तान तथा नॉर्थ वेस्ट फ्रंटियर प्रोवेंस के पानी की समस्या हल हो जाए, ताकि ये तीनों क्षेत्र, जो पाकिस्तान के ही पंजाब के खिलाफ हैं, उसके खिलाफ आवाज बुलंद करने में उन्हें मदद मिले। पंजाब का पाकिस्तान हुकूमत में अरसे से वर्चस्व रहा है। इन तीनों क्षेत्रों का मानना है कि पाकिस्तान की पानी की नीति पंजाब-आधारित है, जो उनके हितों के खिलाफ है।

जून, 2010 में गठित 'फोरम अगेंस्ट डिक्सन प्लान' का मानना है, 'इस तरह के फॉर्मूले यदि अमल में लाए जाते हैं, तो ये सूबे के वजूद के लिए तो खतरनाक साबित होंगे ही, बल्कि साम्प्रदायिक दंगों से भी इंकार नहीं किया जा सकता। केवल जम्मू क्षेत्र ही नहीं, लद्दाख में भी हालात विस्फोटक हो सकते हैं। यूपीए की केंद्र सरकार व एनडीए को राजनीति से ऊपर उठकर इस पर बेहद गंभीरता से विचार करना होगा।'

'चिनाब वैली हिल डेवलपमेंट कौंसिल' (सी.वी.एच.डी.सी.) की मांग को लेकर सन् 2001 में बहुजन समाज पार्टी (बी.एस.पी.) के तत्कालीन प्रदेशाध्यक्ष एवं विधायक शेख अब्दुल रहमान ने राज्य विधानसभा में एक निजी बिल पेश किया था, जिसे सत्तारूढ़ नेशनल कांफ्रेंस की पूरी शह थी, लेकिन तब कांग्रेस और माकपा ने इसका विरोध किया था। उनका कहना था कि यह कदम कमोबेश विहिप व संघ की जम्मू और लद्दाख को सूबे से अलग करने की मांगों की तरह ही है। हालांकि तब भाजपा के प्रदेशाध्यक्ष, जो स्वयं इस जिला डोडा के हैं, ने सी.वी.एच.डी.सी. का तीव्र विरोध करते हुए कहा था कि बिल के पास होने के बाद जम्मू संभाग में खून-खराबे की स्थिति बन जाएगी। इस बिल में साम्प्रदायिक आधार पर इस जिले को बांटने की गहरी साजिश है। बाद में भारी विरोध के कारण यह बिल पास न हो सका था। इसमें और डिक्सन फॉर्मूले में काफी समानता है।

जानकारों का मानना है कि कश्मीर मसले को लेकर पूर्व प्रधानमंत्री अटल बिहारी वाजपेयी और पाकिस्तान के पूर्व राष्ट्रपति परवेज मुशर्रफ के बीच सन् 2001 में आगरा शिखर-वार्ता के दौरान कोई अहम् समझौता होने जा रहा था मगर भाजपा के भीतर से ही उस होने जा रहे संभावित समझौते को लेकर विरोध हो गया था। नतीजतन बात सिरे नहीं चढ़ पाई। शायद यही वजह थी कि राष्ट्रपति परवेज मुशर्रफ ने यह बयान दिया था कि किन्हीं अदृश्य हाथों ने समझौता होने से रोक दिया था, तभी परवेज मुशर्रफ शिखर-वार्ता के बीच ही पाकिस्तान लौट गए थे।

अटल बिहारी वाजपेयी

इससे पूर्व मार्च, 1999 में तत्कालीन भारतीय विदेश मंत्री जसंवत सिंह और पाकिस्तान के विदेश मंत्री सरताज अजीज कोलंबो में मिले थे। ये दोनों नेता इस मसले को हल करने की दिशा में बातचीत कर रहे थे। किसी प्रस्ताव की भी तैयारी हो रही थी। चूंकि कश्मीर पर दोनों मुल्कों के बीच चल रहा टकराव दक्षिण एशिया के लिए बड़ा खतरा बन सकता है, मगर सन् 2004 में एनडीए सरकार चुनाव में हार के कारण गिर गई थी, इसलिए सब कुछ धरा-का-धरा रह गया।

अंग्रेजों की साजिश–नार्दर्न एरिया

ब्रिटिश–इंडिया के बंटवारे का समय तय हो चुका था। इसकी जानकारी मोहम्मद अली जिन्ना को भी थी। जिन्ना के दिमाग में जूनागढ़, हैदराबाद तथा कश्मीर–ये तीनों वे प्रिंसली स्टेट थे, जिनका अभी भारत में विलय नहीं हुआ था, जैसा कि ब्रिटिश–डाउन की लीडरशिप में भारत की अन्य 562 राज्यों का हो चुका था। कश्मीर को लेकर जिन्ना बहुत ज्यादा बेचैन थे कि इस मुस्लिम बाहुल्य राज्य का नया देश बनने जा रहे पाकिस्तान में कैसे विलय हो। चूंकि तब तक डोगरा महाराजा हरि सिंह के मन में था कि जो भी हो, वह अपनी प्रिंसली स्टेट को आजाद रखेंगे। ठीक ऐसी ही राय महाराजा के तत्कालीन विश्वासपात्र एवं प्रधानमंत्री रामचंद्र काक ने उन्हें दी थी।

इतिहासकारों का मानना है कि रामचंद्र काक और पंडित जवाहरलाल नेहरू मूल रूप से कश्मीरी पंडित थे, परंतु मोहम्मद शेख अब्दुल्ला को लेकर महाराजा हरि सिंह और उनके प्रधानमंत्री रामचंद्र काक दोनों के ही पं. नेहरू से संबंध ठीक नहीं थे। दरअसल, मोहम्मद शेख अब्दुल्ला ने डोगरा महाराजा के खिलाफ लम्बे अरसे से आंदोलन चला रखा था। 20 मई, 1946 को शेख अब्दुल्ला को मुजफ्फराबाद के करीब गिरफ्तार करके बादामी बाग कंटोनमेंट में रखा गया था।

मोहम्मद शेख अब्दुल्ला और प. नेहरू की दोस्ती जगजाहिर हो चुकी थी। पं. नेहरू 16 जून, 1946 को अपने इस मित्र से मिलने जा रहे थे कि उन्हें कोहला रोड पर गिरफ्तार कर लिया गया। चूंकि उन्होंने कश्मीर में प्रवेश पर लगे प्रतिबंध को तोड़ा था। यह गिरफ्तारी प्रधानमंत्री रामचंद्र काक के आदेश पर हुई थी। बाद में लेडी लॉर्ड माउंटबेटन का महाराजा पर दबाव आने के कारण पं. नेहरू को रिहा करके नई दिल्ली वापस भेज दिया गया था। इस पर पूर्व सदर–ए–रियासत डॉ. कर्ण सिंह ने अपनी ऑटोबायोग्राफी किताब के पृष्ठ नं. 39 पर लिखा कि यह गिरफ्तारी राज्य सुरक्षा बल के कमांडर गोरखा अफसर मेजर भगवान सिंह ने की थी। इस घटना से भी पं. जवाहरलाल के मेरे पिताजी महाराजा हरि सिंह से रिश्ते खराब हो गए थे। इसके

अलावा एक वजह यह भी थी कि महाराजा के प्रधानमंत्री रामचंद्र काक की पत्नी ब्रिटिश थी। यह भी वजह रही कि प्रधानमंत्री काक महाराजा को भारत में विलय के खिलाफ उकसाता रहता था। चूंकि रामचंद्र काक की पत्नी के जरिए अंग्रेज अपनी भारत विरोधी साजिश को अंजाम देने में लगे थे। महाराजा हरि सिंह के इर्द-गिर्द साजिश का ताना-बाना बुना जा रहा था। इतिहासकारों का मानना है कि महाराजा ने भारत के साथ मदद की बातचीत व अधिमिलन को लेकर देर से कदम उठाया, जिसके कारण हमलावर कई जगह कामयाब हुए।

वक्त गुजरा, इस बीच वह घड़ी आ गई, जिस तारीख को पहले पाकिस्तान 14 अगस्त, 1947 को और फिर एक दिन बाद 15 अगस्त 1947 को भारत आजाद देश घोषित हो गए। ब्रिटिश यूनियन जैक का झंडा उतर गया और पाकिस्तान व भारत के अपने-अपने झंडे चढ़ गए, तब तक अँतिम वाइसराय लॉर्ड माउंटबेटन और दोनों मुल्कों के सेना प्रमुख अंग्रेज अफसर ही थे। अलबत्ता प्रिंसली स्टेट जम्मू-कश्मीर कैसे हासिल हो, इसी सोच के साथ पाकिस्तान ने समूचे जम्मू-कश्मीर स्टेट पर हमले बोल दिए थे। पहले कश्मीर और फिर जम्मू रीजन के बाद गिलगित-बाल्टिस्तान पर भी कबाइलियों के साथ पाक सेना की सादा वर्दी सेना ने हमला किया। गिलगित स्काउट, जो वहां का अर्धसैनिक बल था, भी इन हमलावरों के साथ हो गया था।

महाराजा हरि सिंह ने ब्रिगेडियर घंसारा सिंह को 1 अगस्त, 1947 को गिलगित का प्रशासक नियुक्त किया था। चौंकाने वाली बात यह है कि जो गिलगित स्काउट उनके अधीनस्थ थी, उसी ने ब्रिगेडियर घंसारा सिंह को उनके घर पर बंदी बना लिया था। ब्रिगेडियर को 31 अक्टूबर-1 नवम्बर, 1947 की रात को जब गिरफ्तार किया तो उस वक्त गिलगित स्काउट का नेतृत्व अंग्रेज कमाडिंग अफसर मेजर विलियम ब्राउन कर रहे थे। बाद में मेजर विलियम ब्राउन ने डोगरा राजशाही का झंडा उतारकर वहां पाकिस्तानी झंडा फहरा दिया। इतिहासकारों का मानना है कि चूंकि यह क्षेत्र सामरिक महत्त्व से बेहद महत्त्वपूर्ण है, इसलिए अंग्रेज अफसरों ने साजिश के तहत पहले महाराजा के प्रतिनिधि प्रशासक ब्रिगेडियर घंसारा सिंह को रास्ते से हटाया और फिर इस क्षेत्र को पाकिस्तान को सौंप दिया था। 16 नवम्बर, 1947 को इसे 'गिलगित इस्लामिक रिपब्लिक' घोषित कर दिया गया। राजा शाह रईस खान को गिलगित सूबे का प्रमुख मनोनीत कर दिया था।

गिलगित-बाल्टिस्तान में चली इस आंधी को 'गिलगित-बाल्टिस्तान संयुक्त आंदोलन' नाम दिया गया था। सुन्नी बाहुल्य पाकिस्तान में शिया बाहुल्य ये क्षेत्र जबरन शामिल कर लिए गए। यह क्षेत्र खूबसूरत हिमालय, हिंदुकुश तथा कराकोरम पहाड़ी श्रृंखला से घिरा है। इसे प्रिंसली स्टेट डोगरा के जम्मू-कश्मीर का मुख्य सरहद (फ्रंटियर प्रोवेंस) कहा जाता था।

अंग्रेजों की मिलीभगत और साजिश से पाकिस्तान ने यहां कब्जा जरूर कर लिया था, परंतु स्थानीय लोग आज भी पाकिस्तान को नहीं चाहते। पाकिस्तान सरकार ने बेहद चालाकी के साथ इस क्षेत्र का नाम नार्दर्न एरिया रख दिया यानी कि अविभाजित क्षेत्र। जम्मू-कश्मीर के करीब 72,495 वर्ग किलोमीटर इलाके को कब्जा लिया। सन् 2004 में जब मुझे गिलगित जाने का मौका मिला तो अनेक स्थानीय बाशिंदों ने पाकिस्तान की इस हरकत की कड़ी निंदा करते हुए कहा था कि पाकिस्तान ने गहरी साजिश के तहत इस जमीन पर अपना कब्जा तो किया ही, बल्कि चीन को भी मार्च, 1993 में एक बाउंड्री करार करके गैरकानूनी ढंग से 5,180 वर्ग किलोमीटर जमीन सौंप दी। यह जमीन मिनताका पास के दक्षिण में है। इस क्षेत्र में चीनी सेना की गतिविधियां रहती हैं। गिलगित बाल्टिस्तान के मूल बाशिंदे हों या फिर 'आजाद जम्मू-कश्मीर' के, बड़ी संख्या में यहां के लोग मांग करते आ रहे हैं कि अविभाजित जम्मू-कश्मीर की 72 हजार 495 वर्ग किलोमीटर जमीन 'आजाद जम्मू-कश्मीर' में शामिल की जाए। इसे लेकर वहां की हाई कोर्ट की एक बड़ी खंडपीठ ने 8 मार्च, 1993 को 'आजाद जम्मू-कश्मीर' सरकार को आदेश दिए कि उत्तरी क्षेत्र (नार्दर्न एरिया) का नियंत्रण फौरन सरकार अपने हाथ में ले और अपने प्रशासन से जोड़े। हुकूमते-पाकिस्तान से कहा कि इस मामले में वह 'आजाद जम्मू-कश्मीर' के अंतरिम संविधान-1974 के तहत वहां के लोगों को सरकार, विध ानसभा, परिषद्, प्रशासनिक सेवा जैसी संवैधानिक संस्थाओं में नुमाइंदगी भी दे। यह फैसला काफी अहम् व विस्तृत था, लेकिन बाद में सुप्रीम कोर्ट में पाकिस्तान सरकार ने पैरवी करके अदालत के इस फैसले पर न केवल रोक लगाई, बल्कि सुप्रीम कोर्ट ने 28 मई, 1994 को अपने फैसले में यहां तक कहा कि उत्तरी क्षेत्र (नार्दर्न एरिया) के बाशिंदे पाकिस्तानी नागरिक हैं।

पाकिस्तान की सरकार भले ही कुछ भी दावे करे, मगर यह कड़वा सच है कि वहां हुकूमत किसी भी दल की रहे, उसका संचालन उसकी खुफिया एजेंसी आईएसआई ही करती है। सुरक्षा से लेकर विदेश नीति तक इन दोनों में आईएसआई का ही नियंत्रण रहता है। इस बात की तस्दीक पाक मूल के लेखक जाहिद हुसैन ने अपनी किताब 'द स्कोरपियन्स ट्रेलर' में भी की है।

पाकिस्तान में लोकशाही अथवा तानाशाही सरकार वहां सब कुछ इसी खुफिया एजेंसी के रहमोकरम पर है। भारत के साथ रिश्ते बिगाड़े रखने में आईएसआई की अहम् भूमिका है। आईएसआई के साथ पाकिस्तानी फौज एकदम हमकदम है और ये दोनों कश्मीर में प्रॉक्सी युद्ध के जरिए भारत के साथ भिड़े रहना चाहते हैं। इन दोनों की उपज ही आतंकवाद है, फिर इन तीनों का गठजोड़ है 'बैट' यानी बॉर्डर एक्शन टीम, जो सरहद पर आतंकवादी घुसपैठ को अंजाम देती है।

पाकिस्तान के मौजूदा प्रधानमंत्री मियां नवाज शरीफ जब सन् 1992 में प्रधानमंत्री बने थे, तो उन्होंने आईएसआई का प्रमुख पद जनरल जावेद नासिर को सौंपा था। जनरल जावेद नासिर भारत के कट्टर विरोधी थे। कट्टरपंथी आईएसआई प्रमुख ने कश्मीर में आतंकवाद को जबरदस्त बढ़ावा दिया था। जनरल जावेद नासिर के कार्यकाल में भारत में सर्वाधिक हमले हुए। इनमें मार्च, 1993 का मुम्बई हमला भी था, जिसमें सैकड़ों लोगों की जानें गई थीं। अपनी इसी किताब में लेखक जाहिद हुसैन ने लिखा कि तब अमेरिकी प्रशासन ने पाकिस्तान को आतंकी मुल्क घोषित करने की धमकी दी थी। इसकी वजह से पाकिस्तान सरकार ने आईएसआई पर कुछ अंकुश लगाने की कोशिश की थी, परंतु वहां की कट्टरपंथी जमात-ए-इस्लामी ने कश्मीर में आतंकवादियों को अपनी मदद जारी रखी थी।

वैसे, अब पिछले दिनों पंजाब (पाकिस्तान) के मुख्यमंत्री तथा प्रधानमंत्री नवाज शरीफ के भाई शहबाज शरीफ ने जमात-उद-दावा को मदद के तौर पर काफी मोटी राशि देने का ऐलान किया था। इस पर विवाद खड़ा हो गया था। चूंकि आतंकवादी संगठन लश्कर-ए-तैयबा इसी जमात-उद-दावा का एक फ्रंट है। जानकारों का कहना है कि इससे साफ जाहिर होता है कि पाकिस्तान सरकार की कथनी और करनी दोनों अलग-अलग हैं। एक तरफ वह भारत से बेहतर रिश्ते की दुहाई देती है, वहीं दूसरी तरफ आतंकवादी संगठनों को पालती है।

सन् 62 के बाद 65 की जंग

प्रिंसली स्टेट जम्मू-कश्मीर के भारत में विलय से पूर्व तथा बाद में पाकिस्तान लगातार कश्मीर पर कब्जा करने के लिए साजिशें व कोशिशें करता रहा। वहीं चीन की भी नजरें ठीक नहीं रहीं। दरअसल, जम्मू-कश्मीर का भौगोलिक दृष्टि से सामरिक महत्त्व बहुत है। अविभाजित जम्मू-कश्मीर की सरहदें भारत, पाकिस्तान, चीन, अफगानिस्तान से भी लगती थीं। पाकिस्तान और चीन की मित्रता तो जगजाहिर थी। अचानक चीन ने एक बड़ी तैयारी के साथ अक्टूबर, 1964 में भारत पर हमला बोल दिया। इस अप्रत्याशित धोखे से हुए हमले में भारत को काफी बड़ा नुकसान उठाना पड़ा था। 20 अक्टूबर, 1964 से 21 नवम्बर तक चली इस जंग में दोनों तरफ के सैनिकों की मौतें हुई थीं। जंग का मैदान बना अक्साई चीन तथा पूर्वोत्तर फ्रंटियर। इतिहासकारों का मानना है कि चीन भारत की सैनिक क्षमता व उसके संसाधनों की स्थिति जानता था। उस वक्त भारत में उच्च पदों पर बैठे निर्णायक लोग चीन की चालबाजी को भली-भांति जान नहीं सके थे, फिर भी भारतीय सेना के जवानों-अफसरों ने बड़ी बहादुरी से जंग लड़ी थी। यह युद्ध दुर्गम पहाड़ों पर लड़ा गया था, तब तक भारत इसमें पूरी तरह पारंगत भी नहीं था। इस युद्ध में चीन ने भारत के अक्साई चीन क्षेत्र पर कब्जा कर लिया था, जो आज भी उसके पास है।

इस जंग में हुई बुरी हार के कारण तत्कालीन प्रधानमंत्री पं. जवाहरलाल नेहरू को गहरा आघात लगा था। चूंकि चीन उनसे मित्रता का वास्ता दे रहा था और फिर अचानक यह जंग भी भारत पर थोप दी गई थी। चीन के साथ हुई जंग में हार होने के कारण पाकिस्तान की बांछें खिल उठी थीं। शेख मोहम्मद अब्दुल्ला की गतिविधियों ने भी पाकिस्तान का मनोबल बढ़ा रखा था। अब भारत के दो दुश्मन थे–पाकिस्तान और चीन। भारत सरकार को कई मोर्चों पर अपनी शक्ति लगानी पड़ रही थी। अक्टूबर, 1963 में जम्मू-कश्मीर के प्रधानमंत्री बख्शी गुलाम मोहम्मद ने सूबे के संविधान में संशोधन करके रियासत को देश के अन्य राज्यों की तरह सीधी चुनावी प्रक्रिया से जोड़ दिया था। इससे भी पाकिस्तान के

पेट में दर्द उठ गया था। अभी करीब 8 माह ही बीते थे कि प्रधानमंत्री पं. जवाहरलाल नेहरू का मई, 1964 में निधन हो गया। यह भारत के लिए काफी बड़ा झटका था। शेख मोहम्मद अब्दुल्ला, जो काफी अरसा बंद रहकर अप्रैल, 1964 में जेल से रिहा हुए थे, को पं. जवाहरलाल नेहरू ने नई दिल्ली बुलाकर कहा था कि वे पाकिस्तान के राष्ट्रपति जनरल अय्यूब खान के साथ 'कश्मीर-समस्या' के समाधान के लिए बातचीत करें। इतिहासकारों का कहना है कि उसके बाद शेख मोहम्मद अब्दुल्ला 27 मई को जब मुजफ्फराबाद में थे तो उन्हें खबर मिली कि पं. जवाहरलाल नेहरू का आकस्मिक निधन हो गया है। वे एकदम स्तब्ध रह गए, फिर शेख मोहम्मद अब्दुल्ला सीधे नई दिल्ली के लिए रवाना हो गए थे। उसी वक्त राष्ट्रपति जनरल अय्यूब खान ने पं. जवाहरलाल नेहरू की अंतिम क्रिया में पाकिस्तान से प्रतिनिधि भेजे। तब तत्कालीन विदेश मंत्री जुल्फिकार अली भुट्टो के नेतृत्व में एक उच्च स्तरीय दल नई दिल्ली भेजा गया था।

पं. जवाहरलाल नेहरू के बाद कांग्रेस पार्टी ने लाल बहादुर शास्त्री को देश का अगला प्रधानमंत्री बनाया। उस वक्त देश कमजोर आर्थिक दशा से गुजर रहा था। उध र शेख मोहम्मद अब्दुल्ला फरवरी, 1965 में सपत्नी और अपने एक अभिन्न मित्र मिर्जा अफजल बेग के साथ हज के लिए चले गए। उसी दौरान अल्जीरिया में शेख मोहम्मद अब्दुल्ला की मुलाकात चीन के प्रधानमंत्री चाऊ-एन-लाई के साथ हुई। दोनों के बीच हुई बातचीत में अन्य बातों के अलावा गिलगित पर भी चर्चा हुई थी। इसकी जानकारी शेख मोहम्मद अब्दुल्ला ने चीन में भारतीय राजदूत को दे दी थी। चाऊ-एन-लाई का शेख मोहम्मद अब्दुल्ला को चीन का आमत्रंण दिए जाने की खबर जब भारतीय प्रशासन को मिली तो खलबली मच गई थी। उस दौरान शेख मोहम्मद अब्दुल्ला ने कई देशों की यात्रा की थी। भारत में शेख मोहम्मद अब्दुल्ला पर तमाम तरह की आशंकाएं भी जताई गई। मई, 1965 में वे स्वदेश लौटे तो उन्हें गिरफ्तार कर तमिलनाडु में नजरबंद कर दिया गया था। उनकी बेगम अब्दुल्ला को नई दिल्ली में नजरबंद किया गया था। मिर्जा अफजल बेग को नई दिल्ली में बंद किया गया था, जिस पर कश्मीर में काफी विरोध प्रदर्शन हुए थे। शेख अब्दुल्ला 1968 तक नजरबंद रहे।

जुल्फिकार अली भुट्टो

'कश्मीर इन कनफ्लिक्ट' के लेखक विक्टोरिया स्कोफील्ड ने अपनी किताब में लिखा कि उधर पाकिस्तान में राष्ट्रपति जनरल अय्यूब खान पर पाकिस्तान के

लोगों का दबाव पड़ा कि वे कश्मीर के लिए कोई ठोस कदम उठाएं। उसके कब्जे वाले 'आजाद जम्मू-कश्मीर' से 20 हजार प्रशिक्षित लोगों को अल्जीरियन टाइप संघर्ष करने के लिए कश्मीर भेजने की बात कही गई थी। इधर भारत सरकार को इसकी जानकारी मिली तो सेना व हथियारों की क्षमता तेजी से बढ़ानी शुरू कर दी थी।

जिस दौरान शेख मोहम्मद अब्दुल्ला विदेश में थे, उसी वक्त मार्च, 1965 में जनरल अय्यूब खान ने चीन की भी यात्रा की थी। इसे बेहद कामयाब बताया गया था। उस दौरान जनरल अय्यूब खान ने और देशों की भी यात्रा करके भारत के खिलाफ माहौल बनाने की कोशिश की थी।

इतिहासकारों का कहना है कि अप्रैल, 1965 में पाकिस्तानी सेना ने 'कच्छ के रन' क्षेत्र में जान-बूझकर झड़पें शुरू कीं तो भारत की जवाबी कार्रवाई हुई और माहौल बिगड़ गया था। दोनों देशों की सेनाएं इस क्षेत्र में आमने-सामने आ गई थीं। अंतत: स्थिति युद्ध की बनते देख जून में ब्रिटिश प्रधानमंत्री हेराल्ड विल्सन ने दोनों पक्षों को समझा-बुझाकर शांत किया और विवाद को निपटाने के लिए एक ट्रिब्यूनल की स्थापना कर दी। पाकिस्तान को लगा कि इससे उसे 'कच्छ के रन' क्षेत्र मुद्दे पर कामयाबी मिल गई, उसके हौंसले बढ़ गए थे। ब्रिटिश प्रधानमंत्री द्वारा गठित इस ट्रिब्यूनल ने बाद में फैसला दिया कि 'कच्छ के रन' में पाकिस्तान को 350 वर्ग मील यानी 900 किलोमीटर इलाका दे दिया जाए। जबकि पाकिस्तान ने दावा 3,500 वर्गमील यानी 9,000 किलोमीटर का किया था। यह फैसला भले ही बाद में आया, लेकिन पाकिस्तान को इसके रुख का पहले ही पता लग चुका था। इस ट्रिब्यूनल के फैसले पर भारतीय सेना हतप्रभ थी। एक मायने में पश्चिमी मुल्क पाकिस्तान को मदद पहुंचाने में लगे थे। पाकिस्तान ने 'कच्छ के रन' में अपनी यह साजिश ऑपरेशन 'डेजर्ट-हावक' के नाम से अंजाम दी थी।

पाकिस्तान के विदेश मंत्री जुल्फिकार अली भुट्टो ने राष्ट्रपति अय्यूब खान पर, जो विदेश यात्रा से अपने मुल्क लौट चुके थे, दबाव बनाया कि वे कश्मीर पर हमले का आदेश दें। यही राय जनरल याहया खान, जनरल टिक्का खान की भी थी। इसके बाद पाकिस्तान ने ऑपरेशन जिब्राल्टर के नाम से जम्मू-कश्मीर पर हमला थोपा। इस ऑपरेशन के माध्यम से जहां कश्मीरियों को भारत सरकार के खिलाफ उकसाना था, वहीं यहां कब्जा करना भी मकसद था।

5 अगस्त, 1965 तक करीब 30 हजार पाक सैनिकों ने कश्मीरी वेष-भूषा में नियंत्रण रेखा पार करके कई जगह कामयाब घुसपैठ की। इन छद्म-भेष पाक सैनिकों ने सूबे के लोगों को भारत सरकार के खिलाफ बरगलाना शुरू कर दिया। करीब 8-10 दिन बाद भारतीय खुफिया तंत्र को इस बड़ी घुसपैठ की जानकारी मिल सकी

और वह भी कश्मीरियों ने ही दी थी। भारतीय सेना ने जब जवाबी कार्रवाई शुरू की तो पाकिस्तान का भेद खुल गया और तोपखाने की मदद से भारतीय सेना ने तीन महत्त्वपूर्ण पहाड़ियों पर अपना कब्जा जमा लिया था, जहां पाक सैनिक छिपे बैठे थे। उधर पाक सेना ने टिटवाल, उड़ी और पुंछ में अपनी बढ़त बना ली थी। ये तीनों क्षेत्र बेहद महत्त्वपूर्ण थे। 18 अगस्त को पाकिस्तानी सेना कमजोर पड़ गई थी। भारतीय सेना की अतिरिक्त टुकड़ियां मोर्चों पर पहुंच गई थीं। भारतीय सेना ने टिटवाल, उड़ी और पुंछ को पुनः हासिल कर लिया था और पाक के कब्जे वाले 'आजाद जम्मू-कश्मीर' के 8 किलोमीटर भीतर तक हाजीपीर दर्रा पर अपना कब्जा जमा लिया था। इससे पाकिस्तानी सेना घबरा गई थी, उसको लगा कि मुजफ्फराबाद अब भारतीय सेना से दूर नहीं है और वह भी उसके हाथ से निकल जाएगा।

भारतीय सेना पर दबाव बनाने के लिए पाकिस्तान ने 'ऑपरेशन ग्रैंड सलाम' के तहत चाल चली। उसने 30 अगस्त को अखनूर पर हमला बोल दिया। भारतीय सेना को रत्ती भर अहसास नहीं था कि पाकिस्तानी सेना यहां हमला करेगी। पाकिस्तान का मकसद अखनूर पर कब्जा करके राजौरी-पुंछ के रास्ते कश्मीर का रास्ता जोड़ने तथा लाइफ लाइन कही जाने वाले इस क्षेत्र से शेष भारत का सम्पर्क खत्म करना था। जानकारों का मानना है कि यहां अचानक किए गए हमले से पाकिस्तान बेहद मजबूत स्थिति में आता जा रहा था, परंतु अचानक उसने कमांडर बदल दिया, जिससे उसका एक दिन व्यर्थ चला गया था। इधर भारत को अपनी अतिरिक्त टुकड़ियां मंगाने का मौका मिल गया था और अखनूर पर पाकिस्तान का कब्जा होते-होते रह गया।

भारतीय सेना की पश्चिमी कमान ने थलसेना अध्यक्ष जनरल जे.एन. चौधरी को प्रस्ताव दिया कि पाक पर दबाव बनाने के लिए हमें पंजाब सीमा में एक मोर्चा खोल देना चाहिए, ताकि लाहौर पर हमला किया जाए। जानकारों का कहना है कि जनरल चौधरी इससे सहमत नहीं थे, मगर प्रधानमंत्री लाल बहादुर शास्त्री के हस्तक्षेप के बाद मोर्चा खोल दिया गया। 6 सितम्बर को भारत-पाक सीमा के पश्चिमी मोर्चे पर विधि वत् युद्ध की शुरुआत हुई। उसी दिन भारत की 15वीं पैदल सैन्य इकाई ने द्वितीय विश्वयुद्ध के अनुभवी मेजर जनरल प्रसाद की अगुवाई में इच्छोनिल नहर के किनारे बड़े हमले का सामना किया। इच्छोनिल नहर भारत-पाक के बीच वास्तविक सीमा थी। यहां पाकिस्तान के हमलों से मेजर जनरल प्रसाद सकुशल बच गए थे। भारतीय जवानों ने आगे बढ़ते हुए नहर पार करके पाकिस्तान के बरकी गांव पर कब्जा कर लिया था। यह गांव जिला लाहौर में पड़ता है। पाकिस्तान कहां बाज आ रहा था! उसने भारतीय फौज पर दबाव बनाने के लिए पंजाब के खेमकरण सेक्टर पर हमला बोल दिया था। यहां उसने एक गांव पर कब्जा कर लिया था। वहां भी उसे मुहंतोड़

जवाब मिला था। इस बीच अय्यूब खान 19 सितम्बर को गुपचुप तरीके से चीन चले गए थे। वहां उन्होंने बीजिंग में प्रधानमंत्री चाऊ-एन-लाई से मदद की गुहार की थी। चीन ने उन्हें सकारात्मक जवाब दिया था।

करीब 5 सप्ताह तक चली इस जंग में भारतीय सेना ने पाकिस्तान की हर बड़ी साजिश को विफल कर दिया था। सियालकोट, लाहौर तथा तथाकथित आजाद जम्मू-कश्मीर के कुछ इलाकों पर अपनी जीत दर्ज कर ली थी। वहीं भारत को सिंध के सामने दक्षिण का कुछ अपना इलाका व छम्ब का कुछ इलाका गंवाना पड़ा था। द्वितीय विश्वयुद्ध के बाद इतिहास में सबसे ज्यादा टैंकों का इस जंग में इस्तेमाल हुआ था और दोनों देशों की एयरफोर्स ने पहली बार जंगी जहाजों का प्रयोग किया था। पाकिस्तान को इस युद्ध में चीन के अलावा अमेरिका, ईरान, इंडोनेशिया समेत कुछ अन्य मुल्कों की मदद प्राप्त थी। भारत का मित्र सिर्फ सोवियत संघ था, वह भी पूरे मन से नहीं।

इस जंग में मशहूर हवलदार अब्दुल हमीद और लेफ्टिनेंट कर्नल आर. दशियार वरजोर जी तारापोटे भी शहीद हुए थे, जिन्हें मरणोपरांत परमवीर चक्र मिला था। 23 सितम्बर को यह जंग सीजफायर की घोषणा के बाद बंद हुई, जिसका ऐलान प्रध ानमंत्री लाल बहादुर शास्त्री और पाक राष्ट्रपति अय्यूब खान ने किया था। बाद में हाजीपीर दर्रा, जो काफी अहम् था, जीतने के बाद पाकिस्तान को लौटा दिया गया था। इस लम्बी होती जंग से दुनिया के कई देशों में खलबली थी, खासकर उन मुल्कों में, जो पाकिस्तान के हमदर्द थे। पाकिस्तान जब बचाव की स्थिति में पहुंच गया और भारतीय सेना के हमलों से घिर गया तो दबाव के चलते 20 सितम्बर को संयुक्त राष्ट्र सुरक्षा परिषद ने अपने इतिहास में पहली बार इस तरह अपने प्रस्ताव में कड़े शब्दों का प्रयोग किया और कहा कि दो दिन में सीजफायर पर अमल हो। 22 सितम्बर को विदेश मंत्री जुल्फिकार अली भुट्टो आनन-फानन में न्यूयॉर्क पहुंचे और वहां सुरक्षा परिषद की बैठक में भारत की आलोचना करते हुए धमकी दी, 'हम हजारों साल तक भारत के खिलाफ लड़ सकते हैं।'

ताशकंद समझौता

राष्ट्रपति अय्यूब खान से लेकर समूची पाकिस्तान सरकार सदमे में थी। उन्हें 1965 की जंग की साजिश व तैयारी का कोई लाभ नहीं मिल सका था, जबकि दुनिया की कई बड़ी व छोटी ताकतें भी एकदम उसके साथ खड़ी थीं। भारत के साथ केवल सोवियत संघ था और वह भी सौ फीसदी नहीं। पाकिस्तान को सपने में इस जंग के कई दृश्य डरा व परेशां कर रहे थे। सियालकोट, लाहौर के अलावा पाक के कब्जे वाले आजाद जम्मू-कश्मीर के कई हिस्सों में भारतीय सेना कदमताल करती दिखाई दे रही थी। भारत में प्रधानमंत्री लाल बहादुर शास्त्री की जय-जयकार हो रही थी, उनकी कुशल रणनीति की वजह से पाकिस्तान को मुंह की खानी पड़ी थी। आखिरकार संयुक्त राष्ट्र सुरक्षा परिषद का उसे सहारा मिला तो आनन-फानन में सीजफायर का ऐलान हो गया था, वरना पाकिस्तान को और ज्यादा खामियाजा भुगतना पड़ सकता था, यह इतिहासकार भी मानते हैं। चूंकि सीजफायर का एक बार ऐलान होने के बाद दुनिया का पाक हिमायती कोई भी मुल्क भारत पर किसी भी शर्त के लिए दबाव नहीं डाल सकता था।

दरअसल, पाकिस्तान ने यह जंग कश्मीर मामले को लेकर ही लड़ी थी, परंतु वह कश्मीर को लेकर संयुक्त राष्ट्र सुरक्षा परिषद से भारत पर कोई शर्त अथवा समझौते का खेल कराने में कामयाब नहीं हो सका था। उस समय भारत के विदेश मंत्री स्वर्ण सिंह ने जनरल असेम्बली में ऐलान किया था, 'कश्मीर भारत का अभिन्न अंग है, इस पर भविष्य में कोई बातचीत नहीं होगी'। इस पर वहां मौजूद पाक विदेश मंत्री जुल्फिकार अली भुट्टो ने धमकी दे डाली थी कि चूंकि सीजफायर सशर्त नहीं हुआ और जनमत संग्रह मुद्दे का जिक्र नहीं किया गया, इसलिए पाक संयुक्त राष्ट्र से खुद को हटा लेगा।

पाकिस्तान की बौखलाहट साफ दिखाई दे गई थी कि उसके मंसूबे फलीभूत नहीं हो सके थे।

4 जनवरी, 1966 को सोवियत संघ ने मध्यस्थता की। भारत और पाकिस्तान के प्रतिनिधिमंडल क्रमश: प्रधानमंत्री लाल बहादुर शास्त्री और राष्ट्रपति अय्यूब खान की अगुवाई में ताशकंद में मिले। सोवियत संघ के प्रधानमंत्री अलेक्सई कोसीजिन ने अशासकीय बिचौलिए की भूमिका अदा की। विक्टोरिया स्कोफील्ड ने लिखा कि शास्त्री जी और अय्यूब साहब ने माना कि दोनों मुल्क शांतिपूर्ण ढंग से अपने विवादों का निपटारा करेंगे। ये दोनों इस बात पर भी सहमत हुए थे कि दोनों मुल्क वापस 5 अगस्त, 1965 की पूर्व स्थिति पर लौटेंगे। यह 10 जनवरी, 1966 की बात है, फिर इस समझौते के चंद घंटे के बाद शास्त्री जी का हार्ट अटैक से निधन हो गया। यह जुदा बात है कि उनकी आकस्मिक मृत्यु को लेकर आज भी सवाल उठाए जाते हैं। शास्त्री जी के निधन से पूरा देश हतप्रभ तथा गहरे शोक में डूब गया था।

ताशंकद समझौते में यह कहा गया कि दोनों मुल्कों की सेनाएं 5 अगस्त, 1965 की पूर्व स्थिति में हर सूरत में 25 फरवरी, 1966 तक आ जाएं। यह भी लिखा गया कि दोनों मुल्कों के रिश्ते एक-दूसरे के देश के आंतरिक मामलों में दखलअंदाजी न करने के सिद्धांत पर हों। एक-दूसरे के खिलाफ दुष्प्रचार न हो, बल्कि रिश्ते बेहतर बनाने के दिशा में ही सकारात्मक प्रचार हो। दोनों मुल्कों के राजनयिक सम्बंध वियना कमीशन 1961 के आधार पर हों। इसके अलावा व्यापार, युद्धबंदियों, शरणार्थियों वगैरह मुद्दों पर जिक्र हुआ था। इस समझौते के बाद रणनीतिक महत्त्व का हाजीपीर दर्रा, जो भारतीय सेना ने जीत लिया था, उसे पाकिस्तान को वापस करना पड़ा था, जबकि यह प्रिंसली स्टेट जम्मू-कश्मीर का हिस्सा था। यहां से उड़ी का फासला महज 35 किलोमीटर रह गया था।

पाकिस्तानी चालें और 1971 की जंग

शेख मोहम्मद अब्दुल्ला

भारत सरकार और जम्मू-कश्मीर सरकार को शेख मोहम्मद की गतिविधियां संदिग्ध होती दिखाई देने लगी थीं। शेख मोहम्मद अब्दुल्ला को न केवल सत्ता से हाथ धोना पड़ा था, बल्कि जेल की हवा भी खानी पड़ी थी। इससे वे बागी हो गए थे। इसकी जानकारी सरहद पार पाकिस्तान को भी मिल चुकी थी। पाकिस्तान यह अच्छी तरह समझ चुका था कि भारत से सीधी लड़ाई में उसकी जीत नहीं हो सकती। उसने शेख मोहम्मद अब्दुल्ला पर पूरी तरह हाथ रख दिया था। अब पाकिस्तान की चाल यह थी कि किसी तरह कश्मीरी आवाम को ही भारतीय प्रशासन के खिलाफ उकसाकर खड़ा किया जाए। हालांकि पाकिस्तान ने सन् 1965 की जंग में ही ऑपरेशन जिबराल्टर इसी मकसद से शुरू किया था। अब शेख मोहम्मद अब्दुल्ला को एक बेहतर तथा भारी-भरकम मोहरा मानकर पाकिस्तान ने अपने ऑपरेशन जिबराल्टर को आगे बढ़ाया। यह सन् 1970 की बात है। पाकिस्तान की मदद से अलफतेह आतंकवादी संगठन तो सक्रिय था ही, अब शेख मोहम्मद अब्दुल्ला के हाथ मिलाने से पाकिस्तान का मनोबल काफी बढ़ गया था।

सन् 1971 के जनवरी माह की शुरुआत थी। शेख मोहम्मद अब्दुल्ला और उनके लेफ्टिनेंट कहे जाने वाले मिर्जा अफजल बेग 3 जनवरी को नई दिल्ली स्थित पाकिस्तान उच्चायोग पहुंचे। वहां उन दोनों ने उच्चायुक्त से मुलाकात कर काफी लम्बी बातचीत की। बताते हैं कि कश्मीर के इन दोनों नेताओं की पाकिस्तान उच्चायुक्त के साथ हुई वार्ता में कश्मीर में जनमत संग्रह का मुद्दा उछालने का फैसला हुआ था, ताकि कश्मीरी आवाम को भावनात्मक तरीके से भारत सरकार के खिलाफ भड़काया जा सके। इस गुप्त बैठक में और क्या-क्या हुआ, यह पूरी जानकारी तो

साफ नहीं हुई, लेकिन बाद में शेख मोहम्मद अब्दुल्ला ने बताया कि वे नवम्बर, 1970 में पूर्वी पाकिस्तान (अब बांग्लादेश) में आए समुद्री तूफान से प्रभावित लोगों की मदद के लिए पाकिस्तान उच्चायोग में पैसों का चैक देने गए थे। 6 जनवरी को इन कश्मीरी नेताओं की फिर एक और मुलाकात पाकिस्तान उच्चायुक्त से हुई। जनमत संग्रह का मुद्दा जम्मू-कश्मीर में होने वाले विधानसभा चुनाव में उठाने की तैयारियां की जाने लगी थीं, परंतु 1 जनवरी को शेख मोहम्मद अब्दुल्ला, उनके दामाद जी.एम. शाह समेत सैकड़ों लोगों को गिरफ्तार कर लिया गया था। राज्य के तत्कालीन मुख्यसचिव पी.के. दवे ने इनकी गिरफ्तारी पर तर्क दिया कि ये लोग जनमत संग्रह की मांग उठाकर विध्वंसक गतिविधियां करने वाले थे, जिससे शांति व्यवस्था बिगड़ सकती थी। उसी दौरान 25 जनवरी को पाकिस्तान उच्चायोग के प्रथम सचिव जफर इकबाल राठौर को भारत विरोधी गतिविधियों तथा अलफतेह आतंकी संगठन के साथ संलिप्तता के आरोप में 48 घंटे के भीतर भारत छोड़ने को कहा गया था।

सन् 1971 में जम्मू-कश्मीर में चुनाव होने वाले थे। पाकिस्तान किसी तरह इस चुनाव में व्यवधान डालना चाहता था। अभी पाकिस्तान उच्चायोग के प्रथम सचिव जफर इकबाल राठौर को भारत छोड़ने के आदेश को महज चार दिन ही बीते थे कि 30 जनवरी दोपहर 1 बजे श्रीनगर से जम्मू की उड़ान पर निकले इंडियन एयरलाइंस के जहाज गंगा का अपहरण कर लिया गया। बाद में यह जहाज लाहौर में उतारा गया था। अपहर्ताओं के बारे में बताया गया कि वे दोनों कश्मीरी युवक हैं। उनके हाथ में पिस्तौल और हैण्डग्रेनेड थे। वे मांग कर रहे थे कि पहले उन दोनों को पाकिस्तान में राजनैतिक शरण दी जाए। इसके अलावा भारत सरकार उन 36 कैदियों को रिहा करे, जो कश्मीर नेशनल लिबरेशन फ्रंट के सदस्य हैं। भारत सरकार यह भी भरोसा दे कि वह दोनों अपहर्ताओं के परिवार वालों को तंग नहीं करेगी। अपहर्ताओं ने बाद में जहाज में बैठे यात्रियों व जहाज के क्रू को छोड़ दिया, जो 1 फरवरी को सड़क मार्ग से अमृतसर पहुंचे थे।

इससे पहले कि अपहर्ताओं की मांगों पर कोई सोच-विचार होता, उनमें से एक अपहर्ता ने गंगा को आग लगा दी थी। इस बीच जब गंगा के लाहौर उतारे जाने की खबर वहां फैली तो लाहौर एयरपोर्ट पर लोगों की भीड़ जुटनी शुरू हो गई, वहां के लोग उन्हें हीरो की तरह देख रहे थे। 31 जनवरी को जुल्फिकार अली भुट्टो ने उन्हें लाहौर एयरपोर्ट जाकर शाबाशी भी दी थी।

बाद में बयान जारी करके कहा गया कि दोनों अपहर्ता बहादुर हैं और जिस तरह से इन दोनों ने साहस दिखाया है, उससे साफ हो गया है कि दुनिया में अब कश्मीर में लड़ी जा रही आजादी की लड़ाई को कोई भी रोक नहीं सकता।

एक मायने में सन् 1965 में भारत के साथ जंग के दौरान पाकिस्तान ने जो ऑपरेशन-जिबरॉल्टर शुरू किया था, उसमें उसे पहली बड़ी कामयाबी मिलती दिखायी दी थी। 3 फरवरी को भारत सरकार ने पाकिस्तान सरकार को इसके लिए जिम्मेदार ठहराते हुए गंगा एयरक्राफ्ट के नुकसान की भरपाई की मांग की, बल्कि जहाज में पड़े कार्गो सामान की भी। भारत सरकार ने तत्काल प्रभाव से पाकिस्तान के ऊपर से जाने वाली तमाम उड़ानों को रद्द कर दिया, फिर 5 फरवरी को भारत सरकार ने दोनों अपहरणकर्ताओं को भी सौंपने की मांग की, ताकि दोनों अपहर्ताओं के खिलाफ भारत की अदालत में मुकदमा चलाया जा सके।

पाकिस्तान सरकार ने अपहर्ताओं को भारत को सौंपने के बजाय यह जवाब दिया, 'यह जो कुछ भी हुआ, सब कश्मीर में भारत द्वारा की जा रही ज्यादतियों का नतीजा है, फिर नई दिल्ली में लोगों ने हमारे उच्चायोग की सम्पत्ति जलाई और हमारे स्टाफ को जख्मी किया...।'

पाकिस्तान का यह जवाब शायद स्वाभाविक था, चूंकि वह सन् 1947-48 से कश्मीर को लेकर जो भी नकारात्मक कार्रवाई कर रहा था, किसी से छिपी नहीं थी। दरअसल 3 फरवरी को विमान अपहरण को लेकर पाकिस्तान उच्चायोग के बाहर एक प्रदर्शन हुआ था। पुलिस ने इस मौके पर प्रदर्शनकारियों पर लाठीचार्ज व आंसू गैस के गोले भी दागे थे।

उधर लाहौर में इन विमान अपहर्ताओं से डॉ. फारूक हैदर रावलपिंडी से मिलने पहुंचा था, फिर मकबूल अहमद भी उनसे मिला था। पता चला कि मकबूल इस विमान अपहरण साजिश का मास्टर माइंड था। कश्मीर मूल के मकबूल की इन दोनों अपहर्ताओं से बातचीत हुई थी। बाद में पाकिस्तान की पंजाब पुलिस ने इस बाबत केस दर्ज कर अपनी तफ्तीश रिपोर्ट तैयार की। इस रिपोर्ट में कहा गया कि 20-21 साल के अपहर्ता श्रीनगर में सिनेमाहॉल पर टिकट ब्लैक करते थे। 1969 में ये रावलपिंडी आए। जहां इनकी मुलाकात मकबूल बट्ट, डॉ. फारूक हैदर तथा एक पूर्व मेजर अमानुल्ला खान से हुई। वे तीनों कश्मीर नेशनल लिबरेशन फ्रंट के प्रमुख नेता थे। वे बाद में श्रीनगर लौट गए थे। 1970 में पुनः सीजफायर लाइन पार करके वे डॉ. फारूक हैदर से मिले और उसके पास रावलपिंडी में ठहरे। यहां तीन महीने रहकर उन्होंने मकबूल बट्ट के साथ विध्वंसक गतिविधियों का प्रशिक्षण लिया, बाद में सीजफायर लाइन पार करके कश्मीर चले गए। अंततः उन्होंने इस अपहरण की साजिश को अंजाम दिया था। यह जुदा बात है कि विमान अपहरण के बाद 2 फरवरी, 1971 को जम्मू-कश्मीर के तत्कालीन मुख्यमंत्री जी.एम. सादिक ने इसे भारतीय खुफिया विभाग का 'सुनियोजित-ड्रामा' बताया था।

लाहौर में इस अपहरण मामले को लेकर मई, 1973 में फैसला आया, जिसमें

एक अपहर्ता को भारतीय खुफिया एजेंसी का व्यक्ति बताते हुए 19 साल की सजा दी गई। मकबूल बट्ट समेत अन्य को कुछ अरसे बाद छोड़ दिया गया। मकबूल बट्ट रिहाई के बाद सीजफायर लाइन को पार करके भारतीय क्षेत्र में घुस रहा था कि तभी पकड़ लिया गया। मकबूल बट्ट पर 14 सितम्बर, 1966 में जम्मू-कश्मीर पुलिस के एक इंस्पेक्टर अमरचंद की हत्या का मामला दर्ज था, तब पकड़े जाने के बाद वह श्रीनगर जेल में सुरंग खोद भागकर पाकिस्तान चला गया था, तभी से वहीं था मकबूल बट्ट। बर्मिंघम (लंदन) में भारतीय राजनयिक रवीन्द्र महाब्रे के अपहरण व उनकी हत्या की साजिश में शामिल होने के अलावा और भी कुछ मामले दर्ज हुए थे। आखिरकार मकबूल बट्ट को 11 फरवरी, 1984 को दिल्ली की तिहाड़ जेल में फांसी लगा दी गई थी। बट्ट को फांसी लगाए जाने के बाद घाटी में हालात बिगड़ गए थे।

अलबत्ता, पाकिस्तान सरकार लगातार भारत के खिलाफ नई-से-नई चालें चल रही थीं, जबकि अब उसके खुद के घर में बगावत हो रही थी। यह बात राष्ट्रपति याहया खान अच्छी तरह जानते थे। पूर्वी पाकिस्तान में उनके धुरविरोधी आवामी लीग पार्टी के कद्दावर नेता शेख मुजीबुर रहमान ने आम चुनाव में ऐतिहासिक जीत हासिल की थी। याहया खान के सैनिक शासनकाल में यह पहला राष्ट्रीय असेम्बली का चुनाव था। शेख मुजीबर रहमान की आवामी लीग ने 169 में से 167 सीटों पर याहया खान की 'समर्पित पार्टी' का सफाया कर दिया था। इससे चिढ़कर पाक राष्ट्रपति याहया खान ने असेम्बली सत्र बुलाने से मना कर दिया था। नतीजतन याहाया खान सरकार के खिलाफ पूर्वी पाकिस्तान में प्रदर्शनों का दौर शुरू हो गया। पाकिस्तान सरकार ने इसे कुचलने के लिए सैन्य कार्रवाई शुरू की। हालात गृहयुद्ध के बन गए थे। बावजूद इसके पाकिस्तान के फौजी शासन ने अपना दमन जारी रखा था।

अपनी बहुमत की ऐतिहासिक जीत के बाद आवामी लीग के नेता शेख मुजीबुर रहमान ने सरकार गठन का दावा किया था। पाकिस्तानी राष्ट्रपति याहया खान ने शेख मुजीबुर रहमान का प्रस्ताव खारिज कर दिया था, बल्कि राष्ट्रपति याहया खान ने इन्हें कुचलने के लिए फौज को आदेश दे दिए थे। पूरे पूर्वी पाकिस्तान में पाकिस्तान हुकूमत के खिलाफ जबरदस्त गुस्से व असंतोष की लहर थी। सेना ने सरकार का विरोध कर रहे लोगों को बड़ी तादाद में गिरफ्तार किया। हालात ये बन गए थे कि पूर्वी पाकिस्तान के सुरक्षा बल भी पाकिस्तान सरकार के खिलाफ हो गए थे। वे हड़ताल पर चले गए थे और असहयोग आंदोलन पर उतर आए थे। पाक सेना ने 23 मार्च, 1971 में ढाका पर हमला बोल दिया, जो आवामी लीग का गढ़ था।

25-26 मार्च की रात 3 बजे शेख मुजीबर रहमान को गिरफ्तार कर लिया गया था। आवामी लीग के कई नेता भागकर भारत आ गए थे। रेडियो पाकिस्तान ने शेख

मुजीबर रहमान की गिरफ्तारी के बाद बताया कि उन्हें पाकिस्तान ले जाया गया है। उसके बाद पाक ने पूर्वी पाकिस्तान के बुद्धिजीवियों को मारने के लिए ऑपरेशन सर्चलाइट शुरू किया था। 6 मार्च, 1971 को पूर्वी पाकिस्तान के वायुसेना प्रमुख जियाउर रहमान ने पाक के इस आदेश पर अमल न करने का ऐलान किया। उसके बाद जनरल मोहम्मद अतौल गनी उस्मानी को कमांडर-इन-चीफ बना दिया गया। पाक सेना ने अपना ऑपरेशन तेज करते हुए हजारों लोगों को मौत के घाट उतार दिया था। इनमें अल्पसंख्यक हिंदू भी बड़ी संख्या में थे। लाखों लोगों को वहां से भागना पड़ा, जिससे पूर्वी पाक-भारत सीमा को खोल दिया गया था। पश्चिमी बंगाल, बिहार, असम, मेघालय, त्रिपुरा की सरकारों ने इनके लिए रिफ्यूजी कैम्प बना दिए थे। इसका भारत की अर्थव्यवस्था पर दुष्प्रभाव पड़ा था। इन लोगों ने भारत से मदद की गुहार की थी। 27 मार्च को इंदिरा गांधी ने पूरी मदद का ऐलान किया। बाद में मुक्तिवाहिनी के गुरिल्ला तैयार हुए। पाकिस्तान ने भारत के खिलाफ दुष्प्रचार शुरू कर दिया था। पाकिस्तान में भारत विरोधी प्रदर्शन शुरू हो गए थे। यह नवम्बर, 1971 की बात है। 23 नवम्बर को याहया खान ने पाकिस्तानी आवाम से भारत के खिलाफ जंग के लिए तैयार रहने को कहा था।

पाकिस्तान सरकार को अंदेशा था कि उसके पूर्वी पाकिस्तान में जो कुछ घट रहा है, उसे कहीं-न-कहीं भारत की भी मदद मिल रही है। यह इत्तेफाक था कि जो पाकिस्तान ऑपरेशन जिबराल्टर में शेख मोहम्मद अब्दुल्ला की मदद से तेजी ला रहा था, उसी दौरान उसके पूर्वी हिस्से में उसके खिलाफ खुली बगावत हो चुकी थी। हालात जंग के बन गए थे।

3 दिसम्बर, 1971 को पाकिस्तानी सेना ने 'ऑपरेशन चंगेज खान' चलाकर भारत के 11 एयरबेस पर हमला करके जंग की शुरुआत कर दी थी, फिर उसी दिन भारत की प्रधानमंत्री इंदिरा गांधी को रेडियो पर यह कहना पड़ा था कि पाकिस्तान का भारतीय एयरफील्ड्स पर हमला उसकी जंग का ऐलान है। भारतीय वायुसेना ने उसी रात इसका पुरजोर जवाब दिया था। भारतीय वायुसेना की यह जवाबी कार्रवाई अगले दिन सुबह तक चलती रही थी। पाकिस्तानी वायुसेना ने भारत के पूर्वी तथा पश्चिमी मोर्चे पर हमले किए थे। प्रधानमंत्री इंदिरा गांधी ने सेना के तीनों अंगों को फौरन तैयार किया था। भारतीय सेना के एक सेवानिवृत्त अधिकारी का कहना था, "सेना के तीन अंगों में गजब का समन्वय था।"

इस पूर्व सैन्य अधिकारी ने मुझे (लेखक को) मेरी जम्मू-कश्मीर पोस्टिंग के दौरान एक मुलाकात में बताया था, 'भारत को पाकिस्तान की ओर से हमला किए जाने की कई दिन पहले जानकारी मिल चुकी थी कि वह देश के पश्चिमी मोर्चे पर भी हमला करेगा।' इस जानकारी के साथ श्रीमती इंदिरा गांधी जम्मू की भारत-पाक सीमा की

अग्रिम चौकियों का दौरा करने आई थीं, तब उन्होंने जवानों का हौसला बढ़ाने के लिए हम लोगों के बीच आकर कहा, 'पूरे देश को आप पर गर्व है, हमले का मुंहतोड़ जवाब दिया जाए...।' जिस पर वहां मौजूद जवान-अफसर सभी बेहद भावुक हो गए थे। सभी सैनिकों ने एक साथ कहा था, 'मैडम! आप कहेंगी तो हम लाहौर पर भारतीय झण्डा फहरा देंगे...।'

इस पूर्व सैन्य अधिकारी ने मुझसे कहा कि इंदिरा जी जैसी प्रधानमंत्री हमारे मुल्क को दोबारा शायद ही मिले।

अलबत्ता, पाकिस्तानी सेना ने भारत के पूर्वी और पश्चिमी मोर्चे पर जबरदस्त हमला बोल दिया था। उसकी जल, वायु और थलसेना ने हर संभव हमले शुरू कर दिए थे। भारत ने पहले अपने पश्चिमी मोर्चे को सुरक्षित किया, क्योंकि वहां से पाकिस्तानी सेना की घुसपैठ हो सकती थी। पाक नौसेना ने पूर्वी और पश्चिमी मोर्चे पर पनडुब्बी से भी हमला किया। जवाबी कार्रवाई में भारतीय नौसेना के वाइस एडमिरल एस.एन. कोहली की अगुवाई में पनडुब्बी से कराची बंदरगाह पर हमला किया गया। ऑपरेशन टाइरेंड के तहत 4-5 दिसम्बर की रात मिसाइल-बोट ने पाकिस्तान की पी.एन.एस. खैबर, पी.एन.एस. मुहाफिज, पी.एन.एस. शाहजहां को बुरी तरह क्षतिग्रस्त कर दिया था। इस जवाबी हमले में पाक नौसेना के सैकड़ों सैनिक मारे गए और जख्मी हुए थे। उसके बाद भारतीय नौसेना ने 8-9 दिसम्बर रात को 'ऑपरेशन-पायदान' चलाया था। इससे पाक नौसेना के वाणिज्य पोत के जहाज डूब गए थे।

भारत की पूर्वी नौसेना कमांड के वाइस एडमिरल कृष्णन के नेतृत्व में की गई कार्रवाई में बंगाल की खाड़ी में पूर्वी पाक क्षेत्र में आठ विदेशी वाणिज्य पोत के जहाज पकड़ लिए गए थे। इस बीच भारतीय एयरक्राफ्ट कैरियर आई.एन.एस. विक्रांत सी-हॉक ने पूर्वी पाक के कई ठिकानों पर हमले किए थे। पाकिस्तान ने हमले के लिए अपनी पी.एन.एस. गाजी पनडुब्बी विशाखापट्टनम भेजी थी, लेकिन वह अपना मकसद पूरा नहीं कर सकी थी। 9 दिसम्बर को भारतीय नौसेना को तब भारी नुकसान उठाना पड़ा था, जब पाकिस्तान की पी.एन.एस. हंगोर पनडुब्बी ने आई.एन.एस. पनडुब्बी खुखरी को अरब की खाड़ी में डुबो दिया था। इस पनडुब्बी में सवार 13 भारतीय अधिकारियों तथा 176 नाविकों की मृत्यु हो गई थी।

भारतीय वायुसेना के एक ऑपरेशन के दौरान ढाका में अमेरिका तथा संयुक्त राष्ट्र का एक-एक एयरक्राफ्ट तबाह हो गया था, जबकि कनाडा एयरफोर्स का केबिन इस्लामाबाद में खत्म हो गया था।

भारत-पाक की यह जंग 13 दिन तक चली। 16 दिसम्बर को 2 बजकर 20 मिनट पर जंग खत्म होने का ऐलान हुआ। करीब 90 हजार पाकिस्तानी आत्मसमर्पण के साथ

युद्धबंदी बना लिए गए थे। इनमें 12 सौ नागरिक भी थे। इस शर्मनाक हार से पाकिस्तान को पूरी दुनिया में शर्मिंदा होना पड़ा था, जबकि उसके साथ अमेरिका, चीन जैसी बड़ी शक्तियां भी थीं। इसमें पाकिस्तान की आधी नौसेना, एक चौथाई वायुसेना, एक चौथाई थलसेना खत्म हो गई थी। भारतीय सेना के लेफ्टिनेंट जनरल जे.एस. अरोड़ा के सामने पाकिस्तान सेना के लेफ्टिनेंट जनरल ए.के. नियाजी को घुटने टेकने पड़े थे। युद्ध के परिणामस्वरूप 16 दिसम्बर को ढाका में बांग्लादेश के रूप में एक नए राष्ट्र का निर्माण हुआ। पाकिस्तान को शेख मुजीबर रहमान को 10 जनवरी, 1972 को जेल से रिहा भी करना पड़ा था। पहले वे राष्ट्रपति और फिर प्रधानमंत्री बने, परंतु इस जंग में भारतीय सेना के कई जवान लापता हो गए थे। शुरू में कुछेक के पैगाम रेडियो लाहौर से भी प्रसारित हुए थे, जो वे अपने परिजनों को देना चाहते थे। आज तक उनका कोई अता-पता नहीं मिला। इस जंग के युद्धबंदियों को लेकर उनके परिजन दुनिया-भर में गुहार लगा चुके हैं। अलावा इसके इस जंग में भारतीय सेना को छम्ब का इलाका गंवाना पड़ा था। युद्ध तथा सुरक्षा रणनीति के दृष्टिकोण से अखनूर से एकदम सटा यह इलाका काफी महत्त्वपूर्ण माना जाता है। इस जंग के दौरान पाकिस्तान के एक बेहतर कमांडर माने जाने वाले मेजर जनरल इख्तियार खान गंभीर रूप से जख्मी हो गए थे, बाद में उनकी मृत्यु हो गई थी।

अलगाववाद और हत्याएं

अंग्रेजों की बिछाई गई बिसात पर मोहरें अपनी-अपनी चालें चल रहे थे। पहले कई वर्षों तक कश्मीर के कद्दावर एवं करिश्माई नेता शेख मोहम्मद अब्दुल्ला जाने-अनजाने में ऐसी चालें चल रहे थे, जो अंग्रेजों के लिए मुफीद साबित हो रही थीं। इतिहासकारों का मानना है कि शेख साहब कश्मीर का राज-काज भी चाहते थे और जो उनके लिए यह सब संभव करा रहे थे, उनके खिलाफ वे विद्रोह भी करते रहे। कालान्तर में कश्मीर के नामचीन धार्मिक नेता मौलवी मोहम्मद फारूक ने सन् 1964 में आवामी एक्शन कमेटी की स्थापना करके जम्मू-कश्मीर मसले के राजनैतिक हल को लेकर आवाज उठानी शुरू की। कुछेक लोगों का मानना था कि शेख मोहम्मद अब्दुल्ला और मौलवी फारूक को शेर और बकरे की संज्ञा देकर उनके आपसी विवाद की चर्चाएं रियासत में खूब चलीं। यही वजह थी कि सन् 1975 में शेख अब्दुल्ला और इंदिरा गांधी के बीच जो समझौता हुआ था, उसका आवामी एक्शन कमेटी ने कश्मीर में पुरजोर विरोध किया था, परंतु शेख मोहम्मद अब्दुल्ला की मृत्यु के बाद मौलवी मोहम्मद फारूक ने उनके बेटे डॉ. फारूक अब्दुल्ला के साथ समझौता किया। 1987 में नेशनल कांफ्रेंस के टिकट पर उन्होंने अपने दो समर्थकों मो. शफी खान तथा पीर मोहम्मद शफी को चुनाव लड़वाकर जितवाया था, मगर बाद में डॉ. फारूक अब्दुल्ला से अपने रास्ते अलग कर लिए थे। मौलवी मोहम्मद फारूक के समर्थकों में एक मुश्ताक अहमद जरगर भी था, जो नियंत्रण रेखा पार करके पाकिस्तान के कब्जे वाले आजाद जम्मू-कश्मीर में हथियारों के ट्रेनिंग लेने चला गया था। वर्चस्व की लड़ाई को लेकर मौलवी मोहम्मद फारूक की 21 मई, 1990 को हिजबुल मुजाहिदीन के आतंकवादियों ने हत्या कर दी थी।

यह इत्तेफाक ही था कि उसी दिन अमेरिकी राष्ट्रपति जॉर्ज बुश के विशेष दूत रॉबर्ट गेम्स कश्मीर के संबंध में भारत और पाकिस्तान के प्रधानमंत्रियों से चर्चा करने आ रहे थे।

दरअसल, तब तक कश्मीर में अलगाववाद की कई आवाजें उठ रही थीं। अलगाववादी नेता रायशुमारी की मांग को लेकर श्रीनगर में प्रदर्शन करने लगे थे। यह सब कुछ पाकिस्तान की मुराद का प्रदर्शन था। इसमें आईएसआई का प्लान काम कर रहा था। भारत विरोधी और पाक के समर्थन में नारे लगाते हुए युवक सड़कों पर उतर रहे थे। 10 मार्च, 1993 को कश्मीर के 26 राजनैतिक, सामाजिक तथा धार्मिक संगठनों ने आजादी की मांग को लेकर 'ऑल पार्टी हुर्रियत कांफ्रेंस' नामक गठबंधन बना लिया। हुर्रियत नेता संयुक्त राष्ट्र सुरक्षा परिषद के प्रस्ताव 47 को अमल में लाने की मांग करने लगे। ऑल पार्टी हुर्रियत कांफ्रेंस के गठन के बाद घाटी में आए दिन बंद और सुरक्षा बलों पर हमले शुरू हो गए। इनके प्रमुख नेताओं में जमायत-ए-इस्लामी के सैयद अली शाह गिलानी, आवामी एक्शन कमेटी के मीरवाइज उमर फारूक, जेकेएलएफ के यासीन मलिक, मुस्लिम कांफ्रेंस के प्रो. अब्दुल गनी, इत्तेहाद-ए-मुस्लिमीन के मौलवी अब्बास अंसारी तथा पीपुल्स लीग के शेख अब्दुल अजीज थे। एक समय ऐसा आया कि हुर्रियत कांफ्रेंस की कॉल पर समूचा कश्मीर थम अथवा बंद हो जाता था। बाद में अहम की लड़ाई में अंतत: 7 सितम्बर, 2003 को यह दो फाड़ हो गई। गठबंधन के 26 में से 12 घटकों ने तत्कालीन अध्यक्ष मौलाना अब्बास अंसारी को हटाकर मुशर्रत आलम को अंतरिम प्रमुख बना दिया था। दो फाड़ का काम चरमपंथी माने जाने वाले घटकों ने किया, जो सैयद अली शाह गिलानी के करीबी थे।

यह वह दौर था, जब चिनार की घाटी गोला-बारूद और बम धमाकों की गूंज व गंध में डूबी रहती थी। आए दिन सुरक्षा बलों पर हमले और एनकाउंटर होते थे, तब कुछेक एनकाउंटर पर सवाल भी उठाए गए। अलगाववादी नेता मृतक को आतंकवादी नहीं मानते थे, उनका कहना था कि मासूम कश्मीरी का फर्जी एनकाउंटर किया गया। इस तरह के कई बार आरोप लगाए गए। इसी दौर में चरमपंथी इमेज के सैयद अली शाह गिलानी ने अलग से तहरीक-ए-हुर्रियत अलगाववादी संगठन बना लिया। नरमपंथी और चरमपंथी दो गुटों में बंटे ये अलगाववादी नेता अपने-अपने एजेंडे को आगे बढ़ाते रहे। नरमपंथी जम्मू-कश्मीर को विभाजन का एजेंडा बता रहे हैं और इसे आजाद कराना चाहते हैं, जबकि चरमपंथी सैयद अलीशाह गिलानी व उनके समर्थक पाकिस्तान में शामिल किए जाने की वकालत करते आ रहे हैं।

जानकारों का कहना है कि जम्मू-कश्मीर में तब जबरदस्त टर्निंग प्वाइंट आया, जब मुस्लिम यूनाइटेड फ्रंट के बैनर तले राज्य विधान सभा का चुनाव लड़ रहे आजादी के समर्थक चुनाव हार गए। यह सन् 1987 की बात है। इनमें से एक थे सैयद मोहम्मद यूसुफ, जो अमीराकदल सीट से नेशनल कांफ्रेंस के गुलाम मुईनुद्दीन शाह के खिलाफ मैदान में थे। सैयद मोहम्मद यूसुफ शाह को भारी समर्थन मिल

रहा था, लेकिन जीत गुलाम मुईनुद्दीन शाह की हुई। इस चुनावी नतीजे के बाद भारी हंगामा हुआ। कहा गया कि चुनाव में व्यापक गड़बड़ी व धांधली हुई, जिसके कारण सैयद मोहम्मद यूसुफ शाह हार गए थे। गुलाम मुईनुद्दीन शाह डॉ. फारूक अब्दुल्ला के भाई थे। चुनावी नतीजे के बाद हंगामा करने पर सैयद मोहम्मद यूसुफ शाह को बुरी तरह मारा-पीटा गया और गिरफ्तार करके जेल भेज दिया गया।

सन् 1989 में जेल से छूटने के बाद सैयद मोहम्मद यूसुफ शाह, जो मास्टर थे, नियंत्रण रेखा पार करके आजाद जम्मू-कश्मीर हथियारों का प्रशिक्षण लेने चले गए और उनके साथ हजारों लड़के भी पार चले गए थे। वहां प्रशिक्षण लेने के साथ ही वे आतंकवादी संगठन हिजबुल मुजाहिदीन में शामिल हो गए। इस आतंकी संगठन का संस्थापक एवं प्रमुख मोहम्मद अहसान डार था। उसने सैयद मोहम्मद यूसुफ को नया नाम सैयद सलाहुद्दीन दिया। मोहम्मद अहसान डार को मध्य दिसम्बर, 1993 में जम्मू-कश्मीर में सुरक्षा बलों ने गिरफ्तार कर लिया। बाद में सैयद सलाहुद्दीन संरक्षक और हिलाल अहमद मीर इस तंजीम के चीफ बनाए गए। हिलाल अहमद मीर कुछ अरसे बाद घाटी में एक मुठभेड़ में मारा गया था। अलबत्ता सैयद सलाहुद्दीन कालांतर में मुत्तेहदा जेहाद काउंसिल का प्रमुख बना दिया गया। इसमें कई आतंकवादी तंजीमे सदस्य हैं।

अब्दुल माजिद डार

कश्मीर मूल के आतंकवादियों की तंजीम हिजबुल मुजाहिदीन तब ज्यादा सुर्खियों में आई, जब जुलाई, 2000 में इसके चीफ कमांडर अब्दुल मजीद डार ने भारत सरकार से सशर्त युद्ध विराम का ऐलान किया था। तब श्रीनगर में 3 अगस्त, 2000 को सरकार की एक उच्चस्तरीय टीम श्रीनगर पहुंची थी और नकाबपोश अब्दुल मजीद डार व उनके साथियों के साथ बैठक की थी। मकसद था घाटी में खून-खराबा रोका जाए, मगर सिर्फ 5 दिन बाद यानी 8 अगस्त, 2000 को ही आईएसआई के दबाव में इस्लामाबाद से बयान जारी करके सीजफायर वापस लेने का ऐलान कर दिया था। 23 मार्च, 2003 को घात लगाए अज्ञात हमलावरों ने नूरबाग, सोपोर में अब्दुल मजीद डार की हत्या कर दी थी। 'सेव कश्मीर मूवमेंट' ने इसकी जिम्मेदारी ली थी। अल नसरीन, जो इसका एक विंग था, ने इसे अंजाम दिया था। कश्मीरी आतंकवादियों की पाकिस्तान में नवाज शरीफ से लेकर परवेज मुशर्रफ तक सहज पहुंच थी। कश्मीर मूल की इस तंजीम को कश्मीर अमेरिकन काउंसिल के गुलाम नबी फई की भी बताई गई है। विश्व

कश्मीर स्वतंत्रता आंदोलन, अमेरिका के अय्यूब ठाकुर भी इस तंजीम को चंदा मुहैया कराते हैं।

भारत सरकार के राष्ट्रीय अनुसंधान विभाग (एन.आई.ए.) की मोस्ट वांटेड सूची में दर्ज सैयद सलाहुद्दीन सरकारी नौकरी में जाना चाहता था। कश्मीर विश्वविद्यालय से राजनैतिक शास्त्र की पढ़ाई कर चुकने के बाद जमात-ए-इस्लामी के समर्थक व प्रभाव में आने के बाद वह मदरसों में इस्लाम का प्रवाचक बन गया था। वह चरमपंथी अलगाववादी नेता सैयद अली शाह गिलानी का शिष्य रहा है। 18 फरवरी, 1946 को पैदा हुआ पांच बेटों व दो बेटियों का पिता सैयद सलाहुद्दीन अपने मकसद को लेकर इस कदर कठोर बन चुका है कि एक बार पाकिस्तान ने जब अमेरिका के दबाव में आतंकवादी तंजीमों पर हल्की-सी लगाम लगाने की कोशिश की थी तो सैयद सलाहुद्दीन ने कहा था, 'हम कश्मीर में पाकिस्तान की जंग लड़ रहे हैं। यदि पाक मदद वापस लेता है, तो हमारी लड़ाई फिर पाक के भीतर होगी...।'

हिजबुल मुजाहिदीन पर न केवल आवामी एक्शन कमेटी के प्रमुख मौलवी मोहम्मद फारूक की हत्या का इल्जाम लगा, बल्कि इस तंजीम पर कश्मीर के कई नरसंहार करने के मामले भी दर्ज हैं। कश्मीर के एक बड़े नरमपंथी अलगाववादी नेता अब्दुल गनी लोन साहब की नृशंस हत्या भी इसी तंजीम ने अंजाम दी थी। 21 मई, 2002 को उनकी श्रीनगर में उस वक्त भीड़ की मौजूदगी में गोली मारकर हत्या की गई, जब वे कश्मीर के बड़े धार्मिक नेता एवं आवामी एक्शन कमेटी के प्रमुख मीरवाइज मौलवी मोहम्मद फारूक की 12वीं पुण्यतिथि पर आयोजित कार्यक्रम में बोल रहे थे। मीरवाइज मौलवी मोहम्मद फारूक की भी अशांत हमलावरों ने हत्या की थी। 1967 में अब्दुल गनी लोन कांग्रेस के टिकट पर विधायक बने थे। उन्होंने बाद में सन् 1978 के 6 सितम्बर को पीपुल्स कांग्रेस नाम से अलगाववादी संगठन बना लिया था। लोन साहब की हत्या उस वक्त हुई, जब वे और मीरवाइज उमर फारूक पुत्र मीरवाइज मौलवी मोहम्मद फारूक प्रधानमंत्री दफ्तर के साथ कश्मीर में शांति प्रक्रिया के चलते वार्ता करने में सक्रिय थे। जिस वक्त हत्या हुई, तब प्रधानमंत्री अटल बिहारी वाजपेयी जम्मू पहुंचने वाले थे। लोन साहब की मौत पर अमेरिका की विदेश मंत्री कोलिन पॉवेल तक ने भी उनके प्रति संवेदना व दुःख प्रकट किया था।

अब्दुल गनी लोन की मृत्यु पर अनेक लोग दुःखी हुए थे। उनकी मौत से कुछ दिन पहले ही जब वे अपने बेटे सज्जाद गनी लोन का पाकिस्तान, आजाद जम्मू-कश्मीर के प्रमुख अलगाववादी नेता एवं जेकेएलएफ के संस्थापक अमानुल्ला खान की बेटी आसमां के साथ निकाह कराकर जम्मू पहुंचे थे, तब उनसे उनके यहां एक पुराने घर में मैंने खास बातचीत की थी। तब मैं 'राष्ट्रीय सहारा' अखबार का जम्मू-कश्मीर ब्यूरो प्रमुख था। इस दौरान उन्होंने अपने बेटे

अब्दुल गनी लोन

सज्जाद की शादी का उत्साहपूर्वक जिक्र किया था। उन्होंने बताया था कि करीब डेढ़ हजार लोगों को शादी की दावत का न्यौता भेजा गया था। राष्ट्रपति के.आर. नारायणन, प्रधानमंत्री अटल बिहारी वाजपेयी, श्रीमती सोनिया गांधी, विदेश मंत्री जसवंत सिंह, जम्मू-कश्मीर के प्रमुख नेता डॉ. फारूक अब्दुल्ला, पूर्व सदर-ए-रियासत डॉ. कर्ण सिंह, अब्दुल गनी बट्ट, मीरवाइज उमर फारूक, सैयद अली शाह गिलानी के अलावा कई कश्मीरी नेताओं व पत्रकारों को निमंत्रण दिया था। वहां पहुंचने वालों में हाफिज सईद (प्रमुख जमात-उद-दावा) सरदार वधावा सिंह (प्रमुख बब्बर खालसा), फारूक कश्मीरी (हरकत-उल-अंसार), मसूद सरफराज व असगर डार (दोनों कश्मीरी आतंकवादी) के अलावा सरदार कय्यूम खान (पूर्व प्रधानमंत्री आजाद जम्मू-कश्मीर), सिकंदर हयात खान (पूर्व प्रधानमंत्री आजाद जम्मू-कश्मीर), हामिद गुल (आईएसआई प्रमुख) विशेष नाम थे। उसी दौरान अब्दुल गनी लोन ने प्रधानमंत्री अटल बिहारी वाजपेयी के सीजफायर के कदम की तारीफ की थी।

पूछने पर अब्दुल गनी लोन साहब ने उस बातचीत में कहा कि उन्होंने पाक राष्ट्रपति जनरल परवेज मुशर्रफ को राय दी थी कि वे कश्मीर में जारी खून-खराबे को रोकने के लिए ठोस पहल करें, वहीं लश्कर-ए-तैयबा से परहेज करें, वरना वे आप पर भी हमला करने से गुरेज नहीं करेंगे। मालूम हो कि जनरल परवेज मुशर्रफ पर दो अथवा तीन जानलेवा हमले हुए, जो लश्कर-ए-तैयबा ने ही किए थे। ये हमले अब्दुल गनी लोन के जनरल परवेज मुशर्रफ को दिए गए मशवरे के बाद हुए थे।

यह बात भी काबिले गौर है कि मीरवाइज उमर फारूक के पिता मौलवी मोहम्मद फारूक और अब्दुल गनी लोन की हत्याओं के आरोप कश्मीरी नेता भले ही पहले दबी जुबान में लगाते रहे हों, लेकिन अब अलगाववादी नेता इसे खुले तौर पर कह रहे हैं। जेकेएलएफ के अध्यक्ष यासीन मलिक ने 'रोल ऑफ इंटेलेकच्युल इन द कश्मीर मूवमेंट' पर एक सेमिनार रखा था। इसमें बहुत-सी चर्चाएं हुईं, उन्हीं में से एक चर्चा यह भी रही कि उनके आंदोलनों के दौरान कई कश्मीरी नेताओं की हत्याएं हुई हैं। ये तमाम हत्याएं किसी भीतरी का ही काम है...।

ये हत्याएं मौलवी मोहम्मद फारूक, अब्दुल गनी लोन, प्रो. अब्दुल अहमद बागी समेत कई अलगाववादी नेताओं की हुई हैं। यह बात पहली बार हुर्रियत कांफ्रेंस के अध्यक्ष रहे प्रो. अब्दुल गनी ने भी मानी है। उस वक्त वहां कई अन्य अलगाववादी नेता भी मौजूद थे।

बारामूला

चारों तरफ नफरत की आग-ही-आग और चीख-पुकार सुनाई दे रही थी। तमाम सामाजिक वर्जनाएं ध्वस्त हो चुकी थीं। मानवता तार-तार हो रही थी। अभी मुल्क का बंटवारा हुए महज ढाई माह ही हुए थे कि जम्मू-कश्मीर को हड़पने के लिए सीमा पार से एक गहरी साजिश रचकर उसे अंजाम दिया जा रहा था। साफ-साफ दिख रहा था कि मुल्क बंटने के साथ दिल भी बंट चुके थे। हर तरफ बेहद डरावना और इंसानियत को शर्मसार कर देने वाला मंजर था। बेबस लड़कियां उन हैवानों के हाथों में पड़ने के बजाय झेलम दरिया में कूदकर अपनी जान दे रही थीं। दरिया में कूदने वालों की तादाद इस कदर ज्यादा थी कि झेलम का पानी किनारों के उफान पर आ गया था।

हथियारों से लैस आदमखोर भीड़ के हाथों इंसानों का बेरहमी से कत्ल, बेबस औरतों-बच्चियों के साथ बलात्कार और आगजनी, वह सब कुछ हो रहा था, जिसकी इजाजत न तो कोई मजहब, न ही कोई समाज देता है। हमलावर कबाइलियों के हत्थे जो भी चढ़ा, उसकी न इज्जत बची और न ही जान। यहां तक कि अस्पताल में काम कर रही इंसानियत की पुजारी कही जाने वाली नर्सों को भी नहीं बख्शा गया। सब कुछ तहस-नहस। उन बेलगाम शैतानों ने कोई धार्मिक स्थल भी नहीं छोड़ा, सब कुछ जला डाला।

झेलम के किनारे सिखों के छठे बादशाह गुरु हर गोविन्द सिंह साहेब का गुरुद्वारा है। उसे भी क्षतिग्रस्त कर दिया गया। यहां के नामी-गिरामी मिशनरीज अस्पताल को श्मशान में तब्दील कर दिया था। वह भयावह नरक से बदतर दृश्य आज भी यहां के शेष बचे बुजुर्गों के जेहन में गहरी तह जमाए हुए है। बारामूला में इन्हीं में से एक बुजुर्ग ने उस वक्त अपनी आंखों से जो देखा, उसका विवरण जब मुझे बताया तो मेरे पांव के नीचे से मानो जमीन निकल गई थी। दरअसल, उस स्याह वक्त के चंद ही चश्मदीद बचे हैं, जो किसी तरह बच निकले थे। यह खौफनाक मंजर 14 अगस्त, 1947 को वजूद में आए नए हमसाया पाकिस्तान की सेना के साथ कश्मीर पर हमला करने आए खूंखार-कबाइलियों की दहला देने वाली करतूतों का नतीजा

ही था। ये डरावने कबाइली अफरीदीज, वजीरस, महसूद्ज, स्वातीज, दाओरस, खटीक्स, विटानिस कबीले के थे, जो दुनिया-भर में अपने शरीर और शक्लो-सूरत से बेहद खतरनाक माने जाते हैं। इनकी कमान पाकिस्तान के तत्कालीन मेजर जनरल मोहम्मद अकबर खान संभाले हुए थे, जिन्होंने अपना कोड नाम 'तारीक' रखा था।

दरअसल, पाकिस्तान की कश्मीर पर हमले की तैयारी-साजिश सितम्बर में ही हो चुकी थी। चूंकि हमले से पूर्व पाकिस्तान कश्मीर को हड़पने की हर संभव कोशिश कर चुका था। पाकिस्तान सरकार ने अपने एक सैन्य अधिकारी ए.एस.बी. शाह को जो उस वक्त पाकिस्तान के विदेश मामलों के विभाग में संयुक्त सचिव थे, जम्मू भेजा था, ताकि वहां कई प्रभावशाली लोगों से मुलाकात करके पाकिस्तान के हक में माहौल बनाएं। बाद में वह अधिकारी प्रधानमंत्री जस्टिस मेहरचंद महाजन से भी मिले। इस मुलाकात में उन्होंने प्रधानमंत्री के आगे वह कागज बढ़ा दिए, जिस पर जम्मू कश्मीर के पाकिस्तान में विलय का मजमून लिखा था। उस पर महाराजा हरि सिंह के दस्तखत चाहिए थे, मगर प्रधानमंत्री जस्टिस मेहरचंद महाजन ने उन्हें ऐसा करने से मना कर दिया था। पाकिस्तान की ओर से की जा रही हर कोशिश अथवा हरकत की जानकारी अंग्रेज अफसरों को भली-भांति थी। वे दोहरी भूमिका में दिखाई दे रहे थे। प्रिंसली स्टेट के विलय को लेकर भी उनकी भूमिका संदिग्ध थी। वह भारत के प्रधानमंत्री पं. नेहरू के सामने यह जाहिर कर रहे थे कि विलय को लेकर वे भारत के पक्ष में हैं, लेकिन उनकी ओर से भीतरघात करने की कोशिश की जा रही थी।

प्रिंसली स्टेट, जम्मू-कश्मीर और लद्दाख को हड़पने की पाकिस्तान की एक बड़ी साजिश थी। पाकिस्तान के गवर्नर जनरल मोहम्मद अली जिन्ना, जिन्हें कायदे-आजम भी कहा जाता है, उन्होंने तथा उनके प्रधानमंत्री लियाकत अली खान ने साजिश को अंजाम दिलाने के लिए 'ऑपरेशन गुलबर्ग' चलाया था। इसमें सादा वर्दी में पाकिस्तानी फौज और कबाइलियों की भीड़ शामिल हुई। दरअसल, सन् 1932 में प्रिंसली स्टेट जम्मू-कश्मीर में डोगरा महाराजा हरि सिंह के खिलाफ 'जम्मू-कश्मीर मुस्लिम कांफ्रेंस' एक राजनैतिक दल बनाया गया। मोहम्मद शेख अब्दुल्ला इसके अध्यक्ष बनाए गए। कहा गया कि इस संगठन का मकसद सूबे के मुसलमानों को आर्थिक, सामाजिक तथा सांस्कृतिक बेहतरी के लिए काम करना था और नागरिक तथा सैन्य सेवाओं में मुसलमानों को अधिक पद दिलवाना था। इस संगठन के जरिए डोगरा महाराजा हरि सिंह के खिलाफ आंदोलन चलाए गए थे। बाद में इस राजनैतिक दल को धर्मनिरपेक्ष स्वरूप देने के लिए सन् 1938-39 में इसका नाम ऑल जम्मू-कश्मीर नेशनल कांफ्रेंस रख दिया गया था। इसमें भाग लेने मोहम्मद अली जिन्ना कश्मीर आए थे। इसी दौरान एक कार्यक्रम में मोहम्मद अली

जिन्ना और मोहम्मद शेख अब्दुल्ला में जबरदस्त तकरार हो गई। जिन्ना ने वहां मौजूद मुसलमानों से तब कहा था कि मुसलमानों का एक मंच है, एक कलमा और एक खुदा है, मैं मुसलमानों से कहूंगा कि बेहतर होगा कि वे मुस्लिम कांफ्रेंस में शरीक होकर अपने हकों के लिए लड़ें। मुस्लिम कांफ्रेंस के एक इजलास में उन्होंने नेशनल कांफ्रेंस को 'बदमाशों की पार्टी' तक कह डाला था। मुस्लिम कांफ्रेंस के अध्यक्ष गुलाम अब्बास की जिन्ना ने जबरदस्त पीठ थपथपाई थी। इतिहासकारों का यह भी मानना है कि संभवतः मोहम्मद शेख अब्दुल्ला को यह लगने लगा था कि मोहम्मद अली जिन्ना जम्मू-कश्मीर को हड़पना चाहते थे, इसलिए उन्होंने अपनी किताब 'आतिशे-चिनार' में जिन्ना की कड़ी आलोचना की।

अलबत्ता, जम्मू-कश्मीर कायदे-आजम मोहम्मद अली जिन्ना के दिलो-दिमाग में पहले ही रचा-बसा था तो पाकिस्तान के निर्माण के फौरन बाद से ही साजिश बुनी गई कि इस मुस्लिम बाहुल स्टेट को येन केन प्रकारेण पाकिस्तान में शामिल किया जाए। इसी मकसद से पाकिस्तान ने कबाइलियों की मदद से समूचे जम्मू-कश्मीर राज्य पर हमला बोल दिया। पाकिस्तान के गवर्नर जनरल मोहम्मद अली जिन्ना ने कश्मीर कूच के लिए अपने अंग्रेज सेना प्रमुख डगलस ग्रेसी को आदेश दिया था। बताते हैं कि उन्होंने जवाब दिया कि चूंकि भारतीय फौजें ब्रिटिश क्राउन का प्रतिनिधित्व कर रही है, इसलिए वे भारतीय फौज के खिलाफ युद्ध नहीं कर सकते।

पाकिस्तान की ओर से मेजर जनरल मोहम्मद अकबर खान ने अपने हमलावरों से कहा कि वे जल्द-से-जल्द अपनी कार्रवाइयां करते हुए श्रीनगर पहुंचे, जहां 26 अक्टूबर, 1947 को वहां की ईदगाह में कायदे-आजम जिन्ना साहब और प्रधानमंत्री लियाकत अली खान की बेहद हसरत है।

मेजर जनरल मोहम्मद अकबर खान

रूपरेखा के मुताबिक, 22 अक्टूबर को सैकड़ों ट्रकों, ट्रालियों व बसों में भरकर ये हथियारबंद हमलावर (पाक सेना व कबाइली) रावलपिंडी-मुरी कोहला होते हुए अविभाजित जम्मू-कश्मीर के मुजफ्फराबाद पहुंचे और वहां अपना कब्जा जमा लिया। दरअसल, यह दशहरा पर्व के दिन थे। यहां रह रहे हिंदुओं व सिखों का कत्लेआम किया गया और सम्पत्तियां लूट ली गईं। इनके हौसले बेहद बुलंद थे, फिर ये तमाम हजारों की तादाद में हमलावर मुजफ्फराबाद-बारामूला रोड की

ओर बढ़े। झेलम दरिया के साथ बढ़ती इस सड़क से हमलावर मंडी पहुंचने में कामयाब हो गए। बताते हैं कि पाकिस्तान की इस गहरी साजिश व हमले की भनक अंतिम वाइसराय लॉर्ड माउंटबेटन को थी, मगर वह खामोश रहे।

हैरत की बात यह है कि महाराजा हरि सिंह की डोगरा रॉयल आर्मी का एक वर्ग, जो इसी समुदाय से था, वह इन हमलावरों से जा मिला और फिर कहर का दौर और सुर्ख हो गया। डोगरा रॉयल आर्मी के इस वर्ग विशेष के सैनिकों ने अपने कमांडिंग अफसर की भी हत्या कर डाली थी। मुजफ्फराबाद में इन हमलावरों का पूर्णत: कब्जा होने के बाद श्रीनगर तक के लिए खाद्य सामग्री की सप्लाई एकदम बंद कर दी गई।

मुजफ्फराबाद और उड़ी में कब्जा होने के बाद ये हमलावर श्रीनगर के लिए आगे बढ़े। हालांकि उड़ी में इन्हें डोगरा रॉयल आर्मी के जीवट बिग्रेडियर राजेन्द्र सिंह की टुकड़ी के साथ काफी देर तक मुकाबला करना पड़ा था, लेकिन बाद में घिर जाने पर बिग्रेडियर राजेंद्र सिंह की मौत हो गई। आश्चर्य की बात है कि मुजफ्फराबाद-बारामूला रोड पर उड़ी के पास कई छोटे-छोटे पुल थे, जिन्हें उड़ाने के लिए डोगरा शासन के पास उस वक्त डाइनामाइट भी नहीं था, जिससे पुल उड़ाने पर हमलावरों को वहीं रोका जा सके। अलबत्ता कबाइलियों के भेष में हमलावरों की यह भीड़ उड़ी के बाद बारामूला पहुंची तो वहां उन्होंने आगजनी, कत्लोगारत तथा लड़कियों को उठाना व बलात्कार करना शुरू कर दिया था। यहां इन्होंने दरगाहों, मंदिरों, गुरुद्वारों व चर्चों को भी अपना निशाना बनाया था।

श्रीनगर यहां से करीब 50-55 किलोमीटर दूर था। इस बीच मुजफ्फराबाद और उड़ी पर कब्जा होने की सूचना मिलने के बाद डोगरा महाराजा हरि सिंह को सूबे की चिंता सताने लगी। उन्होंने इन हालात को बेहद गंभीरता से लिया था। उनके पास मुकाबला करके हमलावरों को खदेड़ने का तब तक कोई चारा नहीं बचा था। अंतत: 24 अक्टूबर को महाराजा ने आपदा की घड़ी में मदद के लिए भारत सरकार से गुहार लगाई। इधर महाराजा भारत सरकार से सम्पर्क कर रहे थे, उधर कबाइलियों ने स्थानीय मोहरू बिजलीघर पर भी कब्जा कर लिया था। कब्जा करने के बाद श्रीनगर तक की बिजली सप्लाई बंद कर दी गई।

झेलम के उत्तरी छोर पर बसे पुराने बारामूला शहर में घुसने के बाद हमलावरों ने बच्चियों, लड़कियों, औरतों को घेर-घेरकर अपनी हवस का शिकार बनाना शुरू किया। यहां के प्रमुख मिशनरीज कॉन्वेंट स्कूल व अस्पताल में नन्स व नर्सों के साथ बलात्कार करने के बाद उनकी हत्याएं कर दी गईं। किस्मत से महज एक नन्हीं बच्ची इनके हत्थे नहीं चढ़ पाई और वह बच गई। यह बारामूला का सेंट जोसफ फ्रांसिकेन कॉन्वेंट ऐंड अस्पताल परिसर था। यहां के हालात भी काफी भयावह थे।

बारामूला में 24 से 26 अक्टूबर तक इन हमलावरों ने खूब कहर बरपाया था। पादरियों और मरीजों को भी मार दिया गया था। कुछ यूरोपियन, जिनमें उस वक्त ब्रिटिश मिलिट्री डॉक्टर ले. कर्नल डी.ओ. डायक्स अपनी पत्नी व नवजात शिशु के साथ वहां से भाग निकलने की कोशिश में थे, लेकिन इन सभी को घेरकर मार डाला गया।

यहीं के एक चश्मदीद फादर शेक्स ने बाद में लिखा था, 'काले जंगली और विशाल जानवरों की तरह दिखने वाले ये हथियारबंद दुर्दांत कबाइली बारामूला शहर में दो तरफ से गोलियां बरसाते हुए घुसे थे। इस अस्पताल में एक मुस्लिम महिला, जिसका कुछ देर पहले ही प्रसव हुआ था, उसे बचाने के लिए आगे बढ़ी इंसानियत की पुजारिन नर्स फिलोमिना की भी इन शैतानों ने हत्या कर दी थी। नर्स फिलोमिना मूलत: भारत के एक शहर की रहने वाली थीं।'

बारामूला चीख-पुकार के अलावा धूं-धूं कर जल रहा था। चारों तरफ बारूद की गंध आ रही थी। यहां की स्थिति पर एक ब्रिटिश लेखक अलस्टेपर लम्ब ने अपनी किताब 'इन कम्पलीट पार्टिशन' में लिखा है, 'कबाइली नेता अपने हमलावर-कबाइलियों पर पूरी तरह नियंत्रण खो चुके थे। तभी यहां नरसंहार, लूटमार, बलात्कार तथा आगजनी वगैरह का लम्बा सिलसिला रहा था। स्थानीय सिनेमाघर 'बलात्कार केंद्र' बना दिया गया था।

प्रिंसली स्टेट के महाराजा हरि सिंह ब्रिटिश इंडिया के विभाजन के बाद कई तरह की आशंकाओं से जूझ रहे थे। वे उहापोह में थे कि उनकी रियासत का क्या भविष्य होगा। वे अपनी प्रिंसली स्टेट का एक आजाद वजूद बनाए रखना चाहते थे, मगर इस बर्बर हमले व तबाही की जानकारी से महाराजा बेहद विचलित हो उठे और उन्होंने प्रिंसली स्टेट पर आए बड़े खतरे को भांपते हुए भारत सरकार से मदद लेने का फैसला लिया। महाराजा ने 24 अक्टूबर को अपने एक खत के जरिए भारत सरकार से इस आपदा की घड़ी में मदद की अपील की। उनके एक विश्वासपात्र एवं सूबे के उपप्रधानमंत्री आर.एल. बतरा महाराजा का संदेश लेकर फौरन नई दिल्ली स्थित प्रधानमंत्री पं. जवाहरलाल नेहरू के आवास तीनमूर्ति मार्ग पर पहुंचे। उस वक्त वहां सियाम (अब थाईलैंड) के विदेश मंत्री के सम्मान में दी जाने वाली एक पार्टी की तैयारी चल रही थी।

पं. नेहरू के अलावा लॉर्ड माउंटबेटन मंत्री परिषद के प्रमुखों में सरदार वल्लभ भाई पटेल भी

लॉर्ड माउंटबेटन

मौजूद थे। महाराजा का संदेश पाकर पं. नेहरू उस वक्त अंतिम वाइसराय लॉर्ड माउंटबेटन को एकांत में ले गए और कुछ मंत्रणा की, फिर डोगरा महाराजा के दूत से कहा कि मदद देने से इंकार नहीं है, मगर पहले महाराजा को अपनी प्रिंसली स्टेट का विलय भारत में करना होगा। इधर नई दिल्ली में यह बातचीत चल रही थी, उधर कश्मीर के दोसेल, पट्टन, गढ़ी में भी हालात काफी खराब हो गए थे। बेकाबू हमलावर तांडव मचा रहे थे।

भारत सरकार को डोगरा महाराजा से सकारात्मक जवाब के साथ सूबा जम्मू-कश्मीर के भारत में विलय के लिए अधिमिलन पत्र प्राप्त हुआ तो नई दिल्ली से सरकार की डिफेंस कमेटी ने फौरन सरकार के सचिव वी.पी. मेनन के साथ निदेशालय मिलिट्री ऑपरेशन में तैनात सैम मानेकशा (जो बाद में 71 की जंग जीतने पर फील्ड मार्शल बने) को कश्मीर का जायजा लेने के लिए भेज दिया। इस दल ने वहां देखा कि चारों तरफ मरघट-सी खामोशी और भयावह दृश्य मौजूद थे। डोगरा महाराजा से मंत्रणा के बाद यह दल वापस दिल्ली आ गया।

इस बीच मोहम्मद शेख अब्दुल्ला को इसकी जानकारी मिलने पर वे भी श्रीनगर से नई दिल्ली अपने मित्र पं. नेहरू के पास पहुंच गए थे।

नई दिल्ली में रणनीतिक बैठक होने के बाद अगले दिन जवाबी कार्रवाई के लिए श्रीनगर पहुंचने की तैयारी आरंभ कर दी गई। उस वक्त सभी मौसम में कश्मीर घाटी तक पहुंचने के लिए रास्ता मार्फत लाहौर, रावलपिंडी, मुरी होकर मुजफ्फराबाद से श्रीनगर जाता था, संभव नहीं था। इसी तरह दूसरा रास्ता वाया राजौरी, पुंछ, हाजीपीर पास होते हुए उड़ी था, मगर वहां भी कबाइलियों का जमावड़ा था। सिर्फ एक ही रास्ता था, वह था हवाई एयरलिफ्ट के जरिए सेना की टुकड़ी वहां भेजी जाए।

फिर 27 अक्टूबर को सुबह 5 बजे विलिंग्डन (अब सफदरजंग) एयरफील्ड से श्रीनगर के लिए विमान उड़ा, जिसमें एक सिख रेजीमेंट के जवान थे। उन्हें ले. कर्नल दीवान रंजीत राय की अगुवाई में भेजा गया था। विमान साढ़े आठ बजे श्रीनगर उतर गया, लेकिन उससे पहले वहां मौजूद कबाइलियों को खदेड़ा गया था। विमान के पायलट थे बीजू पटनायक, जो बाद में राजनीति में आने पर उड़ीसा के तीसरे मुख्यमंत्री भी बने। बीजू पटनायक काफी तेजतर्रार व काबिल पायलटों में माने जाते थे। उन्हें प्रधानमंत्री पं. जवाहरलाल नेहरू ने कुछ हिदायतों के साथ इस खास मिशन पर भेजा था। यह हवाई जहाज रॉयल इंडियन एयरफोर्स का था। उस वक्त वायुसेना प्रमुख और थलसेना प्रमुख दोनों ही अंग्रेज अफसर थे। भारतीय सेना की टुकड़ियां श्रीनगर पहुंचते ही हमलावर कबाइलियों को खदेड़ने का ऑपरेशन शुरू हुआ। मेजर सोमनाथ शर्मा के नेतृत्व में सेना की और टुकड़ियां भेजी गईं। बाद में वायुसेना के विमानों की लगातार लैंडिंग के साथ सेना की तादाद भी बढ़ने लगी। भारतीय सेना

को इन दुर्दांत हमलावरों को खदेड़ने में करीब दो सप्ताह का समय लगा। उन्हें उड़ी के पार तक खदेड़ दिया गया और मौजूदा कश्मीर बच पाया। इस जंग में भारतीय सेना के कई अफसर व जवान शहीद हुए, वहीं पाकिस्तान को कई गुणा ज्यादा नुकसान हुआ।

भारतीय सेना की इस त्वरित जांबाज कार्रवाई के कारण पाकिस्तान के कायदे-आजम जिन्ना का 26 अक्टूबर को श्रीनगर की ईदगाह में नमाज अदा करने का सपना छिन्न-भिन्न हो गया था। बाद में पाकिस्तान के जनरल मोहम्मद अकरम खान ने इस विफलता पर अपनी किताब 'वार फॉर कश्मीर इन 1947' में लिखा, 'गैर अनुशासित हमलावर (कबाइली) बारामूला में अज्ञात कारणों से दो दिन फंसे रहे...' यानी कि पाक सरकार हमलावरों की भयावह हरकतों के कारण कश्मीर को हड़पने की साजिश को अंजाम तक नहीं पहुंचा पाई।

वैसे इस प्रकरण को लेकर बाद में 5 फरवरी, 1948 को सूबे के प्रधानमंत्री मोहम्मद शेख अब्दुल्ला ने संयुक्त राष्ट्र सुरक्षा परिषद् में कहा था कि हमलावर हमारी जमीन पर आए और उन्होंने नरसंहार करके हजारों लोगों को मार डाला। इसमें ज्यादातर हिंदू व सिख थे। कुछ मुस्लिम व ईसाई भी थे। हजारों लड़कियों का अपहरण भी किया...।

यह इत्तेफाक है कि रोंगटे खड़े कर देने वाले इतिहास का साक्षी बारामूला दुनिया-भर में अपने उच्च्च कोटि के मिठास भरे सेबों के लिए भी मशहूर है, लेकिन अब इसी बारामूला का खासकर सोपोर अलगाव तथा आतंकवाद का गढ़ भी बन चुका है। पाक परस्त चरमपंथी अलगाववादी नेता सैयद अली शाह गिलानी मूल रूप से यहीं के हैं।

जनमत संग्रह का राग

शेख मोहम्मद अब्दुल्ला का दिमाग सातवें आसमान पर चढ़ गया था। इसलिए पं. जवाहरलाल नेहरू, जिनकी मदद से रियासत में उनका कद सबसे ऊंचा हो गया था, को भी उन्होंने कुछ न समझने की हिमाकत की तो फिर उन्हें सबक सिखाना भी जरूरी हो गया था। कांग्रेसी नेताओं ने बख्शी गुलाम मोहम्मद को रियासत का प्रधानमंत्री बनाकर उनके हाथ मजबूत करते हुए राज्य को विशेष दर्जा देकर इसके भारत में विलय को कानूनी मान्यता दे दी थी। अक्टूबर, 1956 में संविधान सभा ने निर्णय लिया कि राज्य का संविधान विधिवत् ऑपरेशन में लाया गया, जो 26 जनवरी, 1957 को भारतीय संविधान के मॉडल पर बनाया गया। यह राज्य भारत के सुप्रीम कोर्ट के क्षेत्राधिकार में आ गया और भारतीय नियंत्रक एवं महा लेखाकार भी यहां वजूद में आ गया। इससे साफ हो चुका था कि जम्मू-कश्मीर अब भारत का अभिन्न अंग है। हालांकि शेख मोहम्मद अब्दुल्ला तब जेल में बंद थे। वे वहां से विरोध जताते रहे थे, जबकि तब नेशनल कांफ्रेंस में दरार आ गई थी। उसका एक धड़ा कांग्रेस के साथ आ गया था।

जानकारों का यह भी कहना है कि शेख मोहम्मद अब्दुल्ला जब तक सूबे के प्रधानमंत्री रहे, उन्हें संयुक्त राष्ट्र के जनमत संग्रह (रायशुमारी) का कोई ख्याल या उत्साह पैदा नहीं हुआ, जब वे 8 जनवरी, 1958 को जेल से छूटकर बाहर आए तो उन्हें यह सब याद आ गया था, तब प्रधानमंत्री बख्शी गुलाम मोहम्मद, उनके सलाहकार वी.एन. मलिक तथा डी.पी. धर का कहना था, 'शेख मोहम्मद अब्दुल्ला पाकिस्तान के इशारे पर बोल रहे हैं। चूंकि उन्हें इस काम के लिए पाकिस्तान से पैसा मिला है, ताकि रियासत को कमजोर किया जा सके। वे इस पर भारत की स्थिति को कमजोर करना चाहते है'।

शेख मोहम्मद अब्दुल्ला को 30 अप्रैल, 1958 की रात को फिर प्रिवेंटिव डिटेंशन एक्ट में गिरफ्तार कर लिया गया। इस बात के साक्ष्य पेश किए गए थे कि शेख मोहम्मद अब्दुल्ला पाकिस्तान के पैसे के बल पर राय के खिलाफ साजिशें कर

रहे थे। वे अप्रैल, 1964 तक जेल में रहे। इस बार रिहा होने के बाद पुन: मई, 1965 में गिरफ्तार किए गए और 1968 तक जेल में रहे। दरअसल, शेख मोहम्मद अब्दुल्ला जब प्रधानमंत्री पद से बर्खास्त करके जेल भेजे गए थे, उसी दौरान उनके दाएं हाथ कहे जाने वाले मिर्जा अफजल बेग ने 9 अगस्त, 1955 को 'जनमत संग्रह मोर्चा' की स्थापना कर दी थी, परंतु इसकी विधिवत् शुरुआत सन् 1958 में हुई, जब शेख मोहम्मद अब्दुल्ला जेल से रिहा होकर आए थे। इस मोर्चा की मार्फत मांग की गई, 'जनमत संग्रह संयुक्त राष्ट्र की देख-रेख में फौरन हो, जिससे जम्मू-कश्मीर की सार्वभौमिकता तय हो...।'

दरअसल, 1 जनवरी, 1948 को भारत तब कश्मीर मसले को संयुक्त राष्ट्र में ले गया था, जब पाकिस्तान ने कबाइलियों के जरिए प्रिंसली स्टेट पर चौतरफा हमला किया था। महाराजा हरि सिंह ने मदद के लिए भारत से कहा था और स्टेट का भारत में विलय हो गया था। जनवरी, 1948 में ही जम्मू-कश्मीर के प्रधानमंत्री शेख मोहम्मद अबदुल्ला ने संयुक्त राष्ट्र में भारत का प्रतिनिधित्व करते हुए खुल्लमखुला कहा था कि कश्मीर का भारत में विलय हो चुका है, मगर बाद में अकेले में संयुक्त राष्ट्र में अमेरिका की प्रतिनिधि वारेन आस्टीन से तीसरे विकल्प यानी आजादी की भी बात कही थी।

करीब एक साल तक पाकिस्तान से चली 'जंग' के बाद 1 जनवरी, 1949 को सीजफायर लाइन बनी, जिसे बाद में नियंत्रण रेखा नाम दिया गया था। उसी दौरान जनमत संग्रह का मामला संयुक्त राष्ट्र में उठा था। इसमें संयुक्त राष्ट्र की सुरक्षा परिषद् ने भारत और पाकिस्तान दोनों मुल्कों के तर्क सुने थे। बाद में सुरक्षा परिषद ने कहा कि 'दोनों मुल्क भारत और पाकिस्तान चाहते हैं कि जम्मू-कश्मीर के विलय के प्रश्न पर निष्पक्ष जनमत संग्रह हो...।' इसी के मद्देनजर सुरक्षा परिषद ने 13 अगस्त, 1948 तथा 5 जनवरी, 1949 को महत्त्वपूर्ण प्रस्ताव पारित किए थे।

13 अगस्त के प्रस्ताव के तीन हिस्से थे। पहला, भारत और पाकिस्तान को युद्ध विराम की घोषणा करनी थी। दूसरा, पाकिस्तान की सरकार को जम्मू-कश्मीर अपने सैनिकों के साथ अपने नागरिकों व कबाइलियों से मुक्त करना होगा। वहां का प्रशासन स्थानीय मूल अधिकारी संभालेंगे, तब भारत सरकार रियासत से अपनी सेना की संख्या क्रमबद्ध तरीके से हटा लेगी। रियासत में उतनी ही सेना होगी, जितनी कि कानून व्यवस्था के लिए अफसरों को जरूरत होगी।

तीसरा, भारत सरकार और पाकिस्तान सरकार अपनी आकांक्षा की पुन: पुष्टि करती है कि इस राज्य का भविष्य यहां के लोगों की इच्छानुसार तय होगा। इस मकसद को अंजाम देने के लिए करार हो जाने के बाद दोनों देशों की सरकारें संयुक्त राष्ट्र आयोग के साथ सलाह-मशवरा शुरू करेंगी, ताकि निष्पक्ष एवं साम्यपूर्ण

स्थितियां तय की जा सकें और यहां के आवाम की स्वतंत्र अभिव्यक्ति को आश्वस्त किया जा सके।

सुरक्षा परिषद के इन महत्त्वपूर्ण प्रस्तावों में स्पष्टता के साथ भारत को अनेक स्पष्टीकरण व आश्वासन दिया। इनमें जम्मू-कश्मीर की सुरक्षा की जिम्मेदारी भारत की थी। रियासत के पूरे हिस्से पर जम्मू-कश्मीर सरकार की संप्रभुता को चुनौती नहीं दी जा सकती। तथाकथित आजाद जम्मू-कश्मीर सरकार को कोई मान्यता नहीं दी जाएगी।

पाक के कब्जे वाले क्षेत्रों को जम्मू-कश्मीर राज्य के अहित में समेकित नहीं किया जाएगा। रियासत के उत्तर में पाकिस्तान से खाली करवाए गए हिस्सों का प्रशासन जम्मू-कश्मीर सरकार के पास चला जाएगा और उसकी सुरक्षा का जिम्मा भारत सरकार पर होगा। वह कबाइलियों के पुन: संभावित हमलों को रोकने तथा मुख्य व्यापारिक रास्तों की सुरक्षा के लिए आवश्यकता पड़ने पर अपनी सेना भी रख सकती है। पाकिस्तान की इस रियासत के मामले विशेषकर लोगों की राय जानने को लेकर उसका कोई हस्तक्षेप नहीं होगा। यदि तकनीकी या व्यावहारिक कारणों से इस सवाल पर लोगों की राय लेना संभव नहीं हुआ तो संयुक्त राष्ट्र संघ द्वारा स्थापित आयोग ही ऐसे उचित और समान तरीकों को तलाशेगा, जिससे लोगों की राय जानी जा सके। यदि पाकिस्तान 13 अगस्त, 1948 के प्रस्ताव के पहले और दूसरे भाग को लागू नहीं करता तो भारत जनमत संग्रह के लिए बाध्य नहीं होगा। उल्लेखनीय है कि पाकिस्तान ने पहले भाग में कहे गए प्रस्ताव कि दोनों देश युद्धविराम की घोषणा करें, इस पर भारत के साथ पाकिस्तान ने युद्धविराम को तो स्वीकार कर लिया था, परंतु शेष भागों को नहीं माना था।

'द कश्मीर स्टोरी' के लेखक पूर्व राजनयिक बी.एल. शर्मा ने अपनी किताब में लिखा है, 'जनमत संग्रह कराने की पहल भारत ने ही की थी। जिस तरह पाकिस्तान के साथ जूनागढ़ का विवाद शांतिपूर्ण ढंग से हल किया गया था, उसी तरह भारत ने कश्मीर में 1947 में जनमत संग्रह का प्रस्ताव दिया था।

विदेश मंत्रालय में कश्मीर मामलों के विभाग के ओ.एस.डी. रहे बी.एल. शर्मा 1948 से 1965 तक संयुक्त राष्ट्र में भारत के जो 9 प्रतिनिधिमंडल गए थे, उनमें शरीक रहे हैं। सन् 1952 में जेनेवा गए प्रतिनिधिमंडल में भी शामिल थे, फिर ताशकंद में 1966 में सरकार के सलाहकार के तौर पर गए थे। उनका अपनी किताब में कहना है, 'यह भारत ही था, जो 1953 में भी फौरन जनमत संग्रह कराना चाहता था, लेकिन पाकिस्तान खुद ही जनमत संग्रह नहीं कराना चाहता था।'

यू.एन. सुरक्षा परिषद ने 14 मार्च, 1950 को इस बाबत बने आयोग के एक प्रतिनिधिमंडल को सर ओरेन डिक्सन के नेतृत्व में गठित किया। उसने उसी साल

मई और अगस्त के अंतिम दिनों में जम्मू-कश्मीर राज्य का सघन दौरा किया। यह उन्होंने भारत के प्रधानमंत्री और पाकिस्तान के प्रधानमंत्री से अलग-अलग के अलावा इकट्ठे हुए बातचीत के आधार पर किया था। सर ओरेन डिक्सन ने पूरे राज्य (अविभाजित) को कई हिस्सों में बांटकर जनमत संग्रह कराने का सुझाव दिया था।

यही वजह है कि पाकिस्तान अरसे तक खामोश रहने के बाद फिर इसी मुद्दे को उछाल रहा है, लेकिन इस बीच दिलचस्प किस्सा यह रहा कि जेल से छूटने के बाद शेख मोहम्मद अब्दुल्ला और तत्कालीन प्रधानमंत्री इंदिरा गांधी के बीच लम्बी-चौड़ी बातचीत हुई। इस वार्ता के दौरान शेख मोहम्मद अब्दुल्ला ने जनमत संग्रह की अपनी मांग को छोड़ दिया और कहा कि भारतीय संविधान की धारा 370 के तहत राज्य को अधिक स्वायत्तता दी जाए और स्वयं की सरकार संचालित हो। शेख मोहम्मद अब्दुल्ला ने कहा कि वह भारत की संप्रभुता को स्वीकारते हैं, जिसे खारिज कर दिया गया था। लियाकत अली खान के नेतृत्व वाली पाकिस्तान सरकार भारत के प्रधानमंत्री पंडित जवाहरलाल नेहरू के जनमत संग्रह कराने के बयान को पकड़कर बैठ गई थी, लेकिन संयुक्त राष्ट्र सुरक्षा परिषद की सिफारिशों को पाकिस्तान मानने को तैयार नहीं था।

एक प्रयास और संयुक्त राष्ट्र सुरक्षा परिषद ने किया—31 मार्च, 1951 को डॉ. फ्राक ग्राहम को अपना प्रतिनिधि नियुक्त किया। 1 सितम्बर, 1951 से फरवरी, 1953 तक दोनों पक्षों से पांच दौर की बातचीत हुई। उन्होंने भी राय दी कि पाकिस्तान को अपनी सेनाएं अपने कब्जे के जम्मू-कश्मीर से हटानी होंगी, लेकिन पाकिस्तान ने इसे नामंजूर कर दिया, फिर एक अंतिम प्रयास और हुआ, ताकि कश्मीर में जनमत संग्रह कराया जा सके। संयुक्त राष्ट्र ने अपने तत्कालीन प्रधान गन्नर जारिंग को अधिकृत किया कि वे भारत और पाकिस्तान जाएं और वहां से सेना को हटाने की कवायद करवाएं। वे भारत और पाकिस्तान क्रमश: 14 मार्च व 11 अप्रैल, 1957 को गए। बाद में उन्होंने भी अपनी रिपोर्ट में यात्रा को विफल करार दिया था। जानकारों का कहना है कि तब पाकिस्तान अपने कब्जे वाले जम्मू-कश्मीर के अलावा अविभाजित जम्मू-कश्मीर की अन्य कब्जाई गई जमीन से सेना हटाने को तैयार नहीं हुआ था, इसलिए जनमत संग्रह नहीं हो सका था।

इसी के साथ उन्होंने अपना जनमत संग्रह मोर्चा भंग कर दिया था। बाद में राज्य विधानसभा चुनाव में जीत के बाद शेख मोहम्मद अब्दुल्ला सूबे के मुख्यमंत्री बन गए थे।

अदम्य साहस का शेर

अब्बू बनारस शहर के कोतवाल थे। उनकी ईमानदारी व कर्मठता का शहर में सिक्का चलता था। यह वह दौर था, जब क्या हिंदू क्या मुसलमान–सभी मिल-जुलकर सगे भाई-बहनों की तरह रहते थे। सबमें समाज व देश के प्रति अपनी संवेदनाएं व भावनाएं होती थीं। अब्बू शहर के कोतवाल थे, सो वे चाहते थे कि पढ़कर-लिखकर उस्मान भी सिविल सर्विस में आ जाए, मगर किस्मत उसे कहीं और खींच रही थी। मोहम्मद उस्मान को देश की सरहदों व नागरिकों की सुरक्षा करनी थी। 15 जुलाई, 1912 को आजमगढ़ के गांव बीवी में पैदा हुआ मोहम्मद उस्मान फौज में भर्ती हो गया। कम उम्र में ही वे अपनी कर्तव्यनिष्ठा व अदम्य साहस के चलते ब्रिगेडियर बन गए थे। सन् 1945 में गठित की गई इंडीपेंडेंट पैरा बिग्रेड के वे कमांडर बनाए गए। इससे पूर्व रॉयल मिलिट्री एकेडमी (आर.एम.ए.), सैंडुरस्ट (इंग्लैंड) की ओर से 1932 में बलूच रेजीमेंट में कमीशन्ड प्राप्त हुआ। फिर द्वितीय विश्वयुद्ध में मोहम्मद उस्मान ने अफगानिस्तान और बर्मा युद्ध में भाग लिया। देश विभाजन के वक्त सेना की 77 पैरा ब्रिगेड में रहते हुए उस समय के विषैले साम्प्रदायिक अफरातफरी के वातावरण में मुल्तान, लाहौर, रावलपिंडी वगैरह में हिंदू व सिखों की सुरक्षा में जी-जान लगाकर अपनी जिम्मेदारी का निर्वहन किया था।

उसी दौर में जब दोनों मुल्कों में साम्प्रदायिक हिंसा का तांडव चल रहा था और पाकिस्तान येन-केन प्रकारेण जम्मू-कश्मीर और लद्दाख को हड़पना चाहता था तो उस वक्त भारतीय सेना को जवाबी कार्रवाई करनी पड़ रही थी। पाकिस्तान के वजूद में आने के बाद ब्रिगेडियर मोहम्मद उस्मान ने बलूच रेजीमेंट को छोड़ दिया था और वे डोगरा रेजीमेंट में आ गए थे। बताते हैं कि ब्रिगेडियर मोहम्मद उस्मान की दिलेरी और अदम्य साहस को देखते हुए कायदे-आजम मोहम्मद अली जिन्ना ने उन्हें पाकिस्तान सेना का प्रमुख बनाने का प्रस्ताव दिया था, लेकिन ब्रिगेडियर ने ठुकरा दिया था। तब ब्रिगेडियर मोहम्मद उस्मान ने कहा था कि मेरा मुल्क भारत है और मैं केवल उसी के लिए ही हूं।

दरअसल, पाकिस्तानी फौज ने कश्मीर झेलम वैली में मार खाने के साथ अब पुंछ, राजौरी, नौशेरा-झांगड़ में सादा वर्दी में पाकिस्तानी हथियारबंद फौज के साथ कबाइलियों को हमले के लिए भेज दिया था। पाकिस्तान ने गहरी साजिश के साथ जम्मू-कश्मीर और लद्दाख में कई जगह हमले शुरू करवा दिए थे। इन्ही में नौशेरा-झांगड़ मे दो जगह युद्धनीति के दृष्टिकोण से काफी अहम थीं। ब्रिगेडियर मोहम्मद उस्मान उस समय अली खान समेत कई बड़े सैन्य अफसरों की निगाह में खटक रहे थे। चूंकि वे सभी ब्रिगेडियर मोहम्मद उस्मान की सूझ-बूझ व दिलेरी का लोहा मानते थे, इसलिए बौखला कर पाकिस्तान ने उनके सिर पर 50 हजार रुपये की बहुत बड़ी राशि का ऐलान कर दिया था।

ब्रिगेडियर मोहम्मद उस्मान

नौशेरा-झांगड़ में बड़े पाकिस्तानी हमले को भांपते हुए ब्रिगेडियर मोहम्मद उस्मान को 77 पैरा ब्रिगेड का कमांडिंग अफसर बनाकर रक्षा के लिए वहां भेज दिया गया। यह झांगड़ सेक्टर का मटलासी क्षेत्र था, जहां से ब्रिगेडियर मोहम्मद उस्मान पाकिस्तानी फौज की हर कार्रवाई का मुंहतोड़ जवाब दे रहे थे। 50 बिग्रेड और 19 इंफेंट्री ने 14 मार्च, 1948 को 'ऑपरेशन विजय' झांगड़ में लांच किया था। वे यहां फरवरी में ही आ गए थे। यहां अपनी पोस्ट पर वे प्रतिदिन अपनी कमांड के अफसरों व जवानों से रणनीति तय करते और फिर कार्रवाई करते। भीषण युद्ध कई दिनों से चल रहा था। दोनों तरफ से जवान मारे जा रहे थे अथवा जख्मी हो रहे थे। यह जुदा बात है कि पाक़िस्तान के मरने व जख्मी होने वाले सैनिकों की संख्या ज्यादा थी।

उस दिन 3 जुलाई थी। हमेशा की तरह शाम के वक्त मगरिब की नमाज के बाद वे अपनी ब्रिगेड के अफसरों व जवानों की गोष्ठी कर रहे थे। हालांकि कई जवानों-अफसरों ने अपनी-अपनी पोजीशन भी ले रखी थी। न जाने दुश्मन कब हमला बोल दे। शाम के करीब 6 बजने वाले थे। ब्रिगेडियर मोहम्मद उस्मान उस वक्त गोष्ठी ही कर रहे थे कि अचानक एक हैवी मोर्टार उन पर आकर लगा और फिर ताबड़तोड़ फायरिंग। फौरन सभी ने पोजीशन ले ली, मगर कुछेक ने हैवी मोर्टार के हमले से गंभीर रूप से जख्मी अपने बिग्रेडियर मोहम्मद उस्मान को देखा, वे लहूलुहान पड़े थे, लेकिन हौसले फिर भी बुलंद थे।

बाद में उन्होंने दम तोड़ दिया और इस तरह झांगड़ नौशेरा में शहीद हो गए। पाकिस्तानी फौज भारत के इस महान सपूत की शहादत से खुश हो रही थी, क्योंकि ब्रिगेडियर उनके लिए काल बने हुए थे।

इधर जब ब्रिगेडियर की शहादत की खबर नई दिल्ली पहुंची तो प्रधानमंत्री पं. जवाहरलाल नेहरू व उनकी कैबिनेट शोक में डूब गई थी। भारत मां के इस लाल पर हर किसी को गर्व था। ब्रिगेडियर को 'नौशेरा का शेर' कहा गया। अंतिम संस्कार यानी उनके सुपुर्द-खाक की रस्म दिल्ली के जामिया मिलिया इस्लामिया में हुई। जहां प्रधानमंत्री पं. जवाहरलाल नेहरू, लॉर्ड माउंटबेटन व भारत सरकार के मंत्री, सेना के जनरल वगैरह सभी मौजूद थे। ब्रिगेडियर को राजकीय सम्मान के साथ सुपुर्द-खाक किया गया था। बाद में उन्हें मरणोपरांत महावीर चक्र से सम्मानित किया गया था। ब्रिगेडियर मोहम्मद उस्मान की याद में नौशेरा-झांगड़ में एक सैन्य द्वार के अलावा जम्मू छावनी में भी ब्रिगेडियर उस्मान क्लब है।

जगमोहन की पीड़ा

अलगाववाद और आतंकवाद के चलते केंद्र से लेकर राज्य सरकार तक ने कश्मीर को एक प्रयोगशाला बना दिया था। केंद्र सरकार दोनों हाथों से पैसा देती रही और सूबे में बैठे कई नेता अपनी जेबें भरते रहे। वे सत्ता हासिल करने के लिए हर तरह के हथकंडे अपनाते रहे और फिर काबिज होने के बाद जमकर मनमर्जी करते। नतीजतन घाटी में अलगाववाद और आतंकवाद की चली आंधी में हजारों बेरोजगार युवक बहक गए। सूबे के संवैधानिक पदों पर बैठे राजनेता राष्ट्रपति के नुमाइंदे यानी राज्यपाल से ही भिड़ गए। सूबे में अब तक पांच बार राष्ट्रपति शासन लगा, परंतु सबसे ज्यादा संकट का दौर तब हुआ, जब जगमोहन मल्होत्रा और सेवानिवृत्त लेफ्टिनेंट जनरल एस. के. सिन्हा महामहिम राज्यपाल बने। इनके सूबे के निर्वाचित मुख्यमंत्री डॉ. फारूक अब्दुल्ला और मुफ्ती मोहम्मद सईद से कड़वाहट भरे सम्बंध रहे। पहले मुफ्ती मोहम्मद सईद और महामहिम राज्यपाल सेवानिवृत्त लेफ्टिनेंट जनरल एस.के. सिन्हा में विवाद और टकराव पवित्र अमरनाथ यात्रा की अवधि को लेकर हुआ था। महामहिम राज्यपाल सेवानिवृत्त एस.के. सिन्हा चाहते थे कि यात्रा दो माह तक चले, मगर मुख्यमंत्री मुफ्ती मोहम्मद सईद कम समय के लिए यात्रा रखने के पक्ष में थे। इन दोनों का विवाद जम्मू-कश्मीर के अलावा देश के कई अखबारों की सुर्खियां भी बना था।

महामहिम राज्यपाल जगमोहन मल्होत्रा, जो काफी अनुशासित और कड़े माने जाते थे, वे मुख्यमंत्री डॉ. फारूक अब्दुल्ला की कार्यशैली को लेकर बेहद नाखुश थे। महामहिम राज्यपाल जगमोहन को लगता था कि मुख्यमंत्री डॉ. फारूक अब्दुल्ला पर्दे के पीछे सूबे के हालात खराब बनाए रखने का काम कर रहे थे। इससे आतंकवाद को शह मिल रही थी। उधर नेशनल कांफ्रेंस के नेता जगमोहन मल्होत्रा को एक असफल राज्यपाल बता रहे थे।

सूबे में जगमोहन मल्होत्रा को दो बार महामहिम राज्यपाल पद की जिम्मेदारी दी गई थी। जिम्मेदारी से निवृत्त होने के बाद उन्होंने अपनी किताब 'कश्मीरः दहकते अंगारे' में बहुत कुछ लिखा है। इसमें राजनैतिक नेतृत्व और उनकी कारगुजारियों का लम्बा-चौड़ा वर्णन है।

इस किताब के पृष्ठ नम्बर 502 से लेकर 503 तक पूर्व राज्यपाल जम्मू-कश्मीर, जगमोहन ने लिखा कि मुझे यह करना चाहिए था अथवा यह नहीं करना चाहिए था, के साथ देश के सांसदों से अपने अनुभव के आधार पर दस बिंदुओं का सम्बोधन करते हुए उनसे केंद्र सरकार से उन बिंदुओं पर कार्यनीति बनाए जाने का अनुरोध भी किया है–

1. पाकिस्तान समर्थक आतंकवादियों और उनके सहयोगियों पर लगातार और तगड़ा दबाव बनाए रखा जाए।
2. सरकारी नौकरियों में घुसे विद्रोही और विघटनकारी तत्वों से सख्ती से निपटा जाए। दफ्तरों से गैरहाजिर रहने वालों के खिलाफ, खासकर पाकपरस्त गिरोहों द्वारा की गई हड़ताल की अपीलों के दिनों में गैरहाजिर रहने वालों के खिलाफ गंभीरतापूर्वक कार्यवाही की जाए।
3. नागरिक कार्यों (सिविल वर्क्स) के जरिए आतंकवादियों तक परोक्ष रूप से धन पहुंचाना बंद किया जाए और आतंकवादियों के 'निर्देशों' पर भरती पर पूरी रोक लगे।
4. निश्चित मामलों में गलत सूचनाएं फैलाने वालों के खिलाफ अदालत में मुकदमें चलाकर उन्हें बेनकाब किया जाए और मुफ्ती वहादुद्दीन जैसे लोगों पर तेजी से मुकदमा चलाया जाए। मुफ्ती वहादुद्दीन फारूकी जे. एंड के. हाईकोर्ट के रिटायर्ड चीफ जस्टिस है।
5. जर्मनी के जी.एस.जी. 1, ब्रिटेन के एस.ए.एस. और फ्रांस के जी.आई.जी. एन. की तर्ज पर छापामार विरोधी समूहों को संगठित किया जाए।
6. जम्मू के 'नामित न्यायालय' को सक्रिय किया जाए और संगीन अपराधों में यथा संभव दैनिक सुनवाई हो।
7. सबसे पहले नागरिक प्रशासन के पुनर्निर्माण पर ध्यान केंद्रित किया जाए और निचले स्तर पर प्रशासनिक नियंत्रण किया जाए ताकि 'डिस्टर्ब्ड एरियाज एक्ट' तथा 'सैन्य बल' (जम्मू-कश्मीर) विशेष शान्ति एक्ट-1990 को वापस लिया जा सके।
8. घाटी के लोगों को यह समझा दिया जाए कि धारा-370 गरीब कश्मीरियों के भले में नहीं है। यदि पाकपरस्त गिरोह संगठित होकर साम्प्रदायिकता फैलाते हैं, तो इसे रद्द भी किया जा सकता है। यह संकेत परोक्ष रूप से दिया जाना चाहिए।
9. गौरवपूर्ण ढंग से स्वतंत्र और निष्पक्ष चुनावों के जरिए लोगों के सत्ता में आने का रास्ता राज्य और केंद्रीय शासन द्वारा तैयार किया जाए और आतंकवादियों के बीच जो अपेक्षाकृत नरम तत्त्व हैं, उनके प्रति खुलापन रहे।
10. कश्मीरी पंडितों को उदारतापूर्वक राहत पहुंचाई जाए और प्रवासी कर्मचारियों की समस्याओं का फौरन हल हो।

पूर्व राज्यपाल जगमोहन मल्होत्रा ने दावा किया कि जब वे यहां पुनः राज्यपाल बने तो उन्होंने पाया था कि आतंकवादियों ने प्रशासन पर पूरी तरह कब्जा जमा रखा था। उनका इशारा डॉ. फारूक अब्दुल्ला की ओर था, जो उस वक्त तक मुख्यमंत्री थे।

एक फॉर्मूला नार्दर्न आयरलैंड का भी

किसी मुल्क की खुशहाली केवल उसकी सम्पन्नता से नहीं लाई जा सकती है। उसके लिए वहां का माहौल, कानून व्यवस्था की स्थिति से लेकर अमन भी अहम मानदंड हैं। यूनाइटेड किंगडम का एक मुल्क है नार्दर्न आयरलैंड, जिसकी प्रगति, रहन-सहन, शिक्षा स्तर से लगता है कि सम्पन्नता मानो कदमों में फूल बिखेरती दिखाई देती है, मगर उसका एक स्याह पक्ष यह भी है कि उसे आतंकवाद की यूरोपियन राजधानी भी कहा जाता है। जम्मू-कश्मीर की तरह वहां भी गोला-बारूद का एक काफी लम्बा युग रहा है और आज भी हिंसक गतिविधियां निरंतर जारी हैं।

लंदन के हीथ्रो अंतर्राष्ट्रीय हवाई अड्डे से हम लोग ब्रिटिश-एयरवेज की एक अन्य कनेक्टिड फ्लाइट से वेलफास्ट हवाई अड्डे पर पहुंचने के बाद शहर के एक प्रमुख होटल में जाकर ठहरे थे। वेलफास्ट नार्दर्न आयरलैंड की राजधानी है। यह सन् 2007 के अक्टूबर की बात है। हम करीब दर्जन-भर लोग थे जिनमें दिल्ली, जम्मू-कश्मीर के अलावा पाकिस्तान के पेशावर के लोग भी शामिल थे। इस दल में मैं अकेला हिंदी भाषा का पत्रकार था। मेरे अलावा जवाहरलाल नेहरू विश्वविद्यालय तथा जम्मू विश्वविद्यालय के प्रोफेसर भी थे। ब्रिटिश हाईकमीशन के न्यौते पर वेलफास्ट की क्वींस यूनिवर्सिटी में विचार-विमर्श के लिए हम वहां पहुंचे थे।

शाम का वक्त था। तय कार्यक्रमों के अनुसार हम सभी होटल से एक बस में सवार हुए। बस में अंग्रेज-गाइड हमें शहर के विभिन्न इलाकों की जानकारी दे रहा था। शहर के सिटी सेक्टर के करीब बस पहुंचने पर अंग्रेज-गाइड ने एक होटल की ओर इशारा करते हुए हमें बताया, 'विद्रोही आयरिश रेवोल्यूशनरी आर्मी के लोगों ने यहां बम धमाके करके कई लोगों को मार दिया था। वह एक खूनी शुक्रवार (बल्डी फ्राइडे) था। इसी इलाके में खूनी हिंसा की कई अन्य वारदातें हुई हैं।'

दरअसल, जिस अंदाज से अंग्रेज-गाइड हमें शहर भ्रमण कराते वक्त हिंसक वारदातों की जानकारियां देते चला आ रहा था, उससे हम सभी का चिंतित होना स्वभाविक था कि यूरोप का एक विकसित सम्पन्न शहर, मगर उस पर भी खून के

गहरे धब्बे लगे हैं। न केवल शहर बल्कि यहां के लोग भी बेहद आकर्षक हैं। हम तब तक विक्टोरिया स्क्वेयर, सिटी सेक्टर से गुजरने के बाद एक ऐसे इलाकों में पहुंच गए थे, जहां केवल और केवल सन्नाटा ही पसरा हुआ था। हम चाहकर भी वहां की तस्वीरें नहीं उतार पा रहे थे। चूंकि हमें वहां रुकने अथवा बस से उतरने के लिए एकदम मना कर दिया गया था। यह शहर का फाल्स रोड था, जो ईसाई समुदाय की दो जातियों को बांटता है, इसके एक ओर लोहे की तारबंदी और ऊंची-ऊंची दीवारों पर रिपब्लिकन के खूंखार चित्र बने हुए थे मानो लाइन ऑफ कंट्रोल हो। यह पूरा मंजर किसी भी अनजान शख्स को सहमा देने वाला था। वैसे यही सूरते-हाल वहां आज भी बनी हुई है। बताया गया कि इन दोनों जातियों के लोगों ने हथियारबंद ग्रुप बना रखे हैं।

दरअसल, अंग्रेज-गाइड हमें इन स्थितियों को समझाने की कोशिश कर रहा था। उसने हमें बताया कि इस खूबसूरत सिटी वेलफास्ट की कुल आबादी के 38.4 फीसदी लोग कैथोलिक ईसाई हैं। वे आयरलैंड गणराज्य के हिमायती हैं, उसे चाहते हैं, जबकि प्रोटेस्टेंट ईसाइयों की आबादी आधे से ज्यादा है। वे ग्रेट ब्रिटेन समर्थक हैं। कैथोलिक नेशनलिस्ट माने जाते हैं और प्रोटेस्टेंट यूनियनिस्ट कहे जाते हैं। इन दोनों जातियों में यही झगड़ा आज तक चला आ रहा है। इस शहर में इन दोनों जातियों के अलावा अन्य समुदाय के भी लोग हैं। यह शहर यानी नार्दर्न आयरलैंड की राजधानी वेलफास्ट पूरी तरह साम्प्रदायिक लाइन पर बंटी हुई है। शहर में इनके बीच विभाजन रेखा है, कोई भी एक-दूसरे के इलाके में नहीं जाता है। यहां उच्चतम अथवा प्रोफेशनल वर्ग की कुछ मिश्रित लोगों की भी बस्तियां हैं, लेकिन ये तमाम शहर के बाहरी क्षेत्रों में हैं। शहर के शंकिल रोड पर लोगों को काट-काटकर मार डाला गया, इसी वजह से इसे शंकिल-बुचर्स के नाम से जाना जाता है।

नार्दर्न आयरलैंड की सत्ता पर सन् 1921 से ही यूनियनिस्ट (प्रोटेस्टेंट) का कब्जा रहा है। अपने-अपने एजेंडे को लेकर ईसाई समाज की इन दोनों जातियों में झगड़ा शुरू हुआ था। आरोप है कि कैथोलिक जाति के लोगों की आयरिश रिपब्लिकन पार्टी (आई. आर.पी.) के हिंसात्मक आंदोलनों के कारण कई हजार लोग मारे जा चुके हैं। कैथोलिक जाति के लोगों का कहना है कि उनके साथ कई दशकों से भेदभाव किया जा रहा है। उनकी मांगों को सुना नहीं जा रहा है। दोनों जातियों के बीच काफी लम्बे अरसे से चली आ रही हिंसा ने कई हजार लोगों की जान ले ली है। यह हिंसा का दौर अभी भी थमा नहीं है, जिसे लेकर ग्रेट ब्रिटेन तथा अमेरिका दोनों बेहद परेशान हैं। राजनैतिक व सामाजिक जद्दोजहद के कारण जारी हिंसा को रोकने के लिए अप्रैल, 1998 में पूर्व अमेरिकन राष्ट्रपति बिल क्लिंटन ने भरसक कोशिश के बाद इन दोनों समुदाय को एक मंच पर लाने में कामयाबी हासिल की, एक समझौता कराया गया। बावजूद इसके इन दोनों जातियों के लोगों के अंतर्मन में आज भी जबरदस्त कड़वाहट भरी हुई है।

'गुड फ्राइडे शांति समझौता' के बाद 22 मई, 1998 को नार्दर्न आयरलैंड में जनमत संग्रह कराया गया। इसमें एक बड़ी तादाद में दोनों जातियों के लोगों ने उक्त समझौते का समर्थन किया। समझौते के तहत यहां की सरकार में इन दोनों समेत अन्य जातियों की भी भागीदारी तय की गई।

25 जून, 1998 को नार्दर्न आयरलैंड असेम्बली की 108 सीटों पर चुनाव हुए। ज्यादा सीटों के आधार पर अलस्टर यूनियनिस्ट पार्टी के डेविड ट्रिम्बल को फर्स्ट मिनिस्टर (प्रथम मंत्री) बनाया गया, जबकि कैथोलिक की मदद से सोशल डेमोक्रेटिक लेबर पार्टी के सीमस मैलोन को डिप्टी फर्स्ट मिनिस्टर (उप प्रधान मंत्री) तय किया गया था। इस तरह नार्दर्न आयरलैंड की असेम्बली सत्ता में 'मुख्यध ारा' और 'अलगाववादी' दोनों की ही भागीदारी है। हम लोगों को इस असेम्बली की कार्यवाही को भी दिखाया गया। वहां एकदम शांति के साथ बिजनेस तथा असेम्बली की कार्यवाही चली थी। लगता ही नहीं था कि खूनी संघर्ष के माहौल में वहां विध ानसभा में इस कदर शांतिपूर्ण माहौल होगा। हम लोगों से जम्मू-कश्मीर 'विवाद' की यहां के मसले से समानता अथवा असमानता को लेकर क्वींस यूनिवर्सिटी में लेक्चर्स तथा चर्चाएं हुई थीं। हम लोगों में से कइयों ने कश्नीर मसले को लेकर भारत सरकार विरोधी 'राय' रखी थीं। जबकि कुछ (मेरे समेत) का तर्क था कि केवल कश्मीर के अलगाववादी तथा उनके समर्थकों की राय ही समूचे जम्मू-कश्मीर के लोगों का मन नहीं है। वहां मुस्लिमों में भी मुस्लिम-गुज्जर, बक्करवाल समुदाय अलगाववादियों यानी पाकपरस्तों के साथ नहीं हैं। वहां (कश्मीर) बेरोजगारी, असमानता तथा कानून व्यवस्था वगैरह की समस्या है।

दरअसल, इसी नार्दर्न आयरलैंड गुड फ्राइडे समझौते का जिक्र कश्मीर मसले के हवाले से अमेरिका के पूर्व राष्ट्रपति बिल क्लिटंन ने 'इंडिया टुडे कनक्लेव' में सन् 2003 में किया था। उनका सुझाव था कि कश्मीर के अलगाववादी कश्मीर में अमन बहाली की दिशा में नार्दर्न आयरलैंड समझौता फॉर्मूला लाइन पर विचार कर सकते हैं, जिस पर बाद में कश्मीर घाटी के प्रमुख धार्मिक नेता एवं अलगाववादी मीरवाइज उमर फारूक ने कहा था कि वह नार्दर्न आयरलैंड का दौरा करके आ चुके हैं और वहां की समस्या तथा हालात को जाना है। कश्मीर मसले की रोशनी में नार्दर्न आयरलैंड की कुछ समस्याएं समान हैं, इसे एकदम खारिज नहीं किया जा सकता। वहीं कालांतर में जम्मू-कश्मीर के युवा मुख्यमंत्री उमर अब्दुल्ला ने नार्दर्न आयरलैंड फॉर्मूले को लेकर अपना सकारात्मक रुख जाहिर किया। उमर अब्दुल्ला ने यह भी कहा कि अलगाववादियों को हरगिज सत्ता में भागीदार नहीं बनाया जा सकता है। जम्मू-कश्मीर में अमन बहाली के लिए अन्य फॉर्मूलों के साथ यह भी एक है जिसे अमेकिा के एक पूर्व राष्ट्रपति ने प्रस्ताव के तौर पर दिया था।

आतंकवाद की विषबेल-1

पाकिस्तान का 'ऑपरेशन् जिबराल्टर' कश्मीर में अपना असर दिखा रहा था। 1987 के विधानसभा चुनाव में जिस व्यापक पैमाने पर गड़बड़ी और हेराफेरी के गंभीर आरोप चस्पां हुए, उससे लोग बेहद आहत हुए थे। सूरते-हाल यह था के राज्य की आवाम, खासकर कश्मीरियों का लोकतांत्रिक व्यवस्था से मोहभंग हो गया था। ऐसे हालात का पाकिस्तान ने जमकर शोषण किया। घाटी में सरकार अथवा प्रशासन की कोई सुनने वाला नहीं था। माहौल एकदम द्वेषपूर्ण था। कानून-व्यवस्था संभालने वाली एजेंसियां भी लाचार-सी हो गई थीं। हर ओर यही नारे सुनाई देते, 'हम क्या चाहते हैं—आजादी। छीनकर लेंगे—आजादी। जीते-जीते—पाकिस्तान। पाकिस्तान से क्या रिश्ता—ला इलाहा इलल्ला।' कश्मीरी लड़कों का हुजूम हर तरफ ऐसा ही दिखाई देता था। यह 1981 की बात है। लाल चौक पर नारे लगा रहे थे—चलो-चलो, चलो... यानी कि रावलपिंडी चलो और वहां प्रशिक्षण लो, जेहाद का।

एक मायने में कश्मीर का पूरा परिदृश्य बदल चुका है। नारे लगा रहे कश्मीरियों में गजब का गुस्सा था। केवल आम कश्मीरी ही नहीं, जो सरकारी मुलाजिम था, वह भी उस भीड़ में नारे लगा रहा था। उस नारे लगाती भीड़ से कोई हिंसक घटना होती और पूरा माहौल बेहद संगीन हो जाता था, तब तक कश्मीरी मूल के आतंकवादी ग्रुप मुजाहिदीन संगठन ने भी अपना असर दिखाना शुरू कर दिया था। राज्य पुलिस बेबसी के कगार पर थी, इसलिए सीमा सुरक्षा बल (बीएसएफ) को पुलिस की मदद के लिए आगे आना पड़ा। एक तरफ कश्मीरी लड़के सड़कों पर आजादी के नारे लगा रहे थे, वहीं दूसरी ओर जम्मू-कश्मीर उच्च न्यायालय के सेवानिवृत्त मुख्य न्यायाधीश मुफ्ती वहाबु फारूकी ने राज्य उच्च न्यायालय में भारत के खिलाफ याचिका दायर कर दी। इसके अलावा राज्य सरकार के 137 अफसरों ने संयुक्त राष्ट्र में जनमत संग्रह कराने के लिए याचिका दे दी।

महात्मा गांधी ने एक बार कहा था कि अमन की रोशनी मुझे कश्मीर से दिखाई देती है, उसी कश्मीर में 2 अक्टूबर, 1988 को वहां के उच्च न्यायालय परिसर में जब

गांधी की प्रतिमा लगाई जानी थी तो वहां मुस्लिम वकील संघ ने उसका तीव्र विरोध किया था। नतीजतन वह कार्यक्रम सरकार को रद्द करना पड़ा था। 'इस्लाम खतरे में है' पुरजोर आवाजें लगाकर सन् 1989 में करीब 10 हजार कश्मीरी लड़के हथियारों का प्रशिक्षण लेने के लिए नियंत्रण रेखा पार करके पाकिस्तान चले गए। इतना ही नहीं, 26 जनवरी, 1990 को आतंकवादी लाल चौक पर इस्लामिक रिपब्लिक झंडा फहराना चाहते थे।

जमात-ए-इस्लामी कश्मीर से न केवल आतंकवादी संगठन हिजबुल मुजाहिदीन ही जुड़ा, बल्कि कश्मीरी महिलाओं का चरमपंथी संगठन 'इख्तराने-मिल्लत' भी आजादी की मांग को लेकर राज्य विरोधी गतिविधियां चलाता आ रहा है। इसकी प्रमुख आसिया अंदावी व उनकी सहयोगी फहमिया सोफी को भी गिरफ्तार किया जा चुका है।

आतंकवाद की विषबेल-2

जालंधर, पंजाब में जन्मे, गरीबी में पले-बढ़े जिया-उल-हक को अपनी मंजिल का अहसास नहीं कि वे भविष्य में क्या बनने व करने वाले हैं।

ब्रिटिश-इंडिया के दौर में उनके पिता एक मामूली क्लर्क थे। उन्होंने जिया की परवरिश कट्टर मजहबी माहौल में की थी, मगर फिर भी उन्होंने उसे जैसे-तैसे दिल्ली के सबसे प्रतिष्ठित सेंट स्टीफन कॉलेज से उच्च शिक्षा दिलाई थी।

पारिवारिक माहौल के कारण जिया एक कट्टर मजहबी मानसिकता के बन चुके थे। दक्षिण एशिया उपमहाद्वीप में जब इस्लामिक आंदोलन चला तो जिया ने उसमें पूरी सक्रियता दिखाई थी और वे तब्लीगी जमात के लिए काम कर रहे थे, बाद में वे फौज में भर्ती हो गए थे। उन्होंने द्वितीय विश्वयुद्ध में भाग लिया था। विभाजन के बाद पाकिस्तान चले गए और फिर जुल्फिकार अली भुट्टो का तख्ता पलटकर उन्होंने पाकिस्तान की बागडोर अपने हाथ में ले ली थी। यह 5 जुलाई, 1977 की बात है। जिया-उल-हक मार्शल लॉ लगाकर न केवल तानाशाह के तौर पर देखे जाने लगे, बल्कि वे पाकिस्तान में शरिया-लॉ को सैद्धान्तिक तौर पर लागू करवाना चाहते थे। वे अमेरिका से रिश्ते तो चाहते थे, लेकिन अपने हिसाब से, फिर भी मन में अमेरिका का डर जरूर था।

बात सन् 1979 की है। अफगानिस्तान में सोवियत संघ की मौजूदगी के खिलाफ अमेरिका के मन में द्वंद्व पल रहा था। राष्ट्रपति जनरल जिया-उल-हक अपने भरोसे के फौजी अफसर ले. जनरल अख्तर अब्दुररहमान के साथ किसी योजना को अंजाम देने में लगे थे।

''जिया अपने इस भरोसे के फौजी अफसर से यह भी कह रहे थे कि चूंकि अफगानिस्तान में हमारे मुस्लिम भाई हैं। वहां सोवियत संघ ने कब्जा कर रखा है, उसके खिलाफ अमेरिका अपने हितों के मद्देनजर अपनी खुफिया एजेंसी सीआईए की मार्फत कुछ योजना बना रहा है। हम भी अपनी खुफिया एजेंसी आईएसआई के जरिए अफगानी भाइयों की मदद कर सकते हैं।

यदि सीआईए और आईएसआई दोनों मिलकर काम करे तो बेहतर होगा, मगर हम सीआईए के नीचे लगकर काम नहीं करेंगे।''

अलबत्ता जनरल अख्तर अब्दुररहमान की अगुवाई में दोनों खुफिया एजेंसियों ने अफगान सीमा पार करने की अनुमति नहीं दी थी। साथ ही अफगान-मुजाहिदीनों को हथियार पहुंचाने का काम भी आईएसआई ने अपने हाथ में रखा। मुजाहिदीनों को तमाम तरह की ट्रेनिंग की पूरी जिम्मेदारी भी आईएसआई के पास थी। सीआईए का काम पैसा और हथियार मुहैया कराना था। सीआईए और सऊदी अरब ने इसे सोवियत संघ के खिलाफ 'इस्लामिक होली वार' का नाम दिया, तब अफगानिस्तान में सोवियत संघ समर्थक नजीबुल्ला राष्ट्रपति थे।

दुनिया-भर से मुस्लिम युवकों ने अफगानिस्तान पहुंचना आरंभ कर दिया था। सन् 1979 से 1989 करीब एक दशक के बीच 35 हजार लड़ाकों की भर्ती हुई। इनमें सबसे ज्यादा तादाद मीडिया ईस्ट की थी। कुछ लड़ाके सऊदी अरब से भी आए थे, जिनमें एक नौजवान ओसामा बिन लादेन भी था। ओसामा, किंग अब्दुल अजीज यूनिवर्सिटी से स्नातक होने के बाद अपना बेहतर भविष्य बनाने के बजाय इस झगड़े में कूद पड़ा था। आईएसआई ने इन सभी लड़ाकों को गुरिल्ला हमले का प्रशिक्षण दिया था।

दरअसल, जब सोवियत संघ के खिलाफ अफगानिस्तान में सीआईए और आईएसआई लड़ रही थी, उसी दौरान जनरल जिया-उल-हक के दिमाग में यह बात बैठ गई थी कि भारत के खिलाफ उनका मुल्क सीधी लड़ाई में कुछ हासिल नहीं कर सकता। यदि कुछ हो सकता है, तो वह इसी तरह 'गुरिल्लावार' के जरिए। प्रशिक्षित मुजाहिदीनों को कश्मीर में भेजो और वे वहां जाकर लड़ाई लड़े...।

पाकिस्तान में ही सन् 1980 में पहले जेहादी (आतंकवादी) गुट की स्थापना की गई थी। यह युद्ध अफगानिस्तान में सोवियत संघ से लड़ रहा था। उधर अफगानिस्तान में सोवियत संघ के खिलाफ जेहाद अपने निर्णायक मोड़ पर पहुंच रहा था कि इसी बीच जुलाई, सन् 1988 में पाकिस्तान में भारत के खिलाफ जेहादी (आतंकवादी) ग्रुप गठित कर दिया गया था।

23 मार्च, सन् 1987 को जम्मू-कश्मीर में विधानसभा चुनाव हो रहे थे। इस चुनाव मे रिकॉर्डतोड़ 80 प्रतिशत वोट पड़े थे, तब चुनाव-मैदान में अलगाववादी सोच के एक दल मुस्लिम यूनाइटेड फ्रंट (मफ) ने भी कश्मीर में अपने उम्मीदवार खड़े किए थे। इन्हीं में एक प्रत्याशी थे, सैयद मोहम्मद यूसुफ शाह, जो अमीराकदल सीट से खड़े थे। इनका मुकाबला नेशनल कांफ्रेंस के गुलाम मुईनुद्दीन शाह से था। यह चुनाव दोनों दलों के लिए प्रतिष्ठा का प्रश्न बन गया था, तब घाटी में मफ के पक्ष में भी जबरदस्त हवा थी। जब 26 मार्च को चुनाव परिणाम आया तो उसमें जीत

नेशनल कांफ्रेंस के गुलाम मुईनुद्दीन शाह की हुई थी। मफ ने आरोप लगाया कि चुनाव में जबरदस्त धांधली व गड़बड़ी हुई है। मफ प्रत्याशी सैयद मोहम्मद यूसुफ शाह ने चुनावी नतीजे का विरोध किया तो उन्हें गिरफ्तार करके जेल भेज दिया गया था। 1989 में जब वे जेल से रिहा हुए तो उन्हें गंभीर परिणाम भुगतने की धमकियां दी जाने लगीं। बाद में नियंत्रण रेखा पार करके सैयद मोहम्मद यूसुफ शाह रावलपिंडी चले गए थे। वहां पाकिस्तान के कब्जे वाले आजाद जम्मू-कश्मीर में हथियार प्रशिक्षण केंद्र चल रहे थे। जहां कश्मीर मूल की आतंकवादी तंजीम हिजबुल मुजाहिदीन कैम्प में सैयद मोहम्मद यूसुफ शाह ने ट्रेनिंग ली। हिजबुल मुजाहिदीन यानी एच.एम. के ट्रेनिंग कैम्प में कश्मीरी लड़कों को आईएसआई व पाक सेना के अफसर हर तरह का प्रशिक्षण देते थे। एच.एम. के संस्थापक मोहम्मद अहसान डार उर्फ मास्टर जी तंजीम के सर्वेसर्वा थे। उन्होंने सैयद मोहम्मद यूसुफ शाह को कोड नाम दिया सैयद सलाहुद्दीन। बाद में कश्मीर में घुसते वक्त सुरक्षा बलों ने मोहम्मद अहसान डार को गिरफ्तार कर जेल भेज दिया था। उनकी जगह सैयद सलाहुद्दीन को संरक्षक और हिलाल अहमद मीर को एच.एम. का प्रमुख बना दिया गया था। हिलाल अहमद मीर घाटी में एक मुठभेड़ में मार दिया गया था। कश्मीर मूल की इस आतंकवादी तंजीम का हैडक्वार्टर मुज़फ्फराबाद में है, परंतु तंजीम के सुप्रीम कमांडर सैयद सलाहुद्दीन रावलपिंडी में रहते हैं। तंजीम ने कश्मीर घाटी को अपने राजनीतिक ऑपरेशन के मकसद से पांच हिस्सों में बांट रखा है। इसकी अपनी न्यूज एजेंसी भी है। कश्मीर प्रेस इंटरनेशनल। कश्मीरी लड़के सैयद सलाहुद्दीन को पीर साहब से सम्बोधित करते हैं।

हिजबुल मुजाहिदीन यानी एच.एम. तब खासा सुर्खियों में आया था, जब सन् 2000 की जुलाई में इसके सुप्रीम कमांडर अब्दुल मजीद डार ने घाटी में खून-खराबा रोकने के लिए भारत सरकार को युद्ध विराम का सशर्त प्रस्ताव दिया था, तब सैयद सलाहुद्दीन ने इस बाबत इस्लामाबाद में 25 जुलाई को एक प्रेस कांफ्रेंस की थी। 3 अगस्त, 2000 को अब्दुल मजीद डार व उनके कुछ सहयोगियों के साथ भारत सरकार की उच्च स्तरीय अधिकारी टीम ने श्रीनगर के नेहरू गेस्ट हाउस में बैठक की थी, क्योंकि यह बैठक शांति-वार्ता की दिशा में आगे बढ़ती दिखाई दे रही थी कि महज चार दिन बाद ही 8 अगस्त, 2000 को एच.एम. ने इस्लामाबाद से बयान जारी करके सीजफायर ऐलान को वापस ले लिया था। यह फैसला आईएसआई व अन्य आतंकवादी गुटों के दबाव में लिया

सैयद सलाहुद्दीन

गया था, फिर अब्दुल मजीद डार की अज्ञात हमलावरों ने कश्मीर, सोपोर के नूरबाग इलाके में हत्या कर दी थी। बाद में इसकी जिम्मेदारी, 'सेव कश्मीर मूवमेंट' और 'अल नसरीन' ने ली थी। जानकारों का कहना है कि कश्मीरी आतंकवादियों की प्रधानमंत्री नवाज शरीफ और जनरल परवेज मुशर्रफ तक सीधी पहुंच थी। एच.एम. के मददगारों में 'कश्मीर अमेरिकन काउंसिल' के गुलाम नबी फई तथा अमेरिका में रह रहे 'वर्ल्ड कश्मीर फ्रीडम मूवमेंट' के अय्यूब ठाकुर प्रमुख हैं।

हालांकि पाकिस्तान कश्मीर में सबसे पहले जम्मू-कश्मीर लिबरेशन फ्रंट (जेकेएलएफ) को हर तरह की मदद देता रहा है। इसके संस्थापकों में अमानुल्ला खान, यासीन मलिक प्रमुख हैं। अमानुल्ला खान पाक के कब्जे वाले आजाद जम्मू-कश्मीर तथा नार्दर्न एरिया में रहते हैं और यासीन मलिक कश्मीर में। कश्मीर में आतंकवाद की शुरुआत हुई थी, 12 अगस्त, 1989 में। भारत में उस समय वी. पी. सिंह प्रधानमंत्री थे। उनके गृहमंत्री थे कश्मीरी नेता मुफ्ती मोहम्मद सईद। उसी दौरान कुछ हथियारबंद लोगों ने उनकी बेटी रूबिया मुफ्ती का अपहरण कर लिया था। रिहा करने के एवज में कई लोगों की रिहाई की मांग की गई थी। बाद में जिन्हें रिहा किया गया था, वे सभी आतंकवादी गतिविधियों में संलिप्त थे।

जेकेएलएफ ने अपने शुरुआती दिनों में समूचे जम्मू-कश्मीर की आजादी की मांग की थी, जिनमें पाकिस्तान के कब्जे वाला जम्मू-कश्मीर, नार्दर्न एरिया के साथ चीन के कब्जे की जमीन भी शामिल थी। उनकी इस मांग से पाकिस्तान उनसे नाराज हो गया था, इसलिए कश्मीर की जमात-ए-इस्लामी से संबंद्ध हिजबुल मुजाहिदीन को आईएसआई ने अपना पूरा संरक्षण दिया। चूंकि हिजबुल मुजाहिदीन के कश्मीर संरक्षक चरमपंथी सैयद अली शाह गिलानी पाकपरस्त माने जाते हैं और गिलानी चाहते हैं कि कश्मीर का पाकिस्तान में विलय हो।

कालांतर में सन् 2002 आते-आते पाकिस्तान 24 आतंकवादी तंजीमों का घर बन गया था। आईएसआई की साजिश इन तंजीमों के जरिए गुरिल्ला हमले करवाकर कश्मीर को भारत से अलग तथा अफगानिस्तान में पख्तून-इस्लामिक सरकार बनवाना था। पाकिस्तानी मूल के हरकत-उल-अंसार (एचयूए), जिसका 1997 में नाम बदलकर हरकत-उल-मुजाहिदीन (एचयूएम), हरकत-उल-जेहादी इस्लामी (हूजी), लश्कर-ए-तैयबा (एलएटी), अलबदर तथा जैश-ए-मोहम्मद (जेएएम), जो हरकत-उल-मुजाहिदीन का नया नाम था, को कश्मीर भेजा। 1998-2000 के बीच ओसामा बिन लादेन ने कंधार, अफगानिस्तान में जेहाद के लिए इंटरनेशनल इस्लामिक फ्रंट (आई.आई.एफ.) का गठन करके अमेरिका के खिलाफ 'जंग' का ऐलान किया था। भारत में कश्मीर समेत अन्य राज्यों में बर्बरता मचाने वाले एक आतंकवादी संगठन लश्कर-ए-तैयबा का सऊदी अरब के वहाबी गुटों से मजबूत सम्पर्क है, जो बेहद खतरनाक माने जातें हैं।

लश्कर-ए-तैयबा, जो जमात-उद-दावा का ही फ्रंट माना जाता है, के प्रमुख हाफिज सईद है। भारत सरकार की मोस्ट वांटेड सूची में दर्ज हाफिज सईद पर भी कई बड़े हमले कराने के आरोप हैं। पेशे से प्रोफेसर और मूलतः हिमाचल प्रदेश के रहने वाले हाफिज सईद ने सन् 1947 के बंटवारे की कहानी सुनी है। उस बंटवारे के दौरान हाफिज सईद के परिवार के भी कई लोग मारे गए थे। आजकल हाफिज सईद का परिवार पाकिस्तान के मध्य पंजाब के सरगोधा में रह रहा है।

हाफिज सईद ने भी सन् 1980 के दशक में अफगानिस्तान वार में लड़ाई लड़ी थी। उसी दौरान सईद की अब्दुल्ला अंजुम और ओसामा बिन लादेन से वहां समीपता हुई थी। अब्दुल्ला अंजुम जॉर्डन में एक फिलिस्तीनी प्रोफेसर था। वह 1989 में पेशावर में एक बम हमले में मारा गया था।

लश्कर-ए-तैयबा ने 5 फरवरी, 1993 को पुंछ में भारतीय सेना की टुकड़ी पर पहला हमला किया था, जिसमें उसके दो आतंकवादी भी मारे गए थे। पाकिस्तान मूल के लेखक जाहिद हुसैन ने अपनी किताब 'फ्रंटलाइन पाकिस्तान' में लिखा है कि जो भी लड़का प्रशिक्षण लेना चाहता है, वह लश्कर-ए-तैयबा के विभिन्न सौ केंद्रों में से किसी एक पर नाम दर्ज करवाकर प्रशिक्षण ले सकता है। यह प्रशिक्षण दो चरणों में होता है। पहले चरण के शुरुआती स्तर में 3 हफ्ते का हथियार चलाने का बुनियादी प्रशिक्षण और फिर दूसरे चरण में गुरिल्ला बनने का प्रशिक्षण काफी कठिन होता है, जिसमें जेहाद के लिए पूरी तरह तैयार किया जाता है। सुबह उठकर कैम्प में प्रातः की प्रार्थना, फिर कड़ी मेहनत का शारीरिक व्यायाम सैन्य तरीके से दिया जाता है। उन्हें इस्लाम में कट्टरपंथी और अल्लाह के सिपाही का रैंक दिया जाता है। दाढ़ी अत्यंत जरूरी है। पहनावे में केवल सलवार-कमीज। टीवी और संगीत की सख्त मनाही है। शुरुआती प्रशिक्षण के बाद उसे यदि घर जाना चाहे तो भेजा जाता है, मगर उस पर लश्कर के वरिष्ठ अधिकारियों की नजर रहती है। वगैरह-वगैरह अब तक 10 से 30 हजार युवक ट्रेनिंग ले चुके हैं। इनमें ज्यादातर पंजाब से हैं जिनमें लाहौर, गुजरांवाला मुल्लत जिला भी है। जब इनमें से कोई आतंकवादी मारा जाता है तो उसे शहीद का दर्जा देकर लश्कर के अधिकारी उसके घर जाकर घरवालों को मुबारकबाद देते हुए मिठाइयां बाटते हैं। हिंदू और ज्यूम्स इनके प्रमुख निशाने पर होते हैं। लश्कर का मानना है कि हिंदू और ज्यूम्स दोनों मुसलमान और पाकिस्तान के दुश्मन हैं। नई दिल्ली में पहला हमला लश्कर के आतंकवादियों ने दिसम्बर, 2000 में लालकिले पर किया था।

कश्मीर समेत भारत में अनेक जगह पाकपरस्त आतंकवादियों ने कई वारदातों को अंजाम दिया। 24 दिसम्बर, 1999 को काठमांडू, नेपाल से इंडियन एयरलाइंस के आई सी 814 जहाज को उड़ान भरने के 40 मिनट बाद पांच हथियारबंद लोगों

ने अपने कब्जे में ले लिया था। जहाज में 176 लोग सवार थे। यह जहाज अपहर्ताओं के कब्जे में था, इसकी पहली लैंडिंग अमृतसर में तेल भरवाने के लिए हुई थी। मैं उस वक्त 'राष्ट्रीय सहारा' नई दिल्ली में तैनात था। उस दिन की यह सबसे बड़ी खबर थी। सभी मीडिया ग्रुप जहाज की पल-पल की जानकारी जुटाने में लगे थे। उस दिन शाम नई दिल्ली के राजीव गांधी भवन में आपदा प्रबंधन की आपात बैठक चल रही थी। एन.डी.ए. सरकार के प्रधानमंत्री अटल बिहारी वाजपेयी भौंचक्क थे कि यह सब क्या और कैसे हो गया। आपदा प्रबंधन की आपात बैठक अथवा सरकार कोई ठोस फैसला ले पाती, अपहर्ता अमृतसर एयरपोर्ट से जहाज को लाहौर ले गए थे, फिर संयुक्त अरब अमीरात दुबई में 26 यात्री उतारकर जहाज की आखिरकार अफगानिस्तान के कंधार एयरपोर्ट पर लैंडिंग करा दी गई थी। इस जहाज को काली पगड़ी पहने तालिबानियों ने घेर लिया था। जहाज से करीब 500 मीटर की दूरी पर मीडिया का जमावड़ा लग गया था। अपहर्ताओं ने अपनी मांग शुरू कर दी। अपहर्ताओं ने खुद को 'कश्मीर फ्रीडम फाइटर' कहते हुए मांग रखी कि उनके तीन साथी इस्लामिक आतंकवादी छोड़े जाए, जो भारतीय जेलों में बंद हैं। जब कई दिनों तक जहाज व यात्रियों को छोड़ने की कोई बात नहीं बनी तो भारत सरकार अपहर्ताओं की मांग के आगे झुक गई। भारत सरकार ने उन तीनों दुर्दांत आतंकवादियों को छोड़ने की शर्त मान ली। इनमें हरकत-उल-मुजाहिदीन का आतंकवादी मौलाना मसूद अजहर, जो 1994 से जम्मू जेल में बंद था, दिल्ली की तिहाड़ जेल में बंद पाकिस्तान मूल का ब्रिटिश नेशनल आतंकवादी अहमद उमर सईद शेख, जो तीन विदेशियों के अपहरण मामले में कई सालों से बंद था, के अलावा श्रीनगर की जेल से एक दुर्दांत कश्मीरी आतंकवादी मुश्ताक अहमद जरगर को निकालकर नई दिल्ली लाया गया था।

यह 31 दिसम्बर, 1999 की बात है, फिर इन तीनों आतंकवादियों को विदेश मंत्री जसवंत सिंह एक विशेष विमान से कड़ी सुरक्षा में कंधार ले गए। जहां इन तीनों को रिहा करते वक्त तालिबान फोर्सेज के मुल्ला अख्तर उस्मानी ने इन सभी का गर्मजोशी से स्वागत किया था। उस मुल्ला अख्तर उस्मानी के साथ उनके कई कट्टरपंथी तालिबानी भी मौजूद थे। मुल्ला रिहा किए गए तीनों आतंकवादियों से कह रहे थे, 'अब तो आप खुश हैं...'। इस एक अहम् घटना से साबित हो गया था कि आईएसआई, आतंकवादियों और तालिबानियों का गठजोड़ है। तालिबानी कट्टर जेहादियों का सुप्रीम कमांडर मुल्ला मोहम्मद उमर है।

इस जहाज में सवार एक यात्री रूपम कोहली की अपहर्ताओं ने हत्या कर दी थी, शेष सभी को अपहर्ताओं ने छोड़ दिया। विमान में सवार तमाम यात्रियों को रिहा करने के बाद पांचों अपहर्ता तालिबानियों के साथ वहां से सुरक्षित चले गए थे। बाद में उनकी पहचान-इब्राहिम अजहर, निवासी बहावलपुर, पाकिस्तान। शाहिद अख्तर

सईद, निवासी कराची, पाकिस्तान। सुन्नी अहमद काजी, कराची, पाकिस्तान। मिस्त्री जहूर इब्राहिम, कराची, पाकिस्तान। भारत की सुरक्षा एजेंसियां दुबई में कमांडो-ऑपरेशन करना चाहती थीं, लेकिन वहां की सरकार ने ऐसा करने की इजाजत नहीं दी थी। दुबई में 27 यात्रियों के अलावा बेहद नाजुकावस्था में एक भारतीय यात्री रूपम कोहली को भी उतारा गया था, जिसे अपहर्ताओं ने चाकुओं से गोद दिया था। विमान से उतरते ही उसकी मौत हो गई थी। अन्य कई यात्री भी जख्मी किए गए थे। अपहर्ताओं ने यह सब भारत सरकार पर दबाव बनाने के लिए किया था। इस विमान के कमांडर देवी सरन ने बाद में इस पूरे हादसे पर 'फ्लाइट इन फीयर' किताब लिखी। इसमें पत्रकार श्री नजोप चौधरी का भी अहम योगदान रहा था।

बाद में सीबीआई ने इस पूरे मामले में केस दर्ज कर तफ्तीश की, जिसमें कई लोगों को आरोपित किया गया था। उनमें 5 अपहर्ताओं के अलावा तीन अन्य लोग भी थे, जिन्होंने विमान को अपहरण करने में जाली पासपोर्ट और हथियार मुहैया करवाए थे। ये अब्दुल लतीफ अदम मोमिन (मुम्बई), यूसुफ नेपाली तथा विनोद कुमार हैं, जिन्हें पटियाला की विशेष सीबीआई कोर्ट ने उम्रकैद की सजा दी है।

यह पाकिस्तान मूल की किसी आतंकवादी तंजीम (हरकत-उल-मुजाहिदीन) की विमान अपहरण की कामयाब कार्रवाई थी। यह तंजीम पूर्व में हरकत-उल-अंसार के नाम से थी। सन् 1994 में अमेरिकी प्रशासन ने इसे आतंकवादी संगठनों की सूची में डाल दिया था, इसलिए इसका नाम बदल दिया गया था। अफगानिस्तान में लड़ाई लड़ने वाले मौलाना मसूद अजहर ने रिहा होने के बाद पाकिस्तान पहुंचने पर जैश-ए-मोहम्मद नामक आतंकवादियों की तंजीम खड़ी कर दी थी। 30 जनवरी, 2000 को गठित की गई इस तंजीम को उसके शिक्षक एवं सलाहकार मुफ्ती निजामुद्दीन शमजई ने हरी झंडी दी थी।

जुलाई, 1994 की बात है। अहमद उमर सईद शेख, जो लंदन स्कूल ऑफ इकोनोमिक्स का छात्र रहा, को हरकत-उल-मुजाहिदीन ने नई दिल्ली में पश्चिमी युवकों के पयर्टकों के अपहरण के लिए भेजा था, ताकि उनकी रिहाई की एवज में फिरौती के अलावा मौलाना मसूद अजहर की रिहाई की मांग की जा सके। शेख एक अमेरिकी तथा तीन ब्रिटिश पयर्टकों को नई दिल्ली के एक होटल से अपहरण करने में कामयाब हो गया था, मगर अपहर्ताओं को बाद में यूपी के सहारनपुर के एक घर से दिल्ली पुलिस ने छुड़ा लिया था। इस दौरान हुई मुठभेड़ में शेख पकड़ा गया, जबकि एक पुलिस वाला मारा गया था।

एक रईस पाकिस्तानी व्यवसायी के पिता, जो लंदन चले गए थे, उनका बेटा शेख 1992 में तब आतंकवाद के लिए बढ़ा, जब उसने कई ऐसे फिल्में देखीं, जिनमें मुसलमानों को दबाया जा रहा दिखाया गया था। जैश-ए-मोहम्मद ने अनेक हमले

किए, जिनमें यूपी के शेख का 1991 के हमले में भी हाथ रहा है। अयोध्या में हमले के अलावा 1 अक्टूबर, 2001 को जम्मू-कश्मीर विधानसभा की श्रीनगर इमारत में आत्मघाती हमला, इसमें सुरक्षा बलों के जवानों समेत 35 लोग मारे गए थे, फिर 13 दिसम्बर, 2001 को भारत के संसद भवन में आत्मघाती हमला किया था। सेना की वर्दी पहनकर हथियार, गोला-बारूद से लैस आतंकवादियों ने संसद में घुसने की कोशिश की थी, लेकिन सुरक्षा बलों की कड़ी चौकसी व मुठभेड़ में तमाम पांचों आतंकवादी मार गिराए गए थे। इस कार्रवाई में सुरक्षा बल के सात जवान शहीद हो गए थे और 13 अन्य जख्मी हुए थे। इस हमले की पूरी दुनिया ने कड़ी निंदा की थी। अमेरिकी प्रशासन द्वारा जैश को आतंकवादी सूची में दर्ज करने के बाद तत्कालीन पाकिस्तान के राष्ट्रपति जनरल परवेज मुशर्रफ ने 12 जनवरी, 2002 को इसे प्रतिबंधित कर दिया था, मगर जैश की गतिविधियां अभी भी जारी हैं।

मार्च, 2002 में जैश ने इस्लामाबाद में एक चर्च पर हमला किया था, इसमें कई लोग मारे गए थे। यह चर्च इस्लामाबाद के अतिसुरक्षित डिप्लोमेटिक इंक्लेव में स्थित है, फिर राष्ट्रपति जनरल परवेज मुशर्रफ पर लश्कर-ए-तैयबा के दो बार हुए जानलेवा हमले दुनिया-भर में सुर्खियां बने थे।

जानकारों का कहना है कि पाकिस्तान में कट्टरवाद से लेकर जेहाद के नाम पर आतंकवाद के जन्मदाता तत्कालीन राष्ट्रपति जिया-उल-हक रहे हैं। सन् 1979 में उन्होंने अपने शासनकाल में मदरसों की तादाद बढ़ानी शुरू की थी। पाकिस्तान बनने के बाद वहां कुल 137 मदरसे थे, लेकिन जिया के शासनकाल के दौरान इनकी तादाद 13 हजार के पार जा पहुंची थी, फिर उन्हीं के राज के दौरान आईएसआई ने प्रशिक्षण शिविर लगाकर हथियारों का प्रशिक्षण देना शुरू किया था। पहले सोवियत संघ के खिलाफ, बाद में भारत के विरुद्ध गुरिल्ला हमले के लिए आतंकवादी तैयार करवाए थे। यह सिलसिला आज भी जारी है।

कश्मीर में जेहाद के नाम पर हजारों लोगों का कत्ल (मौत) करने के बावजूद पाकिस्तान की नर्सरी में प्रशिक्षण ले रहे आतंकवादी कारगिल और उसके कब्जे के आजाद जम्मू-कश्मीर में पनाह ले रहे आतंकवादी सरगना जब-तब नए-नए आतंकवादी एजेंडे यानी कश्मीर के अलावा शेष भारत में आत्मघाती हमले करते रहना जारी रखे हुए हैं। इसी मकसद से आईएसआई, पाकिस्तानी फौज तथा आतंकवादियों ने करीब डेढ़ दशक पहले बॉर्डर एक्शन टीम (बैट) तैयार की थी। इस बॉर्डर एक्शन टीम के जरिए ही हथियारबंद आतंकवादियों की भारतीय क्षेत्र में घुसपैठ कराई जाती है। जन्नत कहे जाने वाले कश्मीर को लहू के रंग से पोत दिया गया है। अब यहां नैसर्गिक खुशबू की जगह गोला-बारूद की गंध ज्यादा सूंघने को मिलती है–'घर को आग लग गई खुद घर के चिराग से।'

करगिल

रस्सी जल गई, मगर बल नहीं गए– यह कहावत पाकिस्तान पर एकदम सटीक बैठती है। अपने निर्माण के बाद से जम्मू-कश्मीर को हथियाने को लेकर पाकिस्तान सरकार ने जितनी भी कोशिश की, उसमें वह नाकाम ही रहा, मगर वहां की खुफिया एजेंसी आईएसआई तथा फौज, फिर भी बाज आने को तैयार नहीं हैं। हालांकि सन् 1971 की जंग में उसे न केवल अपने मुल्क का पूर्वी हिस्सा खोना पड़ा था, फिर भी उसका ऑपरेशन-जिबराल्टर का कुचक्र जारी रहा। करगिल-जंग उसी का एक रूप था। करगिल-जंग को लेकर कमोबेश न केवल पूरी दुनिया, बल्कि खुद पाकिस्तान में उसकी कड़ी आलोचनाएं हुई थीं।

इस जंग की साजिश तो क्रमश: 1980 व 1990 में जिया-उल-हक से लेकर बेनजीर भुट्टो के दौर में भी हुई, लेकिन नफा-नुकसान सोचकर उसे अंजाम नहीं दिया जा सका था। विशेषज्ञों का कहना है कि पाकिस्तान ने यह खेल तब खेला, जब भारत ने बेहतर रिश्तों की खातिर उस दिशा में एक बड़ा कदम उठाया था। तत्कालीन प्रधानमंत्री भारत से बस लेकर लाहौर गए थे। नवाज शरीफ तब भी वहां प्रधानमंत्री थे और जनरल परवेज मुशर्रफ पाक सेना प्रमुख। चूंकि पाकिस्तान सरकार यह भली-भांति जान चुकी थी कि भारत से सीधी लड़ाई में उसे अतीत की भांति बुरी तरह मार पड़ सकती है, इसलिए उसने आतंकवादियों के साथ मिलकर करगिल पर कब्जे की साजिश को अंजाम देने की कोशिश की थी।

जम्मू-कश्मीर के जिला लद्दाख का दुर्गम उच्चतम पहाड़ी क्षेत्र है करगिल। जब यहां युद्ध हुआ तो इसे दुनिया का सबसे ऊंचा दुर्गम जंग का मैदान कहा गया था। पाकिस्तान ने यहां भी अपने ऑपरेशन-जिबराल्टर को पुन: परखना चाहा। उसे शुरू में कामयाबी तब मिली, जब उसने बर्फ पिघलने के साथ ही नियंत्रण रेखा लांघकर अपने आतंकवादियों के साथ फौज की घुसपैठ करवाई थी। यह घुसपैठ भी काफी बड़ी तादाद में हुई थी। नई दिल्ली को किन्हीं कारणों से इसकी जानकारी विलम्ब से मिली थी। सूरते-हाल यह था कि तब पाकिस्तानी फौज और आतंकवादी आक्रामक स्थिति

में थे। करीब दो हजार प्रशिक्षित आतंकवादी गुरिल्ला वार के लिए जुटे थे। ये लश्कर-ए-तैयबा, अल उमर, हरकत-उल-मुजाहिदीन, जैश-ए-मोहम्मद व हिजबुल मुजाहिदीन तंजीमों के थे।

नई दिल्ली से भारत सरकार ने जब इस बाबत पाकिस्तान सरकार से बातचीत की तो पहली बार उसने यह कहा था कि इस घुसपैठ से उसका कुछ लेना-देना नहीं है। ये तो कश्मीरी नौजवान हैं, जो आजादी चाहते हैं। भारत सरकार ने जब इसके पुख्ता सुबूत दिए तो पाकिस्तान सरकार की बोलती बंद हो गई। दरअसल, यह समूचा दुर्गम पहाड़ी क्षेत्र सामरिक दृष्टि से काफी महत्त्वपूर्ण माना जाता है। चीन और पाकिस्तान इसे हड़पने के लिए काफी लम्बे अरसे से साजिशें बुनते आ रहे थे। यह इलाका इस कदर दुर्गम है कि माइनस तापमान में यहां रहकर 12 महीने 24 घंटे सुरक्षा चौकसी बेहद मुश्किल व जोखिम का काम है, तब पाकिस्तान ने रेकी करके यहां घुसपैठ को अंजाम दिया था।

इसकी पहली जानकारी एक बक्करवाल समुदाय के शख्स ने दी थी, जो इन दुर्गम पहाड़ी क्षेत्रों में अपनी भेड़-बकरियां चराने जाते हैं।

3 मई को यह जानकारी उस शख्स ने भारतीय सेना की स्थानीय यूनिट, जो नीचे स्थापित थी, को जाकर दी, 'करगिल के ऊपरी क्षेत्र में हथियारबंद लोग सादा वर्दी में दिखाई दिए हैं, मालूम नहीं कि वे कौन हैं।'

भारतीय सेना को संदेह हुआ तो उन्होंने एक पेट्रोलिंग पार्टी बक्करवाल शख्स द्वारा बताई गई लोकेशन पर भेजी। बताते हैं कि इस पेट्रोलिंग पार्टी के कुछ लोगों (जवानों) को उन घुसपैठियों ने घेर लिया और फिर उन्हें यातनाएं देकर मार डाला था। केवल इतना ही नहीं, पाकिस्तान फौज ने भारतीय सेना के हथियार, गोला-बारूद डिपो पर हमला करके नुकसान पहुंचाया था।

अब बिलकुल साफ हो गया था कि यह पाकिस्तान का सोचा-समझा हमला है। पाकिस्तानी फौज व आतंकवादियों ने उच्च दुर्गम चोटियों पर आक्रामक पोजीशन ले रखी थी। इनमें द्रास, काकसर तथा मशकू घाटी सेक्टर प्रमुख थे। पाकिस्तानी प्रधानमंत्री मियां नवाज शरीफ व सेना प्रमुख ने माना कि कारगिल में जनरल अशरफ राशिद के नेतृत्व में उसके सुरक्षा बलों ने उसे अंजाम दिया था। भारत सरकार अब तक समझ गई थी कि पाकिस्तान ने करगिल पर काफी बड़ा खेल खेला है। उसे कब्जाने के लिए पहले से मुस्तैद भारतीय वायुसेना ने अपनी कार्रवाई शुरू की। कई घुसपैठिए पाकिस्तानी जवान और आतंकवादी मार गिराए गए। इस जवाबी कार्रवाई के दौरान भारतीय वायुसेना को दो लड़ाकू जहाज मिग-21 और मिग-27 का नुकसान उठाना पड़ा। मिग-27 में फ्लाइट लेफ्टिनेंट नचिकेता थे। 28 मई को एक और जहाज एमआई-17 को पाकिस्तानी फौज ने गिरा दिया। इसमें जहाज के चार क्रू सदस्य सवार थे। भारतीय सेना

को अब तक काफी क्षति हो चुकी थी, सो भारतीय सेना ने बेहद आक्रामक हमला आरंभ कर दिया। नतीजतन सेना ने बटालिक सेक्टर की दो अहम चोटियों पर पुनः कब्जा कर लिया।

भारतीय सेना ने श्रीनगर से अपनी कई टुकड़ियों को करगिल भेजा था। श्रीनगर से करगिल करीब 205 किलोमीटर दूर है। तापमान में भी बेहद फर्क है। हिमालय के अन्य क्षेत्रों की भांति करगिल में तापमान माइनस 48 डिग्री तक पहुंच जाता है। ऐसे विषम हालात में रह पाना कितना दुष्कर होता है, इसका सहज अनुमान लगाया जा सकता है। इसकी दुर्गम चोटियां 16 हजार फुट से लेकर 18 हजार फुट तक हैं। पाकिस्तान के कब्जे वाले सकर्दू (अविभाजित जम्मू-कश्मीर का हिस्सा रहा) की करगिल से दूरी महज 170 किलोमीटर है, इसलिए पाकिस्तानी सेना व आतंकवादियों को हथियार, गोला-बारूद के अलावा अन्य रसद पहुंचाना मुश्किल काम नहीं है, बल्कि भारतीय सेना के लिए यह काम अत्यंत चुनौतीपूर्ण था।

पाकिस्तानी सेना ने राष्ट्रीय राजमार्ग एफडी, जो श्रीनगर को लेह से जोड़ता है, को भी काटने की कोशिश की। इस एकमात्र अहम् मार्ग पर गोले दागे गए थे। 11 जून को भारतीय सेना ने पाकिस्तानी सेना प्रमुख जनरल परवेज मुशर्रफ, जो उस वक्त चीन की यात्रा पर थे, के साथ लेफ्टिनेंट जनरल अजीज खान की रावलपिंडी में हुई बातचीत को पकड़ा, जो करग़िल को लेकर हुई थी। बाद में यह बातचीत सार्वजनिक की गई थी कि पाकिस्तानी सेना करगिल में पूरी तरह संलिप्त है। भारतीय सेना ने आक्रामक कार्रवाई के चलते द्रास की टोलोलिंग चोटी पर पुनः कब्जा कर लिया था। भारतीय सेना ने इस बीच पाकिस्तान के कुछ सैनिकों को पकड़ा था, जिनसे कुछ दस्तावेज बरामद हुए। ये कागजात करगिल हमले को लेकर थे। पाकिस्तान की करगिल में घुसपैठ शुरू हो चुकी थी, जो मई, 1999 तक चली। भले ही पाकिस्तान सरकार अपनी फौज की संलिप्तता से मना करती रही हो, लेकिन पाकिस्तान के ही लेफ्टिनेंट जनरल शाहिद अजीज ने बाद में माना कि करगिल में जो कुछ हुआ, उसमें पाकिस्तानी रेगुलर आर्मी भी थी।

जानकारों का कहना है कि करगिल में हमले का ब्लूप्रिंट तभी क्रियान्वित हो चला था, जब जनरल परवेज मुशर्रफ को अक्टूबर, 1998 में पाक सेना का प्रमुख बनाया गया था।

करगिल में लड़ाई एक बहुत बड़े युद्ध की ओर बढ़ती दिखाई दे रही थी, तभी अमेरिकी राष्ट्रपति बिल क्लिंटन ने पाकिस्तानी प्रधानमंत्री मियां नवाज शरीफ से फौरन करगिल से बाहर निकलने को कहा था। भारतीय सेना पाकिस्तानी सेना को मुंहतोड़ जवाब दे रही थी। 4 जुलाई को 11 घंटे की लम्बी जद्दोजहद के बाद भारतीय सेना ने टाइगर हिल को पुनः अपने कब्जे में ले लिया था।

इस जंग पर पूरी दुनिया की नजरें टिकी हुई थीं। दक्षिण एशिया में इस युद्ध के चलते कभी भी कोई बड़ा अनिष्ट हो सकता है। चूंकि दोनों न्यूक्लियर शक्तियां हैं। यह आशंका सभी के जेहन में थी। भारतीय सेना ऑपरेशन विजय के तहत आक्रामक मुंहतोड़ जवाब दे रही थी।

5 जुलाई को भारतीय सेना ने द्रास सेक्टर में अपना नियंत्रण कर लिया था। उसके बाद पाकिस्तानी प्रधानमंत्री मियां नवाज शरीफ का बयान आया कि पाकिस्तान अमेरिकी राष्ट्रपति बिल क्लिंटन के कहने के बाद करगिल से पीछे हट रहा है। 7 जुलाई को भारतीय सेना ने बटालिक की जवार चोटियों पर भी पुन: कब्जा कर लिया था। पाकिस्तानी सेना ने हटना शुरू कर दिया था, तब तक करगिल में सभी जगह से पाकिस्तानी सेना व आतंकवादियों से जंग लड़कर यह सारा दुर्गम क्षेत्र भारतीय सेना ने पुन: कब्जा लिया था। 14 जुलाई को भारत के प्रधानमंत्री अटल बिहारी वाजपेयी ने ऑपरेशन विजय को कामयाब बताया था। भारत ने पाकिस्तान के साथ शर्तें लगा दी थीं, फिर 26 जुलाई, 1999 को करगिल संघर्ष खत्म होने का भारतीय सेना ने ऐलान किया और कहा कि समूचा करगिल क्षेत्र पाकिस्तानी घुसपैठियों से खाली करवा लिया गया है।

करगिल-जंग को लेकर हालांकि मियां नवाज शरीफ ने लगातार यही कहा कि वे इससे अनभिज्ञ थे। उन्हें पहली बार इसका पता तब चला, जब भारत के प्रधानमंत्री अटल बिहारी वाजपेयी ने फोन पर इसकी शिकायत की। मियां नवाज शरीफ ने कहा था कि यह सब कुछ जनरल परवेज मुशर्रफ ने किया था जबकि जनरल परवेज मुशर्रफ ने बाद में कहा था कि मियां नवाज शरीफ को उन्होंने इसके बारे में अटल बिहारी वाजपेयी की लाहौर बसयात्रा से 14 दिन पहले ही बता दिया था।

करगिल-संघर्ष में दोनों मुल्कों को काफी कुछ खोना पड़ा, मगर भारतीय सेना को अपने कई अफसरों व जवानों की शहादत देनी पड़ी थी। शिमला-समझौते में दोनों मुल्कों ने तय किया था कि कश्मीर को लेकर हथियारों की होड़ व जंग से वे दूर रहेंगे, मगर पाकिस्तान कहां बाज आने वाला था! यह बात 1999 के करगिल-संघर्ष से साफ हो गई थी। अरसे बाद वह फिर किसी नई योजना के साथ ऐसा खेल खेलेगा, इससे इंकार नहीं किया जा सकता है। जानकारों का कहना है कि पाकिस्तान से हर वक्त अत्यधिक सतर्क रहने की जरूरत है।

कश्मीर : एक अंतहीन जंग

घर वापसी

जम्मू-कश्मीर में होने वाली किसी भी बड़ी घटना का लिंक कहीं-न-कहीं पाकिस्तान अथवा उसके आजाद कश्मीर से अमूमन जुड़ा होता है। वह पाकिस्तान के मुल्तान का आमिर अली या सियालकोट का शकील अहमद हो अथवा मीरपुर की शहनाज– इन सबकी अपनी-अपनी कहानी है, जो सरहद पार कर भारतीय क्षेत्र में घुस आए थे।

पहला किस्सा, 23 साल के आमिर अली का। मूलतः मुल्तान का रहने वाला आमिर इंजीनियर बनना चाहता था। 28 जनवरी, 2001 को वह भारत-पाक सीमा से सटे जिला सियालकोट के गांव कादिराबाद से टहलता हुआ भारतीय क्षेत्र में घुस आया। चौकस सीमा सुरक्षा बल के जवानों ने उसे पकड़ लिया और फिर बाद में स्थानीय पुलिस के हवाले कर दिया। पूछने पर पता चला कि वह लाहौर के एक कॉलेज में इंजीनियरिंग का छात्र है, तो कुछेक लोगों ने हवा उड़ा दी कि हिजबुल मुजाहिदीन का एक आई.ई.टी. एक्सपर्ट घुसपैठ करते हुए पकड़ा गया। सुरक्षा एजेंसियों ने उससे गहन पूछताछ की तो मामला केवल गैरकानूनी ढंग से भारतीय क्षेत्र में घुसने का बना। अदालत में मामला चला, सजा हुई, जो 5 अगस्त, 2002 को पूरी हो गई थी, लेकिन बावजूद इसके वह वापस पाकिस्तान नहीं जा सका। पता चला कि पाकिस्तान सरकार उसे लेने को तैयार नहीं है।

दरअसल, आमिर अली कहां चला गया, खो गया या फिर उसका क्या हुआ, इसकी जानकारी किसी भी तरह उसके परिजनों को नहीं मिल पा रही थी। आखिरकार थक-हार कर आमिर के परिजनों ने पाकिस्तान की प्रमुख मानवाधिकार कार्यकर्ता आसमां जहांगीर से फरियाद की कि वह उनके आमिर को तलाशने में मदद करें। सुश्री आसमां जहांगीर ने इस बाबत जम्मू में बलराजपुरी, संयोजक 'पीपुल्स यूनियन फॉर सिविल लिबर्टीज' से सम्पर्क कर पूरे मामले की जानकारी दी।

बलराज पुरी ने मुझे फोन करके अपने कर्णनगर स्थित घर बुलावा भेजा। उन्होंने आमिर अली को लेकर पूरी जानकारी देते हुए मुझसे कहा, 'बेटा सतीश! उसे ढूंढ़ने में मदद करो...।'

अगले दिन मैं और उनका बेटा लव पुरी दुपहिया से सबसे पहले उसी रामगढ़ क्षेत्र में गए, जहां आमिर पकड़ा गया था। स्थानीय थाना रामगढ़ के प्रभारी जगदीप बड़वाल से मुलाकात की और उन्हें मैंने आमिर की बाबत जानकारी देते हुए जानना चाहा कि मामला कई साल पुराना है, पता चल सकेगा कि इस वक्त वह कहां हो सकता है। थाना प्रभारी ने जो जवाब दिया, उसे सुनकर हम हतप्रभ रह गए थे। उन्होंने कहा कि वह यहीं हमारे थाने में एक कमरे में रह रहा है, परंतु पिछले एक लम्बे अरसे से वह एक शब्द भी नहीं बोल रहा है...। इतना कहकर उन्होंने घंटी बजाई और फिर सिपाही के आने पर कहा, 'जा, आमिर को ले आ...।'

कुछ पल बाद एक युवक हमारे सामने था। वह करीब 5 फुट 10 इंच लम्बा, घनी दाढ़ी वाला आमिर अली था। इजाजत लेने पर मैंने उस युवक से बातचीत की। काफी देर तक मेरे हर सवाल पर वह कुछ भी बोलने को तैयार नहीं हुआ, फिर हमने उसे एक कागज पर अंग्रेजी में कुछ लिखकर जवाब में उसे पैन पकड़वाकर हां या ना में जवाब पूछे। हमें वहां तब तक दो ढाई-घंटे हो चुके थे। इत्तेफाक से तभी मेरे मोबाइल फोन की घंटी बजी। नम्बर देखा तो वह पाकिस्तान का लगा। मेरे हैलो कहने पर उध र से जवाब आया, 'वर्मा साहब, आमिर का कुछ पता चला...?'

अभी मैं जवाब दे पाता कि फोन कनेक्शन कट गया, फिर घंटी बजी। उधर आमिर की खाला (मौसी) बोल रही थी। हमने तुरंत आमिर को फोन थमा दिया। अब आमिर कुछ-कुछ बोलने लगा था।

... और फिर हम अपने इस कामयाब मिशन के बाद जम्मू लौट आए थे। बलराज पुरी जी को तमाम जानकारी से अवगत करा दिया था। इसकी पूरी खबर मैंने अपने उर्दू व हिन्दी अखबारों में भेजी थी। आमिर अली के परिवार वालों की खुशी व संतोष का ठिकाना नहीं था कि उनका बेटा सकुशल है और जम्मू के रामगढ़ में है। बाद में पैरवी करने पर आमिर अली सकुशल अपने घर लौट गया था।

दूसरा किस्सा, सियालकोट के शकील अहमद का है। अगस्त, 2003 में महज 15 साल का शकील अखनूर सेक्टर से भारतीय क्षेत्र में घुसा था। यहां से उसका गांव मात्र 28 किलोमीटर दूर है। वह गांव कुलोवाल के किसान मोहम्मद खटीक का बेटा था। इससे पहले वह उसी जुलाई में कालाचक सेक्टर के अग्रिम गांव गटखल में घुस आया था। वह तब भी पकड़ा गया, परंतु पूछताछ के बाद सीमा सुरक्षा बल ने उसे पाक रेंजर्स को सौंप दिया था।

इस बार पूछने पर उसने कहा कि उसे भारत बहुत अच्छा लगता है, इसलिए वह फिर यहां चला आया। उसने यह भी कहा कि चूंकि वह जेहादी नहीं बनना चाहता, इसलिए भी भागकर यहां आया है। उसके मुताबिक, परिवार पर आतंकी तंजीमों का जबरदस्त दबाव था कि वह भी प्रशिक्षण ले और दहशतगर्दी में शामिल हो। कई बार उसकी पिटाई भी की आतंकी तंजीमों के एजेंटों ने। जो लड़के गरीबी

में जीते हैं, उन पर इन एजेंटों की ज्यादा नजर रहती है। शकील वापस पाकिस्तान नहीं जाना चाहता था। उसे फिर पाक एजेंटों को सौंप दिया गया था।

तीसरा किस्सा भी गौर करने लायक है। शहनाज उर्फ सईदा, पाकिस्तान के कब्जे वाले आजाद जम्मू-कश्मीर के मीरपुर के हरियां दा बाग क्षेत्र की रहने वाली थी। इसकी दु:खभरी कहानी बॉलीवुड की किसी ट्रेजिडी से कम नहीं है। अपने शौहर के खराब बरताव से आजिज आकर खुदकुशी के मकसद से उसने 6 अक्टूबर, 1995 को दरिया में छलांग लगा दी थी, लेकिन जलधारा के बहाव के कारण भारतीय क्षेत्र में आ गई। यहां स्थानीय लोगों की नजर पड़ने पर उसे पानी से बाहर निकाला और बचा लिया गया। इसके बाद सूचना देकर उसे सुरक्षा बलों के हवाले कर दिया था, चूंकि वह गैरकानूनी ढंग से भारतीय क्षेत्र में आ गई थी।

अदालत से उसे 15 नवम्बर, 1995 को एक साल की सजा हुई और साथ में 500 रुपये जुर्माना भी। पुंछ की जेल में सजा काटने के दौरान एक वार्डन ने उसके साथ बलात्कार की वारदात की। उसने उसी जेल में एक बच्ची को जन्म दिया। बाद में पुंछ जेल से उसे जम्मू जेल भेज दिया गया था। बलात्कारी वार्डन फरार हो गया था।

सजा पूरी करने के बाद भी शहनाज रिहा न हो सकी। इसी दौरान 'विश्व मानवाधिार संगठन' ने एक जनहित याचिका दायर करके शहनाज उर्फ सईदा की रिहाई और उसके साथ जेल वॉर्डन के वहशीपन के आधार पर मुआवजे की मांग की। वरिष्ठ वकील ए.के. साहनी ने इस बाबत शहनाज उर्फ सईदा व उसकी बेटी मोमिना को राहत पैकेज देने की मांग की। जम्मू-कश्मीर उच्च न्यायालय के न्यायाधीश टी.एस. दोआविया व न्यायाधीश ए.के. गुप्ता की खंडपीठ ने फैसला दिया कि सजा काटने के बाद शहनाज उर्फ सईदा को जेल में रखना नाइंसाफी है, लिहाजा उसे फौरन रिहा किया जाए। राज्य सरकार को आदेश दिया गया कि इस महिला की बेटी के नाम पर तीन लाख रुपये किसी बैंक में मुआवजे के तौर पर जमा कराए, ताकि वह उस ब्याज से अपना जीवनयापन कर सके। यह भी कहा कि चूंकि उसकी यह बच्ची एक सरकारी कर्मचारी (जेल वार्डन) के बलात्कार के कारण पैदा हुई, इसलिए यह राशि उस वार्डन से वसूली जाए। अदालत ने राज्य सरकार से इन मां-बेटी के लिए आवास मुहैया कराने के भी आदेश दिए थे।

बाद में शहनाज ने पाकिस्तान दूतावास से अपनी वतन वापसी के लिए कई बार सम्पर्क किया। हर बार पाकिस्तान दूतावास ने यह कहकर उसे निराश कर दिया, 'पाकिस्तान उसे तो कुबूल कर सकता है, मगर उसकी 5 साल की बेटी मोमिना को नहीं, क्योंकि वह भारत में पैदा हुई है।' शहनाज के चेहरे पर आखिरकार तब उम्मीद की किरणें दिखाई देने लगीं, जब भारत और पाकिस्तान के बीच शांति प्रयासों का खुशनुमा दौर शुरू हुआ। कई दौर की बैठक के बाद पाकिस्तान शहनाज की बेटी मोमिना को भी लेने को तैयार हो गया था और जरूरी दस्तावेज के साथ आखिरकार दोनों मां-बेटी वाघा के रास्ते अपने मुल्क लौट गई थीं।

शैतानी खेल

पाकिस्तान की मदद से कश्मीर में तमाम आतंकवादी तंजीमों का उदय हुआ, परंतु यहां नामचीन लोगों की अधिकतर हत्याएं घाटीमूल के हिजबुल मुजाहिदीन ने की। यही वजह है कि भारत सरकार पाक मूल की आतंकवादी तंजीमों के अलावा हिजबुल मुजाहिदीन को कश्मीरी आवाम को खौफजदा करने के लिए ज्यादा जिम्मेदार मानती है। मीरवाइज मौलवी फारूक, प्रो. बशीर-उल-हक, कश्मीर विश्वविद्यालय के उपकुलपति, डॉ. ए.ए. गुरु और मौलाना मसूदी ये घाटी के प्रमुख चेहरे हैं, जिनकी आतंकवादियों ने हत्या कर दी थी। मौलाना मसूदी तो शेख मोहम्मद अब्दुल्ला के साथ थे, जिनकी सन् 1990 में हत्या कर दी गई। इनको निशाने पर इसलिए लिया गया था, चूंकि इन्होंने प्रिंसली स्टेट जम्मू-कश्मीर का भारत में विलय करने में अहम भूमिका अदा की थी।

जिस तरह कश्मीर घाटी में इन शख्सियतों की हत्याएं की गईं, उससे आम कश्मीरी आहत हुआ था। यही वजह रही कि जिस तेजी से यहां आतंकवाद शुरू हुआ था, नब्बे के दशक के उत्तरार्द्ध में इसका ग्राफ गिरने लगा था। चूंकि यहां विभिन्न आतंकवादी गुटों में आपसी लड़ाई भी शुरू हो गई थी, बल्कि इनमें आपसी संशय भी बढ़ा और फिर पाकिस्तान भी अपनी नीतियों में भले ही दिखावे के तौर पर बदलाव करता रहा। भारत सरकार का यह भी मानना रहा कि आतंकवाद के लिए सूबे के लड़कों को सुरक्षा बलों ने तब पकड़ा था, जब वे नियंत्रण रेखा पार करके पाक के कब्जे वाले आजाद जम्मू-कश्मीर में प्रशिक्षण लेने जाना चाहते थे।

हालांकि सूबे में दो बार राज्यपाल रहे जगमोहन का यह नजरिया रहा है कि आतंकवाद को उसी की भाषा में जवाब देने की जरूरत है। वहीं जानकारों का कहना है कि चूंकि ये आतंकवादी हमारे अपने बच्चे हैं, इसलिए इन्हें एकदम दुश्मन नहीं मानना चाहिए। सरकार को चाहिए कि इन गुमराह हुए बच्चों का पुनर्वास करे।

इस प्रकार की भी कई घटनाएं हैं कि घाटी में पहले तो लोगों ने आतंकवादियों को शरण दी, खाना खिलाया, पर बाद में सुरक्षा बलों की सख्ती के कारण जब

उन्होंने आतंकवादियों को शरण देना बंद किया तो उनकी हत्या कर दी गई। केवल इतना ही नहीं, बल्कि सक्रिय आतंकवादी कश्मीर के सेब, अखरोट वगैरह के व्यापारियों से हफ्ता वसूली भी करते रहे हैं। होटल तथा डल झील में बढ़िया शिकारे वालों से भी आतंकवादी पैसा वसूली करते आ रहे हैं। यहां के व्यवसायी पैसा देने की दबी जुबान में बात करते हैं। पत्रकारिता भी चुनौतीपूर्ण है। पत्रकारों की जान हमेशा आफत में रहती है। उदाहरण के तौर पर बीबीसी और रायटर के संवाददाता यूसुफ जमील अपनी रिपोर्ट्स को लेकर आतंकवादियों की हिट लिस्ट में आ गए थे। सितम्बर, 1995 में उनके दफ्तर में एक पार्सल बम भेजा गया। जब एक फोटोग्राफर ने पार्सल खोला तो धमाके में उसकी मौत हो गई।

आतंकवादियों द्वारा वसूली के अलावा बलात्कार किए जाने की भी घटनाएं हुईं। इससे भी कश्मीर घाटी में आतंकवादियों के खिलाफ एक माहौल बनने लगा था। आरोप लगे कि बलात्कार की वारदातें विदेशी आतंकवादी अंजाम दे रहे हैं। ये आतंकवादी पाकिस्तान, उसके कब्जेवाले आजाद जम्मू-कश्मीर, अफगानिस्तान तथा सूडान के थे।

इस पर कुछ आतंकवादी समर्थकों का यह कहना था कि जिन युवतियों के साथ यह सब हुआ, वे सुरक्षा बलों की मुखबिर थीं।

हालांकि बलात्कार के संगीन आरोप सुरक्षा बलों के जवानों पर भी लगते रहे हैं। इनमें अधिकतर बेबुनियाद व झूठे पाए गए थे। हालांकि कट्टरपंथी दुख्तरान-ए-मिल्लत की ओर से भी फतवे जारी होते रहे हैं कि महिलाएं बुर्का पहनकर बाहर निकलें। घाटी के कुछ जिलों में इस तरह के आरोप भी लगे कि सूबे के सरकारी अधिकारी आतंकवादियों के साथ मिलकर विकास कार्यों के लिए तय फंड की बंदरबाट कर रहे हैं। इसमें कई ठेकेदारों का भी जिक्र हुआ, जिनके तार घाटी से लेकर नई दिल्ली तक बिछे थे।

बारूद में बचपन

रह-रहकर मेरा ख्याल नियंत्रण रेखा के बी.जी. सेक्टर पर जा रहा था। संभवत: सन् 2003 की बात है। अक्टूबर की सर्दी के दिन थे। नियंत्रण रेखा पार 'आजाद जम्मू-कश्मीर' से भारतीय क्षेत्र में सीमा पार का एक मार्ग है यह, जहां से प्रशिक्षित आतंकवादियों के जत्थे घुसपैठ करके जम्मू-कश्मीर में दहशतगर्दी का नंगा नाच करते हैं। उस दिन भी भारतीय सेना की अग्रिम चौकी पर तैनात जांबाज जवानों ने ऐसे ही एक जत्थे के घातक हथियारों से लैस 6-7 आतंकवादियों को मार गिराया था।

अमूमन जब भी नियंत्रण रेखा क्षेत्र में सरहद पार से आतंकवादियों की घुसपैठ होती तो सेना जम्मू से कवरेज के लिए पत्रकारों को ले जाती। नियंत्रण रेखा का इलाका घने जंगल, पहाड़ और खाइयों से पटा हुआ है। उस दिन भी ऐसा ही हुआ। नियंत्रण रेखा के पास सैन्य शिविर में खुले में उन आतंकवादियों के शव पड़े थे। सभी पठानी सूट में थे। मृत आतंकवादियों के शव के करीब एके-47, एके-56 के अलावा हैंडग्रेनेड, कारतूस, वायरलैस सैट, ड्राई फ्रूट्स, दवाइयां तथा भारतीय करेंसी भी पड़ी थी कि तभी मेरी नजर उनमें से एक शव पर जाकर रुक गई।

मैं जिसे देखकर हैरान और विचलित भी हुआ कि आखिर शक्ल-सूरत से एकदम मासूम लगने वाला करीब 14-15 साल का लड़का कैसे आतंकवादी हो सकता है? मैं यह सोच ही रहा था कि तभी वहां पास में खड़े सैन्य कमांडर से उस शव की ओर इशारा करते हुए जिज्ञासावश मैंने पूछना चाहा तो कमांडर ने तपाक से जवाब दिया, 'गुजरी रात अंधेरे में आतंकवादियों का यह ग्रुप नियंत्रण रेखा को पार करके घुसपैठ करने की कोशिश कर रहा था तो हमारे संतरी के ललकारने पर इन्होंने गोलीबारी शुरू कर दी। चूंकि हम लोगों के पास रात में दिखाई देने वाली दूरबीन होती है, इसलिए इनकी पोजीशन की हमें सही जानकारी मिलती रही। आखिरकार जवाबी गोलीबारी में ये मारे गए। गोलीबारी बंद होने के बाद पूरी अहतियात के साथ इनके शवों को उठाया जा रहा था तो तभी हमने देखा कि यह कम उम्र का लड़का भी इनमें था।'

दरअसल, मुझे उस आतंकवादी बच्चे को मरा देखकर बेहद दुःख हुआ कि यह उम्र पढ़ने और कलम, किताब पकड़ने की होती है और इसने असलाह पकड़ रखा था। यह राज अब जगजाहिर हो चुका है कि पाकिस्तान और उसके आजाद जम्मू-कश्मीर में जेहाद की कई फैक्ट्रियां चल रही हैं। जहां मासूमों की नसों व खून में नफरत तथा दहशतगर्दी के इंजेक्शन लगाए जा रहे हैं। यह मासूम लगने वाला कम उम्र आतंकवादी भी ऐसी ही एक भट्टी से तपकर निकला था, मकसद था केवल और केवल इंसान व इंसानियत का कत्ल करना।

मुझे याद आया कि इस मुठभेड़ से कुछ दिन पहले ही पुंछ सेक्टर की नियंत्रण रेखा से घुसपैठ करते कुछ आतंकवादियों को मार गिराया गया था। ये सभी 20 से 25 वर्ष आयु वर्ग के थे। उनके कब्जे से हथियार, गोला-बारूद वगैरह के अलावा सीडी भी मिली थी। सीडी को प्ले करके देखा तो हम अचंभित रह गए थे। सीडी में दहशतगर्द बनाए जाने के दौरान छोटे-छोटे बच्चों को मौत का खेल खेलने की ट्रेनिंग दी जा रही थी। उनका प्रशिक्षक कोई और नहीं, बल्कि पूरी दुनिया को दहला देने वाला जिससे वर्ल्ड सुपर पॉवर कहलाने वाला अमेरिका तक थर्राता था, ओसामा बिन लादेन का बेटा (लड़का) था। वह ट्रेनिंग के दौरान छोटे-छोटे बच्चों को पहले मदरसों में कट्टरवाद का पाठ पढ़ाता है, उसके बाद हथियार, गोला-बारूद और हमला करने के तरीके समझा रहा था।

इस तरफ ध्यान करता हुआ मैं गहरी सोच में डूबा था कि मेरी गाड़ी (क्वालिस) को अचानक ब्रेक लगा तो मैं एकदम चेतन मुद्रा में आ गया। हमारी क्वालिस गाड़ी सुनसान संकरी सड़क पर अंधेरे में खड़ी हो गई थी। मैंने क्वालिस के ड्राइवर सरदार अंग्रेज सिंह से पूछा, 'क्या हुआ...?' वह कहने लगा कि जनाब हमारे पीछे कोई गाड़ी लगी है, वह बार-बार डिपर मारकर हमें रुकने का इशारा कर रही है। चूंकि यह तीखा मोड़ था, गाड़ी की रफ्तार काफी तेज थी। यदि अचानक ब्रेक नहीं लगाता तो हम सभी नीचे गहरी झील में जा गिरते।

इसी दौरान मेरे पीछे बैठा हमारा कैमरामैन बैकुंठ जैना मुझसे कहने लगा कि सर! मुझे लगता है कि हम अरनास में जो स्पेशल स्टोरी करके आए हैं, ये उसी से जुड़े लोग हो सकते हैं। यह सुनकर हम सभी कुछ पल के लिए नर्वस हुए, मगर हिम्मत बांधते हुए अंग्रेज सिंह से पूरी तरह संभलकर तेज गाड़ी चलाने के लिए कहा। जिस कच्ची पहाड़ी सड़क पर हमारी गाड़ी थी, वह समुद्र तल से करीब 3 हजार फुट की ऊंचाई पर स्थित थी और जरा सी लापरवाही जानलेवा साबित हो सकती थी।

कहते हैं कि मरता क्या न करता—हमारी स्थिति उस वक्त ठीक वैसी ही थी। दरअसल, हम उस वक्त अरनास से एक 15 साल के लश्कर-ए-तैयबा के दुर्दांत आतंकवादी लियाकत की एक्सक्लूसिव स्टोरी करके लौट रहे थे, जिसे जम्मू-कश्मीर

की रियासी जिला पुलिस ने थाना अरनास पुलिस के साथ चलाए गए ऑपरेशन के दौरान हथियार-गोला-बारूद के साथ जिंदा पकड़ा था। उस दिन 6 दिसम्बर, 2007 था। पुलिस को ठोस सूचना मिली थी माहौर के पहाड़ी जंगलों में लश्कर-ए-तैयबा व हिजबुल मुजाहिदीन के आतंकवादी किसी बड़ी वारदात को अंजाम देने के लिए इकट्ठे हुए हैं। पुलिस ने ठोस मुखबरी के आधार पर उस क्षेत्र की घेराबंदी की तो आतंकवादियों को भनक लग गई। नतीजतन मुठभेड़ में कुछ आतंकवादी मारे गए, कुछ भाग गए और लियाकत हत्थे चढ़ गया। पुलिस उसे पकड़कर अज्ञात स्थान पर ले गई और उससे गहन पूछताछ की।

लश्कर-ए-तैयबा के इस आतंकवादी लियाकत ने मेरे पूछने पर बताया कि वह जिला उधमपुर की एक दुर्गम पहाड़ी पर बसे गांव का रहने वाला है। करीब एक साल पहले जब वह स्कूल से घर लौट रहा था, तभी रास्ते में जंगल में घात लगाए बैठे रफीक, जो आतंकवादियों का स्थानीय मुखबिर था, मुझे पकड़कर मीलों-मील दूर पैदल चलाकर एक आतंकवादी ठिकाने पर ले गया। वहां उसने मुझे लश्कर के एरिया कमांडर रियाज मुस्लिम के हवाले कर दिया। उस ठिकाने पर मेरी उम्र के और भी लड़के पहले से मौजूद थे, जिन्हें पूरी तरह डरा-धमकाकर रखा हुआ था। उन्हें धमकी दे रखी थी कि यदि कोई वहां से भागा तो उनके घरवालों को मार डाला जाएगा। इस डर से कोई भी वहां से भागने की हिम्मत नहीं करता, फिर हम लोगों को कश्मीर की आजादी के लिए कुर्बान होने का पाठ पढ़ाया जाता। कहा जाता कि यह जेहाद है, यदि मर भी गए तो जन्नत नसीब होगी...। वहीं पास के जंगल में हथियार चलाने की ट्रेनिंग दी गई थी। हम सभी को लियाकत ने बताया कि वह अब हर तरह का हथियार चलाने में माहिर हो चुका था और पिछले 6 महीने से अपने कमांडर रियाज मुस्लिम के साथ सक्रिय था। उसने कहा कि मैं बहुत ही गरीब घर से हूं। मेरे घर में सभी अनपढ़ थे। पढ़-लिखकर मैं मास्टर बनना चाहता था, लेकिन बन गया आतंकवादी।

अलबत्ता, इस मर्मांतक कहानी की कवरेज के बाद हम वापस जम्मू लौट जाना चाहते थे, इसलिए पीछा कर रही गाड़ी में सवार हमारे साथ कोई अनिष्ट न कर दे, ड्राइवर अंग्रेज सिंह को मैंने जैसे ही हिदायत दी, उसने अच्छी तरह अपने फर्ज को अंजाम दिया। तेज रफ्तार से दौड़ती क्वालिस उसके बाद 15 से 20 किलोमीटर का दुर्गम रास्ता और तय कर चुकी थी कि तभी सामने की दिशा से कुछ गाड़ियों की लाइट जलती हुई दिखाई दी। ये सभी कतारबद्ध आ रही थीं। जब हमारी क्वालिस और वे गाड़ियां करीब पहुंची तो उसमें एक गाड़ी में जिला एस.एस.पी. जे.एल. शर्मा भी थे। उन्होंने रोशनी में मुझे देखा तो सवाल किया, 'आप इतनी रात में इतने खतरनाक रास्ते पर क्यों अपनी जान खतरे में डाल रहे हैं...?' मैं इससे पहले

जवाब दूं, एस.एस.पी. शर्मा ने पुलिस की अपनी सभी गाड़ियां मुड़वाईं और हमें रियासी तक सकुशल पहुंचवाया। हम उनका शुक्रिया अदा करते हुए जम्मू के लिए आगे बढ़ गए, फिर हमें मालूम नहीं पड़ा कि हमारा पीछा कर रही अनजान गाड़ी कहां चली गई।

दरअसल, सवाल लश्कर-ए-तैयबा के कम उम्र आतंकवादी लियाकत का ही नहीं है, ऐसे न जाने सैकड़ों-हजारों मासूम लियाकत होंगे, जिन्हें स्कूल जाकर पढ़ाई करके अपना कैरियर बनाना था, लेकिन आतंकवाद की फैक्ट्रियां चलाने वाले इन्हें अपहृत कर प्रशिक्षण देकर आतंकवाद की अंधी गली में धकेल देते हैं और इनका अंत बेहद दुःखद होता है। ऐसी फैक्ट्रियां पाकिस्तान व उसके कब्जेवाले आजाद जम्मू-कश्मीर में अनेक जगह चल रही हैं। जहां पर मासूमों को दुर्दांत आतंकवादी बनाकर जम्मू-कश्मीर व शेष भारत में अपने ही भाई-बहनों के खून-खराबे के लिए भेजा जाता है।

कश्मीर के विभिन्न इलाकों के अलावा जम्मू के दूरस्थ दुर्गम क्षेत्रों से ऐसे मासूमों के अचानक लापता होने और फिर आतंकवादी बनाए जाने की अनेक कहानियां हैं। आंकड़े बताते हैं कि श्रीलंका, अफगानिस्तान, बांग्लादेश, फिलिस्तीन, सोमालिया, सूडान वगैरह मुल्कों में न केवल मासूम बच्चों, बल्कि बच्चियों को भी इस अंधी दुनिया में धकेलने की एक बड़ी संख्या है। इनमें कई मासूम ट्रेनिंग लेकर आत्मघाती बम भी बन चुके हैं और बन रहे हैं।

आतंक का चेहरा

आतंकग्रस्त जम्मू-कश्मीर में आतंकवादियों से बचने के लिए लोग तरह-तरह के प्रयास करते हैं। कोई सेना, अर्धसैनिक बल तो कोई पुलिस से सुरक्षा की गुहार करता है। कुछ ऐसे भी शख्स हैं, जो ग्राम सुरक्षा समिति के सदस्य होने के नाते आत्मरक्षार्थ मिली बंदूक से अपना व अन्य लोगों का बचाव करते हैं, लेकिन... डोडा के उस दुर्गम पहाड़ी गांव में मेरा सामना एक ऐसे दुस्साहिक नौजवान से हुआ, जिसके कंधे पर राइफल और हाथ में एक आतंकवादी का सिर के बाल पकड़े फोटो था। यह फोटो देखकर मैं एकबारगी स्तब्ध रह गया था। पूछने पर इस युवक ने अपना नाम जोरावर (नाम बदल दिया है) बताते हुए कहा कि जिसकी मुंडी वाला यह फोटो है, यह आतंकवादी एक अरसे से हमें धमकियां देता आ रहा था। हमसे खाना मांगता था और गांव की औरतों पर बुरी नजर रखता था। यह आतंकवादी अकेला नहीं, बल्कि अपने साथ एक-दो आतंकवादियों को भी लाता था। पाकिस्तान मूल के इस आतंकवादी ने जब हमें जान से मारने की धमकियां देनी शुरू कीं और कहा कि 'हम जो चाहेंगे, यहां की औरतों के साथ वही करेंगे' तो फिर हमने आर-पार का फैसला कर लिया था।

एक दिन जब हमें भनक मिली कि वह गांव में हमला करने आने वाला है, तो हमने सुरक्षा बलों से सम्पर्क किया। जब ये आतंकवादी रात को हमला करने आए तो बाकी तो सुरक्षा बलों के साथ एनकाउंटर में मारे गए। यह जिसकी मुंडी वाली फोटो है, इसे मैंने दबोचकर इसका गला काटकर सिर अलग कर डाला था, फिर अगले दिन सुबह इसकी मुंडी के साथ यह फोटो खींच ली थी। यह सन् 2006 की बात है।

करीब 20-22 साल के इस नौजवान को देखकर मैं फौरन सोचने को मजबूर हुआ कि जम्मू-कश्मीर में जेहाद के नाम पर जारी आतंकवाद की एक तस्वीर यह भी है, लेकिन इस तस्वीर के लिए बड़े दुस्साहस की जरूरत है। यह कृत्य उस नौजवान ने न केवल आत्मरक्षार्थ, बल्कि गांव की औरतों की अस्मत बचाने के लिए

भी किया था। दरअसल, जिला डोडा का समूचा क्षेत्र दुर्गम पहाड़ियों व खाइयों से पटा हुआ है। थाना पुलिस अथवा सुरक्षा बल इन दुर्गम गांवों अथवा इलाकों से मीलों-मील दूर होते हैं। ऐसी दुष्कर स्थिति में जीवट किस्म के लोग आत्मरक्षार्थ अपनी जान पर खेलने की कोशिश करते हैं और आतंकवादियों से मुकाबला करते हैं।

इन इलाकों में कई बार आतंकवादियों की मूवमेंट का कतई पता नहीं चलता। आतंकवादी अक्सर रात के वक्त किसी गार्ड की मदद से हत्याएं अथवा नरसंहार को अंजाम देते हैं। सूबे में अल्पसंख्यक हिंदू इन आतंकवादियों के ज्यादातर शिकार होते हैं। मैंने सूबे में एक पत्रकार की जिम्मेदारी निभाने के दौरान ऐसे कई सुदूरवर्ती इलाकों का जायजा लिया, जहां रह रहे अल्पसंख्यकों को बचाने वाला सिर्फ ऊपरवाला ही है यानी भगवान।

उस नौजवान ने मुझे बताया था कि मारा गया आतंकवादी लश्कर-ए-तैयबा का था। उसकी जेब से आई कार्ड व अन्य सामान भी सुरक्षा बलों ने अपने कब्जे में ले लिया था। इस गांव से हटकर दूसरा गांव, जो काफी दूरी पर था, वहां भी आतंकवादियों से दो-दो हाथ करने को तैयार नौजवान वगैरह थे, ताकि हम लोग अपने-अपने गांव की सुरक्षा कर पाएं। जिला डोडा वह इलाका भी है, जहां के अल्पसंख्यक हिंदुओं के कई नरसंहार तो हुए ही, वहीं यहां से सांसद चौधरी लाल सिंह पर भी चुनाव प्रचार के दौरान हमले हो चुके हैं, जिसमें कुछ लोगों की मौत हो गई थी। यहां आतंकवाद से जीवट नौजवान भी अंतहीन जंग लड़ रहे हैं।

हथियारों के जाली लाइसेंस

भ्रष्टाचार के मामले में भी जम्मू-कश्मीर पीछे नहीं है। भारत सरकार से योजनाओं व अन्य मदों के लिए मिलने वाली राशि में भी बंदरबांट के मामले जब-तब बेपर्दा होते रहे हैं। यह सिलसिला शेख मोहम्मद अब्दुल्ला के दौर से जारी है। यह भी एक अहम वजह है कि जम्मू-कश्मीर और लद्दाख तीनों संभागों में बड़ी तादाद में पढ़े-लिखे नौजवान सूबे के प्रशासन में भ्रष्टाचार के चलते रोजगार पाने से महरूम रह जाते हैं। हद तो यह भी है कि भ्रष्टाचार का बोलबाला होने के कारण ही हजारों की तादाद में फायर आर्म्स लाइसेंस जारी हो गए। इनमें एक बड़ी संख्या गैर-सूबे के लोगों की है, जिन्हें फर्जी कागजात के आधार पर ये लाइसेंस दे दिए गए। इनमें कई तो भूमिगत अपराध जगत के सरगना भी शामिल हैं। यह सच्चाई तब सामने आई, जब दिल्ली पुलिस ने कई चर्चित आपराधिक मामलों में गिरफ्तार लोगों को पकड़ा और उनसे लाइसेंसी हथियार बरामद हुए थे, फिर सीबीआई ने भी अलग से जांच शुरू की।

मोटी रिश्वत के बल पर जिन गैर राज्यों के लोगों ने जम्मू-कश्मीर से हथियारों के लाइसेंस हासिल किए, उनमें बिहार, उत्तर प्रदेश, मध्य प्रदेश, राजस्थान, हरियाणा व दिल्ली प्रमुख हैं। गुजरात का नाम भी बताया गया। जानकारी मिलने पर पता चला कि सूबा आतंकवादग्रस्त होने के कारण आत्मरक्षार्थ जम्मू-कश्मीर में हथियारों के लिए लाइसेंस लेने की नीति अन्य राज्यों की भांति काफी सख्त नहीं है। यही कारण है कि आपराधिक सोच के लोग यहां से पैसे के बल पर लाइसेंस बनवाने में कामयाब होते रहे हैं। ज्यादातार ये फर्जी लाइसेंस राजौरी, पुंछ, डोडा तथा रियासी से जारी हुए। इस बाबत दर्ज एक मामले में एक एसडीएम, ज्यूडिशियल क्लर्क व जम्मू के तीन गन विक्रेताओं के खिलाफ कार्रवाई भी की गई थी।

जानकारों का कहना है कि यह भूसे में से सुई ढूंढने के समान कार्यवाही हुई थी। हैरत की बात है कि फर्जी कागजात के आधार पर ये लाइसेंस जिन्हें जारी किए गए, उनमें कई दुर्दांत अपराधी भी हैं। हर जांच एजेंसी की अपनी-अपनी संख्या

जांच में पाई गई थी। सीबीआई ने पाया था कि एक हजार से ज्यादा जो लाइसेंस व्यक्ति विशेष को दिए गए, उनकी छवि सवालों के घेरे में है। राज्य के एक मंत्री ने एक सवाल के जवाब में कहा था कि 40 हजार रुपये देकर प्रति लाइसेंस दिया गया था। जिन कथित अपराधियों को गन-लाइसेंस जारी किए गए, उनकी तादाद मध्य प्रदेश व उत्तर प्रदेश मे सर्वाधिक, उसके बाद क्रमशः दिल्ली, राजस्थान, हरियाणा तथा बिहार राज्य में हैं। 970 लाइसेंस तो पूर्णतः गलत तरीके से जारी किए गए थे।

दरअसल, यह उस राज्य की एक तस्वीर है, जहां नियंत्रण रेखा पार करके व अन्य रास्तों से गैरकानूनी घातक हथियार आतंकवाद फैलाने के लिए पहुंचते हैं और वहीं से देश के अन्य राज्यों को जाली तरीके से फायर-आर्म्स लाइसेंस मुहैया कराए जाते हैं। इसे भ्रष्टाचार की पराकाष्ठा कहें तो गलत नहीं होगा।

शिमला समझौता

भारत और पाकिस्तान के बीच द्विपक्षीय संबंधों पर प्रधानमंत्री श्रीमती इंदिरा गांधी और पाकिस्तान के राष्ट्रपति श्री जेड.ए, भुट्टो ने शिमला में 3 जुलाई, 1972 को शिमला समझौते पर हस्ताक्षर किए।

भारत और पाकिस्तान सरकार दोनों देशों के संबंध में टकराव और संघर्ष को खत्म करने तथा मैत्री एवं सद्भावनापूर्ण संबंध बनाने व उपमहाद्वीप में स्थाई शांति कायम करने का संकल्प लेती हैं, ताकि भविष्य में दोनों देश अपने संसाधनों और शक्ति का उपयोग अपनी जनता के कल्याण कार्यों को तेज करने के लिए कर सकें।

इस उद्देश्य की प्राप्ति के लिए भारत तथा पाकिस्तान सरकार के बीच यह सहमति हुई है-

1. दोनों देशों के संबंध संयुक्त राष्ट्र प्रस्ताव के सिद्धांतों व उद्देश्यों के अनुरूप चलेंगे।

2. दोनों देश अपने तमाम मतभेदों को आपसी बातचीत या आपसी सहमति के किसी अन्य तरीके से खत्म करने का संकल्प लेते हैं। दोनों देशों के बीच किसी भी समस्या का अंतिम समाधान होने तक हर पक्ष यथास्थिति बनाए रखेगा और दोनों देश शांतिपूर्ण संबंधों को बिगाड़ने वाला कोई काम न तो खुद करेंगे और न ही ऐसी किसी गतिविधि को सहायता या प्रोत्साहन प्रदान करेंगे।

3. दोनों देश समानता और आपसी लाभ के आधार पर शांतिपूर्ण सह-अस्तित्व बनाए रखेंगे, पारस्परिक क्षेत्रीय अखंडता और प्रभुसत्ता के प्रति सम्मान रखेंगे और एक-दूसरे के आंतरिक मामलों में हस्तक्षेप नहीं करेंगे। दोनों देश आपसी मतभेदों को सुलह-सफाई से खत्म करके स्थाई शांति के वास्ते अच्छे पड़ोसी की तरह अपने संबंध बनाए रखने के प्रति प्रतिबद्ध रहेंगे।

4. पिछले 25 वर्ष से दोनों देशों के आपसी संबंधों को बिगाड़े रखने वाले तमाम बुनियादी मसलों को शांतिपूर्ण ढंग से हल किया जाएगा।

5. दोनों देश एक दूसरे की राष्ट्रीय एकता, क्षेत्रीय अखंडता, राजनैतिक स्वतंत्रता और संप्रभु समानता का सदैव सम्मान करेंगे।

6. दोनों देश संयुक्त राष्ट्र प्रस्ताव के अनुरूप एक-दूसरे की क्षेत्रीय अखंडता या राजनैतिक स्वतंत्रता के खिलाफ ताकत का इस्तेमाल करने या उसकी धमकी देने से बचेंगे।

दोनों सरकारें एक-दूसरे के खिलाफ शत्रुतापूर्ण प्रचार को रोकने के लिए अपनी तमाम शक्तियों का इस्तेमाल करेंगी। दोनों देश आपसी दोस्ताना संबंधों को बढ़ाने में सहायक सूचनाओं के प्रसार को प्रोत्साहन देंगे।

दोनों देशों के संबंधों को बहाल करने और उन्हें सामान्य बनाने की दिशा में उत्तरोत्तर प्रयास जारी रखने के लिए निम्न बिंदुओं पर सहमति हुई-

1. संचार, डाक-तार व जल-थल परिवहन सेवाओं को बहाल करने की दिशा में कदम उठाये जाएंगे। सीमाएं खोलने व आपसी अंतर्राष्ट्रीय उड़ानों को बहाल करने का प्रयास भी किया जाएगा।

2. एक-दूसरे के नागरिकों को अधिकाधिक यात्रा सुविधाएं प्रदान करने के लिए समुचित कदम उठाए जाएंगे।

3. व्यापार, आर्थिक और आपसी सहमति के अन्य क्षेत्रों में सहयोग को यथासंभव बहाल किया जाएगा।

4. विज्ञान एवं संस्कृति के क्षेत्र में आदान-प्रदान बढ़ाया जाएगा।

इस संबंध में दोनों देशों के प्रतिनिधिमंडल समय-समय पर मिलते रहेंगे, ताकि आवश्यक ब्यौरे जुटाए जाते रहें।

स्थाई शांति कायम करने की प्रक्रिया शुरू करने के लिए दोनों के बीच तीन बातों पर सहमति हुई-

1. भारतीय और पाकिस्तानी सेनाएं अंतर्राष्ट्रीय सीमा पर वापस बुला ली जाएंगी।

2. जम्मू-कश्मीर में 17 दिसम्बर, 1971 की युद्धबंदी के बाद की नियंत्रण-रेखा का दोनों पक्ष बिना किसी पूर्वाग्रह के सम्मान करेंगे। दोनों में से कोई पक्ष इस स्थिति को नहीं बदलेगा, भले ही दोनों के बीच आपसी मतभेद और दोनों की कानूनी व्याख्याओं में अंतर बरकरार रहे। दोनों देश इस नियंत्रण-रेखा का उल्लंघन करने के लिए ताकत का इस्तेमाल नहीं करेंगे और न ही उसकी धमकी देंगे।

3. सेनाओं की वापसी और युद्धबंदियों की अदला-बदली की प्रक्रिया समझौते के अमल में आते ही शुरू हो जाएगी तथा 30 दिन के भीतर-भीतर पूर्ण हो जाएगी। दोनों देशों की सरकारें अपनी-अपनी संवैधानिक व्यवस्थाओं के अनुरूप इस समझौते की पुष्टि करेंगी और यह समझौता पुष्टि के बाद संबंधित दस्तावेजों के आदान-प्रदान के साथ ही अस्तित्व में आ जाएगा।

दोनों सरकारें इस बात पर सहमत हैं कि उनके अध्यक्ष आपसी सुविधा के अनुसार उपयुक्त समय पर फिर मिलेंगे। इस बीच दोनों पक्षों के प्रतिनिधि स्थाई शांति कायम करने और आपसी संबंधों को सामान्य बनाने के उपायों और जरूरी व्यवस्थाओं पर विचार करने के लिए मिलते रहेंगे। दोनों पक्षों के प्रतिनिधि युद्धबंदियों व एक दूसरे की जेलों में कैद नागरिकों की अदला-बदली, जम्मू-कश्मीर समस्या के समाधान तथा कूटनयिक संबंधों की बहाली से जुड़े सवालों पर भी विचार-विमर्श करेंगे।

1949 के कराची समझौते और 1972 के शिमला समझौते में 74 किलोमीटर लम्बे सियाचिन ग्लेशियर का कोई उल्लेख नहीं है मगर जून, 1984 से यह 15-20 हजार फुट ऊंचा क्षेत्र दोनों देशों के बीच झड़पों का मैदान बन गया है। यह ग्लेशियर गैर-ध्रुवीय प्रदेशों में दुनिया का सबसे बड़ा हिम-प्रदेश माना जाता है। इस क्षेत्र का कभी सीमांकन नहीं किया गया और न ही कभी यहां सेना तैनात रखी गई थी। बाद में भारत उस समय चौकस हुआ, जब उसे यह पता चला कि पाकिस्तान विदेशी पर्वतारोहियों को वहां जाने के लिए प्रोत्साहित कर रहा है।

पाकिस्तान का कहना है कि नियंत्रण रेखा इस ग्लेशियर के पूर्वी भाग को छूती हुई होनी चाहिए, जबकि भारत का मानना है कि पाकिस्तान का अचिह्नित क्षेत्र पर कोई अधिकार नहीं है, क्योंकि वह क्षेत्र भारत के जम्मू-कश्मीर राज्य का हिस्सा है। इस मसले पर कई बार वार्ताएं हुईं मगर सब नाकाम रहीं। तब से इस चार हजार वर्ग किलोमीटर क्षेत्र को लेकर दोनों पक्षों में कई झड़पें हो चुकी हैं।

काले पन्ने

सन् 1947 में ब्रिटिश-इंडिया के बंटवारे के साथ दो मुल्क जरूर बन गए, मगर इसकी शुरुआत बेहद बुरे वक्त के साथ हुई। भारत और पाकिस्तान में कत्लोगारत का जो भयावह दौर चला, वही स्थिति कमोबेश प्रिंसली स्टेट जम्मू-कश्मीर में भी बनी थी। जानकार कहते हैं कि ब्रिटिश-इंडिया के विभाजन को लेकर महीनों पहले जब नई दिल्ली में कवायद चल रही थी, तभी मुस्लिम लीग के अध्यक्ष मोहम्मद अली जिन्ना की बेहद चाहत थी कि प्रिंसली स्टेट जम्मू-कश्मीर पाकिस्तान में शामिल हो। उधर प्रिंसली स्टेट जम्मू-कश्मीर के महाराजा हरि सिंह का मन एक आजाद स्टेट के तौर पर बने रहने का था, लेकिन महाराजा और जिन्ना के बीच एक 'स्टेंडस्टील-एग्रीमेंट' हुआ था कि जम्मू-कश्मीर में डाकतार विभाग पाकिस्तान सरकार का काम करेगा। उसी के तहत जम्मू-कश्मीर में डाकघरों पर पाकिस्तान के झंडे भी लगा दिए गए थे। पुंछ के डिप्टी कमिश्नर रहे जनाब खालिद हुसैन ने बताया कि जब पाकिस्तान हुकूमत को महाराजा हरि सिंह से आगे कोई ज्यादा प्रतिक्रिया नहीं मिली तो 22 अक्टूबर को कबाइलियों से प्रिंसली स्टेट पर हमला करवा दिया। कबाइलियों ने पुंछ के वाघा, कोटली, मीरपुर, भिम्बर, मुजफ्फराबाद वगैरह हिंदू व सिख बाहुल्य इलाकों में कत्लेआम, बलात्कार, लूटपाट सब कुछ किया। कबाइलियों के हमले से बुरी तरह घिर चुके महाराजा हरि सिंह ने पहले पड़ोसी नाभा और पटियाला रियासतों से मदद मांगी और फिर भारत सरकार से गुहार लगाई थी। इस पर प्रिंसली स्टेट के भारत में विलय के 'विलय-पत्र' के बाद श्रीनगर और पुंछ में भारतीय सेना को लड़ाकू विमानों के जरिए उतारा गया था, फिर भारतीय सेना कश्मीर के साथ-साथ पुंछ को बचा सकी थी।

इसी समय कश्मीर के कद्दावर नेता शेख मोहम्मद अब्दुल्ला के उग्र आंदोलन 'महाराजा कश्मीर छोड़ो, डोगरो कश्मीर छोड़ो' के दबाव में भारत के प्रधानमंत्री पं. जवाहरलाल नेहरू के बीचबचाव पर महाराजा हरि सिंह को कश्मीर छोड़कर जम्मू आना पड़ा था। कश्मीर के अलावा वाघा, मीरपुर, कोटली, भिम्बर तथा बारामूला में हिंदू व सिखों के साथ जो कुछ हुआ, उसकी तीखी-रक्तरंजित प्रतिक्रिया जम्मू में शुरू हो गई। 6

नवम्बर, 1947 को जम्मू डिवीजन के नौशेरा, सुंदरवनी, रियासी, बड़ी ब्राह्मणा, चौकीचोरा, अखनूर, विश्नाह, सांभा, कठुआ, आर.एस. पुरा के साथ-साथ जम्मू के मुस्लिम बाहुल्य मोहल्ले में जबरदस्त अफरा-तफरी मची। उस समय के चश्मदीद इतिहासकार खालिद हुसैन ने बताया कि उनके परिवार में पिता, दादा, चाचा वगैरह सात लोग उन दंगों के शिकार हुए थे। पिता गुलाम हुसैन उस वक्त के ग्रेजुएट और मास्टर थे। कुछ कट्टर हिंदूवादी संगठनों ने खूनी हिंसा का यह खेल खेला था। हमलावर जम्मू शहर के कच्ची छावनी इलाके में एक जगह इकट्ठे हुए और फिर उन्होंने शहर के मुस्लिम इलाकों को टारगेट किया। यह सब कुछ बदले की भावना से अंजाम दिया जा रहा था। जम्मू शहर के मोहल्ला उस्ताद गौस मोहम्मद खान, मोहल्ला अफगाना, मोहल्ला तलाब खटीका, मोहल्ला दलपतियां, मस्तगढ़, मोहल्ला पीरमिट्ठा तथा मोहल्ला जुलाका में बर्बर तबाही मची। यह तांडव 9 नवम्बर तक चलता रहा। ऐसा लगा कि प्रशासन नाम की कोई चीज नहीं थी। उस खून-खराबे के दौर में जो कुछ लोग मदद के लिए आगे आए, वे भी हिंदू ही थे। इनमें बलराज पुरी, वेद भसीन, के.डी. सेठी, लाला अमरनाथ शर्मा शामिल थे। ये तमाम दयानतदां जम्मू-कश्मीर के जाने-माने नाम हैं।

उस वक्त इन देवदूतों ने अनेक मुसलमानों की न केवल जान बचाई, बल्कि कैम्पों में रह रहे लोगों की मदद भी की थी।

प्रतिशोध की इस आग में बड़ी संख्या में लोगों का कत्ल कर दिया गया था, तब हमलावर कह रहे थे कि हमारे हिंदू-सिख भाइयों के साथ जो कुछ हुआ, उसका बदला लिया जा रहा है। ट्रकों में सवार मुसलमानों को, जो पाकिस्तान जाना चाह रहे थे, उन्हें घेरकर मारा गया। जब आखिरकार इस सूरतेहाल की जानकारी नई दिल्ली को मिली तो भारत सरकार ने एक रेजिडेंट दलीप सिंह को जम्मू भेजा। उनके आने के बाद हालात नियंत्रण में आ सके, तब जम्मू से रेलगाड़ी भरकर जो मुसलमान पाकिस्तान जा रहे थे, उनका पूरा रिकॉर्ड और सुरक्षित वहां (सियालकोट, पाक) पहुंचाकर रेलगाड़ी वापस जम्मू आ जाती।

काबिलेगौर यह था कि हजारों मुसलमानों के साथ यह सब हो रहा था। शेख मोहम्मद अब्दुल्ला रियासत के आपातकालीन प्रशासक थे। बाद में लोगों ने उन पर भी सवाल खड़े किए कि 'यह सब कैसे हो गया? दंगों को क्यों नहीं रोका गया था?' जम्मू-कश्मीर के इतिहास में एक स्याह अध्याय यह भी है। इन दंगों का जिक्र स्टेट्समैन के तत्कालीन संपादक लैन स्टीकन ने भी अपनी किताब 'होरंड मून' में किया था। लेखक अलास्टर लम्ब ने अपनी किताब 'कश्मीर: ए डिस्पयूट लीगेस्सी' में लिखा कि अक्टूबर, 1947 में आरएसएस जैसे कट्टर हिंदूवादी संगठनों के कारण जम्मू से 5 लाख मुसलमानों को हिजरत करना पड़ा था। वे अपनी जान बचाने के लिए सियालकोट जाने को मजबूर हुए थे।

पलायन की मजबूरी

जन्नत कही जाने वाली कश्मीर की तकदीर भी अजीब है। जहां पाकिस्तान निरंतर जख्म देने में लगा रहता है, वहीं अपनों (कश्मीरी) ने भी कम कसर नहीं छोड़ी है। सन् 1989 खत्म हो रहा था और सन् 1990 आने को बेताब था। कश्मीर घाटी में कानून व्यवस्था पूरी तरह ध्वस्त हो चुकी थी। घाटी में जगह–जगह आजादी के नारे लगाती भीड़ दिखाई दे रही थी। हैरत की बात यह थी कि इन जुलूसों में सरकारी मुलाजिम भी नारे लगा रहे होते, हम क्या चाहते है– 'आजादी–आजादी.. .'। यही हाल यहां पुलिस का था। समझ में नहीं आता था कि वर्दीधारी कानून व्यवस्था के लिए थे या फिर आजादी के नारे लगाती भीड़ का हिस्सा। एक मायने में नब्बे का दशक शुरू से ही कश्मीर के लिए अशुभ रहा। प्रदर्शन कर रही भीड़ में घुसकर आतंकवादी वारदातों को अंजाम देते, फिर जवाबी कार्रवाई में कई लोग मारे जाते और माहौल खराब होता गया।

राज्यपाल जनरल कृष्णराव को हटाकर जगमोहन मल्होत्रा पुनः राज्यपाल नियुक्त कर दिए गए थे। नेशनल कांफ्रेंस के नेता डॉ. फारूक अब्दुल्ला से राज्यपाल जगमोहन के रिश्ते बेहद खराब थे। घाटी में स्थिति करेला वह भी नीम चढ़ा, जैसी थी। एक तो हालात बुरी तरह बिगड़े और बेकाबू से थे और फिर ऊपर से डॉ. अब्दुल्ला की नाराजगी। जाहिर है, यह हालात राज्यपाल जगमोहन के लिए बेहद चुनौतीपूर्ण थे। आम कश्मीरी से लेकर विदेशी मीडिया, यहां तक कि भारतीय मीडिया के कुछ बड़े पत्रकार अपने–अपने ढंग से हालात पर टिप्पणी तथा रिपोर्ट कर रहे थे।

श्रीनगर की सड़कों, खास डाउन टाउन (पुराना शहर) में जेकेएलएफ और हिजबुल मुजाहिदीन पूरे असर में था। उनके सामने प्रशासन का हर कोई अधिकारी अपना मुंह बंद किए खड़ा था। माहौल लगातार विषाक्त हो रहा था। माहौल से समझ में आने लगा था कि घाटी में गैर–मुस्लिमों पर कोई बड़ी मुसीबत आने वाली है। गैर–मुस्लिम से आशय कश्मीरी हिंदू (पंडित) तथा सिख समुदाय से है। नारे लगाए जा रहे थे–

'नारा-ए-तकबीर, यहां क्या चलेगा... अल्ला हू अकबर,
'काफिरों भाग जाओ, यहां रहना है तो... अल्ला हू अकबर।

हमें क्या चाहिए–कश्मीर। पनुन कश्मीर के नेता कहते हैं कि मस्जिदों से लाउड स्पीकरों पर घोर आपत्तिजनक नारे लगाए जाते रहे। धमकियों भरे पोस्टर कश्मीरी पंडितों के घर चिह्नित करके उनके द्वार पर लगाए जाते। एक विस्थापित कश्मीरी पंडित महिला सुनीता (नाम बदला गया) ने बताया कि हम लोगों को अपनी इज्जत और जिंदगी दोनों बचाना बेहद मुश्किल हो गया था। हमारे ही सामने कुछ हिंदुओं को बुरी तरह यातनाएं देकर मार दिया गया था। खौफ के मारे हमारा परिवार वहां से भाग आया था।

मशहूर लेखक, कवि, पनुन कश्मीरी नेता डॉ. अग्निशेखर ने उस सीडी को संभाल रखा है, जिसमें 'लाएंगे हम कश्मीर में इस्लाम का इंकलाब...' जैसे साम्प्रदायिक सौहार्द्र बिगाड़ने के गीत हैं। जगमोहन उस बेहद खराब माहौल में घाटी पहुंच चुके थे। उन्हें लगातार जानकारियां मिल रही थीं कि हालात बेकाबू होते जा रहे हैं। राजभवन में लगातार फोन की घंटियां बज रही थीं और कश्मीरी पंडित व अन्य गैर-मुस्लिम, जो भयभीत थे, वे सुरक्षा की गुहार लगा रहे थे।

19 जनवरी, 1990 की रात संदेह तथा खुफिया सूचना के आधार पर सर्च-ऑपरेशन चलाया गया। यह रात कयामत की रात रही। अर्धसैनिक बलों ने घर-घर तलाशी ली। जानकारी मिली थी कि आतंकवादी बड़ी तादाद में छिपे हैं और वे कोई बड़ी वारदात को अंजाम देंगे...। करीब तीन सौ लोगों को हिरासत में लिया गया, जिनमें से कइयों को गहन पूछताछ के बाद छोड़ दिया गया था। उसी दौरान उनमें से कई लोगों के परिजनों से डॉ. फारूक अब्दुल्ला ने दो टूक कहा कि इस वक्त मेरी कुछ नहीं चल रही...।

उस पूरी रात सड़कों पर लोग जमा थे। पाक समर्थक नारे लगाए जा रहे थे। जगमोहन मल्होत्रा ने राज्यपाल पद की शपथ लेते वक्त साफ-साफ कहा कि वे हालात को दुरुस्त करने की हर संभव कोशिश करेंगे। लोग भारी तादाद में एकत्रित होकर बीती रात चलाए गए तलाशी अभियान का विरोध जताने लगे थे। स्थिति भांपकर अर्धसैनिक बल झेलम नदी पर बने वाकदल पुल की दिशा में अपनी-अपनी स्थिति लेकर खड़े हो गए थे। प्रदर्शनकारी भीड़ लगातार बढ़ती गई और वह उसी दिशा में आगे बढ़ी, जिधर अर्धसैनिक बलों ने कोर्डन लगा रखा था। उत्तेजित आपत्तिजनक नारे लगाती भीड़ हिंसक हो गई और फिर दोनों तरफ से जमकर हिंसा हुई, जिसमें कई लोग मारे गए थे।

इससे हालात और बिगड़ गए थे। घाटी के नेता इस घटना पर अपनी प्रतिक्रिया देने लगे। अधिकतर राज्यपाल जगमोहन को भी कोसने लगे थे। बेनजीर भुट्टो ने भी

मौका नहीं छोड़ा, वे भी भारत सरकार की आलोचना करने लगीं और कहा कि पाकिस्तान अपना नैतिक व राजनीतिक समर्थन कश्मीर के आजादी-समर्थकों को देता रहेगा। पाकिस्तान के विदेश मंत्री साहिबजादा याकूब खान और तत्कालीन भारतीय विदेश मंत्री इंद्रकुमार गुजराल के बीच उसी दौरान होने वाली बातचीत में पाक विदेश मंत्री ने कहा कि अब शिमला समझौते का कोई अर्थ नहीं है...।

राज्यपाल जगमोहन पाकिस्तान के दुष्प्रचार से बेपरवाह थे। उन्होंने कहा कि जो राष्ट्रहित में होगा, मैं वही करूंगा। मीडिया में अपने-अपने नजरिए से लेख छपने लगे। 'कश्मीर टाइम्स' के संपादक वेद भसीन ने कहा कि कवरेज को लेकर हम दोनों तरफ से दबाव में रहते हैं, सरकार से भी और आतंकवादियों से भी। ऐसे माहौल में रिपोर्टिंग करना बेहद दुष्कर होता है।

घाटी के ये हालात गैर-मुस्लिमों के लिए एकदम बेचैन करने वाले थे। कई कश्मीरी पंडित परिवार पहले ही पलायन कर चुके थे, फिर इस घटना ने उन्हें और डरा दिया था। राज्यपाल जगमोहन से बातचीत करने के बाद कश्मीरी हिंदुओं ने ऐसी स्थिति में घाटी में न रहना ही बेहतर समझा और सामूहिक तौर पर बहुत बड़ी तादाद में घाटी से पलायन शुरू कर दिया था। यह 19-20 जनवरी, 1990 की बात है। घाटी से निकलकर ये विस्थापित बड़ी तादाद में जम्मू पहुंचे और कई दिल्ली के लिए बढ़ गए थे।

जम्मू में इनके लिए मुट्ठी, ट्रांसपोर्ट नगर, पुरखू, एम.ए. स्टेडियम, झीड़ी, नगनोटा, मिश्रीवाला तथा बहलरलिया, उधमपुर में कैम्प बनाए गए थे। दिल्ली में भी कई कैम्प बनाए गए। करीब डेढ़ से दो लाख कश्मीरी पंडितों ने उस दौरान पलायन किया था। पलायन का सिलसिला बाद में भी जारी रहा। कश्मीरी पंडितों के नरसंहार से लेकर अनेक कहानियां हैं, जो इनके जेहन में अब भी ताजा हैं।

नदीमर्ग, पुलवामा में 23 मार्च, 2003 को जब सूबे में मुफ्ती मोहम्मद सईद की सरकार थी और केंद्र में एन.डी.ए. की सरकार थी, 24 हिंदुओं (कश्मीरी पंडितों) को आतंकवादियों ने भून डाला था। उस वक्त केंद्र में गृहमंत्री लालकृष्ण आडवाणी थे जब अन्य लोगों की तरह अगले दिन वे घाटी पहुंचे थे, वहां मौजूद अन्य लोगों ने उनसे सख्त नाराजगी जाहिर की थी। वहां एकत्रित करीब 200 लोगों ने इस नरसंहार के लिए सूबे व केंद्र सरकार की ढुलमुल नीति को जिम्मेदार ठहराते हुए कहा था कि अब यहां घाटी में बामुश्किल 10 हजार हिंदू व 35 हजार सिख रह गए हैं, वे भी पलायन कर लेंगे।

कश्मीरी पंडितों के नरसंहार को लेकर जेकेएलएफ के फारूक अहमद डार उर्फ, बिट्टा कराटे का नाम भी सुर्खियों में रहा। पनुन कश्मीरी के मुताबिक, इसने 40 पंडितों की हत्याएं कीं। वह 16 साल जेल में रहने के बाद अक्टूबर, 2006 में

बाहर आ गया था। नरसंहार से पहले भी घाटी मे अनेक कश्मीरी पंडितों की नृशंस हत्याएं, लूटपाट, घर–दुकान, धार्मिक स्थल जलाने से लेकर युवतियों के अपहरण व बलात्कार की संगीन घटनाओं से इन्हें अपनी धरती छोड़ने को मजबूर होना पड़ा। विस्थापित कश्मीरी हिंदुओं का आरोप है कि जेकेएलएफ, हिजबुल मुजाहिदीन, जमायत–ए–इस्लामी, सैयद अलीशाह गिलानी, मुस्लिम जांबाज फ्रंट, अल उमर, अल बरकत्, अल जेहाद, इख्वान उल–मुस्लिमीन आदि इसके जिम्मेदार हैं। शोपियां की एक महिला प्रोफेसर, जिसका अपहरण किया गया था, उसका आज तक पता नहीं कि वह कहां है। ये घटनाएं घाटी में पुलिस व प्रशासन के पंगुपन के कारण हुईं। हब्बाक दल हो या कन्पकदल या कोई और अन्य जगह अनेक रिमोट गांवों में कश्मीरी हिंदुओं को बख्शा नहीं गया था। पनुन कश्मीर से जुड़ी एक विस्थपित महिला ने बताया कि सन् 1988 के बाद से हम कश्मीरी पंडित महिलाओं ने साड़ी व सिंदूर का इस्तेमाल बंद कर दिया था, ताकि हमारी पहचान न हो पाए, बल्कि त्योहार मनाने भी बंद कर दिए थे। उस माहौल को बताते हुए वह आज भी सहम जाती है।

13 फरवरी, 1990 को आतंकवादियों ने दूरदर्शन श्रीनगर के युवा डिप्टी डायरेक्टर लाहसा कौल की हत्या कर दी थी, जब वे अपने दफ्तर से घर जा रहे थे। सेवानिवृत्त सेशन जज एन.के. गंजू, पी.एन. भट्ट, सर्वानंद पंडित, पी.एन. कौल, भूषण लाल रैना, गिरजा टिक्कू, प्रो. के.एल. गंजू, नीलानाथ गंजू, प्रेमनाथ भट्ट, सुशील कोटरू के अलावा एक लम्बी फेहरिस्त है, जिन्हें सन् 1989 से 1990 और उसके बाद आतंकवादियों ने मार दिया था। एक टेलीकॉम इंजीनियर रैना ने जब भागकर जान बचानी चाही और वे एक ड्रम में छिप गए तो आतंकवादियों ने ढूंढकर वहीं उनकी हत्या कर दी थी। 10 अप्रैल, 1990 को घाटी में ही हिंदुस्तान मशीन टूल्स फैक्ट्री के महाप्रबंधक एच.एल. खेड़ा की भी हत्या कर दी गई थी।

कश्मीरी पंडितों की घाटी में ताजा स्थिति पर एक सूचना के मुताबिक, 808 परिवार यानी 3,445 लोग वहां शेष बचे हैं। दो सौ से ज्यादा लोग 1989 से 2004 के बीच मारे गए थे। ऑल इंडिया कश्मीरी समाज, ऑल इंडिया कश्मीरी पंडित कांफ्रेंस, पनुन कश्मीर तथा कश्मीरी समाज अपने इन विस्थापितों तथा घाटी में शेष बचे हिंदुओं के लिए निरंतर जद्दोजहद करते आ रहे हैं। ये विस्थापित कश्मीरी संगठन हर साल 19 जनवरी को 'काला दिवस' मनाते हैं।

इंडो–यूरोपियन कश्मीर फोरम के डॉ. पम्पेश गंजू ने 'कश्मीर इन कंफ्लिक्ट' में कहा कि 1990 से आज तक डेढ़ हजार कश्मीरी पंडित मारे जा चुके हैं और हजारों कैम्पों की दुर्दशा के चलते विभिन्न बीमारियों के कारण मौत के शिकार हुए।

ये विस्थापित वापस कब लौट पाएंगे अपनी भूमि पर और लौट भी पाएंगे या नहीं, यह यक्ष प्रश्न अभी भी कायम है। यह अंतहीन जंग कव खत्म होगी, यह भी मालूम नहीं।

बिल नम्बर 9
यानी पुन: उजड़ने का डर

घाटी मूल के राजनैतिक दलों पर शुरू से ही ये आरोप लगते रहे हैं कि वे साम्प्रदायिक चश्मे से सूबे को चलाना चाहते हैं। जम्मू-कश्मीर खासकर जम्मू में अल्पसंख्यक हिंदुओं को नेशनल कांफ्रेंस के रिसेटलमेंट एक्ट का खौफ सता रहा है। इसे बिल नम्बर 9 भी कहते हैं। इस एक्ट के अमल में आने के बाद यहां से सन् 1947 और 1954 में पाकिस्तान पलायन करके वहां की नागरिकता हासिल कर चुके लोगों को अपनी उन सम्पत्तियों को पुन: हासिल करने का अधिकार मिल जाएगा, जो वे यहां छोड़ गए थे। लोगों को डर है कि यह एक्ट कहीं विभाजन का डरावना दृश्य तो नहीं दोहराएगा।

बात सन् 1982 की है। शेख मोहम्मद अब्दुल्ला के नेतृत्व वाली सतारूढ़ नेशनल कांफ्रेंस के घाटी से युवा विधायक अब्दुल रहीम राथर ने सूबे की विधानसभा में निजी सदस्यता बिल पेश किया। बिल उसी दौरान यानी अप्रैल, 1982 में पास हो गया था। उस वक्त केंद्र में इंदिरा गांधी के नेतृत्व वाली कांग्रेस सरकार थी। उन दिनों वी.के. नेहरू राज्यपाल थे। उन्होंने बिल की मंशा को भांपते हुए उसे अस्वीकार कर वापस सरकार के पास भेज दिया था। नेशनल कांफ्रेंस सरकार की ओर से अप्रत्याशित कोशिश की गई। उन्होंने बिल पर कानूनी राय जानने के लिए उसे भारत के अटार्नी जनरल के पास भेजा। उन्होंने भी राज्यपाल की टिप्पणी की तसदीक करते हुए बिल को सूबे की सरकार को लौटा दिया।

इसके बाद फिर से इसे विधानसभा में पेश किया गया, जिसे 4 अक्टूबर, 1982 को उसी सूरत में फिर पास कर दिया गया था। इस बीच इसे महामहिम राष्ट्रपति ज्ञानी जैल सिंह के पास भेजा गया था। राष्ट्रपति ने इस पर राय जानने के लिए इसे सुप्रीम कोर्ट की संवैधानिक पीठ के सुपुर्द कर दिया था।

जब यह बिल दोबारा दोनों सदनों से पारित हो गया था तो राज्यपाल के लिए संवैधानिक मजबूरी थी कि इसे मंजूर कर लिया जाए। इस बिल के मंजूर होने के बाद सूबे की कई बस्तियों में खौफ पैदा हो गया कि यह एक्ट कहीं उन्हें डिस्पोज्ड (उजाड़)

न कर दे। आरोपों-प्रत्यारोपों का सिलसिला शुरू हो गया, जबकि सूबे की सरकार का तर्क था कि इस बिल के माध्यम से वह विभाजित परिवारों को जोड़ना चाहती है।

एक्ट के मुताबिक, जो लोग 1 मार्च, 1947 से 15 मई, 1954 के दौरान पाकिस्तान चले गए और अपनी सम्पत्तियां यहां पीछे छोड़ गए, वे उसका दावा कर सकते हैं। दरअसल, सुप्रीम कोर्ट की संवैधानिक पीठ में सन् 1982 से 19 साल पड़े रहने के बाद इसे वापस सूबे की सरकार को भेज दिया गया था। जब यह सूबे में पहुंचा, तब यहां डॉ. फारूक अब्दुल्ला के नेतृत्व में नेशनल कांफ्रेंस की सरकार थी। नेशनल कांफ्रेंस ने इसे अपनी एक बड़ी जीत बताया था। इस पर सूबे में सियासत गरमा गई थी। घाटी मूल की पीपुल्स डेमोक्रेटिक पार्टी (पीडीपी) ने आरोप लगाया कि नेशनल कांफ्रेंस और भारतीय जनता पार्टी (भाजपा) वोटों के ध्रुवीकरण के लिए मिलीभगत करके यह सब खेल खेल रही हैं।

इसी दौरान कांग्रेस ने मुखर होकर इसका जबरदस्त विरोध किया था। चूंकि यह एक्ट, जो पहले बिल की शक्ल में था, कांग्रेस इसके विरोध में थी। अगले साल यानी 2002 में विधानसभा चुनाव थे, इसलिए सब सियासती दांवपेंच चल रहे थे। भाजपा भी इसके विरोध में आ गई थी।

इस बीच सन् 1983 में जब सूबे के विधानसभा चुनाव हुए तो कश्मीर और जम्मू के बीच इस बिल को लेकर एक बड़ी लाइन खिंच गई थी। कांग्रेस इसे राष्ट्रविराधी बिल कह रही थी। जब चुनाव हुए तो घाटी में नेशनल कांफ्रेंस और जम्मू में कांग्रेस की अप्रत्याशित जीत हुई थी। जानकारों का कहना है कि शेख मोहम्मद अब्दुल्ला ने अपने इंतकाल से पहले यह आखिरी और बड़ा दांव खेला था।

6 नवम्बर, 2001 को सुप्रीम कोर्ट ने बिल को वापस राज्य सरकार को लौटा दिया तो यह एक्ट की शक्ल ले गया था। उसके बाद पैंथर्स पार्टी के प्रो. भीम सिंह समेत अन्य लोग इसके खिलाफ अदालत चले गए थे। सुप्रीम कोर्ट ने इस बाबत याचिका को सुनवाई के लिए मंजूर कर लिया थ, जिस पर सुनवाई जारी है।

दरअसल, यह एक्ट कालांतर में तब पुनः सुर्खियों में आया, जब मुजफ्फराबाद, श्रीनगर के बीच शुरू हुई विशेष बस सेवा की 7 अप्रैल, 2005 को पहली बस से मुजफ्फराबाद से फरीदा गनई और महमूद गनई श्रीनगर पहुंचे थे। अगले दिन फरीदा गनई ने श्रीनगर में अपने पिता की तीन संपत्तियों के लिए सम्बंधित विभाग में दावा पेश किया। यह परिवार 1949 में सरहद पार चला गया था। जब फरीदा गनई ने दावा पेश किया, उसकी खबर फैली तो वहां रह रहे लोगों में बेचैनी फैल गई। उन्हें डर लगा कि अब उन लोगों को कहीं उजाड़ नहीं दिया जाए। ऐसी स्थिति में वे कहां जाएंगे। वे तो पहले ही उजड़कर यहां आकर बसे थे।

इस बीच सुप्रीम कोर्ट में लगाई गई एक याचिका पर सूबे की सरकार को निर्देश दिया गया कि वह यहां से सरहद पार चले गए विस्थापितों के दावों पर गौर न करे, चूंकि प्रॉपर्टी एक्ट-1949 के तहत 12 साल की मियाद के बाद दावा खत्म हो जाता है। फिलहाल मामला सुप्रीम कोर्ट में लम्बित है।

अमन की खातिर संवाद

'आजादी' के नाम घाटी में जारी अलगाव, असंतोष तथा विद्रोह को शांत करने के लिए भारत सरकार कई बरसों से प्रयासरत है। आतंकवाद की बलि चढ़ गए भारत के दिवंगत प्रधानमंत्री राजीव गांधी दिखने में तो बेहद खूबसूरत थे ही, उससे भी ज्यादा मन से खूबसूरत थे। इस दिशा में पहली पहल उन्होंने ही मार्च, 1990 में की थी। उनके नेतृत्व में सर्वदलीय प्रतिनिधिमंडल घाटी गया था। वहां बड़ी कामयाबी आवामी एक्शन कमेटी के अध्यक्ष मौलवी उमर फारूक से हुई विस्तृत एवं सकारात्मक वार्ता से मिली थी। मौलवी उमर फारूक घाटी के एक बहुत बड़े धार्मिक नेता तथा एक बड़ा चेहरा थे। इन्होंने 1992 में कश्मीर के विभिन्न राजनैतिक दलों को सम्मेलन के लिए एकत्रित करने की कोशिश की थी। दुर्भाग्य से राजीव गांधी और मौलवी उमर फारूक दोनों की आतंकवादियों ने हत्या कर दी थी। राजीव गांधी को लिट्टे और मौलवी उमर फारूक को हिजबुल मुजाहिदीन ने मार डाला था।

सन् 2000 में भारत सरकार के प्रतिनिधियों के साथ हिजबुल मुजाहिदीन के प्रमुख कमांडर अब्दुल मजीद डार की वार्ता शुरू हुई और सीजफायर का ऐलान किया गया, मगर तुरंत सीजफायर के ऐलान को वापस ले लिया गया और भारत सरकार के साथ संवाद वहीं समाप्त कर दिया गया था। पता चला कि पाकिस्तान में बैठे आतंकवादी तंजीमों के प्रमुखों व आईएसआई को यह सब कुछ हजम नहीं हुआ, फिर बाद में अब्दुल मजीद डार की भी आतंकवादियों ने हत्या कर दी थी।

इन हत्याओं से घाटी में बैठे कई अलगाववादी नेताओं के मन में खौफ पैदा हो गया था। करीब एक दशक बाद जब केंद्र में अटल बिहारी वाजपेयी के नेतृत्व वाली एनडीए सरकार आई तो श्री वाजपेयी के निर्देश पर योजना आयोग के उपाध्यक्ष के. सी. पंत को वार्ताकार बनाकर जम्मू-कश्मीर और लद्दाख भेजा गया। भारत सरकार की यह भी एक बड़ी पहल थी। इससे पहले सन् 2000 में प्रधानमंत्री वाजपेयी ने सांसदों का एक सर्वदलीय दल घाटी में भेजा था, ताकि शांति बहाली के लिए जमीनी हकीकत का जायजा लिया जा सके। बाद में अप्रैल, 2001 में पंत-मिशन

के जरिए राजनैतिक संवाद की कोशिश हुई, तब ऑल पार्टी हुर्रियत कांफ्रेंस ने के.
सी. पंत से दो टूक कह दिया था कि बिना पाकिस्तान को शामिल किए यह संवाद
पूरा नहीं है। इसलिए हुर्रियत कांफ्रेंस से कोई भी शख्स उनसे संवाद नहीं करेगा।
चूंकि उस वक्त तक अलगाववादी शब्बीर शाह हुर्रियत कांफ्रेंस के घटक नहीं थे,
वे के.सी. पंत से मिले थे। उनके अलावा श्री पंत से सूबे के पूर्व मुख्यमंत्री मीर
कासिम ने मुलाकात की थी। मुख्यधारा की पार्टी नेशनल कांफ्रेंस के सांसद गुलाम
हसन मीर ने के.सी. पंत से कहा था कि कश्मीर का भविष्य तय करने में हुर्रियत
कांफ्रेंस को ज्यादा महत्त्व न दें। इनके अलावा उनकी मुलाकात जम्मू तथा लद्दाख
के लोगों तथा संगठनों से हुई। जम्मू तथा लद्दाख ने आरोप लगाया था कि सूबे के
कश्मीरी हुक्मरान जम्मू और लद्दाख के साथ घोर भेदभाव करते हैं, जबकि सरकार
को मिलने वाले राजस्व का एक बहुत बड़ा हिस्सा जम्मू से मिलता है। पंत की मोहम्मद
अजम इंकलाबी से गुप्त वार्ता हुई। महाज-ए-आजादी का प्रमुख इंकलाबी मकबूल
बट्ट का खास करीबी था। बट्ट को दिल्ली की तिहाड़ जेल में फांसी लगी थी। पंत
और इंकलाबी के बीच हुई गोपनीय बातचीत को राज्य प्रशासन ने लीक कर दिया था।
इससे इन दोनों के बीच वार्ता आगे नहीं बढ़ सकी। के.सी. पंत की घाटी में सिर्फ टैक्सी
चालकों व हाउसबोट मालिकों से पर्यटन के मद्देनजर वार्ता हुई थी।

दिसम्बर, 2001 में नई दिल्ली स्थित संसद भवन पर हमला हुआ तो उसके बाद
पंत-मिशन बिना किसी कामयाबी के ठप हो गया था। जून, 2002 में विख्यात
कानूनविद् राम जेठमलानी ने 'कश्मीर कमेटी' का ऐलान करके कश्मीरियों से संवाद
की कोशिश की थी। यह कमेटी भी किसी निष्कर्ष पर नहीं पहुंच सकी। इस कमेटी
में देश की कई नामचीन हस्तियां थीं। इनमें पूर्व कानून मंत्री शांति भूषण, वरिष्ठ
पत्रकार दलीप पडगांवकर, सुप्रीम कोर्ट के वकील अशोक मान, स्वतंत्र पत्रकार
जावेद, विदेश मंत्रालय के एक पूर्व अधिकारी वी.के. ग्रोवर, कानूनविद् फाली नरीमन
तथा वरिष्ठ पत्रकार एम.जे. अकबर थे। सूबे के लिए काफी अरसा पूर्व राजेंद्र गडकर
आयोग भी बना था।

सरकार की नीयत साफ थी। सो, वह लगातार कोशिश करती रही कि किसी तरह
सब लोगों से संवाद हो और जम्मू-कश्मीर में अमन लौट आए। फरवरी, 2003 में एन.
डी.ए. सरकार ने पूर्व गृहसचिव एन.एन. वोहरा को वार्ताकार बनाकर कश्मीर भेजा।
हालांकि तब तक सरकार की ओर से रोडमैप तैयार नहीं था, फिर भी संवाद की
कोशिशें जारी थीं। वोहरा हुर्रियत कांफ्रेंस के कुछ नरमपंथी अलगाववादी नेताओं से
बातचीत करने में कामयाब रहे, मगर आगे का रास्ता स्पष्ट नहीं था, इसलिए वोहरा
भी कामयाब नहीं हो सके। इनके अलावा 'रा' के पूर्व प्रमुख ए.एस. दुल्लत तथा वरिष्ठ
पत्रकार आर.के. मिश्रा ने भी संवाद स्थापित करने की कोशिश की थी, मगर ये भी

बेनतीजा रहे। 7 जुलाई, 2013 को में भाजपा के वरिष्ठ नेता अरुण जेटली भी घाटी गए थे और उन्होंने भी प्रयास किए थे।

हालांकि उबलती घाटी को शांत करने की भारत सरकार की कोई भी कोशिश परवान नहीं चढ़ी थी, बावजूद इसके सरकार रुकी नहीं। एनडीए के बाद यूपीए ने भी इस दिशा में बड़ा कदम उठाया। 26 फरवरी, 2006 को राउंड टेबल कांफ्रेंस का ऐलान किया गया। जिसका कश्मीर में दो बड़े अलगाववादी नेताओं, मीरवाइज उमर फारूक तथा शब्बीर शाह ने सकारात्मक जवाब दिया, वहीं पाकपरस्त सैयद अली शाह गिलानी ने विरोध जताया।

मीरवाइज उमर फारूख्क

दूसरी राउंड टेबल कांफ्रेंस मई, 2006 में ही श्रीनगर में हुई। इस बार अलगाववादी नेता यासीन मलिक और शब्बीर शाह ने बहिष्कार किया था। प्रधानमंत्री डॉ. मनमोहन सिंह ने बाद में यासीन मलिक और मीरवाइज उमर फारूक से मुलाकात की थी। भारत सरकार के निकटतम सूत्रों का कहना था कि उनकी इस मुहिम को प्रमुख अलगाववादियों के एक गुट से अच्छी प्रतिक्रिया मिली थी, लेकिन सरहद पार बैठे पाकपरस्त आतंकवादियों व आईएसआई की वजह से कोई खुलकर आगे आने को तैयार नहीं हुआ। इस बीच सूबे के तत्कालीन मुख्यमंत्री मुफ्ती मोहम्मद सईद ने 'हिलींग-टच' के नाम पर भटके युवकों को रास्ते पर लाने का प्रयास किया था। जस्टिस सगीर अहमद के नेतृत्व में वर्किंग ग्रुप जम्मू-कश्मीर गए थे। उन ग्रुपों ने भी बहुत से दलों, संगठनों व प्रमुख लोगों से बातचीत की और रिपोर्ट तैयार करके केंद्र सरकार को दी थी।

अलगाववादी नेता यासीन मलिक

करीब चार साल बीतने के बाद डॉ. मनमोहन सिंह के नेतृत्व वाली यूपीए-टू सरकार ने अपनी सुरक्षा मामलों की मंत्री परिषद में वार्ताकारों को जम्मू-कश्मीर भेजने का फैसला लिया। यह 25 सितम्बर, 2010 की बात है। एक कमेटी वरिष्ठ पत्रकार दलीप पडगांवकर की अध्यक्षता में गठित की गई। इसमें प्रो. राधा कुमार और प्रो. एम.एम. अंसारी इसके सदस्य बनाए गए। केंद्र के वार्ताकारों की इस टीम ने जम्मू-कश्मीर और लद्दाख तीनों संभागों का जायजा लिया। 13 सितम्बर, 2010 को इस टीम ने अपना मिशन

शुरू किया, फिर सूबे के तमाम 22 जिलों में जाकर सात सौ प्रतिनिधिमंडलों से मुलाकात की। कमोबेश सभी के राय-मशविरों अथवा मांगों को दर्ज किया। इसमें सूबे के राजनैतिक दल, सामाजिक संस्थाओं, धार्मिक संगठनों वगैरह से स्थानीय स्तर पर बातचीत की। इनमें मानवाधिकार संगठनों, वकील संघों, छात्र संघों, पत्रकारों, व्यवसायियों, महिलाओं, श्रमिक सगंठनों के नुमाइंदों वगैरह के साथ गहन चर्चाएं हुईं। तीनों संभागों में एक-एक राउंड टेबल कांफ्रेंस भी की। कई हजार लोगों से मुलाकातें, तीन बड़ी मीटिंगों के अलावा जेल में बंद आतंकवादियों, पत्थरबाजी करने वालों के अलावा आतंकवाद से प्रभावित परिवारों से भी मिले ये वार्ताकार। घाटी में राजनैतिक समस्या को गहराई से समझा और वहां के लोगों की चिंता को गंभीरता से सुना। यह भी महसूस किया कि घाटी में लोग सम्मान से जीना चाहते हैं। वहां कई विषयों पर आजादी को लेकर चर्चाएं हुई-'धारा 370 से छेड़छाड़ न हो। हमें पीछे मुड़कर नहीं देखना है। हालात में सुधार के साथ आगे बढ़ना होगा।' काबिलेगौर है कि इस वार्ताकार दल से किसी भी अलगाववादी ने मुलाकात नहीं की थी। मीरवाइज उमर फारूक ने कहा कि चूंकि केंद्र गंभीर नहीं है, इसलिए मुलाकात का कोई अर्थ नहीं।

केंद्रीय गृहमंत्री को 24 मई, 2012 को 176 पृष्ठ की रिपोर्ट वार्ताकारों की इस टीम ने सौंपी थी। इस रिपोर्ट में सरकार को अनेक सुझाव भी दिए गए। इनमें उन आतंकवादियों को रिहा करने के लिए सिफारिश की गई, जिन पर गंभीर आरोप न हों। शुरुआत पत्थरबाजी, अलगाववादी नेताओं शब्बीर शाह, आसिया अंद्रावी, मियां कय्यूम समेत अन्य से की जाए। जेल से छूटने के बाद उन युवकों के लिए रोजगार देने वाले कदम उठाए जाएं। सुनिश्चित किया जाए कि जो आतंकवादी आत्मसमर्पण कर चुके हैं, उनका पुनर्वास हो। जिन लोगों पर आतंकवादी गतिविधियों में संलिप्त होने के मामले दर्ज हैं, उनका जल्द निपटारा हो और जेल में उनकी मुलाकात करने दी जाए, खासकर विचाराधीन महिलाओं के मामले में।

जो लोग मानवाधिकारों का हनन करते हैं, उन्हें जल्दी से सजा मिले। बिना विलम्ब के सूबे का मानवाधिकार मजबूत किया जाए। झूठी शिकायतें करने वाले बेनकाब हों। सुरक्षा बलों को खास प्रशिक्षण दिया जाए, ताकि वे आम आदमी से सही तरीके से पेश आएं। पहचान पत्र की शिनाख्त और तलाशी के दौरान कोई प्रताड़ित न किया जाए। शांतिपूर्वक प्रदर्शनों को अनुमति दी जाए।

नियंत्रण रेखा के आर-पार छह और रास्ते खोले जाए, ताकि इसका विभाजित परिवारों को लाभ मिले। तीर्थयात्री, मरीज तथा पर्यटकों पर लगी शर्तों में और ढील दी जानी चाहिए। बेहतर हो, यदि दोनों तरफ से ऐसा हो। नियंत्रण रेखा के दोनों तरफ मुक्त व्यापार क्षेत्र बनाया जाए, वगैरह-वगैरह।

दलीप पडगांवकर के नेतृत्व में बनी वार्ताकारों की इस रिपोर्ट का जम्मू में असंतोष जाहिर किया गया, वहीं भारतीय जनता पार्टी के नेता सांसद तरुण विजय ने कहा, 'यह रिपोर्ट राष्ट्रीय एकता के खिलाफ है। रिपोर्ट में 'पाक के कब्जेवाले कश्मीर को पाकिस्तान के प्रशासन का कश्मीर' लिखा गया है, जो भारतीय संसद के सन् 1994 में पारित प्रस्ताव के भी खिलाफ है।' इसमें पाक के कब्जे वाले कश्मीर को भारत के जम्मू-कश्मीर का हिस्सा कहा गया था। रिपोर्ट में हिंदुओं की घाटी-वापसी पर भी रहस्यमय खामोशी बरती गई। जम्मू और लद्दाख के लोगों के साथ बरसों से हो रहे भेदभाव पर कुछ नहीं कहा गया।'

इस पूर्व प्रिंसली स्टेट में सन् 1952 से ही जम्मू के साथ भेदभाव बरते जाने की मुखर आवाजें उठती रही हैं, तब शेख मोहम्मद अब्दुल्ला की सरकार थी। 60 के दशक में सुप्रीम कोर्ट के पूर्व मुख्य न्यायाधीश गजेंद्र गड़कर तथा न्यायाधीश एम.एम. सीकरी आयोग बने, फिर उसके बाद 1972 में कादरी कमीशन। मकसद क्षेत्रीय असंतुलन ठीक करना था। अलावा कश्मीर के साथ-साथ जम्मू में नए जिलों का निर्माण करना तथा जम्मू के साथ हो रही नाइंसाफी की शिकायत को दूर करना था। कश्मीर में पुलवामा, कुपवाड़ा तथा बड़गांव के अलावा लद्दाख में कारगिल जिलों का नवनिर्माण हुआ। ये सभी मुस्लिम बाहुल्य इलाके हैं। जम्मू में लगातार आंदोलन चलते रहे, नतीजतन सरकार को 'कबीर कमीशन' गठित करना पड़ा। इस कमीशन ने जम्मू संभाग में तीन नए जिलों के निर्माण के साथ और भी सुझाव दिए थे, मगर सूबे की सरकार उस पर कुंडली मारकर बैठ गई थी। इसके बाद फिर आंदोलन शुरू हुए। नतीजतन सरकार को जम्मू में भी तीन नए जिले बनाने पड़े। ये जिले हैं रियासी, किश्तवाड़ तथा सांभा। बावजूद इसके सूबे की सत्ता में काबिज रहे कश्मीरी-हुक्मरानों के खिलाफ जम्मू में असंतोष व नाराजगी व्याप्त रही। जम्मू राज्य मोर्चा के लिए हिंदूवादी राष्ट्रीय स्वयं सेवक संघ (आर.एस.एस.) समर्थित राजनैतिक मोर्चा बनाकर उसने जम्मू को अलग राज्य का दर्जा दिए जाने की मांग उठा दी थी। आरोप लगाया कि सूबे में टैक्सों व अन्य जरिए से एकत्र होने वाले राजस्व का एक बहुत बड़ा हिस्सा जम्मू के लोग देते हैं और फिर हर मामले में भेदभाव भी जम्मू के लोगों के साथ होता है। वैसे कुछ लोगों का यह भी कहना है कि जम्मू से इस तरह के आरोप चुनाव के मौके पर लगाए जाते हैं।

सन् 1965 में एक विचार यह भी सामने आया कि जम्मू के साथ होते आ रहे सौतेले व्यवहार के कारण इसे अलग करके पड़ोसी राज्य हिमाचल में मिला देना चाहिए। जम्मू और कश्मीर के बीच ही झगड़ा नहीं है, बल्कि लद्दाख के बौद्ध लोग भी भारत सरकार से मांग करते आ रहे हैं कि सूबे की सरकारें उनके साथ भी विकास योजनाओं व अन्य मामलों में घोर भेदभाव करती आई हैं, इसलिए उसे यूनियन टेरीटरी का दर्जा दे दिया जाए। यह अंतहीन जद्दोजहद इस सरहदी सूबे में लगातार जारी है।

तलाश आजादी की

माहौल और नजारा देखकर तस्वीर खुद-ब-खुद साफ होती चली गई थी। उस वक्त हम मुजफ्फराबाद विश्वविद्यालय में मौजूद थे। हमारी यात्रा की फेहरिस्त में एक अहम् पड़ाव यह भी था। हमारी मौजूदगी में वहां जो हंगामा बरपा, उससे हमारी एकदम साफ समझ में आ गया था कि पाकिस्तान का आजाद जम्मू-कश्मीर हकीकत में कितना आजाद है। यह नवम्बर, 2004 के अंतिम सप्ताह की बात है। मुजफ्फराबाद विश्वविद्यालय जाने का कार्यक्रम पाकिस्तान के दोस्त पत्रकारों ने ही रखा था। दोपहर का वक्त था। अभी हमें विश्वविद्यालय में पहुंचे बामुश्किल आधा-पौन घंटा ही हुआ होगा। हम सब तब एक-दूसरे से मेल-मुलाकातें कर रहे थे। उसके बाद हमें विश्वविद्यालय की ओर से सम्मानपूर्वक सोविनियर दिया जाना था कि तभी वहां नारे लगाती भीड़ आ पहुंची और 'कश्मीर का पाक में विलय होकर रहेगा' के नारे लगाने शुरू कर दिए। अभी कुछ पल ही गुजरे थे कि छात्रों की एक और भीड़ वहां आ पहुंची और उन्होंने भी नारेबाजी शुरू कर दी, 'कश्मीर इलहाक के जो यार हैं, गद्दार हैं, गद्दार हैं। हम क्या चाहते हैं, आजादी-आजादी।' इलहाक का मतलब विलय से है। दूसरी भीड़ कश्मीर के पाकिस्तान में विलय के खिलाफ नारेबाजी कर रही थी। जो छात्र जेकेएलएफ और नेशनल स्टूडेंट फेडरेशन (एन.एस.एफ.) के थे, वे कश्मीर की आजादी के समर्थन में नारेबाजी कर रहे थे, वहीं पाक समर्थित मुस्लिम विद्यार्थी संघ कश्मीर के पाक में विलय के नारे लगा रहे थे।

देखते-ही-देखते वहां माहौल इस कदर खराब हुआ कि कार्यक्रम रद्द करके पहले हम लोगों को भीतर किसी कमरे में ले जाया गया, फिर वहां भारी संख्या में पुलिस बल के पहुंचने पर जमकर लाठीचार्ज और पथराव हुआ।

इससे पूर्व बाहर दोनों विपरीत विचारधारा के छात्रों की भीड़ हंगामा कर रही थी। जिस हॉल में हमारा सवाल-जवाब का कार्यक्रम चल रहा था, वहां कुछ छात्र खड़े हुए और चिल्लाते हुए कहने लगे कि यह कार्यक्रम आईएसआई का रखा हुआ है, तभी वहां कुछ छात्र और खड़े हो गए और वे पाकिस्तान के समर्थन में नारेबाजी

करने लगे। जब मामला अंदर-बाहर दोनों जगह शांत हुआ तो कार्यक्रम बीच में खत्म करके हमें फौरन कड़ी सुरक्षा में बसों में बैठाकर होटल तक पहुंचाया गया।

यही नजारा हमें मुजफ्फराबाद के करीब कोहाला रोड पर दिखाई दिया था। यह वह इलाका था, जहां प्रिंसली स्टेट जम्मू-कश्मीर के प्रधानमंत्री रामचंद्र काक ने पंडित जवाहरलाल नेहरू को हिरासत में लेने के आदेश दिए थे और उन्हें हिरासत में ले लिया गया था। पं. नेहरू तब तक भारत के होने वाले प्रधानमंत्री तय हो चुके थे। वे उस वक्त नई दिल्ली से वाया लाहौर, रावलपिंडी होते हुए निषेधाज्ञा का उल्लंघन करके कश्मीर शेख मोहम्मद अब्दुल्ला से मिलने जा रहे थे। शेख मोहम्मद अब्दुल्ला उस वक्त जेल में थे।

खैर, जैसे हम लोग (पत्रकार) कोहाला रोड पर पहुंचे तो वहां हमें जेकेएलएफ के कार्यकर्ता आजादी लिखे बैनर उठाए मिले। वे सब आजादी के नारे लगा रहे थे।

'न तो यहां राजनैतिक आजादी और न ही अभिव्यक्ति पर स्वतंत्रता है। आजादी की बात करो तो आईएसआई व अन्य खुफिया एजेंसियां कड़ी निगाह रखती हैं। अब हमारा यहां एक पल भी रहने को दिल नहीं करता। अब हम लोगों की यही एक ख्वाहिश है कि किसी तरह घाटी पहुंचकर कश्मीर की धरती चूम लें।' यह उन कश्मीरियों की पीड़ा थी, जो उकसावे में आकर सरहद लांघकर वहां आजादी की खातिर पहुंच गए थे। अब उन्हें अपनी घाटी से अच्छी कोई जगह नहीं लगती। वहां हर बात की आजादी है।

मुजफ्फराबाद में आजाद जम्मू-कश्मीर के रिलीफ कमिश्नर अल तालिब ने तब हमें बताया था कि पिछले डेढ़ दशक से नियंत्रण रेखा पार करके करीब 35 हजार कश्मीरी यहां आ चुके हैं। यह सिलसिला अब भी जारी है। इनके लिए मुजफ्फराबाद में 9, मीरपुर में 2 तथा वाघा में 4 शरणार्थी राहत शिविर बनाए गए हैं। प्रत्येक कश्मीरी को 750 रुपये प्रतिमाह दिए जाते हैं। यहां हमें कुपवाड़ा जिले का मोहम्मद अब्बास मिला। उनका कहना था कि यहां बरगलावे में आकर उसने अपने परिवार और कश्मीर के साथ बहुत ज्यादती की है। कई कश्मीरी मानसिक संतुलन तक खो चुके हैं, बल्कि मुजफ्फराबाद में गिलानी चौक पर तब मैंने खुद एक चाय की दुकान पर चाय पीने के दौरान घाटी की बच्चियों को भीख मांगते देखा था।

सरदार सिकंदर हयात

आजाद जम्मू-कश्मीर का वास्तव में आजाद वजूद हो या फिर पाकिस्तान में विलय, इस पर आजाद जम्मू-कश्मीर के कट्टरवादी नेताओं के बीच

जबरदस्त मतभेद हैं। वहां मैंने मुजाहिद कहे जाने वाले कद्दावर नेता पूर्व प्रधानमंत्री सरदार अब्दुल कय्यूम खान से बातचीत की थी तो उन्होंने दो टूक कहा था कि वे जम्मू-कश्मीर का आजाद स्वरूप देखना चाहते हैं, पाकिस्तान में विलय के हक में हम कतई नहीं हैं। वहीं, एक सवाल के जवाब में तत्कालीन प्रधानमंत्री सरदार सिकंदर हयात ने कहा था कि वे आजाद जम्मू-कश्मीर के पाकिस्तान में विलय के हिमायती हैं। दिलचस्प बात यह भी है कि मीरपुर कोटर्ल से लेकर मुजफ्फराबाद तक हम जहां-जहां गए, वहां हमें बहुमत में लोग पाकिस्तान में विलय के खिलाफ मिले। वे सभी पाकिस्तान की खुफिया एजेंसी को खूब कोस रहे थे कि आजादी की बात करने पर उन्हें यातनाएं दी जाती हैं और जेलों में बंद कर दिया जाता है।

पाकिस्तान नहीं, आजादी चाहिए - अमानुल्ला खां

करीब दो दशक पहले गठित हुई ऑल पार्टी हुर्रियत कांफ्रेंस कई बार बंट चुकी है। नियंत्रण रेखा के पार बैठे जेकेएलएफ के संस्थापक अमानुल्ला खान जहां अब अविभाजित जम्मू-कश्मीर की तस्वीर सामने रखकर आजादी का सपना देखते हैं, वहीं इधर घाटी में बैठे चरमपंथी अलगाववादी नेता सैयद अली शाह गिलानी समूचे जम्मू-कश्मीर का पाकिस्तान में विलय चाहते हैं। जेकेएलएफ का गठन मई, 1977 में बर्मिंघम, लंदन में हुआ। उसने तब गन-कल्चर की शुरुआत की थी, अब वह अमन के रास्ते कश्मीर मसले का हल चाहते हैं। अरसा पूर्व मुजफ्फराबाद में मुझसे हुई एक खास मुलाकात में अमानुल्ला खान ने कहा कि पाकिस्तान की खुफिया एजेंसी आईएसआई ने साजिश करके जम्मू-कश्मीर में लश्कर-ए-तैयबा, जैश-ए-मोहम्मद और अलकायदा, जैसी आतंकवादी तंजीमों को भेज दिया, ताकि कश्मीरी मारे जाएं और आजादी की तहरीक दफन हो जाए।

भारत की मोस्ट वांटेड सूची में दर्ज अमानुल्ला खान ने खास मुलाकात में कहा कि पाकिस्तान जिसे आजाद जम्मू-कश्मीर कहता है, वह हकीकत में गुलाम है। वहां उन्हीं लोगों को मतदान करने दिया जाता है, जो अविभाजित जम्मू-कश्मीर के इस तथाकथित आजाद जम्मू-कश्मीर का पाकिस्तान में विलय का समर्थन करते हैं। पाकिस्तान की इस गहरी चाल के खिलाफ वे अरसे से आवाज उठाते आ रहे हैं, जिसका उन्होंने कई बार खामियाजा भी भुगता है। उन्हें जेलों में बंद करके कई बार यातनाएं भी दी गई हैं।

3 फरवरी, 1984 को बर्मिंघम, लंदन में भारतीय उच्चायोग में डिप्टी रविंद्र म्हात्रे के अपहरण और हत्या में अभियुक्त रहे अमानुल्ला खान इस सनसनीखेज मामले में दोषमुक्त हो गए, मगर उन्हें बर्मिंघम छोड़ने के आदेश दिए गए थे। उसके बाद वे वहां से पाकिस्तान चले आए थे। वहां रहकर आईएसआई की मदद से पाकिस्तान

व उसके कब्जे के आजाद जम्मू-कश्मीर में आतंकवादी प्रशिक्षण शिविरों की योजना को अंजाम दिया और वहां कश्मीरी युवकों को हथियारों की ट्रेनिंग देने का काम किया। सन् 1988 में श्रीनगर में बम धमाके कराकर विद्रोह तथा हिंसा की शुरुआत की, परंतु बाद में आजादी का राग अलापने पर आईएसआई ने अपना हाथ खींच लिया और आईएसआई ने फिर हिजबुल मुजाहिदीन को पूरी ताकत दी। हिजबुल मुजाहिदीन पाकपरस्त यानी जम्मू-कश्मीर के पाकिस्तान में विलय के पक्ष में है।

हुर्रियत कांफ्रेंस के एक दिवंगत नेता अब्दुल गनी लोन के समधी अमानुल्ला खान का कहना है कि कश्मीर आंदोलन को विदेशी आतंकवादियों ने हाईजैक कर लिया है। हिजबुल मुजाहिदीन भी उसी राह पर है। पूछने पर उन्होंने कहा कि चूंकि जम्मू-कश्मीर में हमें भी प्रताड़ित किया गया था, इसलिए शुरुआती कुछ समय तक हमने बंदूक का सहारा लिया था, मगर बाद में जब यह मामला अंतर्राष्ट्रीय बिरादरी के सामने आ गया तो हमें लगा कि अब बात बोली यानी बातचीत से बनेगी, न कि गोली से। उन्होंने कहा कि न केवल भारत, बल्कि पाकिस्तान को भी, साथ ही चीन को भी पहले अविभाजित जम्मू-कश्मीर की जमीन छोड़नी होगी। उसके बाद मसले का हल हो सकता है, फिर यदि भारत और पाकिस्तान सरकार इस मसले के संवैधानिक हल के लिए मान जाएं तो मैं दोनों से अलग-अलग अथवा एक साथ बातचीत करने को तैयार हूं।

प्रमुख अलगाववादी नेता अमानुल्ला खान ने कहा कि जनरल परवेज मुशर्रफ पहले पाकिस्तानी राष्ट्रपति रहे, जिन्होंने हमारी आजादी की मांग को एक विकल्प के तौर पर माना था। कश्मीर में पंडितों पर हमले तथा उनके विस्थापन पर चिंता जाहिर करते हुए अमानुल्ला खान ने कहा कि ऐसा कतई नहीं होना चाहिए, यह दुर्भाग्यपूर्ण व निंदनीय है। उन्होंने एक सवाल के जवाब में कहा कि इस मसले का हल केवल कश्मीर ही नहीं, बल्कि जम्मू और लद्दाख के लोगों की राय से भी हो। उन्होंने यह भी कहा कि अफगानिस्तान युद्ध तथा अमेरिका में हुए 11 सितम्बर के हमले के कारण कश्मीर आंदोलन को आघात पहुंचा है।

घाटी के बाद डोडा की राह

खुशनुमा कश्मीर में भारी तबाही व हत्याओं के बाद आतंकवादियों के कदम घाटी से सटे जिला डोडा की ओर जेहाद के लिए बढ़े। यह नब्बे के दशक के पूर्वार्द्ध की बात है। पीर पंजाल के दक्षिण का हिस्सा उच्च दुर्गम पहाड़ियों व गहरी खाइयों से पटा हुआ है। यहां आतंकवादियों ने खौफ पैदा करने के लिए हिंदुओं की हत्याओं का सिलसिला शुरू किया। एक के एक बाद नरसंहार करके हिंदुओं को पलायन के लिए मजबूर कर दिया था। 14 अगस्त, 1993 में किश्तवाड़ा में एक यात्री बस को रोककर अंधाधुंध फायरिंग करके 15 हिंदुओं का नरसंहार किया। 15 जून, 1997 को गुल से रामबन जा रही बस से भी केवल हिंदुओं को उतारकर उनकी हत्या कर दी गई। 17 अप्रैल, 1998 को जिला उधमपुर के प्राणकोट में आतंकियों ने 18 हिंदुओं की हत्या की। इस हमले में तब सिर्फ 12 साल की एक बच्ची ही बच पाई थी। इस बच्ची के सभी परिजनों को मौत के घाट उतार दिया था आतंकवादियों ने। इस नरसंहार के खौफ और निरंतर मिल रही धमकियों के कारण सैकड़ों परिवार पलायन करके दूसरे स्थानों पर चले गए थे। दरअसल, यहां उनकी साजिश भौगोलिक बदलाव की थी। हमलों के भय से यहां सदियों से रह रहे हिंदू समूचा डोडा खाली करके भाग गए।

जम्मू से 175 किलोमीटर दूर चपनारी (डोडा) में 19 जून, 1998 को एक बारात को आतंकवादियों ने निशाना बनाया। इस हमले में दो दूल्हों समेत 20 बारातियों की हत्या हुई थी। 27 जुलाई, 1998 को ठकराई व सरवन (डोडा) में क्रमश: 15 व 5 हिंदुओं की नृशंस हत्याएं कर दी गई थीं। इसके अलावा अनेक हमले और भी हुए, जिनमें न केवल आम आदमी, बल्कि सुरक्षा बलों के जवान भी मारे गए। बाद में जब हिंदू इन आतंकवादियों के निशाने पर नहीं चढ़े तो फिर मुस्लिम समुदाय के लोगों पर बर्बरता शुरू कर दी। यहां मोटे तौर पर लश्कर-ए-तैयबा, जैश-ए-मोहम्मद, हरकत-उल-अंसार के अलावा हिजबुल मुजाहिदीन, हूजी आदि आतंकवादी संगठन सक्रिय रहे। विदेशी मूल के आतंकवादी संगठनों ने यहां ज्यादा कोहराम मचाया। इन

आतंकवादी संगठन के आतंकवादियों ने यहां रंगदारी के साथ औरतों के साथ जोर-जबरदस्ती भी की। ऐसे कई मामले प्रकाश में आए कि औरतों के साथ बलात्कार हुए। आम तौर पर इस तरह की वारदातें उच्च दुर्गम पहाड़ों पर रहने वाले परिवारों के साथ अंजाम दी जातीं। चूंकि वहां कभी दूर तक न तो पुलिस और न ही कोई सुरक्षा बल होते हैं। अतः ये आतंकवादी बदूंक की नोक पर खाना खाते और फिर इज्जत लूटते हैं। देर-सवेर ही इस तरह के मामले सामने आ पाते हैं। इन इलाकों में आतंकवादी तंजीमों के मुखबिरों में आम आदमी से लेकर सरकारी मुलाजिम भी होते हैं, इसलिए कई बार तो इनके खिलाफ जब सुरक्षा बल कोई अभियान चलाते तो इन्हें पहले ही भनक लग जाती थी, जिससे ये आतंकवादी वहां से हटकर अन्यत्र छिप जाते।

डोडा की किशतवाड़ घाटी के जिला अनंतनाग और गंदोह भद्रवाह हिमाचल प्रदेश से सटे हैं, इसलिए आतंकवादी दूसरे इलाकों में भाग जाते हैं। सहज अनुमान लगाया जा सकता है कि अल्पसंख्यक समुदाय (हिंदू) के लोग, जो दुरुह इलाकों में रहते हैं, उनकी जान हमेशा खतरे में रहती है। न जाने कब, कहां से घातक हथियारों के साथ आतंकवादी आ धमके और फिर अंधाधुंध फायरिंग करके उन्हें मार डाले। इसी डोडा के उच्च दुर्गम क्षेत्र कुलहांड में देर रात आतंकवादी घुसे और हिंदुओं के घर शिनाख्त करके 20 लोगों की हत्या कर दी थी। हैरत की बात यह है कि जब इस नरसंहार के खिलाफ डोडा शहर में भाजपा कार्यकर्ताओं ने धरना दिया था, तब उन पर ग्रेनेड से हमला कर दिया था। इससे सहज ही समझा जा सकता था कि आतंकवादियों की पहुंच यहां हर जगह रही।

पाकिस्तान या आदर्श इस्लामिक स्टेट-गिलानी

उधर नियंत्रण रेखा के पार बैठे अमानुल्ला खान आजादी पाने का राग अलाप रहे हैं, तो इधर कश्मीर में एक बुजुर्ग अलगाववाद का कठोर चेहरा लिए बैठे हैं। करीब 85 साल के इस बुजुर्ग ने कई बार जेल काटी है, दो बार गंभीर शल्य चिकित्सा भी झेली है। पाकपरस्त चरमपंथी इस नेता का नाम है सैयद अली शाह गिलानी। उन पर घाटी में हुई कुछ नामचीन हस्तियों के कत्ल के इशारे-ही-इशारे में आरोप भी लगे। कश्मीर में अपनी पोस्टिंग के दौरान मैंने अपने राष्ट्रीय दैनिक अखबार के लिए सन् 2002 में खास बातचीत की थी। जो बातें उन्होंने तब मुझसे कही थीं, उस पर वे आज भी कायम हैं। दिलचस्प बात यह है कि उन दिनों रोजे थे, मैं फोन करके उनके हैदरपुर स्थित घर पहुंचा था। दुआ-सलाम के बाद गिलानी साहब ने मुझे भी इफ्तार में शरीक होने की दावत दी, जिसे मैंने स्वीकार किया था।

बातचीत शुरू हुई तो उन्होंने जम्मू-कश्मीर के भारत में विलय पर कई सवाल जड़ दिए और कहा कि हमारी रियासत मुस्लिम बाहुल्य है, इसका पाकिस्तान में विलय होना चाहिए। उस वक्त कड़ाके की ठंड थी, लेकिन उनके शब्दों में काफी गरमाहट थी। उन्होंने कहा था कि भारत यूनाइटेड नेशन के करार को क्यों नहीं मानता? क्यों नहीं जनमत संग्रह करवाता? मैं पाकिस्तानपरस्त हूं, मुझे यह कहने में कोई हर्ज अथवा डर नहीं है।

आज भी यह बुजुर्ग सैयद अली शाह गिलानी उन्हीं तेवरों के साथ कहते हैं कि मैंने अपना जीवन अल्लाह और अपनी कौम के लिए कुर्बान कर रखा है, इसलिए मुझे किसी का डर नहीं। वे आरोप लगाते हैं कि जब उनके पिता सैयद पीर शाह गिलानी की बारामूला में 14 नवम्बर, 1962 को मृत्यु हुई थी तो उस वक्त वे श्रीनगर जेल में बंद थे। उन्हें अंतिम क्रिया पूरी करने के लिए जेल प्रशासन से इजाजत नहीं मिली, बल्कि बड़ी बेटी की शादी में भाग लेने के लिए भी नहीं जाने दिया गया।

शैयद अली शाह गिलानी

गिलानी कहते हैं कि उन्होंने बहुत कुछ कुर्बान किया है जेल में बंद रहते हुए। उन्होंने कहा कि मेरे ऊपर ढेरों एफआईआर लगीं, अब और भी लग जाएं तो मुझ पर क्या फर्क पड़ता है। मैं यह कहता रहूंगा, अंतिम सांस तक कि जम्मू-कश्मीर एक विवादित मामला है, यह भारत का अभिन्न अंग नहीं है। भारत ने इस पर अपनी सेना के जरिए कब्जा किया है। पूछने पर गिलानी महाराजा हरि सिंह के अधिमिलन पत्र पर ही शक जाहिर करते हैं कि क्या वह सचमुच ठीक था अथवा पूरा था?

फायरब्रांड अलगाववादी नेता गिलानी भारत के प्रथम प्रधानमंत्री जवाहरलाल नेहरू के घाटी के लाल चौक पर दिए गए उस भाषण को कोट करते हैं, जिसमें पं. नेहरू ने कहा था कि हालात सामान्य होने के बाद यहां के लोगों की राय ली जाएगी। उन्होंने जम्मू-कश्मीर के प्रधानमंत्री रहे शेख मोहम्मद अब्दुल्ला को भी जमकर कोसा और कहा कि भारतीय सेना का शेख मोहम्मद अब्दुल्ला ने तब स्वागत किया था और 1947 में अधिमिलन पत्र को भी अपना समर्थन दिया था। उन्होंने शेख मोहम्मद अब्दुल्ला को प्रमुख तौर पर कश्मीर के हालात के लिए जिम्मेदार ठहराया। पूछने पर वे कहते हैं कि 1947 में पाकिस्तान ने भी गलती की थी, लेकिन वह आज भी हमारी मदद कर रहा है। गिलानी साहब ने यह भी कहा कि वे जम्मू-कश्मीर को दुनिया के एक आदर्श इस्लामिक स्टेट के तौर पर भी देखते हैं।

बाबा देते अमन की आस

कुछ तो है कि पाकिस्तानी हुकूमत और उसकी खुफिया एजेंसी आईएसआई की तमाम नापाक कोशिशों-साजिशों, जंगों व आतंकवाद के बावजूद आम भारतीय के दिल से पाकिस्तान दूर नहीं होता। शायद उसकी एक वजह दोनों तरफ सूफी-संतों, देवी-देवताओं, सच्चे धर्मगुरुओं के पवित्र स्थान हैं। बात करें सरहद की तो भारत-पाक सीमा के रामगढ़ सेक्टर के एकदम जीरो लाइन से सटा गांव है चमलियाल। वहां है बाबा चमलियाल का पूजा-स्थल। भारत और पाकिस्तान के बीच सरहद पर कभी रिश्ते अच्छे नहीं रहे, बावजूद इसके बाबा चमलियाल की दरगाह पर रौनक दोनों तरफ से होती है।

बाबा चमलियाल यानी दिलीप सिंह मिन्हास की यह पवित्र दरगाह रामगढ़ सेक्टर में पड़ती है। सुरक्षा कारणों से इसकी देख-रेख सीमा सुरक्षा बल (बीएसएफ) करता है। यहां हर साल जून माह के अंतिम रविवार को लगने वाले वार्षिक मेले में गजब का माहौल होता है। बाबा चमलियाल की इस दरगाह से महज तीन सौ मीटर सरहद पार सैदावली गांव है, जो जिला सियालकोट का एक सरहदी गांव है। यहां का नजारा देखने लायक होता है।

मैं यहां हिंदी दैनिक राष्ट्रीय सहारा के ब्यूरो प्रमुख की तैनाती के दौरान इस मेले में कई बार गया। यदि सरहद के इस पार 50 हजार श्रद्धालु एकत्र होते तो उस पार पाकिस्तान में उससे डेढ़ गुणा ज्यादा खड़े होते। बाबा चमलियाल हिंदू-मुसलमान दोनों के पीर रहे हैं। शोभानाथ, रवीन्द्र, सुभाष, तरसेम, निशांत, विवेक, कविता, सरला ऐसे अनेक लोगों से जब मैंने बाबा को लेकर बातचीत की तो उन्होंने बताया कि बाबा दिलीप सिंह मिन्हास बहुत ही धार्मिक प्रवृत्ति के थे। एक मायने में वे एक सूफी संत थे। वह ब्रिटिश-इंडिया का समय था। उनकी लोकप्रियता काफी दूर-दूर तक थी। इससे कुछ लोगों को उनसे जलन हुई और फिर धोखे से बाबा पर तलवार से हमला कर दिया। यह जगह गांव सैदावली था, जो अब पाकिस्तान में है। इस हमले में बाबा का धड़ तो वहीं रह गया और सिर गांव चमलियाल में आकर गिरा

था। गांव चमलियाल में बाबा की दरगाह पर जैसा मैला लगता है, उसी तरह ठीक उसी दिन सरहद पार जहां बाबा का धड़ रह गया, वहां भी मेला लगता है। वहां पाकिस्तानी श्रद्धालु काफी बड़ी तादाद में एकत्रित होते हैं।

दोनों तरफ के सरहदी गांव के नाम से भारत और पाकिस्तान की आउट पोस्ट हैं। दोनों तरफ लगने वाले इस मेले से लगता है कि लोगों में किसी तरह की कोई कटुता नहीं है। यह बात सच भी लगती है। मैंने पाकिस्तान की दो बार की अपनी यात्राओं में आम पाकिस्तानी को भारतीयों से बड़ी शिद्दत से मिलते पाया था, बल्कि उनकी मेहमाननवाजी का भी क्या कहना, बहुत अच्छा लगा था।

बाबा चमलियाल का यह मेला सप्ताह भर चलता है। सन् 1971 से पूर्व सरहद पार से श्रद्धालुओं का एक काफी बड़ा दल बैंडबाजों के साथ यहां दरगाह पर पहुंचता था। कारगिल युद्ध के बाद हालात बहुत ज्यादा खराब होने के कारण स्थितियां एकदम बदल गईं। पाकिस्तान सरकार ने अपने लोगों, जो बाबा के मुरीद हैं, को यहां तक आने पर पाबंदी लगा दी। लोग पाक रेंजर की दरगाह तक आ पाते हैं। एकदम जीरो लाइन पर शामियाना लगाकर दोनों तरफ के अधिकारियों, मीडियाकर्मियों व कुछेक अन्य खास लोगों की मुलाकात तथा तोहफों का आदान-प्रदान होता है, फिर पाकिस्तान की ओर से आई चादर बाबा की दरगाह पर चढ़ाई जाती है। यह पूरा दृश्य हर किसी को रोमांचित कर देने वाला होता है। ऐसा लगता है मानो कोई झगड़ा अथवा दुश्मनी है ही नहीं।

अपने परिवारों के साथ पाक रेंजर्स के अधिकारी बाबा की दरगाह से शक्कर और शरबत एक ट्रैक्टर व टैंकर में लेकर जाते हैं, जिसे वे सरहद पार अपने क्षेत्र में मौजूद श्रद्धालुओं को वितरित कर देते हैं। शक्कर बाबा की दरगाह की पवित्र मिट्टी, शरबत और पवित्र पानी होता है। पवित्र पानी का लेप करने से चर्मरोग पर चमत्कारिक असर होता है। दोनों तरफ के श्रद्धालु बाबा से अपनी-अपनी दुआएं भी करते हैं जिसमें सरहद पर अमन के लिए भी हाथ उठते हैं।

वार्षिक मेले के उस दिन भी 'नो मेंस लैंड' यानी जीरो लाइन पर शामियाना लगाकर समारोह किया गया था। इसमें पाकिस्तान रेंजर्स के सियालकोट डिवीजन के कमांडेंट कर्नल रब नवाज की अगुवाई में एक प्रतिनिधिमंडल यहां आया। इस प्रतिनिधि मंडल में पाक सेना के अधिकारी और उनके परिजन भी थे। कर्नल रब नवाज जिस बेबाकी से मीडिया के सवालों का जवाब दे रहे थे, उससे यह लगता नहीं था कि दोनों मुल्कों के बीच कोई जंग भी हुई है। पूछने पर कर्नल रब नवाज कहने लगे, 'अल्लाह करे कि दोनों मुल्कों के आवाम में इसी तरह अम्न और भाईचारा बना रहे।'

इस मौके पर मौजूद कर्नल रब नवाज के नौवीं कक्षा में पढ़ रहे बेटे अदनान नवाज ने कहा, 'हम अपने मुल्क लौटकर अपने दोस्तों और साथियों से कहेंगे कि

भारत के लोग सचमुच बहुत अच्छे हैं और उन्होंने हमारी खातिरदारी बहुत गर्मजोशी से की।' अदनान ने बताया कि वह पहली बार यहां आया है।

बाबा चमलियाल की दरगाह पर उन सबने मिलकर चादर चढ़ाई और फिर एक-दूसरे को मिठाइयां व तलवारें भेंट कीं। बाद में सीमा सुरक्षा बल के बैंड की एक धुन का लुत्फ उठाया और इनाम के तौर पर बैंड ग्रुप को पाकिस्तान ने एक हजार रुपये भी दिए। उनके लौटने पर जीरो लाइन से सैदावली गांव का जो दृश्य दिखाई दे रहा था, वहां बहुत बड़ी तादाद में श्रद्धालु बाबा की शक्कर व शर्बत पाने के इंतजार की मुद्रा में दिखाई दिए थे। सचमुच बाबा देते हैं अमन की आस। बावजूद इसके कि सरहद पार से फायरिंग और आतंकी घुसपैठ का सिलसिला अभी भी जारी है। केवल बाबा चमलियाल की दरगाह ही नहीं, बल्कि इसी सरहद के आर.एस. पुरा क्षेत्र की एक अग्रिम चौकी के पास नौगज पीर का वार्षिक मेला लगता है। इस मेले में दोनों मुल्कों के सुरक्षा बल शिरकत कर इस पवित्र दरगाह पर मत्था टेककर प्रसाद प्राप्त करते हैं। इस पवित्र दरगाह की देख-रेख बीएसएफ की 60वीं बटालियन करती है। हिंदू-मुसलमान दोनों मजहब के श्रद्धालु यहां आते हैं।

पवित्र दरगाह की ओट में

नब्बे का दशक ऐसा चढ़ा मानो घाटी की तबाही की इबारत लिख दी गई हो। सरहद पार से नई-नई चालों को अंजाम दिया जाने लगा था। पहले सन् 1993 में निशाना बनी पवित्र हजरत बल दरगाह व मस्जिद और फिर सन् 1995 की शुरुआत में सूफी संत शेख नूरुद्दीन वली नूरानी की पवित्र दरगाह व मस्जिद। इस बार साजिश काफी गहरी थी। उस वक्त समूची घाटी में ऐसा माहौल बना दिया गया था कि किसी भी अप्रिय घटना के बाद सड़कों पर आवाम के गुस्से का सैलाब उमड़ आता था। पाकपरस्त आतंकवादियों के निशाने पर चरारे-शरीफ दरगाह थी। खुफिया एजेंसियों को भनक तक नहीं लगी और दो सौ से ज्यादा आतंकवादी हथियारों, गोला-बारूद के साथ इस पवित्र दरगाह में अड्डा जमा चुके थे। इनका नेतृत्व अफगानिस्तान से ट्रेनिंग लेकर आया हरकत-उल-अंसार का दुर्दांत आतंकवादी मस्तगुल कर रहा था। वह एक बेहद खतरनाक आतंकवादी था, जिसका संचार माध्यम से सम्पर्क सीधा नियंत्रण रेखा के पार बैठे अपने आकाओं से निरंतर बना हुआ था। एक अंग्रेजी दैनिक स्टेट्समैन के मुताबिक, बड़ी संख्या नें आतंकवादी फरवरी माह से ही चरारे-शरीफ क्षेत्र में पनाह लेकर रह रहे थे। ये तमाम आतंकवादी हरकत-उल-अंसार, उल फतेह के अलावा हिजबुल मुजाहिदीन जैसी आतंकवादी तंजीम के थे।

हजरत बल दरगाह

भारतीय सुरक्षा एजेंसियों के कान तब खड़े हुए, जब 5 मार्च को मस्तगुल के साथ अन्य आतंकवादियों ने बीएसएफ को निशाना

बनाया। आतंकियों के इस हमले में बीएसएफ के दो जवान शहीद हो गए थे, तब बाद में पता चला कि चरारे-शरीफ क्षेत्र, जिसमें सूफी संत शेख नूरूद्दीन वली नूरानी की पवित्र दरगाह है, के एकदम आस-पास पिछले कुछेक महीनों से आतंकवादी छिपे हुए हैं। जानकारों का कहना है कि सन् 1993 में पवित्र हजरत बल दरगाह को जब आतंकवादियों ने अपने कब्जे में कर लिया था, तब उसे मुक्त कराने में सुरक्षा बलों को काफी मशक्कत व सहनशीलता बरतनी पड़ी थी। चूंकि आतंकवादियों का मकसद इस पवित्र दरगाह को किसी भी तरह नुकसान पहुंचाकर सूबे के प्रशासन व भारत सरकार के खिलाफ जबरदस्त माहौल बनाना था, तब पाकिस्तान की वह साजिश विफल हो गई थी।

चरारे-शरीफ दूसरी बड़ी साजिश थी। इतनी खतरनाक कि समूची घाटी में आग-ही-आग और धुआं-ही-धुआं दिखाई दे। जब आतंकवादियों ने बीएसएफ के दो जवानों को मार डाला तो 8 मार्च को बीएसएफ और सेना ने मिलकर चरारे-शरीफ इलाके (कस्बे) की घेराबंदी कर दी। इलाका सील कर देने पर बहुत-से लोगों ने पलायन शुरू कर दिया। 11 मार्च को सेना के जनरल कमांडिंग अफसर लेफ्टिनेंट जनरल जे.एस. ढिल्लो ने कस्बे के लोगों को एक संदेश के जरिए समझाया कि वे ऐसी विस्फोटक स्थिति में जगह खाली करके अन्यत्र सुरक्षित ठिकानों पर चले जाएं, मगर एक बड़ी तादाद में लोग सेना की यह सलाह मानने के बजाय सेना को कस्बे में प्रवेश करने से रोकने की जुगत में लग गए थे।

पूरे इलाके के हालात आतंकवादियों की मौजूदगी के कारण बेहद नाजुक बने हुए थे। सेना, बीएसएफ, स्थानीय प्रशासन फूंक-फूंककर अपने कदम बढ़ा रहा था। चूंकि उन्हें आशंका थी कि छिपे हुए आतंकवादी कहीं पवित्र दरगाह को क्षति न पहुंचा दें। यह पवित्र दरगाह व मस्जिद लकड़ी से निर्मित थी। 13 मार्च को स्थानीय प्रशासन के अधिकारियों ने लाउडस्पीकर के जरिए दरगाह में छिपे आतंकवादियों को पेशकश की कि वे यदि अपने हथियार डाल देते हैं तो उन्हें निकलने का सुरक्षित रास्ता दे दिया जाएगा। छिपे हुए आतंकवादियों ने अधिकारियों की इस अपील को हल्के में लेते हुए खारिज कर दिया था और सुरक्षा बलों पर हमले की तैयारी में लग गए। 15 मार्च को आतंकवादियों ने सुरक्षा बलों पर हमला करने की कोशिश की, मगर इस मुठभेड़ में एक आतंकवादी और एक नागरिक मारा गया।

चरारे-शरीफ की पवित्र दरगाह व मस्जिद के भीतर छिपे आतंकवादी चूंकि पूरी तरह घिर चुके थे। सो, किसी बड़ी वारदात को अंजाम देने से पहले उन्होंने चरारे-शरीफ मस्जिद के प्रवक्ता की मार्फत विदेशी मीडिया को पवित्र दरगाह में पहुंचने के लिए संदेश भेजे, फिर मीडिया के पंहुचने का इंतजार करने लगे। 21 मार्च को देशी-विदेशी पत्रकारों का वहां जमघट लग गया, परंतु प्रशासन ने किसी भी

मीडियाकर्मी को कस्बे के भीतर जाने की इजाजत नहीं दी। प्रशासन को यह अंदेशा था कि कहीं ये आतंकवादी देशी अथवा विदेशी पत्रकारों को भीतर बंधक न बना लें, इसलिए उन्हें एकदम मनाही कर दी गई थी।

चरारे-शरीफ

भीतर छिपे आतंकवादियों और सुरक्षा बलों की दोनों तरफ से मोर्चाबंदी जारी थी। ऐसी स्थिति में कोई ऐसा रास्ता नहीं निकल पा रहा था कि सब कुछ सामान्य हो जाए। उमरगुल करीब दो सौ आतंकवादियों के साथ पूरे गुमान में था कि मुकाबला होने पर वे जबरदस्त तबाही मचा देंगे, जबकि प्रशासन व सुरक्षा बल किसी तरह की अप्रिय घटना से बचना चाहते थे।

मार्च का माह बीत जाने के बाद 5 अप्रैल को अलगाववादी हुर्रियत कांफ्रेंस के नेताओं ने चरारे-शरीफ कस्बे तक जुलूस निकालना चाहा। उनके साथ 'आजादी' के नारे लगाती काफी बड़ी भीड़ थी, परंतु सुरक्षा के अत्यधिक कड़े बंदोबस्त के कारण उन्हें चानपोरा रोक दिया गया था। इस बीच आतंकवादियों ने स्थानीय बाबा मोहल्ला के एक मकान में आग लगा दी थी, ताकि वे मौके का फायदा उठाते हुए सुरक्षा बलों का घेरा तोड़कर भाग निकलें। यह आग फैल गई थी और फतहवा मोहल्ले और जेरत मोहल्ले को अपनी चपेट में ले लिया था। हालात बेहद खराब थे, तब राज्यपाल लेफ्टिनेंट जनरल (सेवानिवृत्त) के.वी. कृष्णराव ने आतंकवादियों को पुनः हथियार डालने की पेशकश की और कहा कि यदि वे (आतंकवादी) ऐसा करते हैं, कोई हिंसा नहीं करते तो उन्हें सुरक्षित जम्मू के सुचेतगढ़ भारत-पाक सीमा के रास्ते पाकिस्तान भेज दिया जाएगा।

श्रीनगर में रक्षा मंत्रालय के अधिकारियों ने मस्तगुल और पाकिस्तान में बैठे उसके आकाओं के साथ हुई बातचीत को भी रिकॉर्ड कर लिया था, जो मस्तगुल को मुबारकबाद दे रहे थे। इस दौरान छात्र व युवाओं ने आजादी के नारे लगाते हुए सुरक्षा बलों के खिलाफ प्रदर्शन किया। उन्होंने मांग की कि समूचे चरारे-शरीफ क्षेत्र से सुरक्षा बल हट जाएं।

मई की 10-11 तारीख की मध्य रात्रि बेहद मनहूस साबित हुई। देश-विदेश के पत्रकार कई दिनों से वहीं आस-पास डेरा डाले हुए थे। विदेशी पत्रकारों को भनक

थी कि कोई बहुत बड़ी अप्रिय घटना हो सकती है। वरिष्ठ पत्रकार राजीव सक्सेना, जो राष्ट्रीय सहारा दैनिक के संपादक थे, भी कवरेज कर रहे थे, ने बताया कि आतंकवादियों ने उस रात पवित्र दरगाह शेख नूरुद्दीन वली नूरानी से सटी ऐतिहासिक खानकाह और हरि मस्जिद को आग लगा दी, जिससे 14वीं सदी की यह चरारे-शरीफ दरगाह जलकर राख हो गई थी। आग लगाने के बाद छिपे आतंकवादियों ने भागने की कोशिश की और भागते-भागते वे रॉकेट लांचर से गोले दागते रहे। जवाब में सेना व बीएसएफ ने गोलीबारी की। काफी देर तक चली इस मुठभेड़ में 2 सैनिक समेत करीब 50 लोग मारे गए थे। बाद में पता चला कि मरने वालों में अलफतेह के दस, हरकत-उल-अंसार के सात तथा हिजबुल मुजाहिदीन के पांच आतंकवादी भी थे। इसी बीच हरकत-उल-अंसार का मस्तगुल तो भागने में कामयाब हो गया था, लेकिन उसके एक साथी अबू जिंदाल को जिंदा पकड़ लिया गया था।

इस बेहद दुःखद घटना को लेकर विदेशी मीडिया रायटर समेत अन्य न्यूज एजेंसीज ने भारतीय सुरक्षा बलों को ज्यादा जिम्मेदार ठहराया था। इन मीडिया ग्रुपों ने आरोप लगाते हुए कहा कि सुरक्षा बलों ने पवित्र दरगाह की घेराबंदी करके उसमें गोलीबारी करके आग लगा दी थी। आग की वजह से सैकड़ों मकान व दुकानें तबाह हो गईं। इस घटना के बाद समूची घाटी में भारत विरोधी नारेबाजी शुरू हो गई थी। हजारों लोगों की भीड़ अपनी नाराजगी का इजहार करते हुए आजादी के नारे लगाते रही थी। इसका दुष्प्रभाव घाटी के बाहर डोडा, किश्तवाढ़, पुंछ व करगिल में भी पड़ा। वहां आवाम ने जुलूस निकालकर सुरक्षा बलों के खिलाफ जमकर नारेबाजी की थी। भारत सरकार तथा सूबे के प्रशासन ने इस पूरी घटना को लेकर दुःख जताते हुए पाकिस्तान परस्त आतंकवादियों को जिम्मेदार ठहराया था। भारत सरकार ने 15 करोड़ के पैकेज का ऐलान किया था। जम्मू-कश्मीर को इस घटना के बाद तबाही के भंवर में फंसाकर मस्तगुल भाग निकला था, जो इस्लामाबाद व पाकिस्तान के कब्जे वाले आजाद जम्मू-कश्मीर में स्वच्छंद घूम रहा है।

भारतीय संसद पर
हमले का मास्टर माइंड

हालांकि कश्मीर घाटी में जारी आतंकवाद के कारण कई अलगाववादियों से लेकर अलग-अलग आतंकवादी तंजीमों के कमांडर तक हमेशा के लिए खामोश हो गए, पर गाजी बाबा भी एक कहानी रहा। संसद पर हमले के मास्टर माइंड गाजी बाबा उर्फ शहबाज खान की घाटी में मौजूदगी की खबर मिली तो बीएसएफ और जम्मू-कश्मीर पुलिस के कान खड़े हो गए थे। पाकिस्तान के बहावलपुर के करीब 35 साल के गाजी बाबा की 13 दिसम्बर को नई दिल्ली स्थित संसद भवन परिसर में हुए आत्मघाती हमले के बाद बड़ी सरगर्मी से तलाश की जा रही थी। जैश-ए-मोहम्मद का जम्मू-कश्मीर में चीफ ऑपरेशन कमांडर गाजी बाबा श्रीनगर स्थित जम्मू-कश्मीर विधानसभा पर हुए आत्मघाती हमले का भी जिम्मेदार था। वह उस वक्त श्रीनगर के नूरबाग इलाके के एक मकान में छिपा हुआ था। यह भी पता चला था कि गाजी बाबा के साथ एक और आतंकवादी भी था, जिसके पास घातक हथियारों के अलावा हथगोले भी हैं। यह मकान एक कश्मीरी मोहम्मद शफीक डार का था।

बीएसएफ ने पुख्ता मुखबिरी पर उस मकान की घेराबंदी कर दी थी। यह 30 अगस्त, 2003 की बात है। ये दोनों आतंकवादी जिस कमरे में बैठे थे, उसे भी घेर लिया गया था और उन्हें आत्मसमर्पण करने को कहा गया। जवाब में भीतर से एक हथगोला बीएसएफ पार्टी पर फेंका गया। बीएसएफ पार्टी की साफ समझ में आ गया था कि गाजी बाबा अब जिंदा उनके हाथ आने वाला नहीं है। सो, मुठभेड़ ही एकमात्र रास्ता है। दोनों तरफ से फायरिंग चलती रहीं। भीतर से हथगोले भी बीच-बीच में बाहर फेंके जाते रहे। करीब दस घंटे लम्बी चली इस खतरनाक मुठभेड़ के बीच उस मकान को उड़ाना पड़ा, जिसमें गाजी बाबा व उसका साथी छिपा था।

बाद में मौके से गाजी बाबा और उसके साथी आतंकवादी का शव बरामद कर लिया गया। इस मुठभेड़ में बीएसएफ का एक जवान बलवीर सिंह शहीद हो गया था और 8 जवान जख्मी हुए। मकान मालिक भी क्रॉस फायरिंग में जख्मी हो गया था। बीएसएफ के लिए गाजी बाबा को मार गिराना एक बहुत बड़ी उपलब्धि थी। करीब 5 फुट 8 इंच लम्बा गाजी बाबा, अंग्रेजी व उर्दू का जानकार था, जबकि वह कम पढ़ा-लिखा था। वह ज्योतिषशास्त्र को मानता था और कई अंगूठियां पहने रखता था। उसने कश्मीर के वांडीपोरा में एक कश्मीरी युवती से शादी की थी। जानकारों का यह भी कहना है कि वह कहता था कि यदि भारत के खिलाफ तड़पता हुआ मर गया तो शहीद कहलाऊंगा और जन्नत नसीब होगी।

मौलाना अजहर मसूद

वह पाकिस्तान से सन् 1980 में अफगानिस्तान गया था, जहां उसने ट्रेनिंग ली और वापस पाकिस्तान पहुंचकर मौलाना मसूद अजहर के अधीन हरकत-उल-अंसार का डिप्टी कमांडर रहा। बाद में अमेरिका के प्रतिबंध लगाए जाने पर यह जैश-ए-मोहम्मद में शामिल हो गया था। बताते हैं कि सन् 2003 में ही जब प्रधानमंत्री श्रीनगर गए थे, तब उन्हें गाजी बाबा से धमकी दी गई थी। गाजी बाबा अपने शरीर पर अक्सर विस्फोटक बांधे रखता था और हर तरह के वाहन से लेकर हेलीकॉप्टर तक चलाने में माहिर था। जब बीएसएफ ने इसको मुठभेड़ में मार गिराया था, तब कश्मीर रेंज के आई.जी. विजय रमन थे, जो काफी तेजतर्रार माने जाते रहे हैं। गाजी बाबा पर 5 यूरोपियन पर्यटकों के अपहरण और फिर मांग पूरी न होने पर उनकी हत्याएं कर देने का भी आरोप था। 1999 में अगवा किए गए इंडियन एयरलाइन्स के विमान, जिसे बाद में कंधार उतारकर भारत सरकार से सौदेबाजी की गई थी, उस साजिश में भी यह शामिल रहा था।

दरअसल, गाजी बाबा उर्फ शहबाज खान उन दुर्दांत आतंकवादी कमांडरों में से एक था, जो आतंकवादियों की सूची में ऊपर और बेहद खतरनाक माने जाते हैं। हालांकि किसी भी सक्रिय आतंकवादी का अंत कमोबेश इसी तरह होता है, मगर फिर भी जेहाद के नाम पर कश्मीर में इनकी अंतहीन लड़ाई जारी है।

खलनायक नहीं, नायक हूं मैं

करगिल-संघर्ष को लेकर खलनायक के तौर पर उभरे जनरल परवेज मुशर्रफ की सोच में सन् 2003 में गजब का बदलाव आया। कश्मीर के मुद्दे को लेकर जनमत संग्रह का पुराना राग कमजोर पड़ता दिखाई देने लगा था। जनरल परवेज मुशर्रफ कहने लगे थे कि कश्मीर मसले का हल बातचीत से होना चाहिए। पुराना इतिहास भूलकर रास्ता ऐसा निकाला जाना चाहिए, जो दोनों मुल्कों के साथ कश्मीरी आवाम को भी मंजूर हो। उसी साल 25 सितम्बर को न्यूयॉर्क में संयुक्त राष्ट्र को सम्बोधित करते हुए उन्होंने कहा कि भारत के साथ युद्धविराम हो, फिर उसके दो माह बाद अधिकृत तौर पर सीजफायर का ऐलान हो गया था। तत्कालीन पाकिस्तानी राष्ट्रपति जनरल परवेज मुशर्रफ के इस रुख पर हर कोई हतप्रभ था। भारत सरकार तो संतुष्ट थी, मगर घाटी में अलगाववादियों की भृकुटियां तन गई थीं। वे आरोप लगाने लगे थे कि कश्मीर को बेच दिया जनरल मुशर्रफ ने। अपनी इस आलोचना से जनरल मुशर्रफ ने कहा कि जनमत संग्रह के अलावा और भी विकल्प हैं, जिन पर गौर किया जाना चाहिए।

राष्ट्रपति जनरल परवेज मुशर्रफ के इस ताजा रुख से घाटी में हालात कुछ सामान्य होने लगे थे, मगर ज्यादा समय तक नहीं रहे। अलगाववादी नेताओं व पाकपरस्त आतंकवादी तंजीमों को यह सब बर्दाश्त नहीं हो रहा था, फिर भी दोनों मुल्कों के बीच बेहतर रिश्तों के वायदों के साथ दो साल से बंद पड़ी हवाई सेवाएं 1 जनवरी, 2004 को फिर से दोनों देशों में शुरू हो गई थीं। उसी साल 12वीं साउथ एशियन एसोसिएशन फोर रीजनल कॉर्पोरेशन' (सार्क) की बैठक इस्लामाबाद में हुई तो राष्ट्रपति जनरल परवेज मुशर्रफ भारत के प्रधानमंत्री अटल बिहारी वाजपेयी के साथ बड़ी गर्मजोशी से मिले। उनकी यह मुलाकात सन् 2001 में, विफल आगरा शिखर वार्ता के बाद हुई थी। जनरल मुशर्रफ कह रहे थे, 'मैं बेहद खुश हूं, आज एक इतिहास रचा गया है। आज हम जहां मिले हैं, पीछे मुड़कर इतिहास नहीं देखना चाहेंगे।'

6 सप्ताह बाद पाकिस्तान में ही भारत और पाकिस्तान के विदेश सचिवों की बैठक हुई। इसमें 5 बिंदुओं पर अपनी सहमति जाहिर की गई थी, जिसमें कश्मीर पर चर्चा भी शामिल थी। इसी साल मई में समय से पहले लोकसभा के मध्यावधि चुनाव हो गए, जिनमें अटल बिहारी वाजपेयी के नेतृत्व वाली एन.डी.ए. सरकार हार गई और डॉ. मनमोहन सिंह के नेतृत्व में यू.पी.ए. सरकार ने देश की कमान संभाली, लेकिन नीति में कोई बदलाव नहीं हुआ। जून में दोनों मुल्कों के विदेश सचिवों की पुन: एक बैठक नई दिल्ली में हुई। इसमें जम्मू-कश्मीर में शांति व सुरक्षा को लेकर चर्चा हुई, जिसमें आतंकवाद पर अंकुश लगाने की बात भी थी। आगे का रोडमैप तैयार किया गया। उसके बाद प्रधानमंत्री डॉ. मनमोहन सिंह और राष्ट्रपति जनरल परवेज मुशर्रफ की मुलाकात न्यूयॉर्क में संयुक्त राष्ट्र में हुई, जहां दोनों मुल्कों की सरकारों ने शांति प्रक्रिया को आगे बढ़ाने का अपना वायदा दोहराया। अक्टूबर में इसी दिशा में पाकिस्तान के कई नामचीन पत्रकारों का एक दल पहली बार जम्मू-कश्मीर भेजा गया, ताकि वे जमीनी हकीकत खुद अपनी आंखों से देखें और फिर पाकिस्तान के आवाम को उससे अवगत कराएं।

जनरल परवेज मुशर्रफ

पाकिस्तानी पत्रकारों के इस दल का जम्मू में जहां भव्य स्वागत हुआ था, वहीं उन्हें घाटी में कश्मीर यूनिवर्सिटी में विरोध एवं दुर्व्यवहार का सामना करना पड़ा था। आतंकवादी तंजीमों को भी पाकिस्तानी पत्रकारों का जम्मू-कश्मीर आना नागवार गुजरा था। बाद में सन् 2005 की 7 अप्रैल को नियंत्रण रेखा के दोनों तरफ रह रहे विभाजित परिवारों के लिए विशेष बस सेवा श्रीनगर और मुजफ्फराबाद के बीच आरंभ की गई।

इस बीच पाकिस्तानी पत्रकारों के दल के वापस स्वदेश लौटने के बाद सैफमा (साउथ एशियन फ्री मीडिया एसोसिएशन) की ओर से ही जम्मू-कश्मीर समेत भारत के पत्रकारों का एक दल पाकिस्तान, उसके कब्जे के आजाद जम्मू-कश्मीर तथा नार्दर्न एरिया गया था। दिलचस्प बात यह है कि उस दिन यानी 20 नवम्बर, 2004 को लाहौर के अटारी होटल में पत्रकारों के सम्मेलन के दौरान जब हमने परवेज मुशर्रफ से मुलाकात की गुजारिश की तो वे सहर्ष तैयार हो गए। पंजाब (पाक) के गवर्नर हाउस में हमारी यह मुलाकात हुई, जिसमें उनके साथ हमारा सवाल-जवाब का दौर शुरू हुआ। उसमें उनसे कश्मीर को लेकर भी सवाल-जवाब

हुए थे और वहीं दोपहर का भोज हुआ। राष्ट्रपति जनरल परवेज मुशर्रफ खाने की टेबल पर एकदम सहज लगे थे। उनसे हमने फिल्म से लेकर राजनीति तक कई बातें की थीं। हमारे पासपोर्ट पर गिलगित का वीजा नहीं लगा था। पूछने पर कहा गया कि आप लोग जरूर जाएंगे, गिलगित का वीजा नहीं है तो क्या हुआ?

एक रौबदार जनरल, जो राष्ट्रपति भी है, उनकी यह सकारात्मक प्रतिक्रिया जानकर हम उनसे बेहद प्रभावित हुए थे। हम उस दौरान पाकिस्तान के अलावा आजाद जम्मू-कश्मीर के मीरपुर, मुजफ्फराबाद वगैरह के अलावा गिलगित, काराकोरम भी घूम सके और वहां की जमीनी सच्चाई से रूबरू हुए थे।

चूंकि जनरल परवेज मुशर्रफ कारगिल को लेकर बनी अपनी खलनायक की छवि से बाहर निकलकर दोनों देशों के बीच बेहतर रिश्ते की कवायद में थे, तो इसे घाटी के अलगाववादी बर्दाश्त नहीं कर पा रहे थे। कश्मीर को लेकर पाकिस्तान की नीति में आए बदलाव के कारण आतंकवादी उनके पीछे पड़ गए थे। वे (आतंकवादी) कतई नहीं चाहते थे कि पाकिस्तान यानी जनरल परवेज मुशर्रफ आर्म्ड-स्टर्गल नीति पर कोई बदलाव लाए। माहौल को बिगाड़ने के लिए आतंकवादी खूनखराबा मचाने में तेजी से लग गए थे।

भारत सरकार ने सन् 2006 में जब घाटी में तैनात सेना की संख्या घटाने का ऐलान किया तो आतंकवादियों ने डोडा व उधमपुर में नरसंहार करके फिर माहौल बिगाड़ने की कोशिश की थी। इस बीच जनरल परवेज मुशर्रफ पर भी दो बेहद खतरनाक जानलेवा हमले हुए, जिनमें उनके कई सुरक्षाकर्मी मारे गए थे। ये हमले लश्कर-ए-तैयबा ने किए थे, फिर भी वे शांति प्रयासों में लगे रहे थे। बाद में बेनजीर भुट्टो तथा बलूची नेता अकबर बुगती की हत्या को लेकर जनरल परवेज मुशर्रफ आरोपों में घिर गए थे। चुनाव में अपनी हार के कारण वे देश छोड़कर लंदन चले गए थे, फिर 2013 में स्वदेश लौटने पर उन्हें कई मामलों में हिरासत में ले लिया गया था। इस बीच उन्होंने मीडिया को अलग-अलग कई इंटरव्यू दिए थे। इन इंटरव्यू में उन्होंने कश्मीर पर एक फॉर्मूला भी दिया कि कश्मीर में तैनात सुरक्षा बलों में धीरे-धीरे कमी की जाए, सेल्फ गवर्नर, क्षेत्रीय सरहदों में कोई बदलाव न हो तथा संयुक्त निगरानी पद्धति हो।

नागरिकता का सवाल

ब्रिटिश-इंडिया के बंटवारे से भले ही दो मुल्क भारत और पाकिस्तान बन गए, मगर इसी के साथ तबाही और विस्थापन की अंतहीन कहानियां शुरू हो गई थीं। इनमें दर्द-भरी एक कहानी है सियालकोट से आकर जम्मू में बस गए हिंदू विस्थापितों की। सियालकोट अविभाजित ब्रिटिश-इंडिया का वह सम्पन्न इलाका था, जो जम्मू से सटा था और यह भी एक रास्ता था वाया ननिहाल कश्मीर के लिए। उस वक्त कश्मीर के लिए दूसरा रास्ता था–वाया रावलपिंडी, मुर्री, मुजफ्फराबाद, बारामूला और फिर श्रीनगर। तीसरा रास्ता था–पठानकोट, माधोपुर रवि नदी पार करके लखनपुर (जिला-कठुआ) जम्मू-कश्मीर।

दरअसल, सियालकोट से जम्मू सीमा एकदम सटी थी, इसलिए हजारों परिवार जम्मू चले आए। इनमें अधिकतर दलित समाज के थे। ये सभी जम्मू, सांभा और कठुआ जिला के सरहदी इलाकों में बस गए थे। आंकड़ों के मुताबिक, तब 5 हजार, 764 परिवार यहां (जम्मू-कश्मीर) आए थे। अब इनकी तादाद करीब डेढ़ लाख तक जा पहुंची है। ये सभी सन् 1947 के शरणार्थी हैं। इनके अलावा पाक के कब्जे वाले आजाद जम्मू-कश्मीर के मीरपुर-मुजफ्फराबाद के अतिरिक्त छम्ब के शरणार्थी अलग हैं। ये सभी क्रमशः 1947, 1965 तथा 1971 के शरणार्थी हैं, जो जम्मू डिवीजन में रह रहे हैं। जब ये शरणार्थी आए थे, तब इन्हें कश्मीर घाटी में जगह नहीं मिली थी, बल्कि कश्मीर से विस्थापित कश्मीरी पंडितों को ही जम्मू में जगह मिली। इन सभी की अपनी-अपनी तकलीफ और मांगें हैं।

सबसे बड़ी दुश्वारी सियालकोट के शरणार्थियों को झेलनी पड़ रही है। आज करीब 67 साल बाद भी इन्हें जम्मू-कश्मीर की नागरिकता नहीं मिली है। वजह, धारा 370 कही जाती है। चूंकि ये तमाम विस्थापित अविभाजित ब्रिटिश-इंडिया के नागरिक थे, न कि अविभाजित जम्मू-कश्मीर के। इन लोगों का कहना है कि यहां की सरकार का हमेशा से दो तरह का रवैया रहा है। जब शेख मोहम्मद अब्दुल्ला सूबे के सर्वेसर्वा थे, तब मध्य एशिया से कुछ मुस्लिम यहां आए थे, उन्हें नागरिकता

दे दी गई थी, परंतु हम लोगों को आज चौथी पीढ़ी होने के बावजूद नागरिकता के अधिकार से वंचित रखा जा रहा है। चूंकि 'वे मुस्लिम थे, इसलिए सब कुछ हो गया। हम हिंदू हैं, हमारे लिए धारा 370 है'। शेख साहब (शेख मोहम्मद अब्दुल्ला) ने तो हमारे बुजुर्गों से यहां तक कहा था कि आप यहां से कहीं दूसरे राज्य न जाएं, आपको नागरिकता का अधिकार मिलेगा, मगर आज तक कोई वायदा पूरा नहीं हुआ है।

पश्चिमी पाकिस्तान रिफ्यूजी एक्शन कमेटी व अन्य संगठन, सूबे की नागरिकता की मांग को लेकर वर्षों से संघर्ष कर रहे हैं। सूबे की सरकार से लेकर केंद्र सरकार तक, जिनमें एनडीए और यूपीए भी शामिल हैं, सभी से गुहार लगाई, लेकिन केवल कोरे आश्वासन ही मिले। आज तक कुछ भी नहीं हुआ है। नागरिकता का अधिकार न मिलने के कारण ये पंचायत से लेकर विधानसभा चुनाव में अपना वोट नहीं डाल सकते। सूबे की कोई सरकारी नौकरी, कोटा, परमिट, बैंक से कर्जा वगैरह कोई लाभ नहीं उठा सकते हैं। केंद्र सरकार के जितने भी ग्रुप जम्मू-कश्मीर आए, उनसे भी प्रार्थना कर ली। 24 अप्रैल, 2007 को केंद्र के वर्किंग ग्रुप के समक्ष नई दिल्ली में गोलमेज कांफ्रेंस में भी यह मसला रखा गया था।

एक दिन इन विस्थापितों ने जम्मू में प्रतीकात्मक रूप से बहुत बड़ा जुलूस निकाला। यह जुलूस इन विस्थापितों के अन्य जुलूसों-प्रदर्शनों से भिन्न था। लोहे की बेड़ियां पहने ये विस्थापित हाथों में अपनी मांगों की तख्तियां लिए हुए मुंह पर काली पट्टी बांधे मौन जुलूस निकाल रहे थे। शहर के अहम् हिस्से से निकल रहे इस जुलूस के कारण जगह-जगह जाम लग गया था। कवरेज के दौरान मुझे बताया गया कि चूंकि ये सरकारें हमारी कुछ नहीं सुनतीं, हम लोग गुलामों जैसा जीवन जी रहे हैं, हमें नागरिकता तक नहीं दी गई है। जबकि दूसरे पश्चिमी मुल्कों में एक नियमित अवधि के बाद वहां की नागरिकता मिल जाती है। आतंकवादियों के हक में दुनिया की तमाम बड़ी-बड़ी मानवाधिकार संस्थाएं बोलती हैं, लेकिन हमारे मामले में बोलती बंद है-क्यूं?

सूबे की बेटियों का हक

महिलाओं के हक को लेकर शेष भारत अथवा दुनिया-भर में भले ही जो भी स्थिति हो, लेकिन जम्मू-कश्मीर में हालात बेहद शोचनीय हैं। उनके मौलिक अधिकारों के मामले में महाराजा हरि सिंह के वक्त से लेकर आज तक सूबे का संविधान यहां की धरती की बेटियों के हक में नहीं है। इसे लेकर लम्बे अरसे से कानूनी लड़ाई लड़ी जा रही है। यह जद्दोजहद सूबे के महिला स्टेट सब्जेक्ट 'लॉ' को लेकर है। इसमें साफ तौर पर कहा गया है कि यदि यहां की कोई लड़की गैर सूबे अथवा अन्य मुल्क के लड़के से विवाह करती है, तो उसके राज्य से जुड़े मौलिक अधिकार एक झटके में खत्म हो जाएंगे। दिलचस्प बात यह है कि राज्य की सियासत में एक-दूसरे के कट्टर दुश्मन पीपुल्स डेमोक्रेटिक पार्टी (पीडीपी) और नेशनल कांफ्रेंस (एनसी) इस मुद्दे पर एकमत हैं और वे सूबे के संविधान में रद्दोबदल करके महिलाओं को राहत देने को तैयार नहीं हैं।

राज्य का महिला आयोग सूबे की बेटियों के इस दर्द को समझता है और उसका रुख सकारात्मक है। बावजूद इसके, कई बेटियों को गैर राज्य के युवकों के साथ विवाह करने के बाद कानूनी लड़ाइयां लड़नी पड़ी हैं, ताकि उन्हें सूबे के मौलिक अधिकारों से वंचित न किया जाए।

उन महिलाओं में रियासत के पूर्व प्रधानमंत्री बख्शी गुलाम मोहम्मद की नातिन (क्षेत्री) रूबीना मल्होत्रा भी एक है, जो अदालत के दरवाजे पर इंसाफ मांगने गईं। रूबीना ने पंजाब के राज्यपाल रहे दिवंगत सुरेंद्रनाथ के बेटे रंजीत मल्होत्रा के साथ शादी की थी। इसके कारण रूबीना मल्होत्रा को अपनी धरती से हाथ धोना पड़ा था। चूंकि गैर राज्य के युवक के साथ शादी करने पर उसका राज्य संबंधी मौलिक अधिकार स्वतः खारिज हो गया था। इसके बाद वे यहां जमीन-जायदाद, नौकरी अथवा दूसरा काम-धंधा नहीं कर सकती हैं।

इस 'काले कानून' को लेकर महिलाओं के साथ किए जा रहे भेदभाव पर निरंतर आवाजें उठती रही हैं कि आखिर केवल महिला के शादी करने पर ही क्यों? यदि

यहां का पुरुष किसी अन्य राज्य की महिला के साथ विवाह करता है, तो फिर उसका राज्य से जुड़ा मौलिक अधिकार क्यों सुरक्षित रहता है? क्यों नहीं वह भी खत्म हो जाता?

सूबे की जागरूक महिलाओं का कहना है कि सूबे के मुख्यमंत्री रहे और केंद्र सरकार में मंत्री रहे डॉ. फारूक अब्दुल्ला ने एक ब्रिटिश मूल की महिला, पूर्व युवराज डॉ. कर्ण सिंह के बेटे एवं सूबे के पूर्व मंत्री अजातशत्रु सिंह ने दिल्ली की एक युवती से तथा अजातशत्रु सिंह के बड़े भाई ने सिंधिया घराने में विवाह किया तो ऐसे सभी विवाहों पर स्टेट सब्जेक्ट रद्द होना चाहिए। यदि ऐसा नहीं होता, तो यह बात साफ है कि सूबे का संविधान सूबे की बेटियों के साथ भेदभाव बरतता है।

राज्य के लद्दाख के लेह की रहने वाली अंगमो शानो को भी अपना स्टेट सब्जेक्ट इसलिए गंवाना पड़ा कि उसने गैर राज्य के निवासी एक कर्नल से शादी कर ली थी। शानो चूंकि ऑल इंडिया रेडियो में एक अहम पद पर कार्यरत थी, यह सेवा केंद्र सरकार के अधीन है, इसलिए उनकी नौकरी नहीं गई, मगर अब उनके बच्चे, जो बड़े हो चुके हैं, उन्हें सूबे की कोई नौकरी नहीं मिल सकती है। स्टेट सब्जेक्ट अधिकार खो जाने के डर से सूबे की अनेक युवतियां अपने मनचाहे गैर राज्य के युवक से शादी नहीं कर पाती हैं।

कुछ कानूनविदों का मानना है कि यहां लागू 'स्टेट सब्जेक्ट लॉ' भारतीय संविध ान के उद्देश्यों से परे है। यह संविधान के अनुच्छेद-16 (1) का खुल्लम-खुल्ला उल्लंघन है जिसमें सम्पन्नता की बात कही गई है। जम्मू-कश्मीर के संविधान के पार्ट चार के अनुच्छेद-22 में 'महिला के अधिकारों' का उल्लेख किया गया है, मगर इसके लागू करने में इस कदर विरोधाभास है कि भारतीय संविधान की मूल आत्मा का उल्लंघन होता है।

कविता मल्होत्रा ने इस कानून को सूबे के उच्च न्यायालय में चुनौती दी। रूबीना ने याचिका दायर करके अदालत को बताया था कि उन्हें 'बाहरी' बताकर राज्य में मेडिसिन में पोस्ट ग्रेजुएट नहीं करने दी गई। रूबीना ने अदालत से कहा कि वह इस नाइंसाफी को लेकर हर स्तर पर गुहार लगा चुकी है, जब कहीं उनकी बात सुनी नहीं गई तो अंततः अदालत आई हैं।

अक्टूबर, 2002 में उच्च न्यायालय ने काफी लम्बी चली सुनवाई के बाद ऐतिहासिक फैसला दिया कि बेटियों को गैर राज्य के युवक के साथ शादी करने के बावजूद उसका 'स्टेट सब्जेक्ट सर्टिफिकेट' खत्म नहीं हो सकता, मगर इस ऐतिहासिक फैसले को सूबे की सरकार ने दबा दिया और उसका अनुपालन नहीं किया। इसका जम्मू में प्रचंड विरोध हुआ। भारतीय जनता पार्टी की महिला कार्यकर्ताओं ने 'अंतर्राष्ट्रीय महिला अधिकार दिवस' पर सूबे की सरकार के खिलाफ

प्रदर्शन किया। सूबे की सरकार ने अदालती आदेश को दरकिनार करके विधानसभा में इस बाबत एक बिल पेश किया, जिसमें गैर राज्य के व्यक्ति से शादी करने पर सूबे की बेटी की स्थायी नागरिकता छीन ली जाए, का मसौदा था। बिल पारित होने के बाद यह कानून बन गया था।

तत्कालीन प्रधानमंत्री अटल बिहारी वाजपेयी से लेकर तब विपक्ष की नेता सोनिया गांधी ने इस मामले पर गहरी नाराजगी व्यक्त करते हुए, सूबे के मुख्यमंत्री मुफ्ती मोहम्मद सईद से मसले का हल निकालने को कहा था, मगर मुख्यमंत्री ने कोई गौर नहीं किया था यानी बेटियों के हक पर तलवार लटका दी गई थी।

जम्मू विश्वविद्यालय के प्रो. हरिओम ने इसे लेकर राज्य के उच्च न्यायालय में लड़ाई शुरू की। उन्होंने अदालत में एक जनहित याचिका 24 सितम्बर, 2004 को दायर की। इस याचिका में कहा गया था कि सूबे की सरकार अदालत के एक पूर्व आदेश के बावजूद सूबे की बेटियों को जारी करने वाले स्टेट सब्जेक्ट सर्टिफिकेट पर 'वैलिड टिल मैरिज' की मुहर लगा रही है। इस पर अदालत ने सूबे की सरकार को कहा कि ऐसी मुहर न लगाई जाए, मगर राज्य प्रशासन फिर भी वैसा ही करता रहा।

प्रो. हरिओम पुन: अदालत पहुंचे। उन्होंने अदालत से गुहार लगाई कि सूबे की सरकार उनके (अदालत) आदेश का अनुपालन न करके अदालती आदेश की अवमानना कर रही है। उच्च न्यायालय ने सख्त रुख अख्तियार करते हुए 8 अगस्त, 2005 को राज्य सरकार को अपने आदेश को अक्षरश: लागू करने का आदेश दिया। उसके बाद कहीं जाकर सरकार अदालत के आदेश को मानने को तैयार हो पाई, मगर अभी लड़ाई बाकी है। यह लड़ाई सूबे की बेटी की गैर सूबे के पति से होने वाली संतान के हक की है, क्योंकि उनके बच्चों को स्टेट सब्जेक्ट सर्टिफिकेट हासिल करने का अधिकार नहीं है। राज्य के एक नामचीन वकील सुनील सेठी उच्च न्यायालय में एक याचिका दायर करके यह लड़ाई लड़ रहे हैं।

सूबे की विधानसभा

यह बात संभवतः आश्चर्यजनक लगे कि जम्मू-कश्मीर में विधानसभा चुनाव 87 सीटों के लिए होता है, जबकि सूबे की कुल सीटें 111 हैं। यह तथ्य जम्मू-कश्मीर के संविधान में मौजूद है। जम्मू-कश्मीर में जब यह प्रिंसली स्टेट थी, तब इसकी 100 सीटें तय की गई थीं। यह सन् 1934 की बात है, तब महाराजा हरि सिंह ने अपनी स्टेट में यह प्रावधान बनाया था। भारत में विलय होने के बाद सन् 1988 में राज्य के संविधान में संशोधन करके यहां की विधानसभा की सीट संख्या एक सौ ग्यारह कर दी गई। रोचक बात यह है कि 87 विधानसभा क्षेत्र जम्मू-कश्मीर में हैं और शेष 24 इस रियासत का हिस्सा रहे पाकिस्तान के कब्जे वाले 'आजाद जम्मू-कश्मीर' के लिए खाली छोड़ी गई हैं। चूंकि भारतीय संसद ने भी प्रस्ताव प्रारित करके नियंत्रण रेखा के पार के 'आजाद जम्मू-कश्मीर' को अपने सूबे जम्मू-कश्मीर का हिस्सा माना है।

जम्मू-कश्मीर में मौजूदा सरकार नेशनल कांफ्रेंस के नेतृत्व में कांग्रेस गठबंधन की है। चुनाव 2008 में तब हुए थे, जब बाबा अमरनाथ की पवित्र यात्रा के लिए आवंटित भूमि को लेकर उठे विवाद और हिंसा के बाद तत्कालीन मुख्यमंत्री गुलाम नबी आजाद को अपने सहयोगी दल पीपुल्स डेमोक्रेटिक पार्टी (पीडीपी) का साथ छोड़ने के कारण चुनाव में उतरना पड़ा था। सन् 2008 के इस विधानसभा चुनाव में नेशनल कांफ्रेंस को-28, पीडीपी को-21, भाजपा को-11, कांग्रेस को-17, जम्मू-कश्मीर नेशनल पैथर्स पार्टी को-3, माकपा को-1, पीपुल्स डेमोक्रेटिक फ्रंट-1, जे. ऐंड के. डेमोक्रेटिक पार्टी नेशनलिस्ट-1 तथा निर्दलीय-4 निर्वाचित हुए। इस चुनाव मे सन् 2002 के विधानसभा चुनाव के मुकाबले पीडीपी को 5, भाजपा को 10 सीटों का फायदा हुआ। जबकि कांग्रेस को तीन सीटों का नुकसान हुआ। इन तीनों दलों की जीत-हार के पीछे बाबा अमरनाथ यात्रा भूमि विवाद रहा। ऐसा जानकारों का दावा रहा है। ध्रुवीकरण के कारण घाटी में पीडीपी ने और जम्मू में भाजपा ने राजनैतिक लाभ उठाया, वहीं जम्मू-कश्मीर में विधानसभा की सदस्य संख्या 36 है। कानून के मुताबिक, विधानपरिषद् की सदस्य संख्या अधिकतम 40 तक हो सकती है। छह सदस्यों को राज्यपाल मनोनीत करते हैं।

क्या नार्दर्न एरिया चीन हड़प लेगा

हम रावलपिंडी अंतर्राष्ट्रीय हवाई अड्डे पर सही वक्त पर पहुंच गए थे। गिलगित जाने के लिए हमें पाकिस्तान एयरलाइंस के एक छोटे फोकर एफ-37 में सवार होना था। सब कुछ निर्धारित समय पर हो रहा था। विमान में सवार होने के कुछ वक्त के बाद देखा कि हमारा विमान बर्फ से ढकी चोटियों के पास से गुजर रहा है। इस बीच विमान परिचारिका शगुफ्ता (नाम बदल दिया) ने चुटकी लेते हुए हमें बताया, 'जनाब! इस वक्त हमारा प्लेन नंगा पर्वत से होकर गुजर रहा है। यह वह जगह है, जहां सन् 1971 की जंग में आपकी इंडियन एयरफोर्स का एक लड़ाकू विमान यहां आकर बर्फ में धंस गया था। आज तक उसके निशान नहीं मिले।' उसके यह कहने के थोड़ी देर बाद ही हमें विमान लैंडिग के लिए बेल्ट बांधने को कह दिया गया। हम विमान की खिड़की से कुदरत के बेपनाह रोमांचित कर देने वाले नजारों को देख ही रहे थे कि अचानक हमारी नजर नीचे पड़ी तो देखा कि बड़ी तादाद में लोग कुछ नारे लिखे बैनर पकड़े खड़े थे।

विमान से बाहर आने के बाद एयरपोर्ट परिसर में ही उन लोगों ने हमें घेर लिया था। चूंकि हम अति सुरक्षित घेरे में थे, सो उन सबसे कहा गया कि वे (गिलगित) पर्यटन विभाग के होटल पहुंचे। ये अधिकतर लोग जेकेएलएफ (अमानुल्ला खां) के नुमाइंदे थे। वे आजादी के नारे लगा रहे थे। इनके अलावा कुछ और तंजीमों के भी बैनर व प्लेकार्ड दिखाई दिए थे। होटल पहुंचकर हम लोग फौरन फ्रेश हुए और फिर उन लोगों से मिलने के लिए आगे बढ़े। जैसे कि मैं पहले ही बता चुका हूं कि वे काफी बड़ी तादाद में थे। इनमें ज्यादा संख्या युवकों के अलावा बुजुर्गों और वहां की आदिम जाति के लोगों की थी।

'जानने आए हैं, तो हमारी बात इस्लामाबाद और हिंदुस्तान भी पहुंचाओ कि हम पर यहां बर्बरता हो रही है। हम महाराजा के जम्मू-कश्मीर के लोग हैं। पाकिस्तान ने कब्जा करके इस इलाके को नार्दर्न एरिया बना दिया है। हमें आजादी चाहिए.. .।' ये सब बातें वहां हर कोई कह रहा था। पाकिस्तान यहां हम लोगों की आवाज

दबाए रखने के लिए दहशतगर्दी कार्रवाइयां करवाता है। यहां चुनाव होते हैं, मगर सब कुछ दिखावा। असल में यहां राज पाकिस्तान का चलाता है, अपने एक मुख्य कार्यकारी अधिकारी के जरिए, जिसकी नियुक्ति इस्लामाबाद करता है। जनता द्वारा निर्वाचित प्रतिनिधि इस मुख्य कार्यकारी अधिकारी के अधीन होते हैं। सच लिखने-छापने वाले मीडिया पर जुल्म किया जाता है, ताकि हम लोगों की आवाज कोई न उठाए, न छापे।

उन दिनों (1 दिसम्बर, 2004) जब हम गिलगित बाल्टिस्तान में थे, तो पाकिस्तान में कश्मीर मामलों के मंत्री फैजल सालेह हयात ही मुख्य कार्यकारी अधि कारी थे। चुनाव में पाकिस्तान की राष्ट्रीय पार्टियों का ही दबदबा रहता है। मैं और मेरे साथ उस दल में शामिल गैर-पाकिस्तानी पत्रकार न केवल हतप्रभ थे, बल्कि पशोपेश में थे कि आखिर यहां के मूल बाशिंदे कैसे जीते होंगे इस माहौल में।

कुदरत ने मानो इस समूचे क्षेत्र पर खूबसूरती की अपनी पूरी रहमत बरसा दी हो, मगर आवाम बेबस और लाचार। वे आजादी चाहते हैं पाकिस्तान से यानी अलगाववाद का जबरदस्त बोलबाला। दरअसल, पाकिस्तान का यह नार्दर्न एरिया तीन तरफ से मशहूर पहाड़ी शृंखला से घिरा हुआ है। हिमालय, काराकोरम और हिंदुकुश। इसकी एक दिशा में जम्मू-कश्मीर और अफगानिस्तान, दूसरी दिशा में पाकिस्तान का उत्तर-पश्चिम सीमा फ्रंटियर प्रोविंस, तीसरी तरफ चीन का शीनजियांग पड़ता है।

स्थानीय लोग इसे बाल्टिस्तान कहना ज्यादा पसंद करते हैं। उनका कहना है कि पाकिस्तान ने इस पर जबरन कब्जा कर रखा है। यह प्रिंसली स्टेट जम्मू-कश्मीर लद्दाख का हिस्सा है।

जेकेएलएफ (अमानुल्ला खान) के अलावा बाल्टिस्तान राष्ट्रीय आंदोलन के लोग हमसे मिले। आंदोलन के महासचिव शुजात अली खान ने कहा कि पाकिस्तान ने भारत के साथ कई समझौते किए। इनमें अगस्त, 1948 संयुक्त राष्ट्र प्रस्ताव को मानना, 1966 की ताशकंद घोषणा, 1972 का शिमला-समझौता, बावजूद इसके पाकिस्तान ने अंतर्राष्ट्रीय कानूनों की धज्जियां उड़ाते हुए जम्मू-कश्मीर के एक बड़े हिस्से पर कब्जा कर रखा है। अगस्त, 1948 के संयुक्त राष्ट्र प्रस्ताव के मुताबिक पाकिस्तान को जम्मू-कश्मीर पर किए कब्जे वाले भाग को खाली करना था, मगर उसने आज तक ऐसा नहीं किया। 1949 के कराची समझौते में भी पाकिस्तान ने जम्मू-कश्मीर के हिस्से को हड़प लिया था। इस समझौते के तहत पाकिस्तान सरकार, मुस्लिम लीग तथा 'आजाद जम्मू-कश्मीर' पर पाकिस्तान ने अपना कब्जा जमा लिया।

'आजाद जम्मू-कश्मीर' में धार्मिक कट्टरता और आतंकवादी प्रशिक्षण शिविरों का बोलबाला है। यहां हिजबुल मुजाहिदीन, अल बदर, लश्कर-ए-तैयबा, हरकत-उल-मुजाहिदीन, जैश-ए-मोहम्मद वगैरह के 29 शिविर चल रहे हैं।

बाल्टिस्तान राष्ट्रीय आंदोलन ने आरोप लगाया कि यहां के बाशिंदों की आर्थिक और सामाजिक स्थिति बेहद खराब है। यहां शिक्षा की बहुत बुरी दशा है। हमें मिलने आए लोगों ने कहा कि यहां के युवकों को झूठे केसों में फंसाकर उनकी जिंदगी तबाह की जा रही है।

इन सब समस्याओं के अलावा जो उन्होंने अपनी एक सबसे बड़ी चिंता बताई, वह थी चीन के समूचे क्षेत्र में बढ़ते दखल की। उनका कहना था कि पाकिस्तान सरकार गिलगित, बाल्टिस्तान, स्कूर्दू, काराकोरम पास वगैरह चीन के सुपुर्द करने की साजिश में लगी है। हालांकि बाद में पाकिस्तान सरकार के एक प्रवक्ता ने इसे बेबुनियाद कहा। स्थानीय बाशिंदों का कहना है कि उन्होंने चीन की फौज को अनेक बार इस क्षेत्र में देखा है।

यह बात अब किसी से छिपी नहीं है कि पाकिस्तान और चीन के रिश्ते बेहद प्रगाढ़ हैं। पाकिस्तान की आर्थिक स्थिति बुरी तरह चरमराई हुई है। जाहिर है कि मदद की एवज में पाकिस्तान उसके लिए कुछ कुर्बानी भी दे सकता है। इस क्षेत्र में चीनी अड्डों की खबर तो कई सालों से है। अब यहां उसकी पीपुल्स लिबरेशन आर्मी की मौजूदगी ने कई सवाल खड़े कर दिए हैं। भारत के सेना प्रमुख रहे जनरल वी.के. सिंह से लेकर वाशिंगटन पोस्ट के पूर्व दक्षिण एरिया ब्यूरो प्रमुख सेलिंग हैरिसन, जो शोधकर्ता भी हैं, का कहना है कि चीन पाकिस्तान की नार्दर्न बॉर्डर लैंड पर कब्जा कर रहा है। चीन के दिमाग में भविष्य की कई महत्ती योजनाएं हैं। वह इस क्षेत्र से गल्फ तक सड़क व रेलमार्ग बनाना चाहता है। चीन इस क्षेत्र की पहाड़ी शृंखलाओं में कई सुरंगें (टनल) रहस्यमय ढंग से बना रहा है। वह हिमालय में से सुरंग के जरिए ईरान से गैस पाइप लाइन अपने यहां लाना चाहता है। इसके भौगोलिक तथा पर्यावरण की दृष्टि से क्या घातक परिणाम होंगे, उसकी चीन को परवाह नहीं है। हालांकि पिछले दिनों बाढ़ व काराकोरम पहाड़ी शृंखला में भूस्खलन की वजह से काराकोरम नेशनल हाइवे बुरी तरह क्षतिग्रस्त हो गया था। अब यहां रेल चलाने की भी तैयारी है। चीन की इन योजनाओं पर पाकिस्तान सरकार भले ही खुले तौर पर कुछ न बोले, मगर स्थानीय लोग बेहद चिंतित हैं। चीन यहां मानवाधिकारों की भी परवाह नहीं कर रहा है।

कश्मीर नेशनल पार्टी के एक बड़े नेता एवं डिप्लोमेटिक कमेटी के प्रमुख डॉ. शब्बीर चौधरी ने इस इलाके का जायजा लिया और बताया कि जम्मू-कश्मीर विवाद में पार्टी भी नहीं है, फिर भी चीन इस क्षेत्र में अपना कब्जा करता जा रहा है।

गिलगित-बाल्टिस्तान वगैरह में वह सभी खनिजों, महंगे पत्थरों को निकालने में लगा है, ताकि वह अपनी मिसाइल तकनीक में इनका इस्तेमाल कर सके। उन्होंने चीनी सेना की इस क्षेत्र में भारी तादाद में मौजूदगी देखी। चीन और पाकिस्तान की योजना काराकोरम नेशनल हाइवे को बलूचिस्तान के ग्वादर पोर्ट से जोड़ने की है। यहां तक रेल लाने की भी योजना है यानी चीन का इस क्षेत्र में पूरा कब्जा है।

बाल्टिस्तान नेशनल फ्रंट ने चीन की इस क्षेत्र में बढ़ती मौजूदगी पर चिंता व्यक्त करते हुए ब्रूसेल्स में एक सम्मेलन भी किया है। चीन इस क्षेत्र में न केवल धातु व महंगे पत्थरों (रत्नों) की तस्करी कर रहा है, बल्कि यूरेनियम, स्वर्ण व तांबा भी निकालकर उसकी तस्करी कर रहा है। यहां बनाए जा रहे बड़े-बड़े इंफ्रास्ट्रक्चर में वह स्थानीय लोगों को काम भी नहीं दे रहा है। चीन के इस क्षेत्र में बढ़ते दखल को सोशल साइट पर भी दर्शाया गया है। पाकिस्तान के सेना प्रमुख जनरल अशफाक कियानी 4 से 8 जनवरी, 2012 को गुपचुप ढंग से चीन गए थे, तभी कोई गुप्त समझौता हुआ था।

एक प्रमुख उर्दू रोजनामा 'बेंग-ए-सहर' ने तो यह खबर छापी कि पाकिस्तान इस समूचे क्षेत्र को चीन को 52 साल के लिए लीज पर दे रहा है। इससे जबरदस्त सनसनी फैल गई है। इस अखबार ने यह भी लिखा कि पाकिस्तान की आर्थिक स्थिति बहुत खराब है, फिर अब अमेरिका से भी पहले जैसे बढ़िया सम्बंध नहीं रहे, इसलिए चीन से वह आर्थिक मदद के साथ रिश्ते भी और ज्यादा गहरे मजबूत बना लेना चाहता है।

पाकिस्तान ने तभी इन खबरों का खंडन करते हुए इसे कोरी बकवास कहा था।

15 मार्च, 2012 को भारत की संसद में गिलगित-बाल्टिस्तान को लेकर घट रही घटनाओं पर सवाल उठा था। इस पर सरकार ने माना था कि इस प्रकार की खबरें मीडिया में आई हैं, इस पर हम नजर बनाए हुए हैं।

यह इत्तेफाक ही था कि गिलगित से जब हमें हवाई मार्ग से रावलपिंडी लौटना था, उस दिन मौसम खराब हो गया। अगले दिन हम एक बस से कराकोरम नेशनल हाइवे के एकमात्र रास्ते से रावलपिंडी के लिए रवाना हुए थे। पूरा रास्ता गजब का खूबसूरत था, मगर गिलगित में हमें जो कुछ सुनने व देखने को मिला, वह वास्तव में बेहद चिंताजनक था। वहां स्थानीय बाशिंदे घुट-घुटकर जी रहे हैं। उनकी कोई कहीं सुनवाई नहीं। हम पत्रकार उनकी पीड़ा मीडिया में छाप सकते थे, परंतु पाकिस्तान और चीन से निजात पाने की इनकी अंतहीन जंग आज भी जारी है।

चालबाजी: सीआईए की 'द वर्ल्ड फैक्ट बुक'

पश्चिमी मुल्कों का नजरिया और नीयत हमेशा से भारत के खिलाफ रही है। जम्मू-कश्मीर को लेकर भारत और पाकिस्तान के रिश्तों के बीच कड़वाहट को भी इन्हीं देशों ने हवा दी है। यह भी जगजाहिर है कि पाकिस्तान द्वारा थोपी गई जंगों का नुकसान इन दोनों मुल्कों ने उठाया है। अमेरिका की खुफिया एजेंसी सीआईए (सेंट्रल इंटेलिजेंस एजेंसी) भी शरारतबाजी का खेल खेलती रही है। सीआईए ने विश्व की 267 सत्ताओं की खोजबीन के आधार पर 'द वर्ल्ड फैक्ट बुक' तैयार की। इसका पहला वर्गीकृत सम्पादित रूप अगस्त, 1962 में तैयार हुआ, जिसे समय-समय पर सम्पादित करके ठीक किया जाता रहा है। वेबसाइट पर यह अक्टूबर, 1999 से उपलब्ध है।

इस 'द वर्ल्ड फैक्ट बुक' में विभिन्न मुल्कों अथवा सत्ताओं के इतिहास, आवाम, सरकार, आर्थिक स्थिति, भूगोल, संचार, परिवहन, सेना तथा राष्ट्रपारीय वगैरह मुद्दों का जिक्र है। इसमें विश्व के प्रमुख क्षेत्रों, महासागरों के नक्शों व झंडों को भी दर्शाया गया है। इसमें खास चौंकाने वाली तथ्यात्मक बात यह रही कि अविभाजित जम्मू-कश्मीर को तीन हिस्सों में दिखाया गया, जिसमें पाक के कब्जे वाले 'आजाद जम्मू-कश्मीर' को पाकिस्तान का 'अविभाज्य अंग', चीन के कब्जे वाले अक्साई चीन को चीन के प्रशासन का कश्मीर तथा भारत के जम्मू-कश्मीर को 'विवादित क्षेत्र' दर्शाया गया। सीआईए की इस खोजपरक किताब 'द वर्ल्ड फैक्ट बुक' ने इस तरह नक्शों के जरिए चित्रण करके एक बहुत बड़ा विवाद खड़ा कर दिया। जाहिर है कि भारत सरकार का इस पर गहरा ऐतराज उठाना एकदम वाजिब रहा। हालांकि सीआईए का यह भी दावा रहा कि इस किताब का इस्तेमाल अमेरिकी प्रशासन के अफसरों के लिए है। जानकारों ने सवाल उठाया कि आखिर अमेरिकी खुफिया एजेंसी सीआईए को किसने यह

अधिकार दिया कि वह इतिहास और तथ्यों को उलट-पुलट दे। इसे अमेरिकी साजिश कहें या फिर शरारतबाजी, लेकिन इससे यह साफ प्रमाणित होता है कि अमेरिकी प्रशासन भारत और पाकिस्तान के बीच हमेशा वैमनस्य की स्थिति बनाए रखना चाहता रहा है।

इस पर जब भारत की ओर से घोर आपत्ति और नाराजगी का इजहार हुआ तो कई बरसों यानी काफी लम्बे अरसे बाद सीआईए ने अब इसे सुधारने की कोशिश की। एयर कोमोडोर (सेवानिवृत्त) स. जसजीत सिंह ने मई, 2013 के एक लेख में उल्लेख किया कि 'सीआईए' द्वारा अभी हाल में जारी जम्मू-कश्मीर के नए नक्शे में नियंत्रण रेखा के पूर्व के रीजन को भारत का जम्मू-कश्मीर राज्य और इसके पश्चिम के क्षेत्र को पाकिस्तान के नियंत्रण का कश्मीर दर्शाया है।

सीआईए की इस किताब में सियाचीन को भी 'आजाद जम्मू-कश्मीर' का एक रीजन दर्शाया गया है। जिस पर सन् 1984 से भारत का कब्जा दिखाया गया था, उसे भी दुरुस्त किया गया है। जानकारों का यह भी मानना है कि भारत और पाकिस्तान के रिश्तों को खराब बनाए रखने में पश्चिमी मुल्कों के साथ अब चीन भी पाकिस्तान के साथ खड़ा है। उसने बलूचिस्तान की ग्वादर पोर्ट पर अपने सैन्य ठिकाने बना लिए हैं, ताकि जम्मू-कश्मीर को लेकर हमेशा सिरदर्द बना रहे।

आतंकवाद से लड़ने को तैयार औरतें

कहते हैं कि जब औरत खड़ी हो जाती है, तो बड़े-बड़े सूरमाओं को हिलाकर रख देती है। झांसी की रानी को हमने देखा तो नहीं, लेकिन उनकी बहादुरी के किस्से जरूर सुने हैं। ऐसा ही एक नया चेहरा था नियंत्रण रेखा के जुड़वां जिले राजौरी-पुंछ में औरत का। वह औरत, आतंकवादी जिसके कान, नाक व होंठ काट देते रहे, अब उनसे लोहा लेने के लिए तैयार हो गई। इस औरत ने न केवल चुनाव में सक्रिय भागीदारी करके आतंकवादियों की धमकियों की परवाह नहीं की, बल्कि वह हथियार चलाने का प्रशिक्षण लेकर उनसे मुकाबला करने को तैयार हो रही है।

पाकिस्तान के कब्जे वाले आजाद जम्मू-कश्मीर से सटे इन दोनों जिलों में बरसों तक आतंकवादियों की तूती बोलती रही है। आतंकवादी जब-तब यहां किसी के घर में घुस जाते और मनमानी से सामान लेकर हत्याएं तक करके चले जाते। ऐसे खौफनाक माहौल से बाहर निकलकर इन महिलाओं में जीने-मरने का अजीब जज्बा दिखाई दिया। यहां की औरत की यह नई तस्वीर निश्चित तौर पर आतंकवाद का मुकाबला करने के लिए काफी है।

इन सरहदी जिलों में आतंकवादी महिलाओं के नाक, कान काटकर खौफनाक सजा देते तो कभी उनकी गर्दन काटकर मार डालते। इस तरह की घृणित वारदातें विदेशी आतंकवादी करते रहे हैं। हालांकि इन विदेशी आतंकवादियों के साथ लोहा लेने की पहली कोशिश पुंछ, सूरजकोट के गांव मढ़ा के कुछ नौजवानों ने की थी। मढ़ा क्षेत्र हिलकाका के करीब है। जहां विदेशी लश्कर-ए-तैयबा व जैश-ए-मोहम्मद के आतंकी बरसों से गुप्त अड्डे बनाकर रह रहे थे। इन्हें सेना ने कई दिनों तक चले 'ऑपरेशन सर्पविनाश' के बाद नष्ट करने में कामयाबी हासिल की थी। जम्मू-कश्मीर में अपनी पोस्टिंग के दौरान इन सब पर मैंने कई खबरें भी की थीं। इस 'ऑपरेशन सर्पविनाश' में बड़ी तादाद में विदेशी आतंकवादी मारे गए थे।

दरअसल, मढ़ा गांव के कई युवक सऊदी अरब में नौकरी करते हैं। जानकारों

का कहना है कि पहले आतंकवादी जेहाद के नाम पर इन युवकों से वसूली करते रहे थे, पर जब इन विदेशी आतंकवादियों ने उन्के परिवार की महिलाओं के साथ जोर-जबरदस्ती का सिलसिला शुरू किया और कुछ यौन शोषण के कारण गर्भवती हो गईं तो जानकारी मिलने के बाद ये युवक नौकरी छोड़कर स्वदेश लौट आए और अपने गांव पहुंचे। उन्होंने आपस में धन एकत्रित करके आतंकवादियों के खिलाफ जेहाद की तैयारी की। सेना से सम्पर्क किया तो सेना ने उन्हें थ्री-नॉट-थ्री के अलावा एके-47 राइफल्स चलाने का प्रशिक्षण दिया।

आतंकवाद के खिलाफ खुले तौर पर लड़ाई लड़ने वाले इन चंद युवकों में मढ़ा गांव के आरिफ, ताहिर, कासिम व असलम भी शामिल थे, लेकिन बाद में अलग-अलग गांवों में जब युवक आगे आए तो यह संख्या सैकड़ों में पहुंच गई। हिलकाका जैसे उच्च दुर्गम इलाके में सेना ने वहां अड्डा जमा चुके विदेशी आतंकवादियों के खिलाफ जो सफल अभियान चलाया, उसके पीछे भी इन्हीं युवकों की अहम भूमिका रही थी।

मर्दों को हथियार उठाते देख अपने घर में चूल्हा-चौका करने वाली औरतों ने भी आत्मरक्षार्थ हथियार उठा लिये। इसकी शुरुआत औरतों ने सेना के बजाय अपने घर के मर्दों से प्रशिक्षण लेकर की। प्रशिक्षित औरतों की तादाद में निरंतर इजाफा हो रहा है। हालांकि जोखिम काफी बढ़ गया है, चूंकि आतंकवादियों को इसकी भनक लग गई है। बावजूद इसके ये प्रशिक्षित महिलाएं ग्राम सुरक्षा समिति में शामिल हो गई हैं। इनमें अधिकतर गुज्जर बक्करवाल समुदाय की हैं।

जम्मू-कश्मीर का जिला उधमपुर, डोडा, पुंछ, राजौरी, कठुआ, श्रीनगर, बारामूला, कुपवाड़ा, पुलवामा, बड़गांव, अनंतनाग या लद्दाख हो अथवा पाकिस्तान के कब्जे वाला आजाद जम्मू-कश्मीर का मीरपुर, मुजफ्फराबाद या नार्दर्न एरिया का गिलगित, हुंजा घाटी तथा बाल्टिस्तान जैसे इन तमाम इलाकों में गुज्जर व बक्करवाल समुदाय की अच्छी-खासी तादाद है। इनमें से बहुत कम युवक ही आतंकवाद की ओर गए। यही वजह है कि ये दोनों समुदाय मुख्यतः दुर्गम पहाड़ों पर रहते हैं और आतंकवादियों का निशाना बने रहते हैं। ये दोनों ट्राइब-कम्युनिटी जम्मू-कश्मीर की आबादी का 20 फीसदी हैं। घाटी में अलगाववादियों से लेकर कुछ मुख्यधारा की पार्टी, जिनमें नेशनल कांफ्रेंस भी है, इसके नेता उमर अब्दुल्ला 'आर्म्ड फोर्सेज स्पेशल पावर एक्ट-1958' को हटाने की मांग करते रहे हैं। 1990 से यहां लागू इस विशेष एक्ट के कारण सुरक्षा बलों को आतंकवादियों से निपटने में मदद मिलती है। पिछले दिनों यहां के गुज्जर-बक्करवाल समुदाय के नेताओं ने रक्षामंत्री ए.के. एंटोनी से मिलकर कहा कि वे किसी भी दबाव में इस विशेष एक्ट को न हटाएं, वरना उनकी कौम हमेशा खतरे में रहेगी।

चूंकि उच्च दुर्गम इलाकों में आम तौर पर यही समुदाय रहते हैं। इन्हीं के साथ आतंकवादी सबसे ज्यादा जुल्मोसितम करते हैं। एक हथियार प्रशिक्षित महिला गुलजार बी (बदला हुआ नाम) ने पूछने पर बताया कि आतंकवादी औरतों की इज्जत के साथ खिलवाड़ करते हैं, इसलिए बहुत कुछ सहने के बाद अब हमें बंदूक का सहारा लेना पड़ा है।

एक अन्य व्यक्ति अब्दुल कय्यूम ने बताया कि औरतों को हथियार चलाने का प्रशिक्षण लेने की भनक आतंकवादियों को लग चुकी है। अब वे पहले की तरह बेखौफ अचानक किसी के घर पर नहीं आ धमकते। हालांकि हमारे लिए जोखिम बढ़ गया है।

दिलचस्प बात यह है कि जहां इस जुड़वां जिले में औरतें आत्मरक्षार्थ हथियार चलाने का प्रशिक्षण ले रही हैं, वहीं स्थानीय निकाय चुनाव में खुलकर अपनी भागीदारी कर रही है। लश्कर-ए-तैयबा और हिजबुल मुजाहिदीन का पुंछ में सर्वाधिक खौफ है, तो राजौरी में हिजबुल मुजाहिदीन पीर पंजाल रेंज के साथ अलबदर की दहशत है। इन आतंकवादियों की धमकियों को दरकिनार करके यहां की महिलाओं ने चुनावों में बढ़-चढ़कर शिरकत की।

राजौरी के थानामंडी क्षेत्र में, जो आतंकवादियों का गढ़ माना जाता रहा है, वहां भी महिलाओं ने मतदान में भाग लिया, वहीं कई महिला प्रत्याशी चुनाव मैदान में उतरीं। यहां की पवित्र शाहदरा शरीफ दरगाह पर न केवल मुस्लिम, बल्कि हिंदू व सिख बड़ी तादाद में जियारत करने आते हैं।

आतंकवादियों की धमकियों के बावजूद चुनाव में बढ़-चढ़कर हिस्सा लेना, हथियारों का प्रशिक्षण लेकर आत्मरक्षा करना, यहां की औरत का एक नया चेहरा सामने आया है, मगर यहां औरत की यह जंग अंतहीन लगती है।

हजरत बल दरगाह

जुलाई, 1993 में भारत सरकार के आंतरिक सुरक्षा राज्यमंत्री राजेश पायलट ने कश्मीर के हालात पर कहा था कि अलगाववादी आंदोलन से निपटने के दौरान मानवाधिकारों का भी सम्मान किया जाए। उसी दौरान भारत सरकार ने 'अंतर्राष्ट्रीय मानवाधिकार आयोग' के एक दल को जम्मू-कश्मीर जाने की अनुमति दी थी। सरकार ने अक्टूबर में 'मानवाधिकार सुरक्षा संगठन' एक्ट-1993 के तहत राष्ट्रीय मानवाधिकार आयोग का गठन कर दिया था, ताकि सुरक्षा बल अपने कर्तव्य का निर्वहन करते समय मानवाधिकारों का भी ध्यान रखें।

18 अक्टूबर, 1993 की ही बात है कि मशहूर हजरत बल मस्जिद की दरगाह अंतर्राष्ट्रीय सुर्खियां बनीं। इस मस्जिद की पवित्र दरगाह के करीब आतंकवादी खुलेआम अपने हथियारों के साथ परेड की शक्ल में घूम रहे थे। उस वक्त वे वहां मौजूद पत्रकारों के साथ न केवल मुस्कराते हुए बातें कर रहे थे, बल्कि अपने हथियार भी लहरा रहे थे। जेकेएलएफ तथा हिजबुल मुजाहिदीन के नेताओं के साथ हथियारबंद युवक सटे हुए थे। पूरा इलाका आतंकवादियों के नियंत्रण में था। शुरुआत में सुरक्षा बलों का आस-पास कोई निशान तक नहीं था। पवित्र दरगाह की स्थिति बेहद संवेदनशील थी। अंतत: हालात नियंत्रण से बाहर होने पर सुरक्षा बलों ने पोजीशन लेनी शुरू की। आजम इंकलाबी ने आरोप लगाया कि भारतीय सेना मस्जिद दरगाह को नुकसान पहुंचाना चाहती है, जबकि ऐसा कतई नहीं था। बाद में पाकिस्तान ने भी बयान दे डाला कि मस्जिद के आस-पास भारतीय सुरक्षा बलों की मौजूदगी ठीक नहीं है। पाकिस्तान ने कहा कि उन्हें लगता है कि भारतीय सुरक्षा बल, स्वर्ण मंदिर, अमृतसर जैसी कार्रवाई न करें, जैसा कि सन् 1984 में वहां सिख आतंकवादियों के खिलाफ कार्रवाई की थी।

तब जम्मू-कश्मीर पुलिस के महानिदेशक एम.एन. सब्बरवाल ने कहा था कि एक धार्मिक स्थल, जो कश्मीरियों का बेहद प्रिय है, उसका इस्तेमाल आतंकवादी कर रहे थे। न केवल अपने छिपने के ठिकाने के लिए, बल्कि जांच-पड़ताल के

लिए भी। हमारे पास कारण था कि हजरत मोहम्मद साहब के जिस पवित्र-स्मृतिशेष को संभालकर रखा गया था, उसे आतंकवादियों का इरादा क्षतिग्रस्त करना था। यह आतंकवादी कार्रवाई सुरक्षा बलों को बदनाम करने की साजिश थी, इसलिए हमें पवित्र स्मृतिशेष को बचाने के लिए हजरत बल में जाना पड़ा था।

मस्जिद के भीतर सैकड़ों आतंकवादी और अन्य लोग मौजूद थे। सब कुछ शांतिपूर्ण ढंग से निपट जाए, इसलिए अंदर खाना भी भेजा जा रहा था। बिचौलिए वार्ता कर रहे थे। आखिरकार 32 दिन बाद गतिरोध टूटा और आतंकवादियों ने आत्मसमर्पण कर दिया था। किसी प्रकार का कोई नुकसान अथवा एक गोली तक नहीं चली थी। बावजूद इसके बिजबेहड़ा में लोगों का सुरक्षा बलों के खिलाफ विरोध जारी रहा। काफी हिंसक माहौल होने के बाद वहां गोलीबारी हुई, जिसमें कई लोग जख्मी हुए थे। इसके लिए सीमा सुरक्षा बल के जवानों को जिम्मेदार ठहराया गया था। आतंकवादी फिर मस्जिद पर कब्जा न कर पाएं, इसके लिए भारत सरकार ने सुरक्षा बलों को तैनात कर हजरत बल के आस-पास कई बंकर बना दिए थे।

हुर्रियत कांफ्रेंस ने इसे गैर-इस्लामिक करार दिया था। पाकिस्तान की तत्कालीन प्रधानमंत्री बेनजीर भुट्टो ने मानवाधिकार के संयुक्त राष्ट्र कमीशन, जेनेवा में इसे मुद्दे के तौर पर उठाते हुए कहा था कि कश्मीर के हालात अब बर्दाश्त से बाहर हैं। इस पर भारत के वित्त मंत्री वहां के हालात बयानी कर रहे हैं। डॉ. फारूक अब्दुल्ला ने भारत का पक्ष रखते हुए कहा कि पाकिस्तान अपने यहां हथियारों के प्रशिक्षण शिविर लगाकर आतंकवादी तैयार कर रहा है। इसके कारण ये हालात हैं कश्मीर के। उन्होंने पाकिस्तान की कड़े शब्दों में निंदा भी की थी।

हालांकि भारत सरकार और सुरक्षा बलों द्वारा हर संभव प्रयास जारी थे कि घाटी में अमन का माहौल बने, मगर अलगाव और आतंकवाद से जुड़े लोग ऐसा कतई नहीं होने देना चाहते थे। मार्च, 1994 में नेशनल कांफ्रेंस के एक बड़े नेता एवं जम्मू-कश्मीर के विधानसभा अध्यक्ष वली मोहम्मद बट्ट की आतंकवादियों ने हत्या कर दी। आतंकवादियों ने धमकी दी कि वे राज्य में खासकर कश्मीर में किसी तरह की राजनैतिक प्रक्रिया नहीं चलने देंगे।

राजेश पायलट ने तब भटके कश्मीरी युवकों के पुनर्वास की बात कही। डॉ. कर्ण सिंह ने इसका समर्थन करते हुए कहा था कि उन भटके हुए युवकों से बातचीत की जा सकती है। 15 अगस्त को उसी साल प्रधानमंत्री नरसिंह राव ने लालकिले की प्राचीर से अपने भाषण में कहा था कि राज्य में हालात सामान्य करने के लिए राजनैतिक प्रक्रिया शुरू की जाए, ताकि संवाद का सिलसिला शुरू हो। सरकार ने कई बड़े कश्मीरी नेताओं को रिहा कर दिया था। इनमें शब्बीर शाह, सैयद अली शाह गिलानी, अब्दुल गनी लोन समेत 276 लोगों को रिहा किया गया था। इससे पहले

मई में यासीन मलिक जमानत पर छूट चुके थे। सरकार ने इन नेताओं से चुनाव में भाग लेने की अपील की, जिसे सभी ने नामंजूर कर दिया था।

सरकार के साथ-साथ भारतीय सेना को भी कई तरह के दबाव का सामना करना पड़ रहा था। सेना के जवान हो या अफसर, सभी को मानवाधिकारों का पाठ पढ़ाया जा रहा था, मगर आतंकवादी गुरिल्ला वार से बाज नहीं आ रहे थे। ऐसी स्थिति में आतंकग्रस्त क्षेत्र में तैनात सेना तथा अन्य सुरक्षा बलों के जवान मानसिक तनाव के चलते कई तरह की गंभीर बीमारियों के शिकार बनते जा रहे थे। जवानों को कड़ी चौकसी के साथ बंकरों में लगातार खड़ा रहना पड़ता है। हर पल की थोड़ी-सी लापरवाही कई बार बड़े हादसों को अंजाम देने में सहायक हो जाती है।

24 मार्च, 1994 को आतंकवादियों के आत्मघाती ग्रुप ने सेना पर एक बड़ा हमला किया। श्रीनगर के बादामी बाग छावनी के बाहर इस धमाके में एक मेजर जनरल ई.डब्ल्यू. फर्नांडिस शहीद हो गए, जिन्होंने महानिदेशक मिलिट्री-इंटेलिजेंस का पदभार संभाला था। उनके अलावा 13 जवान भी शहीद हो गए थे, कई जख्मी हुए थे। इस हमले की जिम्मेदारी जमीयत-उल-मुजाहिदीन ने ली थी। बावजूद इसके सेना व अन्य सुरक्षा बल संयम रखने के आदेश से बंधे रहते।

पाकपरस्त आतंकवादी लगातार हमले कर रहे थे। राजेश पायलट ने भटके कश्मीरी युवकों को आत्मसमर्पण के लिए प्रेरित किया। इसका असर साफ दिखाई देने लगा था। पुंछ-राजौरी के अलावा घाटी में पाक से प्रशिक्षण पाए युवकों ने आत्मसमर्पण करना शुरू कर दिया था। इससे पाकिस्तान, उसकी खुफिया एजेंसी आईएसआई और जम्मू-कश्मीर में उनके शुभचिंतकों की नींद उड़ गई। इन्हें हल्द्वानी कहा जाने लगा। पाक से हथियारों का प्रशिक्षण पाए नौजवान अब आतंकवादियों को उन्हीं की तर्ज पर जवाब देने लगे। इन्हें आत्मसमर्पित-आतंकवादी कहा गया। इनका एक बड़ा ग्रुप कूकापरे के नेतृत्व में खड़ा किया गया। कूकापरे कश्मीरी लोकगायक भी था। उसे मोहम्मद यूसुफ उर्फ जमशेद शिराजी भी पुकारा गया। तंजीम का नाम रखा गया इख्वान-उल-मुस्लिमून। यह ग्रुप इख्वान-उल-मुस्लिमीन से अलग हुआ था। नब्बे के दशक में इन इख्वानियों ने हिजबुल मुजाहिदीन की कार्रवाइयों को रोकने के अलावा जमात से जुड़े कई लोगों को मार गिराया, उस वक्त हिजबुल मुजाहिदीन के आतंकवादी भी, जो उनके साथ थे, वे भी मारे गए। इन इख्वानी नौजवानों की मार्फत सुरक्षा बल अपनी सकरात्मक बातें व काम आवाम तक पहुंचाने लगे।

सुरक्षा बलों को इन इख्वानियों की वजह से कई कामयाबियां मिली थीं। सन् 1990 में मुख्यधारा में लौटने पर जावेद हुसैन शाह ने नेशनल सिक्योरिटी ऑर्गेनाइजेशन बनाया, फिर सत्तारूढ़ नेशनल कांफ्रेंस से एम.एल.सी. बने। शाह के अलावा शेख ताहिर, लियाकत अली खान, उस्मान माजिद, मुश्ताक अहमद लोन, पापा

किश्तवाड़ी, इमरान राही, अब्दुल गनी नाजमी प्रमुख नाम हैं, जो आतंकवाद का रास्ता छोड़कर मुख्यधारा से जुड़े थे। इनमें उस्मान माजिद सूबे के पीडीपी नेतृत्व वाली सरकार में मंत्री भी बने थे। इख्वानी संगठनों ने 'मुत्तेहदा कौमी महाज' नाम से एक मोर्चा बनाया, जिसके अध्यक्ष जावेद हुसैन शाह बने। इनका मकसद आतंकवाद को कुचलना था।

सन् 2012 तक 408 आतंकियों ने आत्मसमर्पण किया था। इनमें 279 अलग-अलग आतंकवादी तंजीमों के कमांडर भी थे। सर्वाधिक आत्मसमर्पण सन् 1996 में 655 हुए थे। 2012 में केवल एक आत्मसमर्पण हुआ था। सरकार आत्समर्पण नीति के तहत इन्हें 3 लाख रुपये का 3 साल का फिक्स डिपोजिट के अलावा 3 हजार रुपये प्रतिमाह देती है, जिन्हें यह दाम दिया जा रहा है, उनकी संख्या 2 हजार 881 पता चली है। सरकार की आत्मसमर्पण नीति का कुछ राजनैतिक दलों ने विरोध भी किया है। इस बाबत सुप्रीम कोर्ट, भारत में याचिका पर सुनवाई चल रही है।

जानकारों का कहना है कि राजेश पायलट के असमय निधन से जम्मू-कश्मीर में आतंकवाद को रोकने की कोशिशों को धक्का लगा था। हालांकि उन पर मई, 1994 में श्रीनगर में दो बार आतंकवादी हमला हुआ था, लेकिन वे सकुशल बच निकले थे।

और मजबूती की जरूरत

सरहद पर जब भी घुसपैठ, गोलीबारी अथव जवानों (भारतीय) के गले काटने जैसी घटनाएं हुईं, तो देश में कई जगह हलचलें हुईं। खुफिया एजेंसियां और यहां तक कि सरकार भी बेहद सक्रिय दिखाई देती है। बाद में सब कुछ सामान्य-सा लगता है, पर वहीं पाकिस्तान अपनी रक्षात्मक नीति को लगातार मजबूत करता जा रहा है। वह सरहद के एकदम करीब पक्के बंकर बनाता है और अपनी बॉर्डर एक्शन टीम (बैट) के जरिए जम्मू-कश्मीर में प्रॉक्सीवार को जारी रखता है। यही वजह है कि वह बार-बार सीजफायर का उल्लंघन भी करता है और आतंकवादियों की घुसपैठ को भी अंजाम देता है। वह इसके लिए दुनिया भर को मुंह चिढ़ाता रहता है।

वहीं हमारे जवान पूरी मुस्तैदी के साथ सरहदों की रक्षा करते हैं, लेकिन उनके पास जरूरी सुविधाएं अथवा सामान नाममात्र दिखता है। यूं कहें तो अधिक ठीक रहेगा कि जम्मू-कश्मीर की खासकर भारत-पाक सीमा पर मोर्चाबंदी को लेकर उठाए गए कदमों में खामियां मौजूद हैं। कुछ साल पहले मैंने भारत-पाक सीमा के एक क्षेत्र में जाकर जो देखा, वह एकदम किसी को भी दंग कर देने के लिए काफी है। उस पर तब अपने दैनिक हिंदी अखबार में खबर भी प्रकाशित हुई थी।

घास-फूंस के छप्पर डालकर सीमा सुरक्षा बल के जवान दुश्मन की ओर निगाह गड़ाए बैठे थे। उनकी अपनी सुरक्षा के लिए सैंड-बैग (रेत के बोरे) तक पर्याप्त नहीं थे। वहीं, पाक रेंजर्स की निगरानी पिकेटें, बालू व सीमेंट के कट्टों से काफी मजबूत व सुरक्षित बनी हुई थीं। वहीं उनके पास साइलेंसर युक्त अत्याधुनिक हथियार भी थे। ऐसी स्थिति में उनकी ओर से की गई फायरिंग का तभी पता चलता है, जब पाक रेंजर्स अपना निशाना भेद लेते हैं।

उन दिनों जब मैं इस खास सेक्टर की अग्रिम चौकी तक गया तो वहां जवानों को खुले में पोजीशन लेकर सुरक्षा करते देखा। उनके आगे सैंड-बैग नाममात्र ही थे। ऐसी स्थिति में दबी जुबान में जवानों का कहना था कि सैंड-बैग तक के लिए पर्याप्त धनराशि नहीं है। एक अधिकारी ने बताया कि यहां रात के वक्त होने वाली

घुसपैठ अथवा अन्य किसी हरकत पर नजर रखने के लिए 52 सोलर लैम्प लगाए गए, जिनमें अधिकतर खराब ही रहते हैं। ऐसी स्थिति में आतंकवादी घुसपैठ अथवा दुश्मन की किसी रात्रि-चाल का कैसे पता चले? पूछने पर उन्होंने कहा कि बड़े अधिकारियों को इसकी जानकारी दी जा चुकी है, फिर भी यही हालत है। पर्याप्त जवान न होने के कारण 400-500 गज का क्षेत्र मात्र 3-4 जवानों को देखना पड़ता है।

कालांतर में पाकिस्तान ने भारत-पाक सीमा से एकदम सटकर कई नए पक्के बंकर बना लिये। कुछ जगह नई मस्जिदों का भी निर्माण किया गया, जहां संदिग्ध लोगों की गतिविधियां देखी गईं। जाहिर है कि जिस तरह पाकिस्तान की ओर से लगातार सीजफायर के उल्लंघन से लेकर आतंकवादी घुसपैठ तथा सरहद पर गोलाबारी की घटनाओं को अंजाम दिया जा रहा है, जरूरत है कि जम्मू-कश्मीर समेत पूरे भारत के लिए और पुख्ता पर्याप्त सुरक्षात्मक कदम उठाए जाएं, वरना पाकिस्तान की बॉर्डर एक्शन टीम (बैट) जिसमें पाक फौज, आईएसआई तथा प्रशिक्षित आतंकवादियों का गठजोड़ है, भारत विरोधी अपनी गतिविधियों को अंजाम देने से बाज नहीं आएंगे।

हिंदू जेहादी

जम्मू-कश्मीर में जेहाद के नाम पर बंदूक उठाने वाले सभी मुसलमान ही नहीं, बल्कि हिंदू युवक भी हैं। मुस्लिम आतंकवादियों की भांति भारतीय सुरक्षा बलों पर हमले करने में इन्हें भी कोई गुरेज नही। इनकी तादाद कम है, मगर ये हिंदू मजहब बदलकर मुसलमान बने आतंकवादी जम्मू डिवीजन के विभिन्न जिलों में सक्रिय हैं। इनमें कई तो मुठभेड़ों में मारे भी जा चुके हैं। जम्मू-कश्मीर पुलिस तथा सुरक्षा बलों का तर्क है कि आतंकवादी तंजीमों के जमींदोज कार्यकर्ता, जिनमें दुरुह इलाके में स्थित मस्जिदों के इमाम वगैरह भी हैं, इनका ब्रेनवाश करके इन्हें आतंकवाद की अंधी गली में धकेल रहे हैं।

जम्मू-कश्मीर में हिंदू युवकों का आतंकवाद में कूदना, हर किसी को हतप्रभ कर सकता है। सन् 2002 में जब यहां जम्मू-कश्मीर पोस्टिंग के दौरान मुझे इसकी जानकारी मिली तो उत्सुकता हुई जानने की कि क्या कारण है हिंदू युवकों के जेहादी बनने के। पहला मामला जिला उधमपुर के थनौल के श्यामलाल का पता चला था। हिजबुल मुजाहिदीन तंजीम में शामिल होने के बाद वह लश्कर-ए-तैयबा में चला गया था। जहां उसका नाम श्यामलाल से शम्सदीन रख दिया गया। यहीं का एक बिहू कुमार भी हिजबुल मुजाहिदीन का आतंकवादी बन गया। ये दोनों आतंकवादी राजौरी में सक्रिय रहे हैं। राजौरी में एसएसपी रहे शफाकत कटाली का कहना है कि उनके जिला क्षेत्र में ऐसी जानकारियां हैं कि कई हिंदू युवक आतंकवादी बन गए हैं और सक्रिय हैं। इन युवकों ने ऐसा क्यों किया, इसकी ठोस वजह मालूम नहीं हुई है।

नियंत्रण रेखा के इस जिले में मजहब बदलकर आतंकवादी बनने वाले हिंदू युवक अलबदन, हिजबुल मुजाहिदीन तथा लश्कर-ए-तैयबा में शामिल हुए। चूंकि अब इन आतंकवादी तंजीमों को उनके मनमाफिक तादाद में मुस्लिम युवक नहीं मिल पा रहे हैं, इसलिए वे हिंदू युवकों पर डोरे डाल रहे हैं। इन युवकों के परिजन अथवा करीबी यह कहते हैं कि चूंकि राज्य सुरक्षा बल (पुलिस समेत) उन्हें तंग तथा

प्रताड़ित करते थे, इसलिए वे आतंकवादी बन गए। जब पुलिस अथवा सुरक्षा एजेंसियां उनके घरों पर छापा मारती हैं, तो जवाब मिलता है कि उनका अब उससे (आतंकवादी) कुछ लेना-देना अथवा सम्बंध नहीं है।

जिला उधमपुर के बंसीलाल और रामलाल, दोनों हिजबुल मुजाहिदीन के साथ जुड़े हैं। मजहब बदलकर इनका नाम हजरत और भलड़ है। ये दोनों हथियारों का प्रशिक्षण लेने के लिए नियंत्रण रेखा पार करके पाक के कब्जे वाले आजाद जम्मू-कश्मीर गए, जहां इन्हें पूर्ण जेहादी बनाया गया। जानकारों का कहना है कि इन्हें न केवल आजाद जम्मू-कश्मीर स्थित प्रशिक्षण कैम्पों में भेजा जाता है, बल्कि राज्य के उच्च दुर्गम दूरस्थ इलाकों में भी इस तरह का प्रशिक्षण दिया जाता रहा है, जहां तक सुरक्षा बलों की पहुंच काफी मुश्किल होती है। जो हिंदू युवक आतंकवादी नहीं बन पाते, वे गाइड बन जाते हैं। ये गाइड सरहद पार से प्रशिक्षण लेकर आए बाहरी आतंकवादी को इलाकों का रास्ता बताते व अन्य जानकारियां देते हैं।

डोडा के अपर रिचीज के एक गांव जोहान्ड का रहने वाला कुलदीप कुमार, किसान पिता का बेटा था। उसने भी आतंकवाद का रास्ता चुना और सन् 2001 में हिजबुल मुजाहिदीन में नाम बदलकर मसरुक कामरान फरीदी बन गया। यह 26 अगस्त, 2006 को एक मुठभेड़ में मारा गया था।

डोडा-उधमपुर रेंज के डीआईजी रहे सत्यवीर गुप्ता का मानना है कि चूंकि इन जिलों की रूपरेखा-बनावट ऐसी है कि यहां सक्रिय आतंकवादियों की वारदातों की वजह से अल्पसंख्यक-हिंदू परिवार हमेशा खौफ के साए में रहते हैं। उनमें असुरक्षा की भावना रहती है, इसलिए इन परिवारों में कुछ युवक भटक गए हैं। कुछ आत्मसुरक्षार्थ तो कई अन्य लालच से जेहादी बनने को मजबूर हुए।

उत्तम कुमार उर्फ सैफुल्लाह भी हिजबुल मुजाहिदीन का एक आतंकवादी है। यह जिला डोडा के भद्रवाह का रहने वाला है। इसी तरह एक विपिन कुमार, सन् 1996 में हरकत-उल-अंसार का आतंकवादी बन गया। यह आतंकवादी तंजीम भी पाक मूल की है। हिंदू युवकों के जेहादी बनने की फेहरिस्त में और भी कई नाम हैं। इनमें डोडा का सुरेश कुमार, किश्तवाड़ का सचिन, त्रिगाम का राजू भी है।

इन सबके बीच सुभाष कुमार शान की आतंकवादी बनने की कहानी अलग ही पता चली। पुलिस की मानें तो जिला डोडा के किश्तवाड़ के गांव राजना का सुभाष मोहब्बत में धोखा खाने पर आतंकवादी बन बैठा और फिर मुठभेड़ में मारा गया। सन् 2003 में शान हिजबुल मुजाहिदीन का जेहादी बन गया था। पिता जीवनलाल ने सोचा था कि पढ़-लिखकर बेटा अफसर बनेगा, मगर बन गया आतंकवादी। शान की एक मुस्लिम युवती से मोहब्बत हो गई और फिर मजहब बदलकर उससे निकाह भी कर लिया, लेकिन बाद में धोखा मिलने पर वह बागी

हो गया। यहीं से वह जेहाद में कूद गया था। 10वीं कक्षा में पढ़ रहा था तब शान। जेहादी बनने के बाद उसने एक कागज पर लिखा था–

> **'हमने दुनिया से क्या लेना, शहादत ही मिशन अपना।**
> **पहाड़ों पर दफन होंगे, बर्फ ही कफन अपना।'**

वह हिजबुल मुजाहिदीन का डिप्टी डिवीजनल कमांडर बन गया था, फिर एक मुठभेड़ में 27 जुलाई, 2011 को मारा गया। अक्सर देखा गया है कि सक्रिय आतंकवादी का जीवन बहुत ज्यादा लम्बा नहीं होता। एक-न-एक दिन वह कहीं मारा ही जाता है। इसीलिए बहुत-से जेहादी बाद में आत्मसमर्पण कर देते हैं। डोडा के ही एक अन्य हिंदू जेहादी ने बाद में सुरक्षा बलों के समक्ष हथियारों के साथ आत्मसमर्पण कर दिया था।

मंडी

मैं और मेरे अलावा अन्य लोग भी उस मंडी को देखकर अवाक् थे। यह मंडी कहीं और नहीं, बल्कि जम्मू-कश्मीर में लगी थी। मंडी में प्रदर्शित की गई 'वस्तु' आतंकवाद से प्रभावित थी। इस मंडी के इर्द-गिर्द पुलिस का कड़ा बंदोबस्त था। दरअसल, जो वस्तु बिकने आई थी, वह था मासूम बचपन। जम्मू शहर के बीचोबीच कम उम्र के बच्चे अपने गले में मूल्य का टैग लटकाए हुए खड़े थे। कीमत भी महज दो हजार रुपये से लेकर पांच हजार रुपये तक थी।

यह बात मार्च, 2006 की है। उस वक्त जम्मू-कश्मीर में गुलाम नबी आजाद के नेतृत्व वाली गठबंधन सरकार थी। हालांकि मुख्यमंत्री आजाद के बारे में सूबे में आम तौर पर यही कहा जाता था कि वे गिने-चुने संवेदनशील नेताओं में से एक थे। जम्मू में उन्होंने जो विकास किया, उसकी मिसाल आज तक नहीं मिलती है, लेकिन सूबे की एक बड़ी खबर ने उसे सुर्खियों में ला दिया था।

ये लोग कटरा के जिला रियासी के तलवाड़ा क्षेत्र से जम्मू पहुंचे थे। मैं उस वक्त एक राष्ट्रीय हिन्दी दैनिक के साथ टेलीविजन का भी संवाददाता था। सो, मैंने उत्सुकतावश इस मंडी की वजह जानने के लिए तह तक जाने की कोशिश की। ये तलवाड़ा विस्थापित शिविर के लोग थे। ये सभी जिला रियासी के उच्च दुर्गम पहाड़ी क्षेत्रों के अलावा राजौरी, पुंछ व डोडा के थे। इन्हें हिजबुल मुजाहिदीन, लश्कर-ए-तैयबा, हिजबुल मुजाहिदीन, पीर पंजा रेंज, जैसे आतंकवादी संगठनों के भय से अपना घर-बार सब कुछ छोड़कर भागना पड़ा था।

स्थानीय स्तर पर नेताओं से लेकर प्रशासन तक ने इन्हें गंभीरता से नहीं लिया और न ही इन्हें सुरक्षा प्रदान की। नतीजतन, ये विस्थापित शिविरों में आने को मजबूर हो गए थे। इनमें से कइयों ने आतंकवादियों की गोलाबारी में अपनों को भी खोया था। शुरू में ये विस्थापित स्थानीय स्तर पर जद्दोजहद करते रहे कि इनकी मांगें पूरी हों, मगर बाद में इनके नेता बलवान सिंह ने जम्मू जाकर कुछ ऐसा करने का फैसला किया, जिससे सरकार और मीडिया दोनों का उनकी ओर ध्यान आकर्षित हो।

जम्मू के एग्जीबिशन ग्राउंड स्थित जम्मू प्रेस क्लब के बाहर पहुंचकर मां-बाप ने अपने बच्चों के गले में 'मैं बिकाऊ हूं...' और कीमत के टैग टांग दिए थे। अपनी तरह की पहली और अजीब मंडी देखकर लोग अपने-अपने ढंग से टिप्पणी कर रहे थे। इनमें कुछ सरकार को भी कोस रहे थे। कुछ वक्त बीता था कि वहां पैंथर्स पार्टी के नेता प्रो. भीम सिंह पहुंच गए थे, फिर वहां सरकार विरोधी जमकर भाषणबाजी हुई। इन विस्थापितों के नेता बलवान सिंह पैंथर्स पार्टी के सक्रिय कार्यकर्ता थे, यह हमें उसी वक्त पता चला था।

चंद घंटों के बाद जम्मू प्रशासन के अफसर भी वहां पहुंचने शुरू हो गए। उनकी कोशिश थी कि मंडी को बंद करवाकर सभी को वापस उनके तलवाड़ा शिविर के लिए भेज दिया जाए, मगर ऐसा हो न सका। मंडी जारी रही। आखिरकार मुख्यमंत्री आवास से बुलावा आया कि वे अगले दिन सुबह इन लोगों से मिलना चाहते हैं। अगले दिन मुख्यमंत्री गुलाम नबी आजाद के जम्मू स्थित सरकारी आवास पर इन विस्थापितों की मुलाकात हुई। नाश्ता-पानी के साथ इनकी मांगों पर चर्चा हुई। विस्थापित मांग कर रहे थे कि उन्हें घाटी से विस्थापित कश्मीरी पंडितों की भांति आर्थिक व अन्य मदद मुहैया कराई जाए। इस पर सरकार ने पहले ना-नुकुर की, फिर बाद में भरोसा दिलाया कि संतोषजनक कदम उठाए जाएंगे। इस आश्वासन के बाद 'बच्चों की मंडी' को खत्म कर दिया गया था।

इसके कुछ सप्ताह बाद मुझे बलवान सिंह का फोन आया। चूंकि सरकार अपना वायदा पूरा नहीं कर रही है, उसने वादाखिलाफी की है, अत: अब बच्चों की ही नहीं, बल्कि औरतों की भी मंडी लगाने का फैसला किया गया है। जम्मू से मेरे अलावा कुछ और पत्रकार भी 70 किलोमीटर दूर तलवाड़ा, रियासी पहुंचे। वहां औरतें कतारबद्ध जुलूस के लिए तैयार हो रही थीं, जो रियासी जिला उपायुक्त के दफ्तर के बाहर जाकर अपनी बिक्री के लिए मंडी लगाना चाह रही थीं। पुलिस को इसकी भनक लगी तो तलवाड़ा विस्थापित शिविर से लेकर नीचे मुख्य समाज तक एकदम किलेबंदी कर दी गई थी, ताकि ये विस्थापित तलवाड़ा से बाहर न जा सकें। ऐसा ही हुआ। थोड़ी-सी तकरार और धक्का-मुक्की के बाद सब कुछ शांत हो गया था।

2 अगस्त को एक बहुत बड़ा बवाल मचा। ये विस्थापित प्रदर्शनकारी तलवाड़ा से जम्मू के लिए पैदल मार्च पर थे। पुलिस का अत्यधिक कड़ा इंतजाम था। मैं उस वक्त वहीं था यानी सरवाद में। यह कटरा से 5 किलोमीटर दूर है। विस्थापितों और पुलिस वालों में कहा-सुनी हुई और फिर हालात एकदम बेकाबू। पत्थरबाजी, लाठीबाजी से लेकर आंसू गैस का जमकर तांडव मचा। 15 पुलिस वालों समेत 40 लोग जख्मी हो गए थे। इन विस्थापितों के जुलूस में पैंथर्स पार्टी की अनिता ठाकुर भी थीं। उन्हें भी

इस घमासान में काफी चोटें आईं। पुलिस के अफसरों की वर्दी तक फट गई थी। इस घटना की खबर मुख्यमंत्री गुलाम नबी आजाद तक भी पहुंची। सरकार हैरत में थी कि यह सब क्या हो रहा है।

बाद में सूबे के हाई कोर्ट से लेकर सुप्रीम कोर्ट तक में इन विस्थापितों के मसले को ले जाया गया, मगर सरकार बदल गई और अफसर भी बदल गए, परंतु इन विस्थापितों की बदहाली नहीं बदली। दरअसल, यह एक तस्वीर है उस राज्य की, जिसे भारत सरकार खुले हाथों से बहुत कुछ दे रही है, मगर आम आदमी तन्हा और परेशां है।

कानन-पोशपोरा बलात्कार कांड

सन् 1991 में घाटी में प्रशासन एकदम पंगु हो चुका था और सिर्फ अलगाववादियों से लेकर आतंकवादियों की तूती बोलती थी। सुरक्षा बल किसी भी तरह के विस्फोटक अथवा हिंसक माहौल पर काबू पाने के लिए दिखाई देते थे। उस दिन तारीख 23 फरवरी, शनिवार था। घाटी के धूलभरे कानन व पोशपोरा जुड़वां गांव के लोग सो चुके थे। रात का वक्त था कि तभी सेना के जवान बड़ी संख्या में इन गांवों में घुसे। उन्हें किसी मुखबिर से इत्तिला मिली थी कि इन गांवों में कुछ ऐसे लोग छिपे हैं, जो किसी बड़ी वारदात को अंजाम दे सकते हैं। ये जवान 4, राजपूताना राइफल्स के थे। गांवों की घेराबंदी कर दी गई थी।

उस रात जिला मुख्यालय कुपवाड़ा से 7 किलोमीटर दूर इन गांवों में सेना ने औचक तलाशी अभियान शुरू किया था। सर्च-ऑपरेशन तक तो बात समझ में आती है कि सूचना थी, जिस पर कार्रवाई की गई, मगर इन गांवों में बच्चियों से लेकर औरतों के साथ जो बदसुलूकी व मारपीट हुई, उससे सेना का यह तलाशी अभियान बदनाम हो गया। सेना के जवान इन गांवों में कई घंटे रहे और उन्होंने मनमर्जी की, बल्कि बाद में इस तरह के आरोप सामने आए कि सेना की दस टुकड़ी ने वहां कम उम्र लड़कियों से लेकर बुजुर्ग औरतों तक के साथ सामूहिक बलात्कार किए। यह सब कुछ सुबह तक चलता रहा। इस खबर से घाटी में तूफान मचना स्वाभाविक था। अगले दिन यह सब कुछ जब बिजली की तरह फैला तो घाटी में प्रदर्शन शुरू हो गए थे, जिसमें काफी बड़ी भीड़ होती। इन प्रदर्शनों में छोटे-छोटे बच्चों से लेकर बड़ी उम्र के लोग, जिनमें औरतों की तादाद ज्यादा होती। अलगाववादी नेताओं ने भी मौके को भांपकर सेना और भारत सरकार के खिलाफ जमकर अपना गुस्सा निकाला था। जब से खासकर घाटी में अलगाववाद तथा आतंकवाद का पूरा असर हुआ और सेना, राज्य पुलिस के अलावा सुरक्षा बलों ने अत्यधिक सख्ती दिखाई, तभी से इस तरह के संगीन आरोप इन सब पर लगते रहे हैं।

यह जुदा बात है कि कुछ संगीन मामलों की सच्चाई आज तक सामने नहीं आ पाई है। खासकर फर्जी–मुठभेड़ों के आरोपों की हकीकत। इस पर अंतर्राष्ट्रीय मानवाधिकार संगठनों ने कई बार सवाल भी उठाए हैं।

इस प्रकरण के कारण घाटी में लगी आग के दबाव में राज्य सरकार ने कई दिन बाद एफ.आई.आर. दर्ज की थी। सेना पर आरोप लगा कि उन्होंने इन गांवों के पुरुषों को घर से बाहर बुलाकर दूर अलग एक कमरे में बंद कर दिया था। उसके बाद बलात्कार की घटनाएं अंजाम दी गई थीं। जम्मू–कश्मीर हाई कोर्ट के पूर्व मुख्य न्यायाध ीश मुफ्ती वहाबुद्दीन ने सेना और सरकार पर संगीन आरोप लगाते हुए मामलों की जांच की मांग की। पूर्व मुख्य न्यायाधीश ने 17 मार्च को 'फैक्ट फाइंडिंग डेलीगेशन' की अगुवाई की थी।

सेना की साख पर दाग लगा तो रक्षा मंत्रालय ने प्रेस काउंसिल ऑफ इंडिया से निष्पक्ष जांच कराने के आदेश दे दिए। सच्चाई जानने के लिए वरिष्ठ पत्रकार बी.जी. वर्गीज और विक्रम राव घाटी पहुंचे और अपनी जांच पूरी करने के बाद उन्होंने रक्षा मंत्रालय को अपनी रिपोर्ट सौंप दी। उन्होंने सामूहिक बलात्कार की इस सनसनीखेज घटना को एकदम खारिज कर दिया। उन्होंने कहा कि यह केवल एक मनगढ़ंत कहानी और झूठ के पुलिंदे के सिवाय कुछ नहीं है। इस पर कानन–पोशपोरा गांवों की सड़क पर नाराज लोगों ने प्रचंड प्रदर्शन किया था।

कानन–पोशपोरा गांवों की 40 औरतें कश्मीर में राज्य मानवाधिकार आयोग से मिलीं। इस पर आयोग ने जांच के आदेश जारी किए थे। कुपवाड़ा के उपायुक्त एस. एम. यासीन ने दोनों गांवों का जायजा, जांच–पड़ताल करके अपनी गुप्त रिपोर्ट कश्मीर के डिवीजनल कमीश्नर वजाहत हबीबुल्ला को सौंप दी। 18 मार्च को कमिश्नर वजाहत हबीबुल्ला ने भी गांवों का दौरा किया था।

प्रेस काउंसिल ऑफ इंडिया के नुमाइंदों बी.जी. वर्गीज और विक्रम राव की रिपोर्ट पर गांव के लोगों ने आरोप लगाते हुए कहा कि इन दोनों पत्रकारों की जांच टीम ने बारामूला आर्मी कैम्प में बैठकर रिपोर्ट बनाई थी। जांच रिपोर्ट में यह भी कहा गया कि सेना पर लगाए गए आरोप आतंकवादियों के सरहद पार बैठे आकाओं की साजिश हैं।

19 अक्टूबर, 2011 को राज्य मानवाधिकार आयोग ने सूबे की सरकार से कहा कि मामला गंभीर है, इसकी जांच विशेष जांच टीम गठित करके कराई जाए। मार्च, 2013 में जम्मू–कश्मीर पुलिस ने अपनी जांच पूरी करके कहा कि मामला सच नहीं है, इसलिए इसे रद्द किया जाए, परंतु 18 जून को कुपवाड़ा ज्यूडिशियल मजिस्ट्रेट जे.ए. गिलानी राज्य पुलिस की क्लोज रिपोर्ट को खारिज करते हुए कहा कि 23–24 फरवरी, 1991 के 'रेप' मामले की पुनः जांच की जाए। जुलाई में एसएसपी.

कुपवाड़ा ने गांव के लोगों को नोटिस भेजकर कहा कि वे अपने बयान दर्ज कराए, लेकिन गांव वालों ने कहा कि एसएसपी खुद गांव आएं और वहां बयान दर्ज करें। कानन-पोशपोरा कोऑर्डिनेशन कमेटी के अब्दुल अहद डार अभी भी इंसाफ की राह जोह रहे हैं। इस कथित घटना को आज 22 साल बीत चुके हैं। हालांकि इस सनसनीखेज मामले में अमेरिकी प्रशासन ने सन् 1992 की अपनी रिपोर्ट में कहा था कि भारतीय जांच एजेंसियों की रपट भरोसे लायक नहीं है, वहीं एमनेस्टी इंटरनेशनल ने भी सन् 2012 में भारतीय सेना के खिलाफ नकारात्मक टिप्पणी की थी।

जर, जोरू और जेहाद

जम्मू डिवीजन के डोडा में अपने पांव पसारने के बाद हिजबुल मुजाहिदीन, अलबदर, लश्कर-ए-तैयबा, जैश-ए-मोहम्मद तथा हिजबुल मुजाहिदीन, पीर पंजाल रेंज जैसी आतंकवादी तंजीमों ने नियंत्रण रेखा के जुड़वां जिले राजौरी व पुंछ में दहशत का नंगा नाच शुरू किया। इन जिलों में खौफ पैदा करने के लिए स्थानीय मस्जिदों से फतवे जारी कराए। धमकी भरे पोस्टर चिपकाए। इन जिलों में हिंदू और मुसलमान दोनों ही आतंकवादियों के शिकार बने, मुसलमानों में गुज्जर बक्करवाल सबसे ज्यादा। बंदूक की नोक पर हिंदुओं के धर्म-परिवर्तन भी कराए गए।

यहां आजादी पाने के नाम पर चलाए जा रहे जेहाद की एक और तस्वीर सामने आई। स्थानीय और बाहरी आतंकवादियों में कई बार टकराव हुए। दरअसल, जमीन (आजादी) पाने के लिए जेहाद के नाम पर खून-खराबा मचा रहे आतंकवादी अब जर (पैसा) और जोरू (औरत) को लेकर आमने-सामने आ गए। इन दोनों 'ज' की खातिर विदेशी और स्थानीय आतंकवादियों में जमकर ठनी। नतीजतन आपस में इनमें कई दर्जन हिंसक वारदातें भी हुईं। भाड़े के विदेशी आतंकवादी इस सूबे के दूर-दराज के इलाकों में महिलाओं के साथ जोर-जबरदस्ती तो करते ही हैं, बल्कि हवाला और रंगदारी के जरिए पहुंचने वाले पैसों के बंटवारे को लेकर भी स्थानीय आतंकवादियों से भिड़ंत रहती है।

'राहत' (भारतीय सुरक्षा बलों से) और आजादी (भारत से) पाने की खातिर नियंत्रण रेखा लांघकर मुजफ्फराबाद (पाक के कब्जे वाला कश्मीर) जाकर रहने वाले आम कश्मीरियों की जो दुर्दशा है, उसका जिक्र मैं अपनी किताब **'पाकिस्तान की हकीकत से रू-ब-रू'** में भी कर चुका हूं। मुजफ्फराबाद में रह रहे कश्मीर मूल के अलगावादी नेता भी अब यह मानते हैं कि घाटी में जारी 'आजादी' की तहरीक को विदेशी आतंकवादियों ने हाईजैक कर लिया है। इतना ही नहीं, वे तो हमारी माताओं, बहनों व बच्चियों की अस्मत भी लूट रहे हैं। डोडा के अलावा पुंछ व राजौरी के ऊपरी दुर्गम इलाकों में जाने पर ऐसी कई वारदातों का पता चलता है कि जेहाद के नाम पर

निहत्थे लोगों का खून बहाने वाले आतंकवादी आपस में ही भिड़े हुए हैं और इनके इस फसाद की जड़ पैसा और औरत है।

घाटी में नब्बे के दशक में विदेशी आतंकवादियों का काफी एहतराम किया जाता था। उन्हें रॉबिन हुड के तौर पर देखा जाता था, जिनके आकर्षण में कई स्थानीय युवतियां फंसकर उनसे बेहद समीपता बना लेती थीं। कालांतर में हालात तेजी से बदले। इस सरहदी सूबे के ऊपरी दूरस्थ इलाकों में, जहां सुरक्षा बलों की दबिश कम रहती है, वहां विदेशी आतंकवादियों का जुल्म भरा साम्राज्य रहता है। इनके निशाने पर स्थानीय युवतियां व महिलाएं होती हैं। विदेशी आतंकवादी गुटों में लश्कर-ए-तैयबा के आतंकवादियों ने इस बाबत यहां सबसे ज्यादा करतूतें कीं।

दक्षिण और उत्तर पीर पंजाल पहाड़ी श्रृंखला के विभिन्न इलाकों में सक्रिय हिजबुल मुजाहिदीन के स्थानीय कैडर में अपने सुप्रीमो सैयद सलाहुद्दीन के विदेशी आतंकवादियों के प्रभाव व उन्हें तंजीम में महत्त्व दिए जाने पर रोष रहा है। हिजबुल मुजाहिदीन के एक समर्थक ने एक बार बताया कि अब ये विदेशी आतंकवादी अमूमन यहां हमारी बहन-बेटियों के चक्कर में आते हैं। ये सेना की वर्दी पहनकर हमारी बहनों के साथ जोर-जबरदस्ती व दुष्कर्म करते हैं। इनमें लश्कर के अलावा कुछ दूसरी तंजीमों के मुजाहिर भी हैं। कुछेक को तो हमने (हिजबुल) खुद गोलियां मारकर निपटा दिया और वाहवाही लूटी सेना ने।

डोडा की मरियम बेगम '22' का किस्सा बेहद दर्दनाक है। उसका भाई अब्दुल लतीफ, हरकत-उल-मुजाहिदीन तंजीम का आतंकवादी था। उसे मरियम ने समझा-बुझाकर मुख्यधारा में लौटाया था। जब अब्दुल लतीफ ने सुरक्षा बलों के सामने आत्मसमर्पण किया तो उसने तंजीम से मिली एके-47 भी सुरक्षा बलों को सौंप दी थी। भनक लगते ही हरकत-उल-मुजाहिदीन का कमांडर उसकी तलाश में लग गया। जब लतीफ नहीं मिला तो एक दिन उसकी बहन मरियम व पिता को अगवा कर लिया गया।

16 जून, 2004 को जब मरियम अपने गांव के जंगल में भेड़-बकरियों को चारा खिला रही थी, तो हथियारबंद आतंकवादी वहां आ धमके और उसे व उसके पिता मो. इब्राहीम को उठा ले गए थे। बाप-बेटी को बंधक बनाकर कई दिनों तक यातनाएं दीं। मरियम के नाक व कान काट डाले गए, परंतु पिता मो. इब्राहिम मौका पाकर किसी तरह वहां से भाग निकला। एक दिन आतंकवादियों ने मरियम को अध मरी करके जंगल में फेंक दिया, ताकि जंगली जानवर उसे खा जाएं कि तभी उसी दौरान सेना के एक गश्ती दल की उस पर नजर पड़ी। वे उसे उठाकर सेना अस्पताल ले आए और उसका इलाज किया। इसी तरह डोडा के माडवाल-वडगंग उच्च दुर्गम पहाड़ी इलाके में लश्कर-ए-तैयबा के पाकिस्तानी कंमाडर फैदुल्लाह खान की बुरी

नजर वहां के नेशनल कांफ्रेंस पार्टी के एक बुजुर्ग वरिष्ठ नेता की पोती पर पड़ गई। जब इसकी भनक हिजबुल मुजाहिदीन के स्थानीय कैडर को लगी तो हिजबुल के कमांडर अब्बास राही ने अपने डिप्टी कमांडर वसीम के जरिए फैदुल्लाह खान को समझाने की कोशिश की, लेकिन जब वह नहीं माना तो उसे गोलियों से भून डाला था।

राजौरी जिले के चन्ना मंडी के गांव कोटभरोट में भी लश्कर के मुश्ताक अहमद उर्फ अबु उमर (कराची) को भी इसी कारण से स्थानीय आतंकवादियों ने खत्म कर डाला था।

यही वजह है कि स्थानीय आतंकवादियों की बंदूकें कभी-कभार विदेशी आतंकवादियों पर भी उठ जाती हैं। सुरक्षा बलों के मुताबिक लश्कर-ए-तैयबा के ही आतंकवादियों ने राजौरी की मशहूर शाहदरा शरीफ जैसी पवित्र दरगाह, जहां हिंदू व मुसलमान सभी जाते हैं, दरगाह की चंदा राशि में कई लाख रुपये लूट लिए थे। इस पर हिजबुल मुजाहिदीन ने पोस्टर लगाकर इसके दोषी लश्कर आतंकवादियों को सबक सिखाने की धमकी दी थी।

विदेशी आतंकवादियों ने 8 फरवरी, 2001 को गुज्जर बक्करवाल समुदाय के 15 लोगों की नृशंस हत्या कर दी थी। पुंछ और राजौरी में जनजाति मुस्लिम ज्यादा तादाद में है, इसलिए आतंकवादियों के निशाने पर ये ज्यादा रहते हैं। चूंकि ये जनजाति मुसलमान गुज्जर बक्करवाल बहुतायत में मुख्यधारा से जुड़े रहते हैं।

पुंछ-राजौरी में आतंकवादियों ने बड़ों को सरकारी नौकरी न करने और बच्चों को स्कूल के बजाय मदरसों में जाने की धमकी जब-तब दी है। अवहेलना करने पर सजा भुगतने के लिए तैयार रहने को कहा। इस तरह की धमकियां पोस्टर के जरिए दी जाती हैं। ये पोस्टर मुख्यतया स्थानीय मस्जिदों पर चुपचाप चिपका दिए जाते। मस्जिदों से फतवे भी जारी किए जाते। 17 दिसम्बर, 2002 को राजौरी के दरहाल की हसियोर मस्जिद पर उर्दू में पोस्टर लगाए गए। इनमें कहा गया, 'हमने अपना मुल्क छोड़ दिया, आपकी लड़ाई व आजादी के लिए, मगर आप अभी इस बारे में गंभीर नहीं हैं। हम आपसे कहते हैं कि आप काफिरों (सुरक्षा बलों) की मदद बंद करो, वरना अंजाम भुगतो...।' धमकी भरे ये पोस्टर लोगों में आतंक पैदा करने के लिए लश्कर-ए-तैयबा ने लगवाए थे। इसी तरह के पोस्टर हरकत-उल-जेहादी इस्लामी (हूजी) की ओर से भी चिपकाए गए थे।

ये आतंकवादी संगठन यहां तालिबानी स्टाइल में खौफ पैदा कर रहे थे। एक दिन फरमान जारी हुआ कि सभी औरतें-लड़कियां पांव के नीचे तक बुर्का पहनेंगी। जो ऐसा नहीं करेगा, उसके नाक-कान काट दिए जाएंगे।

फतवा जारी होने के बाद जिन मां-बाप ने अपने बच्चों के बेहतर भविष्य के लिए उन्हें स्कूल भेजना जारी रखा, उन्हें बुरी तरह पीटा गया और फिर आकर मारने की

धमकी दी। डर के मारे मां-बाप ने अपने बच्चों को स्कूल भेजना बंद कर दिया। चूंकि राज्य सरकार ने भी इनकी सुरक्षा के कोई ठोस कदम नहीं उठाए, इसलिए 80 लड़कियां परीक्षा में नहीं बैठीं।

17 दिसम्बर को ही अलबदर के आतंकवादियों ने यहां एक गांव में घुसकर तीन लड़कियों को मार डाला। ये आतंकवादी इस गांव के एक घर में घुसे, 12वीं क्लास की ताहिरा परवीन अपने चचेरे भाई की शादी में मेहंदी की रस्म में लगी थी, उसे पकड़कर आतंकवादियों ने उसका गला चाकू से रेत डाला। उसकी एक सहेली नौरिन कौसर अगले ही घर में रहती थी, उसकी करीब से गोली मारकर हत्या कर दी और उसके बाद एक अन्य युवती शहनाज अख्तर को मार डाला था। बाद में स्थानीय मस्जिद से कहा गया कि ये तीनों भारतीय सुरक्षा बलों की मुखबिर थीं। ताहिरा परवीन के पिता को भी मुखबिर बताकर आतंकवादियों ने मार डाला था। ऐसा ही खूनी खेल जिला पुंछ के सूरजकोट में तीन मासूम बच्चों की हत्या करके खेला गया। ये अरफाज अहमद, असद मोहम्मद व नुजरत हुसैन थे। आतंकवादियों की हुकुमउदूली करने पर इन जिलों में कई युवतियों के होंठ, नाक व कान काट दिए गए। सवाल उठता है कि आखिर यह कैसा जेहाद है और किस आजादी के लिए? यह सब कब थमेगा? इसका जवाब बेहद मुश्किल लगता है।

ऐतिहासिक 61 दिन

यह विडम्बना ही है कि जब जम्मू-कश्मीर एक प्रिंसली स्टेट थी तब भी, चूंकि महाराजा हरि सिंह डोगरा थे और कश्मीरी नेता उनके खिलाफ आंदोलन चलाते रहे, अब छह दशक से ज्यादा वक्त गुजरने के बाद भी जम्मू बनाम कश्मीर का झगड़ा बरकरार है। मामला सन् 2008 का अमरनाथ श्राइन बोर्ड को 99 एकड़ जमीन देने का था। ऐसा भारत सरकार और जम्मू-कश्मीर सरकार के बीच हुए एक अनुबंध के बाद देने को लेकर हुआ। 26 मई, 2008 को हुए अनुंबध के तहत यह जमीन अमरनाथ यात्रा के दौरान कश्मीर में तीर्थयात्रियों की सुविधाओं के लिए अस्थायी शैल्टर वगैरह बनाने के लिए दी गई थी। इसकी भनक जब कश्मीरी नेताओं को लगी तो वे आगबबूला हो गए और हमेशा की तरह हिंसक प्रदर्शनों पर उतर आए। इस मामले को हवा देने वालों में कश्मीर की मुख्यधारा से जुड़े दलों से लेकर अलगाववादी भी शामिल थे। जेकेएलएफ के यासीन मलिक ने वालटाल, जो इस महायात्रा का आधार शिविर क्षेत्र है, वहां मार्च निकाला। बाद में शब्बीर अहमद शाह, सैयद अली शाह गिलानी से लेकर मीरवाइज उमर फारूक ने भी काफी तीखे ध मकीभरे बयान दिए। मुख्यधारा की पार्टी पीपुल्स डेमोक्रेटिक पार्टी (पीडीपी) की महबूबा मुफ्ती ने तो यहां तक कह दिया कि एक इंच भी जमीन नहीं दी जाएगी, फिर भला कश्मीर मूल की नेशनल कांफ्रेंस भी कैसे पीछे रहती, उनके नेता उमर अब्दुल्ला ने भी कड़क बयान दे डाला।

नतीजतन घाटी का माहौल एक बार फिर बिगड़ गया। सरकारी इमारतें, स्कूल, सरकारी दफ्तर, व्यावसायिक ठिकाने सभी बंद हो गए। कश्मीर पूरी तरह बंद और हंगामे में घिर गया।

कश्मीरी नेताओं के साथ-साथ उन्हीं की सोच के पर्यावरण विशेषज्ञों ने जोरदार आवाज में कहना शुरू किया था कि अमरनाथ श्राइन बोर्ड ने जिस मकसद से यह जमीन ली है, उससे यहां पर्यावरण बिगड़ेगा और देश-भर से यात्रा पर आने वाले तीर्थयात्रियों की भीड़ से यहां गंदगी बढ़ेगी। कुछेक कश्मीरी नेताओं ने तो यहां तक

कहा कि यह जमीन कश्मीरियों की है, कैसे श्राइन बोर्ड को दी जा सकती है।

चूंकि इस मुद्दे को उछाले जाने के कारण घाटी में माहौल फिर से विषाक्त हो रहा था, पीडीपी भी लगातार धमकीभरी बयानवाजी कर रही थी। इससे सूबे की कांग्रेस नेतृत्व वाली गुलाम नबी आजाद की सरकार दबाव में आ गई। पीडीपी उस वक्त सरकार में उसकी सहयोगी थी, फिर केंद्र सरकार की ओर से भी कुछ ऐसे संकेत आ रहे थे कि घाटी के हालात सामान्य किए जाएं।

नतीजतन, गुलाम नबी आजाद सरकार ने 1 जुलाई, 2008 को श्री अमरनाथ श्राइन बोर्ड को आवंटित जमीन का आदेश वापस ले लिया। इस बीच कश्मीर में जारी हिंसक प्रदर्शनों के कारण हुई पुलिस फायरिंग में कुछेक लोगों की मौत हो गई और बड़ी संख्या में लोग जख्मी हो गए।

गुलाम नबी आजाद

जिस वक्त यह जमीन आवंटन का आदेश वापस लिया गया, तब नरेंद्रनाथ वोहरा सूबे के राज्यपाल थे। चूंकि कश्मीर में चल रहे इस आंदोलन की खबर जम्मू समेत पूरे देश में थी, सो जमीन आवंटन के आदेश वापस लेने के बाद जम्मू में लोगों ने विरोध प्रदर्शन शुरू कर दिए।

हालांकि कश्मीरी नेता मुख्यमंत्री गुलाम नबी आजाद को जम्मूनवाज कहते रहे, लेकिन जब आदेश वापस लिया तो जम्मू में लोग उनसे खफा हो गए। सर्वाधिक नाराजगी राज्यपाल नरेंद्रनाथ वोहरा के प्रति रही, उन पर कश्मीरपरस्त होने के आरोप लगे।

जम्मू में 26 जून को शहर बंद का ऐलान किया गया, जिसका खासा असर दिखाई दिया। जम्मू शहर के बाहर 20 किलोमीटर दूर नगरोटा के करीब राष्ट्रीय राजमार्ग एक को बंद कर दिया था। यह सभंवत: पहला मौका था कि हिंदूवादी दल व ताकतें उसी अंदाज में एकजुट हो गई थीं, जैसा कि अक्सर कश्मीर में एकजुटता दिखाई देती है। बाद में इस आंदोलन में आम आदमी भी शामिल हो गए। भाजपा के अलावा कई दर्जन अन्य छोटे-बड़े राजनैतिक, धार्मिक व सामाजिक संगठन भी सड़कों पर उतर आए थे। सभी एक स्वर में रद्द की गई जमीन को पुन: आवंटित करने की मांग के साथ-साथ राज्यपाल नरेंद्रनाथ वोहरा को हटाने की मांग कर रहे थे।

अब यह मांग जम्मू के अलावा दूसरे जिलों में भी शुरू हो गई थी। माहौल लगातार काफी विस्फोटक होता जा रहा था। मुख्यमंत्री गुलाम नबी आजाद की स्थिति बेहद विषम हो चुकी थी। पहले कश्मीर में उनके खिलाफ आवाजें उठती रहीं और अब जम्मू के लोग उनसे नाराज हो गए थे। इसी दौरान पीडीपी, जो

सरकार में सहयोगी थी, निरंतर धमकी देती आ रही थी कि वह अपना समर्थन वापस ले लेगी। अंततः हालात के मद्देनजर मुख्यमंत्री गुलाम नबी आजाद ने 7 जुलाई को फैसला लिया कि वह अब सरकार में नहीं रहेंगे। उस वक्त श्री आजाद ने राज्य विधानसभा में इस मुद्दे पर जो भाषण दिया, उससे वे काफी भावुक हो गए थे।

हैरत की बात यह है कि पीडीपी की अध्यक्ष महबूबा मुफ्ती, जो जमीन आवंटन के मुद्दे पर सरकार को लगातार धमका रही थी। दरअसल, जिस कैबिनेट की बैठक में जमीन आवंटन का फैसला हुआ था, उसमें पीडीपी के ही उपमुख्यमंत्री मुजफ्फर हुसैन बेग, जंगलात मामलों के मंत्री काजी मोहम्मद अफजल तथा मंत्री तारिक हामिद कर्रा (दोनों पीडीपी) भी मौजूद थे। आवंटित जमीन सूबे के जंगलात मंत्रालय की थी। एक मायने में पीडीपी के ये दो चेहरे थे।

जम्मू में जारी आंदोलन को तब जबरदस्त हवा मिली, जब इस आंदोलन में सक्रिय एक युवक कुलदीप राज वर्मा ने आत्महत्या कर ली। उसके पास से जो पत्र मिला, उसमें उसने लिखा था, ''मैं अपनी जान आंदोलन के लिए कुर्बान कर रहा हूं...।''

कुलदीप राज की आत्महत्या ने पूरे जम्मू रीजन को हिलाकर रख दिया था। अब क्या बच्चा, जवान अथवा बूढ़ा, महिला, पुरुष सभी सड़कों पर 'बम-बम भोले' के जयघोष के साथ सरकार के खिलाफ उतर आए थे। इस सूबे के इतिहास में यह पहला अवसर था कि तीन साल के मासूम बच्चे से लेकर बुजुर्ग तक सभी आन्दोलित थे। केवल हिंदू ही नहीं, मुस्लिम गुज्जर समुदाय भी समर्थन में आ गया था। हजारों से लेकर लाखों की भीड़ जिधर देखो उधर भीड़। कानून व्यवस्था पूरी तरह चरमरा गई थी। लोगों पर लाठी चार्ज, पानी की बौछारें हुईं, मगर वे फिर भी आंदोलन पर टस-से-मस नहीं हुए। राष्ट्रीय राजमार्ग कठुआ से श्रीनगर तक एकदम ठप हो गया था। जो ट्रक रास्ते में फंसे थे, फंसे रह गए। इनमें सब्जियां, दवाइयां, गैस सिलेंडर से लेकर अन्य तमाम जरूरी सामान लदे थे, लेकिन सभी जगह-जगह रुके पड़े थे। सरकार एकदम बेबस स्थिति में थी।

हिंदूवादी आंदोलनकारी तर्क दे रहे थे कि कश्मीरी नेताओं को अमरनाथ यात्रा व यात्रियों के आवागमन पर दिक्कत है। कहते हैं, शैल्टर बनते तो पर्यावरण खराब होता, लेकिन मुगल रोड, जो राजौरी से घाटी को जोड़ता है, को बनाने में हजारों पेड़ काट डाले गए, तब क्या कोई पर्यावरण नहीं बिगड़ा था। दरअसल, यह हमेशा से कश्मीरियों की जम्मू व शेष भारत के लोगों के प्रति जलन व नफरत रही है...।

आंदोलन एक-एक दिन करके लगातार बढ़ता जा रहा था। सरकार-प्रशासन यह समझा रहा था कि कुछ दिन बाद सब कुछ सामान्य हो जाएगा, मगर ऐसा हुआ नहीं।

अतंत: सेना को बुला लिया गया था, आंदोलनकारियों पर इसका कोई असर नहीं हुआ। शांतिपूर्ण आंदोलन कभी-कभी हिंसक रूप ले लेता था। एक अगस्त को भीड़ को नियंत्रित करने के लिए सेना की ओर से चलाई गई गोली में एक व्यक्ति की मौत हो गई थी।

हालात काफी बिगड़ गए थे और कई हफ्ते बीत चुके थे। आखिरकार राज्यपाल ने मसले को सुलझाने के लिए चार सदस्यीय एक कमेटी गठित की। इसमें जम्मू विश्वविद्यालय के उपकुलपति डॉ. अमिताभ भट्ट, सेवानिवृत्त हाईकोर्ट के जज जस्टिस जीडी शर्मा, पूर्व मुख्य सचिव एस.एस. बिलौरिया तथा राज्यपाल के प्रमुख सचिव वी.वी. व्यास शामिल थे। इस कमेटी ने आंदोलनकारी संगठन 'अमरनाथ यात्रा संघर्ष समिति' के प्रधान लीलाकरण शर्मा व अन्य पदाधिकारियों से बातचीत की और कुछ मांगों पर फौरन गौर करने का आश्वासन दिया, तब कहीं जाकर 61वें दिन जम्मू में जारी यह आंदोलन समाप्त हो सका था। जम्मू-कश्मीर के इतिहास में इस तरह के आंदोलन की मिसाल कोई अन्य हो, मुश्किल है। आंदोलन का भाजपा को फायदा पहुंचा था और उसके 2 विधायक चुने गए थे।

ऐसा नहीं है कि हिंदुओं की इस पवित्र महायात्रा को लेकर कश्मीर से पहली बार विवादित बयानबाजी वगैरह हुई, बल्कि मुझे अच्छी तरह याद है कि उन दिनों मैं अपने मीडिया ग्रुप की ओर से इस सूबे का ब्यूरो प्रमुख था। उन दिनों ले. जनरल (सेवानिवृत्त) एस.के. सिन्हा राज्यपाल थे और मुख्यमंत्री पीडीपी नेता मुफ्ती मोहम्मद सईद के बीच तब भी विवाद खड़े किए गए थे। राज्यपाल यात्रा की अवधि बढ़ाना चाहते थे, जबकि मुफ्ती मोहम्मद सईद व उनकी पार्टी कम करना चाहती थी। यह विवाद इस कदर बढ़ा कि मीडिया की कई दिनों तक सुर्खियां बना रहा, आखिरकार केंद्र सरकार के हस्तक्षेप पर विवाद ठंडा हो सका था। यह जुदा बात है कि तब भी केंद्र सरकार ने मुख्यमंत्री मुफ्ती मोहम्मद सईद को ज्यादा तरजीह दी थी।

पवित्र अमरनाथ यात्रा के दौरान कुदरत का कहर भी बरस चुका है। सन् 1969 में यात्रा के दौरान बादल फटने से 80 तीर्थयात्रियों की मृत्यु और फिर 1996 में प्राकृतिक आपदा के कारण 234 तीर्थयात्री मौत के शिकार हो गए थे।

पत्थरबाजी का गणित

'मजहब नहीं सिखाता आपस में बैर रखना,
हिंदी हैं हम वतन है हिंदुस्तान हमारा...।'

ये खूबसूरत अल्फाज अल्लमा-ए-इकबाल ने ब्रिटिश-इंडिया के बंटवारे से बहुत साल पहले कहे थे, मगर कालान्तर में बहुत कुछ बदला। इकबाल साहब और कायदे-आजम मोहम्मद अली जिन्ना ने पाकिस्तान के लिए एक इस्लामिक स्टेट के तौर पर सपना देखा था अथवा मुस्लिम स्टेट का। सवाल है कि उनका वह सपना संपूर्ण हो पाया? हालांकि जिन्ना साहब ने यह भी कहा था, 'आप आजाद हैं, अपने मंदिरों में जाने के लिए... अपनी मस्जिदों में जाने के लिए... वक्त के साथ-साथ हिंदू-हिंदू नहीं रहेंगे और मुसलमान-मुसलमान नहीं रहेंगे।' उनकी सियासी हैसियत देश के नागरिक की होगी, मगर आज पाकिस्तान खुद अपने अंदर और दुनिया के दायरे में कहां आ खड़ा है? यही सवाल खुशगवार रही प्रिंसली स्टेट जम्मू-कश्मीर के संदर्भ में किया जा सकता है।

ब्रिटिश-इंडिया के बंटवारे के बाद वजूद में आए पाकिस्तान की इस प्रिंसली स्टेट को पाने की बेसब्री के कारण यह सूबा अब आतंकग्रस्त राज्य के तौर पर भी जाना जाता है। इसके इस सूरतेहाल के कई पड़ाव माने जाते हैं। पहला, शेख मोहम्मद अब्दुल्ला की राजशाही के खिलाफ विद्रोह की कवायद। दूसरा, अलगाववादियों का उदय, आजादी के लिए। उनके आंदोलन और फिर आतंकवाद का सिलसिला, जो आज भी जारी है। आजादी पर कुछ नहीं हुआ, लेकिन वह कश्मीर घाटी, जो चिनार के दरख्तों और अपनी खूबसूरती से दुनिया के लोगों को आकर्षित करती रही, लहूलुहान और बारूद की गंध में सराबोर हो गई। सरहद पार बैठे लोग साजिश बुनते रहे और यहां अंजाम होने के साथ आम कश्मीरी, पर्यटक और सुरक्षा बल अकाल मौत के शिकार होते चले गए। पहले घाटी से नौजवानों को ट्रेनिंग के लिए सरहद पार भेजा जाता रहा और बाद में छोटे बच्चे से लेकर बड़ों को स्टोन पेलरिंग के लिए मनोवैज्ञानिक तौर पर तैयार किया जाने लगा।

घटना कहीं भी होती, लेकिन माहौल घाटी का खराब होता। घाटी का शांतिप्रिय वातावरण अराजकता का शिकार बन जाता। सुरक्षा बलों ने ऐसे कुछ लड़कों को पकड़ा और पूछताछ की तो पता चला कि फलां अलगाववादी नेता, जिसके सरहद पार सम्पर्क हैं, ने उन्हें उकसाया और पैसे भी दिए। हालांकि कुछेक बार पुलिस अथवा सुरक्षा बलों की गोलीबारी अथवा सख्ती की वजह से भी पत्थरबाजी होती। पत्थरबाजी करते नौजवान अपने मुंह को स्कार्फ अथवा रूमाल से ढके होते। अलगाववादियों और आतंकवादियों का मकसद घाटी के माहौल को पुनः विस्फोटक बनाना है।

हैरत की बात है कि आईएसआई के एक चहेते गुलाम नबी फई को गिरफ्तार तो किया था अमेरिका के सुरक्षा बलों ने, लेकिन उसका विरोध घाटी में पत्थरबाजी करके हुआ। दरअसल, पाकिस्तान के करीबी अलगाववादी नेताओं ने ऐसा माहौल बनाया कि नौजवान घाटी में सुरक्षा बलों पर स्टोन पेलरिंग करने लगे थे। कश्मीर में जन्मे गुलाम नबी फई को अमेरिका की एफ.बी.आई. ने 19 जुलाई, 2011 को गिरफ्तार किया था। फई अमेरिका में कश्मीर-अमरीकन काउंसिल नाम से एन.जी. ओ. चलाते हैं और पैसा इकट्ठा करते हैं, जिसे हवाला के जरिए जम्मू-कश्मीर में अराजकता के लिए भेजा जाता है। आईएसआई ने फई को अमेरिकी सांसदों को कश्मीर में मुद्दे पर अपने पक्ष में लेने की कवायद करने तथा कश्मीर पर ही दुनिया-भर में दबाव बनाने का काम सौंपा है। फई ने वाशिंगटन में 'कश्मीर शांति सम्मेलन' के नाम से कई कार्यक्रम किए, जिनमें अमेरिका के विशिष्ट लोगों के अलावा भारत की कई नामचीन हस्तियों ने भी भाग लिया था। इसमें ब्रिटेन में भारत के एक पूर्व उच्चायुक्त के अलावा एक पूर्व न्यायाधीश भी थे। ताकतवर फई को आईएसआई और पाकिस्तानी सरकार करोड़ों रुपये दे चुकी है। माना जाता है कि बरसों से अमेरिका में सक्रिय फई एफबीआई द्वारा शायद ही पकड़ा जाता, यदि लाहौर में 27 जनवरी, 2011 को सीआईए जासूस रेमंड डेविस को दो लोगों की हत्या के आरोप में न गिरफ्तार किया जाता।

फई के अलावा और भी काफी लम्बी फेहरिस्त है उन लोगों की, जो अपना उल्लू सीधा करने के लिए कश्मीर और कश्मीरी आवाम के साथ पर्दे के पीछे से खेल रहे हैं और इन नापाक खेलों के चंगुल में फंस रहा है कश्मीरी नौजवान। कभी मुजाहिद के नाम पर तो कभी पत्थरबाजी के लिए। सितम्बर, 2013 की बात है। उस दिन कनेडियन हाई कमिश्नर सपत्नीक श्रीनगर से गुलमर्ग जा रहे थे कि रास्ते में कुंजार में उनकी कार पर पथराव किया गया। इसमें उनकी पत्नी व बेटा जख्मी हो गए थे और उनकी कार का शीशा टूट गया था।

राजनेताओं पर अब लोग बड़ी मुश्किल से यकीन करते हैं। इस सूबे का नौजवान पढ़-लिखकर अनुकूल रोजगार चाहता है। सरकारें व नेता वायदे खूब करते हैं, मगर

बाद में अधिकतर वायदे कोरे ही साबित होते हैं। ये भी इस सूबे की करीब सवा करोड़ आबादी के सबसे बड़े युवा वर्ग में बेचैनी का अहसास कराते हैं जिसके चलते घाटी के अलावा डोडा, पुंछ व राजौरी में कट्टरपंथ की विषबेल तेजी से बढ़ी है। पुलिस तथा सुरक्षा बल भी कई बार कड़े कानूनों का बेजा इस्तेमाल करते हैं। कश्मीर की गाजा पट्टी कहे जाने वाले डाउन टाउन इलाके के पढ़े-लिखे नौजवान, जो सिर्फ अपना बढ़िया कैरियर बनाना चाहते हैं, का कहना है, 'उन्हें उम्मीद थी कि अब तो एक नौजवान मुख्यमंत्री उमर अब्दुल्ला है, वह हम पढ़े-लिखे युवाओं के लिए कोई ठोस कदम उठाएंगे... मगर अफसोस उन्होंने भी हम लोगों के लिए कुछ नहीं किया।' इससे भी घाटी के नौजवानों में उबाल पैदा होता है। ये युवा भी अब समझते हैं कि उनका कई स्वार्थी तत्त्व गलत इस्तेमाल करते आ रहे हैं। ये जिला अनंतनाग के विजवेहड़ा के 24 साल के परवेज रसूल के ऑफ स्पिनर बनने और भारतीय क्रिकेट टीम में शामिल होकर मैच खेलने पर बेहद संतोष जाहिर करते हैं, परंतु ये नौजवान इस बात से आशंकित हैं कि आजादी के नाम पर जारी हिंसा का तांडव कब व कैसे रुक पाएगा?

इस सूबे में अमन, शांति, खुशहाली और तरक्की का जलवा फिर कब बिखरेगा, ताकि एक बार फिर इसे जन्नत के तौर पर देखा जा सके?

राग अब्दुल्ला परिवार

आम तौर पर कहा जाता है कि जम्मू-कश्मीर में जब घाटी आधारित राजनैतिक दल सत्ता में होता है, तो वह भारत सरकार से हर तरफ से बेहतर रिश्ते रखता है, लेकिन जब वह सत्ता को लेकर संकट में दिखाई देता है, तो उसके सुर बेसुरे हो जाते हैं। वैसे अब्दुल्ला परिवार तो जब-तब भारत सरकार पर अपना दबाव बनाए रखने के लिए हर तरह के प्रयोग करता है। वह भले ही बाबा-ए-कौम कहे जाने वाले शेख मोहम्मद अब्दुल्ला हों या उनके बेटे डॉ. फारूक अब्दुल्ला या फिर उनके बेटे के बेटे उमर अब्दुल्ला।

शेख मोहम्मद अब्दुल्ला ने एक समय महाराजा हरि सिंह की प्रिंसली स्टेट जम्मू-कश्मीर के भारत में अधिमिलन को पूरी तरह कानूनन सही बताया था। बाद में चीन, अमेरिका व दूसरे मुल्कों के साथ गोपनीय बातचीतों में अलग तरह का राग अलापा था। यही हाल डॉ. फारूक अब्दुल्ला का रहा है। वे जब-तब कश्मीर को लेकर भारत के जमकर कसीदे पढ़ेंगे, मगर फिर ऐसी भी बातें करेंगे कि सूबे के भारत के साथ केवल सीमित रिश्ते रहें। केंद्र में एनडीए के वक्त में सूबे की विध ानसभा में स्वायत्तता को लेकर डॉ. फारूक अब्दुल्ला की पार्टी नेशनल कांफ्रेंस ने बिल पारित कर लिया था, जबकि भाजपा, कांग्रेस समेत सभी ने इसका तीखा विरोध किया था।

डॉ. फारूक अब्दुल्ला चाहते थे कि सूबे का 1953 का दर्जा बहाल हो। कश्मीर एटॉनमी रिपोर्ट के मुताबिक, नई दिल्ली यानी भारत सरकार का सूबे में केवल सुरक्षा, विदेश नीति तथा संचार तक ही दखल हो, जैसा 1953 से पहले था। सूबे का अपना प्रधानमंत्री तथा सुप्रीम कोर्ट हो। डॉ. फारूक अब्दुल्ला, जो अटल बिहारी वाजपेयी के नेतृत्व वाली एनडीए सरकार में हिस्सेदार थे, को न केवल संसद में, बल्कि सूबे की विधानसभा में भाजपा विधायकों का विरोध सहना पड़ा था। कश्मीर एटॉनमी रिपोर्ट को एक तरफ कर दिया गया था। सूबे की विधानसभा में सतारुढ़ नेशनल कांफ्रेंस का विपक्षी कई विधायकों ने काली पट्टियां बांधकर विरोध करते हुए कहा

था कि यह रिपोर्ट पाक समर्थक और सूबे को तोड़ने वाली है। कांग्रेस के विधायकों ने कहा था कि डॉ. फारूक अब्दुल्ला सरकार को लोगों की गरीबी, भुखमरी तथा आतंकवाद से लड़ना चाहिए, लेकिन इस तरह की रिपोर्ट लाकर वे सूबे को कमजोर करने में लगे हैं।

डॉ. फारूक अब्दुल्ला अपना 'कार्ड' खेल रहे थे, मगर घाटी की ऑल पार्टी हुर्रियत कांफ्रेंस एटॉनमी के विरोध में खड़ी हो गई थी। चरमपंथी नेता सैयद अली शाह गिलानी ने कहा कि कश्मीर मसले का स्थायी हल जनमत संग्रह ही है। सैयद अली शाह गिलानी पाकपरस्त हैं, यह हर कोई जानता है।

अब डॉ. फारूक अब्दुल्ला के बेटे उमर अब्दुल्ला सूबे के मुख्यमंत्री हैं, वे भी सूबे के भारत में विलय को लेकर अजीबोगरीब बयानबाजी करते रहते हैं। जानकारों का कहना है कि मौका आता है, तो यह अब्दुल्ला परिवार अपने-अपने वक्त में अंतर्राष्ट्रीय स्तर पर भारत के हित में पक्ष रखते रहे हैं, मगर बाद में अपने एजेंडे पर उतर आते हैं।

पानी पर जंग

कश्मीर के बाद भारत और पाकिस्तान के बीच आने वाले वक्त में पानी भी एक बड़े फसाद की वजह बन सकता है। पाकिस्तान के जल एवं ऊर्जा मंत्री ख्वाजा आसिफ के अक्टूबर, 2013 के बयान पर गौर करें तो उनका कहना है, सिंधु जल संधि (इंडस वाटर ट्रीटी) उनके मुल्क के अनुकूल नहीं है। आने वाले दिनों में पाकिस्तान को पानी की भारी किल्लत का साम्ना करना पड़ सकता है, जैसे कि इंडोनेशिया की स्थिति है। दरअसल, सिंधु जल संधि भारत और पाकिस्तान के बीच ब्रिटिश इंडिया के बंटवारे के बाद सन् 1960 में हुई थी। पाकिस्तान को यह भय था कि इस संधि के तहत आने वाली तमाम नदियां भारत से निकलती हैं, जंग के वक्त भारत कहीं पाकिस्तान को जाने वाले इन नदियों के पानी को रोक न दे। दोनों मुल्कों के बीच जंग भी हुई, मगर भारत ने ऐसा कदापि नहीं किया।

'सिंधु जल संधि' भारत और पाकिस्तान के बीच 19 सितम्बर, 1960 को कराची में हुई थी। इसमें विश्व बैंक ने बिचौलिए की भूमिका अदा की थी। संधि पर भारत के प्रधानमंत्री पं. जवाहरलाल नेहरू तथा पाकिस्तान के राष्ट्रपति अय्यूब खान ने हस्ताक्षर किए थे। पाकिस्तान को यह डर था कि जंग की स्थिति में भारत द्वारा नदियों का पानी रोक देने से पाकिस्तान सूखे का शिकार हो सकता है। संधि में कहा गया कि किसी विवाद अथवा अन्य स्थिति में निपटारा संधि में निर्धारित फ्रेमवर्क के दायरे में ही होगा। माना जाता है कि इसे दुनिया भर में हुई संधियों में एक सबसे ज्यादा कामयाब संधि के तौर पर देखा गया है।

सिंधु जल संधि सूबे की पश्चिमी तीन नदियों–सिंधु, झेलम व चिनाब तथा पूर्वी तीन नदियों–सतलुज, व्यास तथा रावी का गठित स्वरूप है। संधि की धारा 5.1 के तहत रावी, व्यास, सतलुज, झेलम तथा चिनाब, सिंधु नदी के दाएं छोर में पाकिस्तान में शामिल होती हैं। संधि के मुताबिक रावी, व्यास तथा सतलुज नदियों का पानी पाकिस्तान में प्रवेश करने से पहले भारत अनन्य तौर पर इस्तेमाल कर सकता है। 10 साल की संक्रमण अवधि के दौरान भारत बाध्य होगा इन नदियों से पाकिस्तान

को पानी देने के लिए, जब तक कि वह झेलम, चिनाब तथा सिंधु नदी के पानी के इस्तेमाल के लिए कैनाल-सिस्टम नहीं बना लेता। इसी तरह पाकिस्तान भी झेलम, चिनाब और सिंधु नदी का अनन्य इस्तेमाल कर सकता है, लेकिन इन नदियों पर भारत की परियोजना के विकास के लिए कुछ जरूरी शर्तें हैं। पाकिस्तान को इन पूर्वी नदियों के पानी के नुकसान के तौर पर एक बार वित्तीय मुआवजा भी मिला। संधि के 10 साल पूरे होने के बाद 31 मार्च, 1970 को भारत इन नदियों के पानी का इस्तेमाल करने के लिए कामयाब हो गया था। दोनों मुल्कों के बीच संधि से जुड़े किसी भी तरह के मामले को लेकर सहमति बन गई। इस मकसद से संधि के तहत एक 'स्थायी सिंधु आयोग' बनाया गया, जिसमें दोनों मुल्कों ने अपने-अपने कमिश्नर नियुक्त कर दिए थे।

सिंधु नदी का पानी जम्मू-कश्मीर राज्य से सटे हिमालय की पहाड़ियों से निकलता है। पानी का बहाव पंजाब और सिंध से गुजरता है और पाकिस्तान के बाद कराची के दक्षिण में अरब की खाड़ी में जा मिलता है। इस नदी के लिए पाकिस्तान में नहरों का नेटवर्क बनाया गया, जिससे 26 मिलियन एकड़ सिंचाई भूमि को पानी मिलता है।

जम्मू-कश्मीर के जिला डोडा में जब बग्लिहार पन बिजली परियोजना की शुरुआत हुई तो पाकिस्तान ने आपत्तियां उठा दीं। इस परियोजना ने सन् 1992 में योजना का रूप लिया और फिर सन् 1999 में इसका निर्माणकार्य आरंभ हुआ। इसका पहला चरण 2004 में तैयार हो गया और दूसरा चरण 10 अक्टूबर, 2008 को पूरा हुआ। प्रध ानमंत्री डॉ. मनमोहन सिंह ने कुल 900 मेगावाट की इस पन बिजली परियोजना को राष्ट्र को समर्पित कर दिया था।

दरअसल, जब इस बग्लिहार बिजली परियोजना के पहले चरण का निर्माणकार्य शुरू हुआ था, तो पाकिस्तान ने परियोजना की परिकल्पना पर आपत्ति उठाते हुए दावा किया कि यह सिंधु जल संधि 1960 का उल्लंघन है। पाकिस्तान ने न केवल बग्लिहार बल्कि झेलम नदी पर बनने वाले किशनगंगा पन बिजली परियोजना पर भी सवाल खड़े कर दिए थे। पाकिस्तान ने आरोप लगाया कि इस परियोजना के कारण इन नदियों के पाकिस्तान की दिशा में पानी के तेज बहाव में रुकावट आ रही है।

1999 से 2004 के दौरान भारत और पाकिस्तान के बीच कई बार बातचीत हुई, लेकिन पाकिस्तान अपनी जिद पर अड़ा रहा। दोनों मुल्क किसी समझौते पर नहीं पहुंच सके। इसके बाद 18 जनवरी, 2005 को विश्व बैंक में आपत्तियों का दावा किया गया। मई, 2005 में एक स्विस इंजीनियर प्रो. रेमण्ड लाफियर को नियुक्त किया गया, ताकि स्थिति साफ हो। 12 फरवरी, 2007 को इंजीनियर रेमण्ड लाफियर ने अपना अंतिम फैसला घोषित किया कि पाकिस्तान के कुछ छोटे ऐतराज ठीक है, जिसमें तालाब की

क्षमता व बांध की ऊंचाई कम करने को कहा गया। इंजीनियर रेमण्ड ने पाकिस्तान की दूसरी तमाम आपत्तियों को खारिज कर दिया था, जिससे पाकिस्तान को गहरा धक्का लगा। दोनों पक्ष इस फैसले को मानने के लिए बाध्य थे। अंततः यह मामला जून, 2010 में तय हो गया था।

किशनगंगा पन बिजली परियोजना झेलम नदी की घाटी पर निर्माणाधीन है। यह जगह कश्मीर के वांडीपोरा के 5 किलोमीटर उत्तर में है। 330 मेगावाट क्षमता वाली इस पन बिजली परियोजना का निर्माणकार्य सन् 2007 में आरंभ हुआ। इसके 2016 तक पूरा होने का अनुमान है। इस पर भी पाकिस्तान ने ऐतराज उठाते हुए दावा किया कि इस परियोजना के निर्माण के कारण नदी के पानी के बहाव पर प्रतिकूल प्रभाव पड़ेगा, जो पाकिस्तान में जाकर मिलता है। मामले की सुनवाई अक्टूबर, 2011 में हक की 'परमानेंट कोर्ट ऑफ ऑर्बिटेशन' में हुई। हक ने फैसला देते हुए कहा कि भारत ऊर्जा तैयार करने के लिए नदी का न्यूनतम पानी परियोजना के लिए मोड़ सकता है। यह फैसला फरवरी, 2013 में आया था। वैसे पाकिस्तान इन नदियों के पानी को लेकर कई बार आरोप लगाकर अड़ंगे लगा चुका है। फरवरी, 2013 में इस विषय पर भारत का एक दल ए.सी. गुप्ता के नेतृत्व में 'परमानेंट इंडस कमीशन' की बैठक में भाग लेने इस्लामाबाद गया था। इस बैठक में पाकिस्तान की तरफ से सैयद जमात अली शाह ने शिरकत की थी।

नदियों के पानी को लेकर पाकिस्तान के भीतर भी जबरदस्त राजनीति चली आ रही है। सिंध को चिंता है कि कहीं पंजाब (पाक) के पास ही जल प्रबंधन की जिम्मेदारी रही तो फिर भविष्य में सिंध उद्गम का क्या हाल होगा। पाकिस्तान ने भारत को धमकी दी कि वह उसके (भारत के) खिलाफ 'इंटरनेशनल कोर्ट ऑफ ऑर्बिटेशन' में भी जाएगा। वहीं अक्टूबर, 2013 में पाकिस्तान सरकार के एक मंत्री ख्वाजा आसिफ, जो प्रधानमंत्री मियां नवाज शरीफ के खासमखास हैं, ने धमकी दी है कि 'सिंधु जल संधि' उनके मुल्क के अनुकूल नहीं है, इसलिए इस पर पुनर्विचार होना चाहिए, वरना आने वाले वक्त में पानी उसके (पाक के) लिए जीवन-मरण का प्रश्न बन सकता है यानी वह पानी को लेकर भारत के साथ जंग भी लड़ सकता है।

भारत के जानकारों का मानना है कि पाकिस्तान इतनी बेजोड़ जल संधि से लाभान्वित होने के बावजूद, भारत की उदारता का जवाब आतंकवादी वारदातों को अंजाम देकर दे रहा है। पुरस्कृत किताब 'वाटर: एशियाज न्यू बैटलग्राउन्ड' के लेखक ब्रह्म चेलानी का कहना है कि सिंधु जल संधि आधुनिक विश्व के इतिहास का सबसे उदार जल बंटवारा है। इसके तहत पाकिस्तान को 80.52 फीसदी पानी यानी 167.2 अरब घन पानी सालाना दिया जाता है। नदी की ऊपरी धारा के बंटवारे में उदारता की ऐसी मिसाल दुनिया की किसी और संधि में नहीं मिलेगी।

सिंधु जल संधि के तहत उत्तर और दक्षिण को बांटने वाली एक रेखा तय की गई है, जिसके अनुसार सिंधु क्षेत्र में आने वाली तीनों नदियां पूरी-की-पूरी पाकिस्तान को भेंट कर दी गई और भारत की संप्रभुता दक्षिण की ओर झेलम का सबसे ज्यादा पानी उस पार (पाक) जाता है और तीसरी धारा खुद सिंधु की मुख्य धारा है। पं. जवाहरलाल नेहरू के दौर में एक निश्चित काल तक के लिए की गई इस संधि को आने वाली पीढ़ियां एक भूल मानकर उसे सुधारने की कोशिश करती, लेकिन आज तक किसी भी सरकार (भारत) ने आतंकवाद के मसले को जल बंटवारे से जोड़कर देखने की कोशिश नहीं की। यही सवाल हालांकि पाकिस्तान के सत्ताधीशों के दिमाग में भी होना चाहिए। जैसा कि शेक्सपियर के नाटक मैकबैथ में लेडी मैकबैथ कहती है, ''क्या नेपच्यून का महासागर मेरे हाथ पर लगे खून के धब्बे धो पाएगा?''

वैसे इस जल संधि को लेकर कश्मीर मूल का राजनैतिक दल पीपुल्स डेमोक्रेटिक पार्टी (पीडीपी) नेता मेहबूबा मुफ्ती भी सवाल खड़े करती रही हैं। चूंकि इस संधि का सर्वाधिक लाभ सिर्फ पाकिस्तान उठा रहा है। बावजूद इसके उसकी आपत्तियां और धमकियां जारी हैं।

जनरल का बयान और हंगामा

ब्रिटेन में हाउस ऑफ लॉर्ड के आजीवन सदस्य लॉर्ड नजीर अहमद का कहना है, 'आजाद जम्मू-कश्मीर में निर्मित सरकारी परियोजना के लिए निर्धारित 50 अरब की बजट राशि में से महज 10 फीसदी ही इस नर खर्च हो पाया। बाकी गोलमाल हुआ, इसके उनके पास ठोस सबूत भी हैं।' लॉर्ड नजीर अहमद, जो मूलत: 'आजाद जम्मू-कश्मीर' के हैं, के इस कथन ने यह साबित कर दिया कि भ्रष्टाचार-बेईमानी की नदी कश्मीर की नियंत्रण रेखा के आर-पार दोनों हिस्सों में अविरल बह रही है, लेकिन भूचाल तब आया, जब गौरवशाली भारतीय सेना के एक पूर्व प्रमुख जनरल वी.के. सिंह ने यह बयान दिया कि 'सन् 1947 के बाद से जम्मू-कश्मीर में राजनेताओं को पैसे दिए गए हैं...।' सेवानिवृत्त जनरल वी.के. सिंह के इस बयान ने घाटी से लेकर नई दिल्ली तक बवंडर मचा दिया। मामला अत्यधिक संगीन होते देख महज 24 घंटे के बाद जनरल वी.के. सिंह अपने पूर्व बयान से इधर-उधर होते दिखाई दिए।

हरि अनंत, हरिकथा अनंता की भांति दुनिया की जन्नत कहे जाने वाले कश्मीर की तह में नई-पुरानी कई कहानियां हैं। भ्रष्टाचार में आकंठ डूबे देश के सूबों में बिहार के बाद जम्मू-कश्मीर ने इस बाबत अपनी अव्वल स्थिति बनाई है। इसकी रिश्वत और जासूसी की कई रसभरी कथाएं भी हैं। हालांकि जानकारों का मानना है कि यह खेल (रिश्वत और जासूसी) सरहद के आर-पार से सन् 1947 से चला आ रहा है। इसको पालने-पोसने वाले खिलाड़ी सऊदी अरब, इस्लामाबाद से लेकर नई दिल्ली तक में हैं। पाकिस्तान का ऑपरेशन-जिबराल्टर इसी परिप्रेक्ष्य में है। वैसे सरहद के उस पार से कई रूप में, जिनमें अलगाववादी नेता भी हैं, भारत के जम्मू-कश्मीर को लेकर इसी तरह के काम करते हैं।

दुनिया की सर्वश्रेष्ठ सेनाओं में शुमार भारतीय सेना के एक पूर्व सेना प्रमुख का उक्त बयान नए विवादों को जन्म देने वाला साबित हो सकता है। सेवानिवृत्त जनरल वी.के. सिंह ने टेक्निकल सपोर्ट डिवीजन (टी.एस.डी.) का गठन करके सेना के

चुने हुए जासूसों को भर्ती किया, जिसमें कई तरह की खुफिया जानकारियां एकत्र की गईं। दरअसल, जनरल सिंह को लेकर विवाद तब शुरू हुआ, जब उन्होंने एक निजी न्यूज चैनल पर 23 सितम्बर, 2013 को आक्रामक अंदाज में कहा, '1947 के बाद से जम्मू-कश्मीर के तमाम मंत्रियों को पैसे दिए गए।' जब इस पर कड़ी प्रतिक्रियाएं शुरू हुईं तो जनरल सिंह कहने लगे कि यह रकम 'रिश्वत' अथवा 'सियासी मकसद' से नहीं, बल्कि आतंकवाद से प्रभावित सूबे में स्थिरता लाने के लिए दी गई थी। दरअसल, अपनी जन्मतिथि विवाद के साथ सेवानिवृत्त हुए जनरल वी.के. सिंह कांग्रेस विरोधी माने जाने वाले योग गुरु बाबा रामदेव और भाजपा के वरिष्ठ नेता एवं गुजरात के मुख्यमंत्री नरेंद्र मोदी के हमकदम हुए, तो इसमें हर किसी को राजनीति दिखाई देने लगी। जनरल सिंह का रुख भी यूपीए सरकार विरोधी हो गया। वे केंद्र सरकार के साथ मानो 'गुरिल्ला युद्ध' में जुट गए हों।

20 सितम्बर, 2013 को एक अंग्रेजी अखबार ने टी.एस.डी. के अनधिकृत ऑपरेशन का 'पर्दाफाश' किया, जिसका (टी.एस.डी.) गठन मई, 2010 में सीध` सेना प्रमुख जनरल वी.के. सिंह ने अपने नियंत्रण में लिया था। जब उन्हें थलसेना अध्यक्ष बने महज एक महीना ही बीता था। टी.एस.डी. की गतिविधियों में 1 करोड़ 19 लाख का वह लेनदेन का भी जिक्र है, जो इस इकाई ने जम्मू-कश्मीर के कृषि मंत्री गुलाम हसन मीर को कथित तौर पर दिए। पता चला कि यह रकम सन् 2010 के मई-जून माह में मुख्यमंत्री उमर अब्दुल्ला की सरकार को गिराने के लिए दी गई थी। इसमें कितनी सच्चाई है, यह कह पाना मुश्किल है। कोई बड़ी जांच ही इसे साफ कर सकती है।

कृषि मंत्री गुलाम हसन मीर ने 25 सितम्बर को एक लिखित बयान में इससे मुकरते हुए कहा कि वे 'समयबद्ध खुली जांच' कराने को तैयार हैं। प्रधानमंत्री डॉ. मनमोहन सिंह को मीडिया के पूछने पर कहना पड़ा, "यह मुल्क के लिए व्यापक-नुकसान वाला कथन है। सरकार जनरल वी.के. सिंह के बयान की जांच करवा रही है...।"

इसी तरह का बयान पीपुल्स डेमोक्रेटिक पार्टी (पीडीपी) के कद्दावर नेता मुजफ्फर हुसैन बेग ने दिया। उनका कहना है, 'कश्मीर में भारत समर्थक राजनीति को पाकिस्तान की आईएसआई ने कई दशकों से इतना नुकसान नहीं पहुंचाया, जितना पूर्व सेना प्रमुख वी.के. सिंह ने एक दिन में पहुंचा दिया।' इसके बाद सूबे के मुख्यमंत्री उमर अब्दुल्ला ने कहा कि जनरल सिंह के इस बयान ने राज्य में मुख्यधारा से जुड़े राजनीतिज्ञों के लिए मुसीबत खड़ी करने वाली हरकत की है, बल्कि नेताओं के गले पर हाथ डाला गया है। भारत सरकार को इसकी विश्वसनीय जांच कराकर स्थिति साफ करनी होगी। उमर अब्दुल्ला के पिता सूबे के पूर्व

मुख्यमंत्री एवं केंद्र में मंत्री डॉ. फारूक अब्दुल्ला ने इस प्रकरण की सीबीआई से जांच कराने की मांग की। दिलचस्प बात यह है कि सेवानिवृत्त जनरल वी.के. सिंह के उक्त कथन को भारतीय सेना के ही आठ पूर्व सेना प्रमुखों ने खारिज कर दिया है। जम्मू-कश्मीर विधानसभा में इसे लेकर हंगामा तो बरपा ही, बल्कि एक पंक्ति का प्रस्ताव पारित करके केंद्र सरकार से 'समयबद्ध जांच' की मांग की गई। विधानसभा अध्यक्ष मुबारक गुल ने पूर्व सेना प्रमुख वी.के. सिंह को अवमानना का नोटिस भी भेज दिया था।

सूबे की मुख्यधारा से जुड़ी पार्टियां व नेताओं की तो भृकुटियां तन ही गई थीं, वहीं अलगाववादियों को भारतीय सेना को कटघरे में खड़ा करने का मौका भी मिल गया। जेकेएलएफ नेता यासीन मलिक का कहना है कि जम्मू-कश्मीर में रिश्वत-भ्रष्टाचार कोई नई बात नहीं है। यहां हजारों गैर सरकारी संगठन (एनजीओ) हैं, जिनमें एक बड़ी तादाद उनकी है, जो सेना की आर्थिक मदद से अपनी गतिविधियां चलाते हैं। कश्मीर के एक बड़े धार्मिक नेता एवं अलगाववादी मीरवाइज उमर फारूक ने कहा कि शेख मोहम्मद अब्दुल्ला से लेकर आज तक की तमाम सरकारें सेना के मदद से फली-फूली हैं। ठीक इसी तरह और भी प्रतिक्रियाएं हुईं। इस पूरे प्रकरण पर पूर्व सेना प्रमुख वी.के. सिंह का यह भी कहना रहा कि टी.एस.डी. की गुप्त रिपोर्ट किसने लीक की, इसकी भी जांच होनी चाहिए। कुल मिलाकर जम्मू-कश्मीर से लेकर भारत सरकार तक सभी हतप्रभ हैं। टी.एस.डी. को जनरल विक्रम सिंह के सेना प्रमुख बनने के बाद जून, 2012 में भंग कर दिया गया।

इसके अलावा जम्मू-कश्मीर में भ्रष्टाचार के सरकारी आंकड़ों पर गौर करें तो बड़े पदों पर आसीन करीब 600 लोग इसमें आरोपित हैं। इनमें आईएएस, आईपीएस, पूर्व वाइस चांसलर से लेकर कई बड़े अफसरों के साथ कुछ राजनीतिज्ञ भी शामिल हैं। राज्य पुलिस के कुछ अफसरों पर जमीनी सौदेबाजी-कब्जेदारी से लेकर 'सुपारी' लेने के मामले में उंगलियां उठती रही हैं। सूबे का आवाम, भ्रष्टाचार व रिश्वतखोरी की अंतहीन जंग लड़ने को मजबूर है।

पाकिस्तानी आवाम

प्रिंसली स्टेट के वजूद से लेकर भारत में विलय होने तक जम्मू-कश्मीर के मामले में पाकिस्तानी सरकार की मानसिकता में आज तक कोई बदलाव नहीं आया है। वहां की सेना, खुफिया एजेंसी आईएसआई व उनकी छत्रछाया में पल व तैयार किए जा रहे आतंकवादी जम्मू-कश्मीर को छिन्न-भिन्न करने की निरंतर साजिशें रचते आ रहे हैं। यह जुदा बात है कि उसके कब्जे वाले आजाद जम्मू-कश्मीर तथा नार्दर्न एरिया में लोग पुरजोर आजादी की मांग कर रहे हैं। अविभाजित जम्मू-कश्मीर के इन दोनों अहम् भागों में सन् 2004 में यात्रा के दौरान मैंने यही सूरतेहाल खुद देखा था। यदि पाकिस्तान की बात करें तो बहुमत में आम पाकिस्तानी नागरिक आज महंगाई, भ्रष्टाचार तथा बेरोजगारी के साथ-साथ आतंकवाद से त्रस्त हैं। उनकी प्राथमिकता अब ये मुद्दे हैं, न कि कश्मीर। इसलिए अंतर्राष्ट्रीय दबाव के अलावा अपने आवाम के नजरिए के मद्देनजर पाकिस्तान हुकूमत ने अपनी सुविधानुसार कश्मीर पर अपनी नीति भी बदली है। कश्मीर मुद्दे को एक राजनैतिक हथकंडा बनाए रखना उसकी सभवतः मजबूरी भी है।

आम पाकिस्तानी आवाम (कट्टरपंथियों को छोड़कर) की बात करें तो वे भारतीयों से मेल-मिलाप के बेहद ख्वाहिशमंद रहते हैं। उनकी मेहमाननवाजी का भी क्या कहना! यह मेरा भी व्यक्तिगत अनुभव रहा है जिसका जिक्र मैं अपनी किताब **'पाकिस्तान की हकीकत से रू-ब-रू'** में भी कर चुका हूं। पहली बार पाक-लाहौर यात्रा के दौरान वहां के द माल रोड पर मेरा पीछा करते हुए खुफिया एजेंसी के लोगों ने मेरा अपहरण करने की साजिश को अंजाम देना चाहा था, तब मैं वहां शोर मचाने पर आम पाकिस्तानियों की मदद से ही बच पाया था। वहां मैं डाकघर से लेकर आनारकली बाजार में शॉपिंग के दौरान जब अपना परिचय (भारतीय) देता था तो वे मुझे हसरतभरी निगाहों से देखते और अच्छा व्यवहार करते, न कि शक से देखते अथवा दुर्व्यवहार करते थे।

दिलचस्प बात यह है कि आम पाकिस्तानी एक भारतीय के साथ आदर-सत्कार

के साथ तो पेश आते ही हैं, बल्कि मेहमाननवाजी के लिए भी आतुर रहते हैं। आम पाकिस्तानी के दिल की बात जानने की कोशिश मैंने पाकिस्तान में भी की और अपने मुल्क में भी। मुझे कहीं कोई फर्क महसूस नहीं हुआ। आईएसआई और पाकिस्तानी फौज की साजिशों का शिकार न केवल जम्मू-कश्मीर तथा शेष भारत है, बल्कि खुद पाकिस्तानी आवाम भी हैं। इनमें वहां रह रहे ईसाई व हिंदू समाज के लोगों के साथ-साथ मुस्लिम भी हैं। कुछेक मुस्लिम पत्रकारों को शक के आधार पर जेल भी काटनी पड़ी। उनके साथ दुर्व्यवहार व मार-पिटाई सो अलग हुई। पाकिस्तान के पंजाब हिस्से के लोग बेहद जीवट और मेहमाननवाज माने जाते हैं।

नई दिल्ली के ओमप्रकाश वर्मा एक शादी के सिलसिले में प्रधानमंत्री नवाज शरीफ के पैतृक इलाके रायविंड गए थे। वहां उनके दोस्तों शफीक और जावेद के बच्चों का शादी कार्यक्रम था। कई दिन वहां बिताने के बाद अपने घर लौटे ओमप्रकाश वर्मा ने जो वहां के लोगों की बाबत बताया, वह किसी भी भारतीय को ताज्जुब में डाल सकता है— ओमप्रकाश वर्मा जो सपरिवार वहां गए थे, उनके साथ हुई मेहमाननवाजी का जिक्र चंद शब्दों में पूरा नहीं किया जा सकता, उसकी जितनी तारीफ की जाए, वह कम है।

मैं जब खुद दो बार पाकिस्तान गया और वहां लाहौर के गवर्नमेंट कॉलेज के स्टूडेंट्स से लेकर विभिन्न वर्गों के लोगों से जो मुलाकातें व बातें हुईं, वे तमाम कश्मीर मुद्दे पर किसी भी तरह की हिंसा के खिलाफ दिखाई दीं। आतंकवाद की उन सबने जमकर निंदा की थी। वे सभी भारत के साथ बेहतर रिश्तों के पक्षधार थे। उनका मानना है कि कश्मीर मुद्दे से हटकर अब आगे बढ़ने की जरूरत है। पाकिस्तान हो या फिर भारत दोनों मुल्कों की कुछ समस्याएं एक समान हैं, मसलन महंगाई, भ्रष्टाचार और बेरोजगारी। दोनों मुल्कों को इन मुद्दों पर लड़ाई लड़नी चाहिए। आम पाकिस्तानी का यह भी कहना था कि किसी भी गंभीर बीमारी का इलाज हमारे लिए भारत में अच्छा व अपेक्षाकृत थोड़ा सस्ता है, जो पश्चिमी मुल्कों में बेहद महंगा है। यही वजह है कि हमारे (पाकिस्तान) यहां से बड़ी तादाद में मरीज तीमारदारी के लिए भारत जाते हैं।

लॉस एंजलिस टाइम्स पत्रिका ने भी लिखा है कि हैल्थ-वीजा पर सैकड़ों पाकिस्तानी प्रतिवर्ष इलाज कराने भारत आते हैं।

जैसा मैंने अपनी पाकिस्तान पर लिखी किताब में लाहौर के फारूक अहमद का जिक्र किया था, जो तीन साल पहले नई दिल्ली आया था। मुझसे हुई मुलाकात के दौरान वह भारत की जमकर तारीफ करते हुए कहता था कि अल्लाह करे, दोनों मुल्कों के रिश्ते ठीक हो जाएं, जिससे मध्यमवर्गीय पाकिस्तानी भारत आकर अच्छा व सस्ता इलाज करा सकें। उन्होंने पाकिस्तान की मौजूदा सूरतेहाल पर भी गहरा अफसोस जाहिर किया था।

दो युवा प्रधानमंत्री

उन दोनों की उम्र में बहुत ज्यादा फर्क नहीं था। उनकी कोशिश थी कि बरसों की अंतहीन दुश्मनी परस्पर अच्छी दोस्ती में बदल जाए। आईएसआई यह कैसे बर्दाश्त करती कि उन दो देशों के युवा प्रधानमंत्री एकमत हो जाएं। दरअसल, दोस्ती का सिलसिला जुलाई, 1989 में तब शुरू हुआ, जब भारत के खूबसूरत प्रधानमंत्री राजीव गांधी दक्षिण एशियाई मुल्कों की बैठक में भाग लेने इस्लामाबाद गए थे, तब उनकी मुलाकात पाकिस्तान की प्रधानमंत्री बेनजीर भट्टो से हुई। वे भी अत्यंत आकर्षक थीं। इन दोनों जवां दिलों ने बंद कमरे में बैठक की और दोस्ती की दिशा में कदम बढ़ाने का फैसला लिया। तब पंजाब में सिख आतंकवाद अपनी जड़े जमाए हुए था, वहीं कश्मीर में भी अलगाववाद के साथ आतंकवादी घटनाएं शुरू हो चुकी थीं।

पाकिस्तान पर आरोप लग रहे थे कि इन दोनों सरहदी सूबों में वही आतंकवादियों को प्रशिक्षित करके भेज रहा है। यह सारा खेल आईएसआई कर रही थी। चूंकि पाकिस्तान सरकार जानती थी कि वह भारत से सीधे लड़ाई जीत नहीं सकती, इसलिए उसने 'प्रॉक्सी वार' का रास्ता चुन लिया था। किसी भारतीय प्रधानमंत्री की तब 30 साल बाद पाकिस्तान की पहली यात्रा थी। दक्षिण एशियाई देशों की बैठक के बाद दोनों मुल्कों के न्यूक्लियर कार्यक्रम को लेकर भी एक समझौता हुआ कि दोनों मुल्क एक-दूसरे पर न्यूक्लियर हमला वगैरह नहीं करेंगे। इस समझौते को तैयार करने के बाद राजीव गांधी और बेनजीर भुट्टो के हस्ताक्षर हुए थे। इसके अलावा एक ड्राफ्ट तैयार किया गया था कि सियाचीन-ग्लेशियर से लेकर कारगिल तक दोनों देश अपनी सेनाओं को हटाएंगे व कम करेंगे। एक लाइन स्थापित की गई दोनों मुल्कों के जनरल हेडक्वार्टर में। इन सब से आईएसआई को बेहद तकलीफ हुई कि दोनों मुल्क दोस्ती की दिशा में क्यों बढ़ रहे हैं। यह बात स्वयं बेनजीर भुट्टो ने मानी थी। इसका जिक्र उन्होंने अपनी किताब 'रिकन्सीलेशन, इस्लाम, डेमोक्रेसी एंड द वेस्ट' में भी किया। इसे उन्होंने अपनी मृत्यु (27 दिसम्बर, 2007) से थोड़ा

वक्त पहले ही पूरा किया था। श्रीमती भुट्टो पाकिस्तान में सन् 1988 से 1990 तथा सन् 1993 से 1996 तक प्रधानमंत्री रही थीं।

अपनी इस किताब में बेनजीर भुट्टो ने लिखा कि जब राजीव गांधी के साथ हुए समझौते का हम दोनों प्रधानमंत्री ने एक प्रेस कांफ्रेंस में ऐलान किया था तो जमात-ए-इस्लामी और मुस्लिम लीग काफी चीखी-चिल्लाई थी। आईएसआई ने मुझ पर भारतीय एजेंट होने तक का आरोप चस्पां कर दिया था। 'राजीव गांधी के साथ भारत और पाकिस्तान के बीच बेहतर रिश्ते को लेकर की गई पहल पर मुझे गर्व है', यह बात बेनजीर भुट्टो ने कही। श्रीमतो भुट्टो ने कहा कि हम दोनों के माता-पिता ने शिमला समझौते में जो तय किया था, हम उसी दिशा में बढ़ना चाहते थे। हम दोनों उन बक्सों से बाहर आना चाहते थे, जो हमारे रिश्तों में बाधक बनते आ रहे थे।

'पंजाब में आतंकवाद को लेकर राजीव गांधी खासे चिंतित थे, उस दिशा में भी मैंने उन्हें मदद की थी। पाकिस्तान में सिख आतंकवादियों पर नकेल कसी थी।'

यह अजीब इत्तेफाक है कि राजीव गांधी की मां इंदिरा गांधी की उनके अपने ही अंगरक्षकों ने नृशंस हत्या कर दी थी। वहीं बेनजीर भुट्टो के पिता जुल्फिकार अली भुट्टो को फांसी पर लटका दिया गया था। इन दोनों युवा नेताओं की आतंकवादियों ने जान ले ली थी। राजीव गांधी उच्च शिक्षा के लिए लंदन की कैम्ब्रिज यूनिवर्सिटी मे पढ़े तो बेनजीर भुट्टो ऑक्सफोर्ड के बाद हार्वर्ड यूनिवर्सिटी में पढ़ीं।

जानकारों का मानना है कि यदि ये दोनों युवा नेता जीवित रहते तो भारत और पाकिस्तान के बीच कश्मीर को लेकर जो विषम हालात हैं, वे शायद नहीं होते।

शीन यानी बर्फ

कश्मीर को लेकर जितनी जंगे हुईं, उनसे ज्यादा विभिन्न भारतीय भाषाओं में फिल्में व सीरियल भी बने हैं। इनमें एक ऐसी फिल्म का भी निर्माण हुआ, जो अन्य फिल्मों से एकदम अलग लगी। यह फिल्म थी 'शीन' यानी बर्फ। यह फिल्म भी उस दौर में आई, जबकि जम्मू-कश्मीर में आतंकवाद चरम पर था। खासकर कश्मीर घाटी में उस वक्त बेगुनाह लोगों की हत्याएं हो रही थीं। जेहाद के नाम पर यहां हर तरह की हिंसा-ही-हिंसा का मंजर दिखाई पड़ता था।

ऐसे वक्त में कश्मीरी पंडितों के विस्थापन को लेकर बेहद भावुक फिल्म बनी थी शीन। इस फिल्म के जरिए दुनिया को यह बताने की कोशिश की गई कि जन्नत कहे जाने वाले कश्मीर की बर्फ पर हजारों बेगुनाह लोगों के खून के निशान जम गए हैं। मजहब, नफरत और अलगाव के नाम पर आतंकवाद ने कश्मीर से उसकी पहचान छीन ली है। 'शीन' जो कश्मीर की आत्मा है, पिछले कई सालों से लहूलुहान है। फिल्म के पटकथा लेखक डॉ. अग्निशेखर ने फिल्म के रिलीज होने से पहले इस किताब के लेखक को बताया था कि 'शीन' एक ऐसे कश्मीरी पंडित परिवार की कहानी है, जो धमकियों व बम धमाकों के बावजूद अपनी मातृभूमि छोड़कर नहीं जाना चाहता है, मगर अपने युवा बेटे की नृशंस हत्या के बाद आखिरकार उसे अपना यह फैसला बदलकर मजबूरन गांव (कश्मीर स्थित) छोड़कर जम्मू के एक विस्थापन शिविर में आना पड़ता है। यह विस्थापन शिविर पुरखू है। फिल्म मोटे तौर पर पंडित अमरनाथ और उसकी बेटी शीन के इर्द-गिर्द घूमती है। पंडित अमरनाथ की भूमिका में अभिनेता-सांसद राजबब्बर और शीन की भूमिका में समरीन जैदी (सहारा इंडिया परिवार) ने गजबनाक भावपूर्ण अभिनय किया। इसके अलावा किरण जुनेजा, मुकेश ऋषि, अनूप सोनी व तरुण अरोड़ा हैं, जिन्होंने बेहतरीन भूमिका अदा की। फिल्म के निर्देशक अशोक पंडित और संगीतकार नदीम-श्रवण हैं।

इस फिल्म के ऑडियो कैसेट रिलीज करने जम्मू के विस्थापन शिविर पुरखू

में आए अभिनेता राजबब्बर ने कहा था कि कुछ चीजें व्यक्तियों के कारण गलत होती हैं। एक दौर में पाकिस्तान ने नौजवानों को गुमराह करके आतंकवाद की ओर धकेला था, लेकिन आज वह खुद उसी कुचक्र में फंस गया है। जम्मू-कश्मीर में जारी आतंकवाद की वजह पाकिस्तान तो है ही, साथ ही यहां के कुछ राजनीतिज्ञ भी इसके लिए जिम्मेदार हैं। इसी कारण बेगुनाह लोगों की हत्याएं की जा रही हैं और लोग पलायन को मजबूर हुए। राजबब्बर के साथ फिल्म की नायिका समरीन जैदी व अन्य कलाकार भी मौजूद थे। यह फिल्म देशभर में सन् 2004 में रिलीज हुई थी।

अशोक पंडित व डॉ. अग्निशेखर ने कहा क्ि अंडरवर्ल्ड और आतंकवाद जैसे विषयों पर ढेरों फिल्में बनीं, मगर उनमें उनका महिमामंडन किया गया। जबकि शीन लीक से हटकर कश्मीरी-पंडितों के विस्थापन की पीड़ा और धर्मनिरपेक्ष समझ से तैयार की गई है। सहारा इंडिया परिवार ने इसका निर्माण किया है।

डॉ. अग्निशेखर ने बताया इस फिल्म की पटकथा उन्होंने अपनी पुरस्कृत काव्यकृति 'किसी भी समय' की रोशनी में लिखी। इसमें विस्थापन की पीड़ा के साथ-साथ उन सवालों को भी उठाया है कि यदि धर्मनिरपेक्ष भारत में धर्म के आध ार पर एक समूची जाति (कश्मीरी-पंडितों) को उनके मूल स्थान (जन्मभूमि-कश्मीर) से खदेड़ दिया जाता है तो हमें फिर धर्मनिरपेक्षता को नए सिरे से परिभाषित करना पड़ेगा। शीन फिल्म साम्प्रदायिकता के हाथों कश्मीर में धर्मनिरपेक्षता की हुई हत्या की कहानी है। यह फिल्म (शीन) आतंकवादियों को गौरवान्वित नहीं करती, जैसा कि 'मिशन-कश्मीर' में दर्शाया गया। यह आतंकवादियों द्वारा मारे गए तथा भगाए गए लोगों के आंसुओं और आशाओं की कथा है।

'मेरी सोई हुई मां के चेहरे पर,
किसी छिद्र से पड़ रहा है
थोड़ा सा प्रकाश।
हिल रही हैं उसकी पलकें,
यह कौन कर रहा है अंधेरे में,
सुबह की बात...।

एक तस्वीर नियत्रंण रेखा की

लाइन ऑफ कंट्रोल यानी नियंत्रण रेखा–दो मुल्कों को बांटती एक 740/772 किलोमीटर लम्बी रेखा। दुर्गम पहाड़ियों व गहरी खाइयों से पटा क्षेत्र। सरहद पार की गोलीबारी और घुसपैठ ही नहीं, बल्कि जंगली जानवरों से भी सामना। 31 दिसम्बर की वह बेहद सर्द रात। उस वक्त मैं नौशेरा सेक्टर की एक अग्रिम पोस्ट पर था। मेरे ठीक पीछे थी पीर पंजाल पहाड़ी श्रृखंला जिस पर काफी गहरी मोटी बर्फ की परत जमी थी। तापमान शून्य से नीचे था। कई गर्म कपड़े पहनने के बावजूद भी ठंड मेरा पीछा छोड़ने को तैयार नहीं थी। चांद की बादलों में लुका–छिपी के कारण अंधेरा तो था ही, साथ ही एकदम सन्नाटा भी था। रात गहराने लगी थी कि तभी वहां थोड़ी दूरी पर झाड़ियों में सरसराहट सुनाई दी, जिसने सन्नाटे को तो चीरा ही, वहीं पोस्ट पर तैनात संतरी को बेहद सतर्क कर दिया था। रात के वक्त चौकसी के लिए दी गई दूरबीन से संतरी ने देखा तो वह सियार था, जो सरहद पार की दिशा से इधर आया था।

उस दिन वहां जाने का मेरा मकसद केवल खबर करना ही नहीं, बल्कि यह जानना तथा एहसास करना था कि शून्य से नीचे तापमान में ये सरहदों के रखवाले अपनी मातृभूमि यानी जम्मू–कश्मीर की किस तरह रक्षा करते हैं। तब जबकि हम लोग आम ठंड में इनर तथा स्वेटर, जैकट अथवा गर्म कोट डालकर भी कांपते है, फिर ये जवान तो नियंत्रण रेखा हो या फिर भारत–पाक सीमा पर खुले में खुद को मौसम की मार से कैसे बचा पाते हैं। यह सब हैरत में डालने से कम नहीं था।

नौशेरा सेक्टर, वह एक अहम नियंत्रण रेखा का क्षेत्र है, जिसके पार पाक के कब्जे के आजाद जम्मू–कश्मीर का मीरपुर–कोटली इलाका पड़ता है। सन् 1947 में पाकिस्तान के निर्माण के बाद सरहद पार से कबाइलियों व सादा वर्दी में पाक सैनिकों ने कब्जा करने के मकसद से इधर घुसपैठ को अंजाम दिया था, फिर आतंकवादियों की घुसपैठ का एक यह भी रास्ता है, जिस पर भारतीय सेना के चौकस जवान हरदम

पाक की बॉर्डर एक्शन टीम की साजिश को विफल बनाने में जुटे रहते हैं। अपनी पोस्ट पर ड्यूटी से पहले इन जवानों को इनके अफसर जरूरी जानकारी व हिदायतों से अवगत कराते हैं।

उस रात हमने कुछ समय सेना के जवानों के साथ उनके बंकर में भी गुजारा, जहां उनके मनोरंजन का एकमात्र साधन ट्रांजिस्टर था, जो नगरों-महानगरों के लिए बीते कल की कहानी है। वहां कुछ बिस्तर जरूर लगे थे, लेकिन बावजूद उसके वहां (बंकर) मौजूद जवान एकदम अलर्ट स्थिति में रहते। सच मानें तो ये जवान हाड-मांस के नहीं, बल्कि मशीनी-पुर्जों से बने लगते हैं। पूछने पर ये कहते हैं-'साब! मरने से क्या डरना। हम तो उनको उनके घर में घुसकर मार सकते हैं। क्या करें, हमारा अनुशासन ऐसा है और फिर हम अपने अफसरों के हुक्म पर फौरी एक्शन लेते हैं, वरना पाकिस्तान की क्या मजाल कि इधर कोई आतंकवादी क्या, खिलौना भी भेज दे। हमें शांति का पाठ पढ़ाया जाता है, लेकिन जब दुश्मन सामने आ जाए तो फिर वह जिंदा वापस नहीं जाने दिया जाता।' सरहद पार की ओर इशारा करते हुए एक जवान कहता है, 'वे केवल धोखे से हमला करते हैं। उनमें हिम्मत नहीं कि आमने-सामने की लड़ाई लड़ें।'

इस बातचीत से पहले हमने इन जवानों के साथ खाना खाया था। खाना बेहद लजीज था। सेना में खाना लांगरी बनाते हैं। अपनों से सैकड़ों-हजारों मील दूर देश के रक्षक ये जांबाज छोटे-बड़े तमाम त्योहार यहीं मनाते हैं।

इसी सेक्टर की एक अन्य चौकी पर काफी अरसा पूर्व जब मैं अपने अखबार की रिपोर्टिंग के लिए गया था तो वहां एक हिंदू मेजर दहिया को मैंने रोजे रखते हुए पाया। उन दिनों पवित्र रमजान के रोजे चल रहे थे। इस चौकी के पास देश की अन्य चौकियों की तरह प्रतीकात्मक मंदिर, मस्जिद, गुरुद्वारा व चर्च बने हुए थे। मेजर दहिया ने हमारे लिए जब नाश्ता मंगवाया तो पूछने पर उन्होंने कहा कि 'आजकल पवित्र रमजान हैं और मैं रोजे पर हूं, इसलिए इस वक्त कुछ भी नहीं ले सकता।' वैसे यह मिसाल शायद पूरी दुनिया में केवल भारतीय सेना में ही मिलती है, जहां हर मजहब का सम्मान करना सिखाया जाता है।

नियंत्रण रेखा ने न केवल दो मुल्कों को, बल्कि उनके दिलों को भी बांटा। यही वजह है कि भारत की पड़ोसी के साथ आपसी भाईचारे व शांति की हर ईमानदार कोशिश का सरहद पार से नकारात्मक जवाब मिला। पाकिस्तान गुरिल्लावार के जरिए छद्म अथवा शीतयुद्ध लड़ रहा है। इससे यह भी साफ जाहिर होता है कि वह (पाकिस्तान) सीधी लड़ाई से डरता है, इसलिए आतंकवादियों के कंधों पर बंदूक रखकर जम्मू-कश्मीर को अंतहीन जंग में उलझाए रखना चाहता है। नियंत्रण रेखा

के पार आतंकवाद की बड़ी-बड़ी फैक्ट्रियां हैं, जहां आतंकवादी तैयार करके भारतीय क्षेत्र में उनकी घुसपैठ कराई जाती है। नियंत्रण रेखा के एकदम पास लांचिंग-पैड है जिसकी मार्फत घुसपैठ को अंजाम दिया जाता है। सरहद पर क्या जवान क्या अफसर सभी जांबाजी के साथ पाकिस्तान की हर चाल का मुंहतोड़ जवाब देते हैं। सैन्य अफसरों की जिप्सियां हर टेढ़े-मेढ़े रास्तों को पीछे छोड़ती हुई गंतव्य तक सामान से लेकर सब कुछ पहुंचाती हैं। समुद्रतल से नियंत्रण रेखा की चौकियां हजारों फुट की ऊंचाई पर हैं।

कारवां-ए-अमन

वहां दोनों तरफ बावर्दी सैनिक भी थे और उनके हथियार भी, पर गोलियों की आवाज कहीं नहीं थी। वह इलाका आतंकवादियों की घुसपैठ के लिए बदनाम भी रहा है। वहां मौजूद सैनिकों के चेहरे लाल तो थे, पर खुशी और उत्तेजना से। नियंत्रण रेखा पर जज्बात चरम पर थे। यह नजारा था उस एल.ओ.सी. का, जो चार युद्धों की भी गवाह रही है। जम्मू-कश्मीर के जिला पुंछ के चक्का दां बाग और पाकिस्तान के कब्जे वाले आजाद जम्मू-कश्मीर के रावलकोट के बीच नियंत्रण रेखा के इस हिस्से को भूकम्प प्रभावित लोगों की मदद के लिए खोला गया था। भारत की ओर से 25 ट्रकों में लदा आटा, चावल, चीनी, जीवनरक्षक दवाएं, तिरपाल, टैंट वगैरह राहत सामग्री सरहद पार आजाद जम्मू-कश्मीर प्रशासन को सौंपी गई।

करीब पांच दशक बाद 7 नवम्बर, 2005 को जब एल.ओ.सी. के इस बिंदु चक्का दां बाग-रावलकोट मार्ग को खोला गया तो कश्मीरियों के साथ देश-विदेश के मीडियाकर्मियों का भी वहां खासा जमघट था। इन ऐतिहासिक पलों की रिपोर्टिंग के लिए मैं भी वहां मौजूद था। सभी इस मौके को अपने कैमरों में कैद कर लेना चाहते थे। भारत-पाकिस्तान के बीच बेहतर रिश्तों के लिए उठाए जा रहे कदमों की श्रृंखला में यह ऐतिहासिक घटना थी और एल.ओ.सी. पर एक भावनात्मक घड़ी।

हालांकि इससे पूर्व 7 अप्रैल को उड़ी और मुजफ्फराबाद के बीच कारवां-ए-अमन विशेष बस सेवा के लिए एल.ओ.सी. के पांच बिंदुओं में से एक कमान पोस्ट को खोल दिया गया था।

चक्का दां बाग और रावलकोट के बीच का मार्ग कुदरत के कहर से हुई तबाही के कारण खोलना पड़ा था। वह एक काले शनिवार का दिन था। सुबह का वक्त और तारीख थी 8 अक्टूबर, 2005। उस वक्त 7.6 मेग्निच्यूर पर जलजला (भूकम्प) आया तो सारा उत्तर भारत थर्रा गया था। सबसे ज्यादा तबाही पाकिस्तान और उसके कब्जे वाले आजाद जम्मू-कश्मीर में हुई। एल.ओ.सी. पार हजारों लोगों की मौत की खबरें आईं। इस जलजले का मुख्य केंद्र मुजफ्फराबाद के पूर्वोतर में 19 किलोमीटर

दूर था। पाकिस्तान के लाहौर, रावलपिंडी के अलावा आजाद जम्मू-कश्मीर की राजधानी मुजफ्फराबाद तथा खैबर पख्तूनवा वगैरह जलजले की जद में आए थे। इसी तरह का जलजला सैन फ्रांसिस्को में सन् 1906, क्वेटा में सन् 1935, गुजरात (भारत) में सन् 2001 तथा सन् 2009 में सुमात्रा में आया था, जहां भारी तबाही हुई थी।

चक्का दां बाग-रावलकोट के बाद दूसरा राहत शिविर 9 नवम्बर को कमान पोस्ट उड़ी को खोल दिया गया। इस रास्ते से मुजफ्फराबाद के जलजला प्रभावित लोगों के लिए भारत सरकार ने राहत सामग्री भेजी। अलबत्ता चक्का दां बाग बिंदु से भारतीय क्षेत्र के गांव काफी दूर पीछे हैं, मगर सरहद पार पाक के कई गांव एल.ओ.सी. के एकदम करीब हैं। ऐसा ही एक गांव है त्रेटावाट। भारतीय अग्रिम चौकी कांचामान से भी त्रेटावाट की दूरी बहुत ज्यादा नहीं है। 7 नवम्बर की सुबह इस पूरे क्षेत्र में काफी उत्सुकता और बेसब्री भरी थी। भारत की ओर से मदद के तौर पर दी जा रही राहत सामग्री पाक प्रशासन और पाक सेना को सौंपने का समय सुबह करीब 11 बजे का निर्धारित था, मगर त्रेटावाट के पहाड़ी इलाके के नीचे मैदान में वहां के लोगों की आमद सुबह से ही शुरू हो गई थी। 11 बजते-बजते वहां करीब दो हजार लोग एकत्रित हो गए थे। वे सभी लोग राहत सामग्री के कार्यक्रम का बड़ी उत्सुकता से इंतजार कर रहे थे। उधर भी कुछ मीडिया वाले थे। सभी एल.ओ.सी. खुलने के क्षण की प्रतीक्षा में थे।

अंततः वह घड़ी आ गई, जब कस्टम और अन्य तमाम औपचारिकताएं पूरी करने के बाद लदी राहत सामग्री उतारने के लिए भारतीय ट्रकों को एक-एक करके पाक ट्रकों के साथ जोड़ा गया। इस मौके पर जम्मू डिवीजन के आयुक्त बी.आर. शर्मा, पुंछ बिग्रेड के कमांडर ब्रिगेडियर ए.के. बख्शी समेत राज्य पुलिस व स्थानीय प्रशासन के अधिकारी भी मौजूद थे। पाकिस्तान की ओर से रावलकोट के जिला उपायुक्त सरदार मोहम्मद फारूक, ब्रिगेडियर ताहिर राजा नकवी वगैरह उपस्थित थे। सभी के चेहरों पर मुस्कान और अमन की दुआ के भाव थे। एल.ओ.सी. पार कर हर शख्स भारत के इस कदम की तारीफ कर रहा था।

रावलकोट के वासपुर के सरदार मोहम्मद याकूब खान तो काफी भावुक हो उठे थे। उनका कहना था कि जनरल परवेज मुशर्रफ साहब द्वारा भारत से मांगी गई मदद और फिर भारत ने पाक की इस मुसीबत की घड़ी में जो कुछ किया है, उसकी तारीफ के लिए कोई शब्द नहीं है। अकेले उनके इलाके में चार लोगों की मौत और हजार लोग जख्मी हुए, इस जलजले के कारण। इसी तरह के भाव भारत के प्रति मुजफ्फराबाद से आए एक पत्रकार रोशन खान और रावलकोट के उपायुक्त सरदार मोहम्मद फारूक समेत अन्य पाकिस्तानी लोगों के थे।

एल.ओ.सी. के नो मैंस लैंड पर राहत सामग्री देने का काम पूरा हुआ तो वहां स्थानीय हाजिरा इलाके के करीब डेढ़-दो हजार लोग एल.ओ.सी. की ओर तेजी से बढ़ना शुरू हुए। पाक रेंजरों ने उन्हें पूरी ताकत के साथ रोकना चाहा, मगर भीड़ का जोश बेकाबू था। सो, पाक रेंजरों ने पहले लाठी चार्ज और आंसू गैस चलाई, जब भीड़ पर नियंत्रण नहीं हुआ तो हवा में फायरिंग शुरू की। इससे नाराज लोगों ने 'पाकिस्तान मुर्दाबाद' और 'हिंदुस्तान जिन्दाबाद' के नारे लगाने शुरू कर दिए थे। अलबत्ता स्थिति बहुत मुश्किल से नियंत्रण में हो सकी थी।

भारत सरकार ने राहत सामग्री देने के बाद पाकिस्तान से बातचीत करके एल. ओ.सी. के आर-पार रह रहे अविभाजित परिवारों के लिए एक और बड़ा कदम उठाने का फैसला किया। यह था इस इलाके में एल.ओ.सी. के आर-पार यानी चक्का दां बाग और पुंछ-रावलकोट के बीच विशेष बस सेवा शुरू करना। आखिरकार वह घड़ी भी आ गई। 20 जून, 2006 को इस नई विशेष बस सेवा के जरिए एक और इतिहास रचा गया। इस ऐतिहासिक मौके पर यू.पी.ए. अध्यक्ष श्रीमती सोनिया गांधी के साथ तत्कालीन रक्षामंत्री प्रणब मुखर्जी, गुलाम नबी आजाद, मुफ्ती मोहम्मद सईद समेत सूबे के कई नेता व गणमान्य नागरिक भी मौजूद थे। श्रीमती सोनिया गांधी ने इस विशेष बस सेवा को हरी झंडी दिखाकर एल.ओ.सी. की ओर रवाना किया। इस सुनहरी घड़ी को देश-विदेश के मीडियाकर्मी कवर कर रहे थे। मेरे साथ उस वक्त हमारे चैनल के कश्मीर ब्यूरो से एक कैमरामैन के अलावा नोएडा से आए कैमरामैन राजेश त्रिपाठी भी थे।

सोनिया गांधी ने इस विशेष बस में सवार यात्रियों को उपहार भी दिए थे। एक यात्री ताज मोहम्मद, जो इस बस में सवार होकर अपने विभाजित परिवार के सदस्यों से मिलने एल.ओ.सी. पार जा रहे थे, बेहद भावुक थे। वे कहने लगे कि अल्लाह का शुक्र है कि बरसों से बिछड़े हमारे परिवार फिर से मिल सकेंगे। सोनिया गांधी और जनरल मुशर्रफ साहब का बहुत-बहुत शुक्रिया...।

इस विशेष बस सेवा के मौके पर चक्का दां बाग प्वाइंट पर मुझे मीरपुर के बुजुर्ग नसीरुल्लाह बहुत याद आए। इनका मैंने सन् 2011 में प्रकाशित अपनी पुस्तक

सोनिया गांधी

'**पाकिस्तान की हकीकत से रू-ब-रू**' में जिक्र किया था। छह फुट से अधिक लम्बाई और चौड़ी कद-काठी के बुजुर्ग नसीरुल्लाह उस वक्त मुझे आजाद जम्मू-कश्मीर के मीरपुर में मिले थे। उम्र करीब 70 साल से ज्यादा, सफेद लम्बी दाढ़ी, जिस्म पर गहरे भूरे रंग का कम्बल ओढ़े न्सीरुल्लाह मुझे बहुत डरे हुए वहां

होटल में मिले थे, जहां मैं ठहरा था। देखते ही लगा कि उनकी आंखें मानो मुझसे किसी अनजान रिश्ते का वास्ता देते हुए कुछ मांग रही हों। एकांत में बातचीत का सिलसिला शुरू होते ही उन्होंने अपने कंधे पर लटके थैले से कुछ निकालने की कोशिश की और फिर किसी की आहट से उसके हाथ वहीं रुक गए। दरअसल, उसी वक्त होटल का वेटर चाय देने आया था। उसके जाने के बाद डरे-सहमे बुजुर्ग नसीरुल्लाह के लिए चाय ऑफर करते हुए मैंने पूछा, 'बाबा! क्या कोई दिक्कत-परेशानी है, जिसे हम दूर कर सकें...?'

डोगरी-पंजाबी मिश्रित हिंदी में जवाब मिला, 'मैं नसीरुल्लाह हूं, मेरा पिंड (गांव) एल.ओ.सी. के पार राजौरी में है। 1971 की जंग के बाद सीमा रेखा पार करके एदर (इधर) आ गया सी (था)। उधर, मेरे मां-बाप, भाई-बहन थे। मां-बाप तो पूरे (मर) से गए, हुन (अब) बहन-भाई बचे हैं। मेरी आखिरी ख्वाहिश है कि मैं मरण (मरने) तो पहले बस इक (एक) बार अपने गांव किसी तरह चला जावां (जाऊं) और वहां की मिट्टी को चूमकर बहन-भाइयों और उनके बच्चों को मिल आवां...।' बुजुर्ग नसीरुल्लाह अपनी बातें लगातार कहता जा रहा था। उसे डर था कि कहीं कोई उस दौरान आ न जाए और उसके लिए कोई मुसीबत खड़ी हो जाए।

चूंकि जिस होटल में हम ठहरे थे, वहां आस-पास पाकिस्तानी खुफिया तंत्र के लोग सक्रिय थे। पूछने पर नसीरुल्लाह ने कहा कि मेरे पास यहां सब कुछ है, मगर आजादी हकीकत में हमारे राजौरी (भारत) में ही है। नसीरुल्लाह की इन बातों ने मुझे भी भावुक करने की कोशिश की। वह आगे कहने लगा, 'हिंदुस्तान में तो अब कांग्रेस के डॉ. मनमोहन सिंह की सरकार है और इधर जनरल परवेज मुशर्रफ साहब राष्ट्रपति हैं। कोई रास्ता निकालो के मेरे जैसे बिछड़े लोग एल.ओ.सी. पार अपने बहन-भाइयों के परिवार के दूसरे लोगों से मिल सकें, नहीं तो मेरी यह आखिरी ख्वाहिश यूं ही रह जाएगी...।'

बुजुर्ग नसीरुल्लाह की करीब एक घंटे की मुलाकात के दौरान हुई एक-एक बात मेरे जेहन में फिर ताजा हो गई थी। चूंकि चक्का दां बाग और रावलकोट के बीच शुरू की गई यह विशेष बस सेवा उसी की मुराद को पूरा कर रही थी। उम्मीद करता हूं कि नसीरुल्लाह ने भी आवश्यक कागजात औपचारिकता पूरी करके इस विशेष बस सेवा के जरिए अपनी ख्वाहिश पूरी कर ली होगी।

मैं अपने कैमरामैन के साथ कवरेज के लिए जब उस ऐतिहासिक मौके पर चक्का दां बाग में मौजूद था, तभी हमारी वहां कई लोगों से बातचीत हुई थी। जम्मू उत्तर-पश्चिम में करीब 200 किलोमीटर दूर पुंछ शहर से ही चक्का दां बाग नियंत्रण रेखा को रास्ता जाता है। सन् 2006 में जब इसे हरी झंडी दिखाई गई थी, तब यह सप्ताह में दो बार चलती थी, लेकिन बाद में 2008 से इसे सप्ताह में एक बार कर दिया

गया था। चूंकि इस अत्यधिक संवेदनशील इलाके में एल.ओ.सी. पार से आतंकी घुसपैठ की घटनाएं हो रही थीं। सुरक्षा के मद्देनजर इसे सप्ताह में हर सोमवार केवल एक बार चलाना पड़ रहा है।

यहां बने कस्टम व अन्य सम्बंधित एजेंसियों की निगरानी में ही व्यापार का यह सिलसिला चल रहा है। जम्मू के एक प्रमुख आढ़ती, जिनका माल पाकिस्तान के 'आजाद जम्मू-कश्मीर' जाता है, ने बताया कि कुछ माह पहले व्यापार की आड़ में सामान में छिपाकर नकली भारतीय मुद्रा की तस्करी का मामला प्रकाश में आया। इस पर एजेंसियों ने कुछ कार्रवाई भी की, लेकिन ठोस नहीं कहीं जा सकती। यह भी आशंका जताई गई कि नकली भारतीय मुद्रा की इस सेक्टर से तस्करी का खेल पाकिस्तानी खुफिया एजेंसी आईएसआई की मिलीभगत का हो सकता है। चूंकि उनका कहना है कि आईएसआई और पाक फौज कतई नहीं चाहती कि विभाजित परिवार आपस में मिल पाएं, जिससे कि पाकिस्तान के मंसूबे बेनकाब न हो जाएं।

एक नजरिया यह भी

जम्मू-कश्मीर संविधान के कई कड़े प्रावधानों पर बड़ी एवं व्यापक बहस की जरूरत है। लोगों का मानना है कि यहां के संविधान की व्यवस्थाएं कई समस्याएं पैदा करती हैं। विशेषकर सम्पत्ति रखने, नागरिकता पाने तथा राज्य में बसने के अधिकार के संदर्भ में। भारत के नागरिक स्वत: ही जम्मू-कश्मीर के नागरिक नहीं बन सकते। उन्हें राज्य में बसने का कोई संवैधानिक हक नहीं है। भारत का संविधान केवल एक नागरिकता को मान्यता देता है, जिससे इस देश के किसी भी राज्य का व्यक्ति इसका संवैधानिक नागरिक है, मगर जम्मू-कश्मीर के नागरिक दोहरी नागरिकता का लाभ उठाते हैं–सूबे का भी और मुल्क का भी। जो जम्मू-कश्मीर के नागरिक नहीं हैं, उन्हें राज्य की सरकारी नौकरी पाने का कोई हक नहीं है। यहां तक कि वे यहां चुनाव में भाग नहीं ले सकते हैं। हैरत इस बात की भी है कि सूबे की बेटी यदि किसी बाहरी शख्स से विवाह कर लेती है तो वह भी अपनी यहां की सम्पत्ति का हक खो देगी।

जम्मू-कश्मीर के नागरिक को देश के अन्य हिस्सों में सम्पत्ति, चुनाव, सरकारी नौकरी से लेकर हर तरह का हक प्राप्त है, जो अन्य लोगों को हासिल है। जानकारों का कहना है कि सेना, अर्धसैनिक बलों से लेकर आईपीएस, आईएएस तथा बड़े-बड़े शिक्षाविद् वगैरहा यहां आकर अपनी अमूल्य सेवाएं जीवनपर्यन्त देते हैं, लेकिन वे यहां अपना मकान नहीं बना सकते हैं। मसलन, 1985 में सूबे के बाहर से आए आईएएस व आईपीएस के 32 अफसरों ने आवास के लिए एक कॉ-ऑपरेटिव सोसाइटी बनाई थी। राजतरंगिनी नाम से यह सोसाइटी पंजीकृत भी हो गई थी, मगर बाद में इसे लेकर बखेड़ा खड़ा हो गया था। कहा गया कि ये तमाम लोग गैर राज्य के हैं, इसलिए बाद में सोसाइटी को भंग करना पड़ा था।

इस सोसाइटी को जमीन का एक टुकड़ा भी नहीं मिला था। इस पर बखेड़ा मचाने वालों में घाटी आधारित पार्टी के नेता थे, बल्कि फिर पाकिस्तान से भी इसे लेकर कई खबरें छपी थीं। आरोप लगाए गए थे कि इस सोसाइटी के माध्यम से गैर राज्य भारतीय यहां की नागरिकता हासिल करना चाहते थे।

एक खामोश गांव का दर्द

एक गांव का सच! यह गांव हालांकि दुरूह इलाके में स्थित है, जहां बाहरी आम आदमी केवल जोखिम व हिम्मत जुटाकर ही पहुंच सकता है। समुद्र तल से यह खामोश और बेजुबान गांव करीब चार हजार फुट की दुर्गम ऊंचाई पर है। विडम्बना यह है कि यहां महज 3 साल के बच्चे से लेकर 70 बरस के बुजुर्ग तक, बड़ी तादाद में न केवल गूंगे बल्कि बहरे भी हैं–आजादी के 63 वर्ष बाद भी इनकी इस गंभीर बीमारी का कोई निदान नहीं हो सका है। यह बदकिस्मत गांव जम्मू-कश्मीर के लेह और कारगिल के बाद सबसे बड़े जिले डोडा की तहसील गंदोह का है। गंदोह तहसील सूबे के पूर्व मुख्यमंत्री एवं केंद्र में स्वास्थ्य मंत्री रहे गुलाम नबी आजाद का गृह निर्वाचन क्षेत्र है। इन बेबस, लाचार लोगों की तैयारी की बाबत जानकारी मिली तो मैं अपने कैमरामैन तथा गाड़ी के ड्राइवर सरदार अंग्रेज सिंह के साथ स्थानीय विधायक मियां अल्ताफ हुसैन के साथ बातचीत करके जम्मू से वाया पुल डोडा-दादरी होते हुए गंदोह पहुंचा। करीब 4 किलोमीटर लम्बे दुर्गम पहाड़ी रास्ते से पहाड़ों पर बसे इस गांव में पहली नजर में इन मुस्लिम गुज्जर समुदाय के बच्चों व बड़ों को देखकर कतई नहीं लगा कि इनमें एक बड़ी संख्या गूंगे-बहरों की है। सुरक्षा के नजरिए से भी इस गांव से कुछ दूरी पर लश्कर-ए-तैयबा के आतंकवादियों की हलचल रहती है। चूंकि यह गांव बेहद दुर्गम और काफी ऊंचाई पर है, सो यहां न तो पुलिस और न ही अन्य सुरक्षा बल नियमित तौर पर आते-जाते हैं।

प्रकृति की जितनी खूबसूरत जगह पर गांव स्थित है और खूबसूरत लोग हैं, उतना ही इनके साथ कुदरत ने भद्दा मजाक किया है। गूंगे, बहरों की एक बड़ी तादाद के अलावा यहां कई लोग शारीरिक अथवा मानसिक तौर पर अपंग भी हैं। गूंगे, बहरों की तादाद 80-85 के करीब है। डोडा से 65 किलोमीटर दूर इस गांव डडकई में खान-पान का सामान पहुंचाना ही एक चुनौतीपूर्ण काम है।

दरअसल, यहां की बीमारी आज भी रहस्यमय बनी हुई है। यहां के लोगों ने हमें शिकायत की कि न तो सूबे की सरकार और न ही आजादी मांगने वाले

अलगाववादी नेताओं अथवा संगठनों ने इनकी सुध ली। मियां अल्ताफ हुसैन ने इस मसले को राज्य विधानसभा में भी उठाया, परंतु कोई ठोस कदम नहीं उठाए गए।

हम जब इस गांव में पहुंचे तो वहां के सरपंच मोहम्मद हनीफ के घर पर इन लोगों को बुलाया गया था। मैं अपने टीवी के लिए रिपोर्टिंग करके इस मामले को आवाम तथा सरकार की नजर में लाना चाहता था। चूंकि वहां एकत्रित इस बीमारी से ग्रस्त लोग कुछ भी बोल नहीं पा रहे थे, इसलिए मुझे एक ऐसे व्यक्ति को ढूंढकर उसकी तथा मियां अल्ताफ हुसैन की बाइट लेनी पड़ी, ताकि पूरा मामला खुलकर पता चल सके।

अमूमन गरीबी रेखा के नीचे रहने वाले इन बेबस लोगों को इस असाध्य मुसीबत से छुटकारा दिलाने में राज्य सरकार नाकाम रही है, यह यहां बताया गया। बाद में मीडिया के दबाव के चलते राज्य सरकार सक्रिय हुई। इनमें से कुछेक लोगों के खून वगैरह के सैम्पल देश के प्रमुख अस्पताल एम्स भेजे गए, परंतु निदान वहां से भी नहीं निकल सका। सेना के अलावा कुछेक लोगों ने भी कोशिश की, परंतु स्थिति जस-की-तस है। ये लोग स्थानीय चश्मों व नालों का पानी पीने को मजबूर हैं, जिसमें फ्लोराइड की मात्रा ज्यादा है, इसलिए इनकी आंखें भी खराब रहती हैं। इस बीमारी को लेकर राज्य विधानसभा में सवाल तो अनेक बार उठे, लेकिन एक बार तत्कालीन स्वास्थ्य मंत्री मंगल राम शर्मा ने एक सवाल के जवाब में कहा कि इस गंभीर बीमारी के शिकार 72 लोग हैं, जिनमें नवजात शिशु भी हैं।

शर्मा ने यह भी बताया कि इस बीमारी का इलाज एम्स, जो देश का प्रमुख स्वास्थ्य चिकित्सा संस्थान है, वह भी नहीं ढूंढ पाया है। इससे सहज ही समझा जा सकता है कि कुदरत की मार के शिकार इन बेजुबान लोगों की आवाज आखिर कब सुनी जाएगी, जिससे कि पहले तो इनकी इस गंभीर असाध्य बीमारी की वजहें पता चलें और फिर इलाज हो, कम-से-कम इस दुनिया में यहां आंख खोलने वाले नवजात शिशुओं को इसका शिकार न होना पड़ें। हालांकि एम्स के डॉक्टरों का एक दल इस गांव में आया था, मगर उन्हें अभी तक सफलता नहीं मिल सकी। वैसे सेना की ओर से भी यथासंभव प्रयास जारी हैं।

चिट्टी सिंह पोरा गांव

तारीख सन् 2000 की 20 मार्च। घाटी का एक गांव चिट्टी सिंह पोरा। इस गांव में सिख समुदाय के लोग होली-होला मोहल्ला मनाने की तैयारी में बड़े उल्लास से लगे थे। उन्हें यह रत्ती भर अंदाजा नहीं था कि उनके साथ खून की होली होने जा रही है। गांव में सेना की वर्दी में हथियारबंद लोग आए और उन्होंने वहां एक-एक शख्स के नाम की आवाज लगाकर घर से बाहर आने को कहा। उन्हें गुरुद्वारे के पास ले जाकर उन पर अंधाधुंध फायरिंग की। इसमें 36 निर्दोष निहत्थे सिखों की हत्या कर दी गई। यह जिला अनंतनाग का एक बिछड़ा गांव है। हमलावर आतंकवादी वारदात को अंजाम देने के बाद वहां काफी देर तक खड़े रहे और हंसते रहे, फिर वे वहां से चले गए।

जब काफी देर बाद इस घटना की जानकारी गांव के लोगों को मिली तो गांव के एक खौफजदा शख्स ने खुद को संभालने के बाद कई किलोमीटर दूर जाकर फोन से पुलिस को मदद के लिए जानकारी दी। इस गांव में तब फोन नाम की कोई चीज नहीं थी। इस नरसंहार की खबर बिजली की तरह फैल गई थी। गांव में रह रहे कश्मीरी सिख गरीबी दायरे के थे। गांव के 36 मर्दों को मार दिया गया था। भय के मारे औरतें विलाप करने से भी डर रही थीं। नरसंहार की खबर फैलने के बाद पूरे देश में गुस्सा और बेचैनी फैल गई थी, तब केंद्र में एन.डी.ए. की सरकार थी। लोगों में सरकार के प्रति गुस्सा चरम पर था। वे सूबे की डॉ. फारूक अब्दुल्ला सरकार और केंद्र की अटल बिहारी वाजपेयी सरकार को जमकर कोस रहे थे।

चिट्टी सिंह पोरा गांव में इस कदर खौफ था कि शवों का अंतिम संस्कार करने की परिजन हिम्मत नहीं जुटा पा रहे थे। इस नरसंहार की खबर के बाद सेना, अर्धसैनिक बल तथा पुलिस के अलावा नेताओं की गांव में आमद शुरू हो गई थी। लश्कर-ए-तैयबा का नाम इस नरसंहार के लिए सामने आया। देश-भर में इसकी जमकर निंदा की गई। अमेरिकी प्रशासन ने भी इसकी भर्त्सना की। दरअसल, उसी वक्त अमेरिकी राष्ट्रपति बिल क्लिंटन भारत के दौरे पर आ रहे थे। किसी अमेरिकी राष्ट्रपति की 22 साल बाद यह पहली यात्रा थी।

लश्कर-ए-तैयबा ने हालांकि इस कांड की जिम्मेदारी नहीं ली थी, लेकिन नरसंहार के तरीके व अन्य गोपनीय जानकारियों के आधार पर उसे ही इसका जिम्मेदार बताया गया था। गांव में जो सिख गोलियों से भून डाले गए, उनमें स्व. निरंजन सिंह (60), रंजीत सिंह (40), रतन सिंह (35), करनैल सिंह (30), गुरबख्श सिंह (35), अजीत पाल सिंह (17), रविंद्र सिंह (25), उत्तम सिंह (30), गुरदीप सिंह (22), देवेंद्र सिंह (17), सुरजीत सिंह (17), मंगत सिंह (30), जोगेंद्र सिंह (30), सुखा सिंह (40), रिछपाल सिंह (29), रणवीर सिंह (27), गुरमुख सिंह (35) तथा जंगबहादुर सिंह (30) भी शामिल थे। गांव में सिख समुदाय के कुछ ही सिख शेष बच पाए, वे भी जो किसी वजह से उस वक्त कहीं बाहर थे या फिर कहीं छिप गए थे। गांव में महिलाएं, लड़कियां व बच्चे ही रह गए थे। एक नानक सिंह, जो उस वक्त गांव में था जैसे-तैसे बच सका, का बेटा गुरमीत सिंह, भाई दरबारी सिंह व 3 भतीजे इस नरसंहार की भेंट चढ़ गए थे।

काबिलेगौर है कि सन् 1980 के दशक से, जब से घाटी में आतंकवाद तथा हिंसक वारदातें जारी हैं, तब से सिखों को इस तरह निशाने पर कभी नहीं लिया गया था। यह वारदात एक मायने में टर्निंग प्वाइंट था, जो सिख समुदाय अब तक खामोश था, वह भी इस्लामिक आतंकवाद के खिलाफ नारे लगाने को विवश हो गया था। सैकड़ों सिखों ने चिट्टी सिंह पोरा गांव के बाहर एकत्रित होकर पाकिस्तान और इस्लामिक आतंकवाद के खिलाफ नारेबाजी की। नारे लगाए गए 'खून का बदला खून'। इससे सूबे की सरकार, प्रशासन व सुरक्षा बल सकते में आ गए थे।

उधर पाकिस्तान और घाटी में बैठे उसके हमदर्द बयानबाजी करने में सक्रिय हो गए। आरोप लगाए गए कि यह नरसंहार लश्कर-ए-तैयबा ने नहीं, बल्कि सुरक्षा एजेंसियों ने किया है, लेकिन जमात-उद-दावा के अमीर हाफिज मोहम्मद सईद के भतीजे सुहैल मलिक (सियालकोट) का नाम इस नरसंहार को लेकर सामने आया। पाकिस्तान ने अपना हाथ होने से इंकार किया था, बल्कि ननकाना साहिब फाउंडेशन अमेरिका व पाकिस्तान के अध्यक्ष अलगाववादी गंगा सिंह ढिल्लो ने उसी दौरान एक बयान में आरोप लगाया कि 'इस वारदात को 'रा' ने अंजाम दिया है।' कालांतर में डेविड हैडली से राष्ट्रीय जांच (एन.आई.ए.) ने पूछताछ की तो उसने बताया कि चिट्टी सिंह पोरा नरसंहार में लश्कर-ए-तैयबा के एक आतंकवादी मुजम्मिल का भी हाथ है। डेविड हैडली से एन.आई.ए. ने मुम्बई हमले को लेकर गहन पूछताछ की थी।

इस नरसंहार की देश-दुनिया में चर्चा थी, यह सुरक्षा एजेंसियों के लिए बड़ी चुनौती भी। 25 मार्च, 2000 को घाटी में 5 लोगों को एक मुठभेड़ में मार गिराया गया था। ये पांचों चिट्टी सिंह पोरा कांड के जिम्मेदार बताए गए थे। सभी

लश्कर-ए-तैयबा के आतंकवादी थे। इस मुठभेड़ में मारे गए लोगों को स्थानीय लोगों ने आम नागरिक बताते हुए बराकपोरा में एक बड़ा जुलूस निकालकर पथरीबल-मुठभेड़ की जांच की मांग की। अनियंत्रित एवं थोड़ा हिंसक होते ही सुरक्षा बलों ने फायरिंग शुरू कर दी थी, जिसमें कई लोग मारे गए। इस पर भी काफी बवाल मचा था। मुख्यमंत्री डॉ. फारूक अब्दुल्ला ने इसकी जांच सुप्रीम कोर्ट के सेवानिवृत्त जज एस. आर. पांडियन को सौंप दी। जस्टिस पांडियन आयोग ने अपनी जांच रिपोर्ट अक्टूबर, 2000 में सूबे की सरकार को दी थी। इसमें उन्होंने सी.आर.पी.एफ. के चार अफसरों, जवानों तथा जम्मू-कश्मीर पुलिस के स्पेशल ऑपरेशन ग्रुप के 3 अफसरों को कसूरवार माना था।

सीबीआई ने पथरीबल मामलों की जांच की और इस मुठभेड़ को कोल्ड ब्लड मर्डर बताया। सीबीआई ने कुछ सैन्य अफसरों को आरोपित किया था। यह सन् 2006 की बात है। मामला सूबे के हाई कोर्ट मे भी गया, मगर सुप्रीम कोर्ट ने दोनों पक्षों का तर्क सुनने के बाद हाई कोर्ट की कार्रवाई पर रोक लगा दी थी। 1 मई, 2012 को सुप्रीम कोर्ट ने कहा कि वह इस केस को सैन्य मार्शल कोर्ट में चलाए या फिर सिविल कोर्ट में। अतंतः जून, 2013 में चीफ ज्यूडिशियल मजिस्ट्रेट ने आदेश दिया कि सेना इस केस को सैन्य कोर्ट में ले जाए। इस केस का फैसला क्या होगा, कब होगा, मालूम नहीं, परंतु 13 साल पहले हुई चिट्टी सिंह पोरा गांव में घटी घटना से वहां के सिख समुदाय के लोग आज भी उभर नहीं सके।

एक शहर सोपोर

यह कुदरत का निजाम ही है कि कश्मीर में अलगाव और आतंकवाद चरम पर होने के बावजूद बहुत कुछ पूरी तरह धुंधला नहीं हुआ है। मसलन, जिला बारामूला का सोपोर। बारामूला के दक्षिण-पूर्व में 10 किलोमीटर दूर सोपोर शहर 60 वर्ग किलोमीटर में बसा है। कश्मीर के विद्रोहियों (अलगाववादियों) का मुख्यालय और दुनिया भर में अपने रसीले-मीठे सेबों के लिए मशहूर यह शहर पाकपरस्त सैयद अली शाह गिलानी के गृहक्षेत्र के तौर पर भी जाना जाता है। यह आतंकवाद को खाद-पानी से लेकर उसको बढ़ाए रखने का एक मरकज़ भी है।

झेलम नदी के किनारे पर बसा यह शहर लम्बे समय से व्यापार का केंद्र रहा है। इसके करीब झील से मछली के कारोबार के अलावा मसाले व बेकरी का भी यहां कारोबार होता है। वूलर झील एशिया भर में स्वच्छ पानी की एक बड़ी झील मानी जाती है। सेब-साम्राज्य के तौर पर अपनी खास पहचान बनाए हुए सोपोर का अमरी सेब पूरी दुनिया में प्रसिद्ध है। करारे और शरबती सेब अमरी के अलावा लाल डिलिशियस सेब की भी बाजार में बेहद मांग होती है। फ्रूट उत्पादक एसोसिएशन के प्रधान रहे बुजुर्ग हाजी बशीर अहमद बेग का कहना है कि कश्मीरी सेबों की इस कदर मांग है कि सेबों से भरे करीब एक हजार ट्रक प्रतिदिन भारत के विभिन्न शहरों को यहां से भेजे जाते हैं।

जम्मू-कश्मीर में बागवानी राजस्व का एक अहम जरिया माना जाता है। एक हजार करोड़ रुपये से ज्यादा का इसका सालाना टर्न-ओवर है। अब यहां के सेब ट्रकों के जरिए नियंत्रण रेखा के पार 'आजाद जम्मू-कश्मीर' के रास्ते पाकिस्तान भेजे जा रहे है। यहां से सड़क मार्ग 21 अक्टूबर, 2008 को खोला गया था। चकौटी एलओसी के पार तब पहली बार सेबों से भरे करीब दर्जन भर ट्रक पाकिस्तान के कब्जे वाले आजाद जम्मू-कश्मीर भेजे गए थे। सेब व्यापारियों को सूबे के साथ-साथ केंद्र सरकार से भी कई शिकायतें हैं। इनका आरोप है कि एलओसी पार ये लोग फोन कॉल नहीं कर सकते। हालांकि यह प्रतिबंध सुरक्षा कारणों से लगा हुआ है।

हालांकि यहां के रसीले जायकेदार सेबों ने दुनिया भर में नाम कमाया है, परंतु यदि सुरक्षा एजेंसियों व अन्य सूत्रों की बात पर गौर करें तो जम्मू-कश्मीर में जारी आतंकवाद के लिए सेब उत्पादकों से लेकर व्यापारियों तक से आतंकवादी संगठनों के अलावा अलगाववादी नेता भी वित्तीय मदद लेते हैं। दिल्ली की आजादपुर मंडी में काफी अरसा पहले सेबों के ट्रक में भारी तादाद में असलाह व गोला-बारूद भी जब्त किया गया था। हवाला रैकेट में भी इसकी आड़ ली जाती है। बावजूद इसके कश्मीर की पहचान बर्फबारी के अलावा अत्यंत उत्तम दर्जे के रसीले सेबों की वजह से भी है। नियंत्रण रेखा के करीब का यह इलाका सोपोर काफी संवेदनशील माना जाता है। आतंकवादी संगठन हिजबुल मुजाहिदीन से लेकर लश्कर-ए-तैयबा की यहां कई बार मौजूदगी ाई गई है।

अपनों की तलाश

'आजादी' और 'जेहाद' के नाम पर घाटी में मचे घमासान, हिंसा और खून-खराबे से हटकर एक संगठन अपने लापता लोगों को ढूंढ़ने में लगा है। इस गैर सरकारी संस्था का आरोप है कि अकेले कश्मीर से पिछले कई सालों के दौरान हजारों लोग लापता हो गए हैं। इन्हें पुलिस अथवा सुरक्षा बलों ने मुठभेड़ में मार डाला या वे वास्तव में लापता ही हैं। 'एसोसिएशन ऑफ पेरेंट्स डिसप्लेस्ड पर्सन्स' (एपीडी) के मुताबिक, यह तादाद सात हजार से ज्यादा है, जबकि राज्य सरकार ने अर्सा पहले यह संख्या आधे से कम बताई थी। पाकिस्तान में हुकूमतें बदलने के बाद कई बार ऐसा लगता है कि सब कुछ ठीक-ठाक यानी सरहद से लेकर जम्मू-कश्मीर तक में शांति हो जाएगी, बाद में यह एक झूठा ख्वाब ही लगता है। पाकिस्तान सरकार खासकर उसकी आईएसआई की जम्मू-कश्मीर को लेकर बनी विध्वंस की नीति में रत्ती भर बदलाव नहीं आया है। नतीजतन, उसकी साजिशों का भारतीय सुरक्षा बलों के अलावा सबसे ज्यादा कश्मीरी ही शिकार होता आ रहा है। इसकी वजह से काफी अरसे से घाटी से एक बड़ी संख्या में लोग खासकर नौजवान गायब हैं। ये ऐसे जख्म हैं जिनके भरने की बरसों बीत जाने के बाद उम्मीद बेहद कम दिखाई देती है। केवल आम आदमी ही नहीं, सूबे के कई सरकारी मुलाजिम भी लापता हैं, जो जम्मू और कश्मीर दोनों संभागों से हैं। इनमें कुछ पुलिसकर्मी भी हैं जिनके बारे में कहा जाता है कि वे भी जारी 'जेहाद' में शामिल हो गए।

लापता आम लोगों की बात करें तो उनके परिजन राज्य पुलिस से लेकर राजनीतिज्ञों तक गुहार लगा चुके हैं, मगर अब तक उनका उन्हें कोई अता-पता नहीं मिल पाया। परिजनों का यह दर्द आखिरी दम तक उनके साथ रहेगा। श्रीनगर के धोबी मोहल्ले की परवीन अहंगर अपने बेटे जावेद अहमद की तस्वीर सीने से लगाए-लगाए घूमती है। उस वक्त वह 13 साल का था, जब वह लापता हुआ। अहंगर ने अपने बेटे की तलाश करने के दौरान लापता लोगों को लेकर एपीडीपी

गैर सरकारी संस्था बना ली थी। मैंने उनसे बातचीत की तो वह अपने बेटे जावेद अहमद के साथ अन्य लोगों के गायब होने की जानकारी देने लगी। काफी अरसा पहले जब परवीन अहंगर से मुलाकात हुई थी, तब उन्होंने बताया था कि उनका बेटा कई साल से लापता है।

इसी तरह डोडा में जंगलात के एक पूर्व ठेकेदार सादिक अहमद भी अपने लापता बेटे की बाट जोह रहे हैं। वर्षों से उसके मिलने की कोई कड़ी हाथ नहीं लगी है। वह जहां-तहां बेटे की तलाश में जा चुके हैं। अभी तक केवल मायूसी ही हाथ लगी है। कमोबेश यही दर्द नियंत्रण रेखा के जिले कुपवाड़ा के मोहम्मद जमाल शेख का है। उनकी कहानी तो और भी दुखद है। दिसम्बर, 1998 में उनका बेटा सुरक्षा बलों के साथ एक मुठभेड़ के दौरान गिरफ्तार कर लिया गया था। उसके बाद से उसका कोई अता-पता नहीं है। हारकर उसके परिजनों ने भी वापसी की उम्मीद छोड़कर उसका 'रस्मे कुल' कर दिया। यह मामला राज्य मानवाधिकार आयोग के समक्ष भी आया था। परवीन अहंगर की मानें तो व्यवसायी सज्जाद अहमद (22), कालीन बुनकर मंजूर अहमद (29), ड्राइवर मोहम्मद रफीक (22), सेल्समैन वहीद अहमद (16), गुलाम मोहम्मद सोफी (45), श्रीनगर और आसपास के इलाकों से पिछले सालों में लापता हुए लोगों की फेहरिस्त काफी लम्बी है। यही हाल पुलवामा, बारामूला, बड़गाम, अनंतनाग जिलों का भी है। यहां से बड़ी तदाद में लोग लापता हुए हैं। राज्य पुलिस से लेकर सुरक्षा बलों तक सभी ने अपने पर लगे आरोपों को एकदम झूठ का पुलिंदा कहा।

बारामूला और कुपवाड़ा पाक के कब्जे वाले आजाद जम्मू-कश्मीर की नियंत्रण रेखा से एकदम सटे हैं, जहां अभी भी आतंकवादी प्रशिक्षण शिविर चल रहे हैं। सन् 1990 के दशक में बारामूला से लगी एलओसी से बड़ी तादाद में कश्मीरी युवकों को पार ले जाया गया था, तब श्रीनगर के लाल चौक से 'पिंडी (रावलपिंडी) चलो' की आवाजें लगाकर बसों व ट्रकों के जरिए नियंत्रण रेखा तक पहुंचाया जाता था और वहां से सरहद पार कराई जाती थीं।

'पेरेंट्स ऑफ डिसएपीयर पर्सन्स' के संरक्षक परवेज इमरोज के साथ एसोसिएशन ऑफ पेरेंट्स ऑफ डिसप्लेस्ड पर्सन्स' (एपीडीपी) की अध्यक्ष परवीन अहंगर लापता लोगों की तलाश में लगी हैं। उनका आरोप है कि गुमशुदा लोगों को हिरासत में मार दिया गया है। जब उनका ध्यान सरहद पार गए लोगों की ओर दिलाया गया तो वे उस पर कोई संतोषजनक जवाब नहीं दे पाई थीं, फिर भी दुख तो होता ही है अपनों के खो जाने का।

धारा-370 : एक अस्थायी प्रावधान

भारत के संविधान की धारा-370, जम्मू-कश्मीर के संबंध में अस्थायी प्रावधान है। इस संविधान की व्यवस्थाओं के बावजूद–

(क) धारा-238 के प्रावधान जम्मू-कश्मीर में लागू नहीं होंगे।

(ख) इस राज्य के लिए संसद की कानून बनाने की शक्तियां निम्नलिखित मामलों तक सीमित रहेंगी:-

1. संघीय सूची और समवर्ती सूची के वे विषय जिनका भारतीय संघ में जम्मू-कश्मीर के विलय संबंधी समझौते में उल्लेख है और जिन्हें राष्ट्रपति ने राज्य सरकार के साथ विचार-विमर्श के बाद बाकायदा घोषित कर रखा है। अन्य विषयों पर कानून राज्य सरकार बनाएगी।

2. इन सूचियों के ऐसे अन्य विषय जिन्हें राष्ट्रपति सरकार की सहमति से घोषित करें।

व्याख्या :

(1) इस धारा के संदर्भ में राज्य सरकार का अर्थ राष्ट्रपति द्वारा तात्कालिक तौर पर मान्यता प्राप्त व्यक्ति से है। जैसे जम्मू-कश्मीर के महाराजा 5 मार्च, 1948 की घोषणा के अंतर्गत अपनी मंत्रिपरिषद् की सलाह से राजकाज चलाते रहे।

(ग) इस धारा तथा धारा-1 के प्रावधान इस राज्य पर लागू होंगे।

(घ) इस संविधान के ऐसे अन्य प्रावधान भी राज्य पर प्रभावी होंगे जिन्हें राष्ट्रपति अपवाद स्वरूप संशोधित रूप में लागू करने का आदेश दें।

इसके लिए शर्त यह है कि समझौते में उल्लेखित विषयों के अतिरिक्त किसी भी विषय पर कानून बनाने के लिए राष्ट्रपति को राज्य सरकार की स्वीकृति अनिवार्यत: प्राप्त करनी होगी।

(2) यदि इस धारा के खंड (1) के उपखंड (ख) के पैराग्राफ (2) या उपखंड (घ) की दूसरी शर्त के अनुरूप कानून बनाने के लिए राज्य सरकार की

सहमति राज्य का संविधान बनाने के लिए संविधान सभा के गठन से पूर्व ही ली गई हो तो उसे राज्य विधानसभा के समक्ष रखना होगा; फिर वह चाहे जो फैसला करे।

(3) इस धारा के समस्त पूर्ववर्ती प्रावधानों के बावजूद राष्ट्रपति सार्वजनिक अधिसूचना के जरिए यह घोषणा कर सकते हैं कि यह धारा अधिसूचना जारी किए जाने की तिथि के तत्काल प्रभाव से निरस्त कर दी गई है या इस धारा के वे आपवादिक और संशोधित प्रावधान प्रभावी रहेंगे जिनका उल्लेख अधिघोषणा में किया गया है।

इसके लिए शर्त यह है कि राष्ट्रपति द्वारा ऐसी अधिसूचना जारी किए जाने से पूर्व खंड (2) में वर्णित राज्य की संविधान सभा की सिफारिश अनिवार्य होगी।

राष्ट्रपति ने धारा-370 के जरिए प्रदत्त अधिकारों का इस्तेमाल करते हुए जम्मू-कश्मीर की संविधान सभा की सिफारिशों के आधार पर घोषणा की कि 17 नवम्बर, 1952 से धारा-370 राज्य में एक संशोधन के साथ प्रभावी होगी। उक्त संशोधन यह है कि खंड (1) में उल्लेखित राज्य सरकार का आशय ऐसे व्यक्ति से है जिसे राष्ट्रपति ने राज्य विधानसभा की सिफारिश पर अस्थायी रूप से मान्यता दी है–जैसे जम्मू-कश्मीर के सदर-ए-रियासत मंत्रिपरिषद् की सलाह पर शासन चलाते रहे।

धारा-370 : नरेन्द्र मोदी का बयान

भारतीय संविधान के अनुच्छेद (धारा)-370 को लेकर राष्ट्रीय स्वयं सेवक संघ, जनसंघ और फिर भारतीय जनता पार्टी (भाजपा) का दशकों से यह स्टैंड अथवा मांग रही है कि जम्मू-कश्मीर को विशेष दर्जा देने वाले इस अनुच्छेद को रद्द किया जाए। अब इस अनुच्छेद के बारे में प्रधानमंत्री नरेंद्र मोदी के जम्मू में दिए गए बयान ने एक नया विवाद खड़ा कर दिया। 1 दिसम्बर, 2013 को जम्मू की पार्टी की ललकार रैली में नरेंद्र मोदी ने पुरजोर तरीके से कहा था, 'कश्मीर को विशेष दर्जा देने वाले इस अनुच्छेद-370 पर बहस होनी चाहिए, ताकि पता चल सके कि सूबे के आवाम को इसका लाभ हुआ या नहीं। इस धारा का इस्तेमाल कवच के तौर पर हो रहा है। यदि इसका राज्य को फायदा हुआ तो पार्टी अनुच्छेद-370 को जारी रखने के पक्ष में होगी। हम जम्मू-कश्मीर को अलग नहीं, बल्कि सुपर स्टेट बनाना चाहते हैं। संविधान विशेषज्ञों को इस पर चर्चा करनी चाहिए। पं. जवाहर लाल नेहरू ने कहा था कि यह अनुच्छेद घिसते-घिसते घिस जाएगा। उनकी कांग्रेस पार्टी उनके उक्त दावे को पूरा करके दिखाए। यहां के शासकों को मांगने की आदत है। भीख का कटोरा लेकर जाने वाले राज्य के कई नेता विदेशों में रहते हैं। राज्य में अलगाववाद का गुणगान कर जम्मू-कश्मीर के पचास परिवारों ने फायदा उठाकर पूरे देश को अंधेरे में रखा है।'

नरेंद्र मोदी के इस बयान से भाजपा के कई नेता सकते में आ गए। उन्हें जब कुछ नहीं सूझा तो वे मोदी जी की इसी लाइन के समर्थन में खड़े हो गए। जबकि जानकारों का ठोक-पीटकर मानना है कि भाजपा वोट की राजनीति के चक्कर में धारा-370 के अपने पूर्व कड़े स्टैंड से हटकर नरम हो गई है। वहीं कुछेक का यह भी कहना है कि नरेंद्र मोदी ने 'संतुलित और लोकतांत्रिक दृष्टिकोण' का परिचय देते हुए इस 'विवादित अनुच्छेद-370' की राज्य के संदर्भ में उपयोगिता पर चर्चा किए जाने की बात कही है। सियासी हलकों में मोदी के बयान को काफी तूल दिया गया और वजह कही गई कि मोदी ने अनुच्छेद पर संवाद का आह्वान चुनावी दौर में किया,

इससे पहले क्यों नहीं किया। यह सब राजनैतिक लाभ पाने की मंशा से ही किया गया, परंतु किसी भी संवेदनशील मसले पर संवाद लोकतंत्र का बुनियादी सिद्धांत है। भारत में अधिमिलन के बाद कालांतर में जम्मू-कश्मीर में अनेक लाभकारी कानून लागू किए गए। सुप्रीम कोर्ट, भारत निर्वाचन आयोग तथा कंट्रोलर जनरल ऑफ इंडिया के अधिकार क्षेत्र को जम्मू-कश्मीर तक बढ़ाया जा सका। ऐसा जम्मू-कश्मीर के सहयोग और सहमति से किया जा सका जिससे इस राज्य के शेष देश के साथ संबंधों में मजबूती आई। महत्त्वपूर्ण बात यह है कि अनुच्छेद-370 में भी कुछ सुदृढ़ प्रावधान किए गए हैं।

मूलत: जम्मू के राजनैतिक विमर्शकार पुष्प सर्राफा का उस समय कहना था कि भाजपा के प्रधानमंत्री पद के प्रत्याशी नरेंद्र मोदी ने जम्मू की ललकार रैली में मार्के वाली तार्किक बात कही है। यह कि अनुच्छेद-370 पर चर्चा हो, ताकि यह पता चल सके कि क्या इससे (370) राज्य की जनता को फायदा हुआ या नहीं। दरअसल, मोदी का यह विचार उनकी पार्टी भाजपा के इस अनुच्छेद को हटाए जाने की मांग के एकदम उलट है। भाजपा जान-बूझकर अभी तक अपनी आंखें मूंदे हुए थी। भाजपा ही नहीं बल्कि जनसंघ और संघ समर्थित प्रजा परिषद सरीखे अवतार भी देश के एकमात्र मुस्लिम बाहुल्य राज्य की जमीनी हकीकतों से बेखबर रहे। यह भी साफ है जिस तरह नरेंद्र मोदी ने इसी ललकार रैली में सूबे के मुख्यमंत्री उमर अब्दुल्ला पर कटाक्ष करते हुए कहा कि उनकी बहन सारा, जिन्होंने सूबे से बाहर के युवक सचिन पायलट से शादी की, क्या उन्हें वे फायदे मिल रहे हैं, जो उमर अब्दुल्ला को मिल रहे हैं। असल में मोदी को पहले अपना होमवर्क और भी गंभीरता से करना होगा। चूंकि वे जो रेफरेंस दे रहे थे, वे एकदम उचित नहीं थे। सर्राफा का यह भी कहना था कि नरेंद्र मोदी ने अपनी पार्टी के ज्यादातर नेताओं की भांति सूबे से संबंधित संवैधानिक प्रावधानों या विशेष व्यवस्थाओं के प्रति पूरा सम्मान नहीं दिखाया।

जम्मू विश्वविद्यालय के प्रोफसर रहे एवं सूबे के मामलों के जानकार प्रो. हरिओम के मुताबिक, 'यह अनुच्छेद हर मामले में जम्मू-कश्मीर और भारत संघ के अन्य राज्यों के बीच अनुचित और अपमानजनक भेद बनाता है। वह केवल लोगों के सामाजिक, आर्थिक और राजनैतिक जीवन को कश्मीर में सत्तारूढ़ कुलीन, असाधारण विधायी और कार्यकारी शक्तियों में निहित करता है। यह सिवाय नफरत की दीवार के और कुछ नहीं है। इसे तत्काल खत्म किए जाने की जरूरत है या फिर इस अनुच्छेद को दुरुस्त करने की जरूरत है। कश्मीरी नेतृत्व महिलाओं, अनुसूचित जातियों, जनजातियों, अन्य पिछड़े वर्गों और पश्चिमी पाकिस्तान से आए शरणार्थियों को सम्मानजनक जीवन व्यतीत करने व उनके मौलिक अधिकारों से

वंचित करने के रूप में इसका दुरुपयोग किया गया है।' 'राष्ट्रीय सहारा' में छपे लेख में प्रो. हरिओम ने बताया कि संविधान मसौदा समिति के अध्यक्ष डॉ. बी.आर. अम्बेडकर ने 1949 में ही सूबे के प्रधानमंत्री शेख मोहम्मद अब्दुल्ला से कहा था कि आप भारत और भारतीयों से कश्मीर की रक्षा कराना चाहते हैं। आप कश्मीर और कश्मीरियों को पूरे भारत में सभी अधिकारों का प्रयोग कराना चाहते हैं, लेकिन आप भारत और भारतीयों को जम्मू-कश्मीर में उन्हीं अधिकारों का प्रयोग नहीं करने देना चाहते हैं। मैं भारत का कानून मंत्री हूं और मैं राष्ट्रहित के साथ विश्वासघात का एक अधिनियम पारित नहीं कर सकता, तब पं. नेहरू ने शेख मोहम्मद अब्दुल्ला को अपनी मांग पर विशेष ध्यान देने के लिए डॉ. अम्बेडकर को समझाने के लिए कहा था।

कश्मीर आधारित मुख्यधारा के राजनैतिक दल नेशनल कांफ्रेंस और पीपुल्स डेमोक्रेटिक पार्टी ने तो नरेंद्र मोदी के उक्त विचार को सिरे से खारिज कर दिया है। नेशनल कांफ्रेंस के वरिष्ठ नेता एवं पूर्व केंद्रीय मंत्री डॉ. फारूक अब्दुल्ला ने यहां तक कहा है कि नरेंद्र मोदी 10 बार भी प्रधानमंत्री बन जाए, तब भी वे अनुच्छेद-370 से छेड़छाड नहीं कर सकते। कांग्रेस पार्टी के प्रदेशाध्यक्ष प्रो. सैफुद्दीन सोज ने दो टूक कहा, 'अनुच्छेद-370 भारतीय संविधान का हिस्सा है, उसे बदला नहीं जा सकता। यह अनुच्छेद ही केंद्र और राज्य के बीच पुल का काम करता है। अगर केंद्र सरकार अपना कोई कानून जम्मू-कश्मीर में लागू करती है तो इस पुल के जरिए ही लागू करती है। अब तक केंद्र ने 32 विधेयक जम्मू-कश्मीर में इसी तरह लागू किए हैं। नरेंद्र मोदी कन्फ्यूज हैं। वे संविधान के इतिहास को नहीं जानते। जब वे जम्मू-कश्मीर की पृष्ठभूमि को समझते ही नहीं हैं तो फिर उनसे इस विषय पर क्या बहस करना। मोदी भी इस विषय पर क्या खाक बहस करेंगे। बहस या चर्चा उससे की जाती है, जिन्हें कुछ ज्ञान हो। वैसे भी वे (मोदी) बेसिरपैर की बात करते हैं। भाजपा की यही तो परेशानी है कि वह राजनीति करने के लिए कुछ भी कहने लगती है। जब भाजपा के प्रधानमंत्री अटल बिहारी वाजपेयी के नेतृत्व में 6 साल केंद्र में सरकार थी, तब भाजपा को अनुच्छेद-370 की याद क्यों नहीं आई? चूंकि वाजपेयी जानते थे कि ऐसा कतई नहीं किया जा सकता, परंतु जम्मू-कश्मीर के लोग यदि इस तरह की इच्छा का इजहार करें तो अवश्य समीक्षा की जा सकती है। अभी राज्य के लोग ऐसा हरगिज नहीं चाहते हैं। भाजपा ने यह शगूफा केवल माहौल बिगाड़ने के लिए छोड़ा है, ताकि वह राजनैतिक रोटियां सेंक सकें।'

दिलचस्प बात यह भी है कि भाजपा के 'देवताओं' में सबसे अग्रणी पं. श्यामा प्रसाद मुखर्जी, जिनकी इस सूबे में रहस्यमय ढंग से मृत्यु हुई थी, वे भारत सरकार की उसी केबिनेट के एक सदस्य थे, जिसने विशेष दर्जा देने वाले अनुच्छेद-370 को पारित किया था।

धारा-370 : शेष देश से अलग प्रावधान

प्रिंसली स्टेट जम्मू-कश्मीर के भारत में विलय के बावजूद पाकिस्तान की फौज और कबाइलियों के चौतरफा हमलों के कारण सूबे के कई हिस्सों पर पाकिस्तान ने कब्जा कर लिया था। मामला संयुक्त राष्ट्र सुरक्षा परिषद् में लम्बित था। भारत सरकार ने संयुक्त राष्ट्र से गुहार की थी कि जम्मू-कश्मीर में पाकिस्तान ने इस हमले से काफी जगह हड़प ली है और उसके हमले जारी हैं। वहां से हमलावर कबाइली व पाक फौज हटाई जाए। संयुक्त राष्ट्र सुरक्षा परिषद ने कार्यवाही करके पाकिस्तान से वहां से फौज व कबाइली हटाने को कहा, परंतु उसने सुरक्षा परिषद का यह सुझाव मानने से इंकार कर दिया था।

ऐसी स्थिति में भारत के लिए अपनी इस नई रियासत जम्मू-कश्मीर के हितों को प्राथमिकता के तौर पर देखना बहुत जरूरी हो गया था। भारत की संविधान सभा ने सन् 1949 में संविधान निर्माण का कार्य करीब-करीब पूरा कर लिया था। विभिन्न अनुच्छेदों पर बहस आदिके बाद संविधान सभा द्वारा इसे स्वीकृति दे दी गई। भारतीय गणराज्य संघ में तमाम रियासतों को तीन श्रेणियों में रखा गया। जम्मू-कश्मीर भी उनमें एक राज्य था। पाकिस्तान के हमलों के कारण यह मामला संयुक्त राष्ट्र में ले जाया गया था।

इस अनिश्चितता के माहौल में इस राज्य के आवाम को लोकतांत्रिक व्यवस्था से कैसे अलग रखा जा सकता था, इसलिए राज्य में भारतीय संविधान को लागू करने के लिए संघीय संविधान में धारा-370 की अवधारणा हुई। धारा-370 जम्मू-कश्मीर में भारत का संविधान लागू करने की अतिरिक्त प्रक्रिया थी। संविधान सभा में रियासत के पूर्व प्रधानमंत्री एवं केंद्रीय सरकार में तत्कालीन मंत्री दीवान बहादुर सर नरसिम्हा अय्यर, गोपाल स्वामी अयंगर ने धारा-370 का प्रस्ताव 17 अक्टूबर, 1949 को पेश किया।

इसकी जरूरत को रेखांकित करते हुए अयंगर ने कहा कि हम इस वक्त जम्मू-कश्मीर पर हुए पाकिस्तान के हमले को लेकर संयुक्त राष्ट्र में फंसे हुए हैं। मालूम नहीं इस मामले का हल कब तक हो, इसलिए यहां धारा-370 का अस्थायी

प्रावधान किया गया है। इस प्रावधान की विस्तृत व्याख्या की गई थी। मोटे तौर पर जब तक राज्य में हालात सामान्य नहीं हो जाते, तब तक भारत के संविधान को यहां लागू करने के लिए धारा-370 एक अतिरिक्त प्रक्रिया के तौर पर काम करेगी।

भारतीय संविधान में जम्मू-कश्मीर राज्य की चार लोकसभा सीटें तय की गई हैं। आर्टिकल-एक के तहत यह राज्य भारत गणराज्य का अभिन्न अंग बन गया। 'जम्मू-कश्मीर की अनकही कहानी' किताब में पृष्ठ 22-23 पर लिखा है कि 'ऐसी ही एक उद्घोषणा उस समय राज्य के रीजेंट युवराज कर्ण सिंह बहादुर ने 25 नवम्बर, 1949 को की। इसके मुताबिक रियासत आर्थिक, राजनैतिक तथा अन्य क्षेत्रों में शेष भारत से सुसंबंधित है। अतः यह वांछित है कि रियासत के भारत डोमीनियन के साथ संवैधानिक संबंधों को पूर्ववत् जारी रखा जाए। भारत की संविधान सभा ने जिसमें रियासत के भी विधिवत् नियुक्त प्रतिनिधि थे, भारत के लिए जो संविधान प्रारूपित किया गया, वह इन संबंधों के लिए उचित आधार है...।' भारतीय संविधान की धारा-एक और धारा-370 जम्मू-कश्मीर पर लागू हो रही थी और इसी धारा-370 के माध्यम से भारत के राष्ट्रपति को प्राधिकृत किया गया था कि वे राज्य सरकार की सहमति से संविधान के अन्य प्रावधान लागू कर सकते हैं। धारा-370 में राज्य सरकार की परिभाषा को भी स्पष्ट कर दिया गया। राज्य सरकार से अभिप्राय उस व्यक्ति से है, जिसे राष्ट्रपति ने जम्मू-कश्मीर के महाराजा के तौर पर मान्यता दी है, लेकिन महाराजा को उस मंत्रिपरिषद की सलाह पर चलना था जिसकी नियुक्ति महाराजा ने 5 मार्च, 1948 की अधिसूचना से की थी।

भारत सरकार ने अपने श्वेत-पत्र में जम्मू-कश्मीर की स्थिति साफ की, ताकि शक की कोई गुंजाइश ही न रहे। इसके अनुसार, 'जम्मू-कश्मीर के महाराजा ने भी भारत में अधिमिलन के लिए उसी अधिमिलन पत्र को निष्पादित किया, जिसे अन्य रियासतों के महाराजाओं ने किया, इसलिए संवैधानिक दृष्टि से भी इस रियासत की वही स्थिति है। यह ठीक है कि भारत सरकार लोगों की राय जानने के लिए वचनवद्ध है, लेकिन इससे रियासत के अधिमिलन की कानूनी स्थिति में कोई फर्क नहीं पड़ता है। यही वजह है कि रियासत को भारतीय संविधान के (ख) भाग के राज्यों में शामिल किया गया।' (ख) भाग से आशय उन बड़ी रियासतों से है, जो भारत सरकार अधिनियम 1935 और भारतीय स्वतंत्रता-1947 के तहत भारत अधिराज्य में शामिल हुई थीं। (ख) श्रेणी के राज्यों में राष्ट्रपति द्वारा राज प्रमुख की नियुक्ति की जानी थी। ये राजप्रमुख इन रियासतों के पूर्व शासक ही थे। राज्य की संविधान सभा की संतुष्टि के बाद राष्ट्रपति ने इसे मंजूरी दी जिसे सुधार के बाद 17 नवम्बर, 1952 को लागू कर दिया गया था।

जानकारों का मानना है कि धारा-370 का प्रारूप पंडित जवाहर लाल नेहरू ने

शेख मोहम्मद अब्दुल्ला के साथ विस्तृत चर्चा के बाद तैयार करवाया था। हालांकि सरदार पटेल उस वक्त गृहमंत्री थे, मगर उन्हें भी उस वक्त कमोबेश दूर ही रखा गया था। कश्मीर विभाग पं. नेहरू ने अपने ही पास रखा था, तब तक महात्मा गांधी का भी स्वर्गवास हो चुका था। इस पर तब कुछ विवाद भी रहा था। यह भी इतिहासकार मानते हैं कि लॉर्ड माउंटबेटन के दबाव में ही पं. नेहरू कश्मीर मामले को संयुक्त राष्ट्र में ले गए थे। सरदार पटेल, जिन्हें लौह पुरुष कहा गया, के अथक प्रयास व अहम भूमिका के चलते ब्रिटिश-इंडिया की 565 प्रिंसली स्टेट का भारत में विलय हुआ था। प्रिंसली स्टेट कश्मीर का मामला प्रधानमंत्री पं. नेहरू खुद देख रहे थे, इसलिए बाद में शेख मोहम्मद अब्दुल्ला की वजह से कुछ दिक्कतें पैदा हुई थीं। महाराजा हरि सिंह के बारे में कहा गया कि वे अपनी प्रिंसली स्टेट को पूर्व का स्विटजरलैंड बनाना चाहते थे, मगर पाकिस्तान के चौतरफा हमले ने उनकी आंखें खोल दी थीं।

धारा-370 के प्रारूप में एक क्लाज़ बेहद आपत्तिजनक मानी गई। इसमें कहा गया कि भारत सरकार का कोई भी फैसला बिना राज्य की संविधान सभा की मंजूरी के लागू नहीं किया जा सकता है। सरदार पटेल के निजी सचिव वी. शंकर ने इस पर अपना ऐतराज भी उठाया था। रियासत के लिए कानून बनाने को लेकर संसद की भूमिका भी सीमित रखी गई थी।

14 मई, 1954 को भारत के राष्ट्रपति ने प्रथम संवैधानिक आदेश जारी करके भारतीय संविधान के कुछ प्रावधानों को राज्य में लागू किया। धारा-370 से संबंधित अन्य प्रावधान बनाए गए, फिर 1 अप्रैल, 1959 को राज्य में प्रवेश के लिए बरसों से चले आ रहे परमिट सिस्टम को खत्म कर दिया गया।

राज्य में लागू धारा-370 को लेकर जम्मू के लोगों का यह भी तर्क है कि धारा-370 और संविधान की आड़ में घाटी के नेताओं व दलों ने नीतियों और फैसलों को कुछ इस तरह तोड़ा-मरोड़ा कि राज्य सत्ता का ढांचा स्थायी तौर पर कश्मीर के पक्ष में ज्यादा झुका रहता है। मसलन, जम्मू लोकसभा का प्रतिनिधित्व करीब हर 15 लाख लोगों पर है, लेकिन घाटी में करीब सवा-डेढ़ लाख लोगों पर एक संसदीय प्रतिनिधि है। जम्मू का कुल क्षेत्र करीब 70 फीसदी कश्मीर से बड़ा है और यहां राज्य की करीब 45 फीसदी आबादी रहती है, लेकिन राज्य विधानसभा की 76 सीटों में से जम्मू की केवल 32 सीटें और कश्मीर की 42 सीटें हैं। जम्मू में करीब एक लाख लोगों पर विधायक है, जबकि कश्मीर में करीब 70 हजार लोगों पर है।

कमोबेश यही हाल इस राज्य के तीसरे अहम् क्षेत्र लद्दाख का है। वहां के लोग भी धारा-370 को कश्मीर के लिए मुफीद मानते हैं। 1949 में लद्दाख के लोगों ने तत्कालीन प्रधानमंत्री पं. जवाहर लाल नेहरू से लद्दाख बौद्ध समिति की मार्फत

भावानात्मक अनुरोध किया था कि 'उन्हें (लद्दाख) केंद्रीय सरकार सीधे अपने अधीन ले। तब उन्होंने शेख मोहम्मद अब्दुल्ला की शिकायत के साथ प्रार्थना करते हुए कहा था, 'हम भारत की सांस्कृतिक पुत्री हैं और हम लोग अपनी भारत मां की छत्रछाया में रहना चाहते हैं, ताकि हमें प्रगति करने के लिए पर्याप्त संसाध न मिले और हमारा पर्याप्त भरण-पोषण हो सके...।' दरअसल, लद्दाखी लम्बे अरसे से ऐसा महसूस करते आ रहे थे कि उनकी ओर पर्याप्त तव्वजो नहीं दी जा रही है। सन् 1952 में जब सदर-ए-रियासत युवराज कर्ण सिंह लेह गए थे, तब भी उन्होंने अपनी व्यथा सुनाई थी।

आम तौर पर अमन और परस्पर भाईचारे के साथ रहने वाले लद्दाखी-वोटों का जुलाई-सितम्बर, 1990 में हुआ हिंसात्मक आंदोलन उनका कश्मीरी-हुक्मरानों द्वारा शोषण करने के विरोध में उनकी एक सशक्त अभिव्यक्ति कहा जाता है। कुछ जानकारों का यह मानना है कि कभी-कभी यह तर्क दिया जाता है कि यदि ध ारा-370 को रद्द कर दिया गया तो भारत से कश्मीर के रिश्तों की कड़ी टूट जाएगी, यह कोरी बकवास है। अगर ऐसा है तो ब्रिटेन की संसद भारत स्वतंत्रता अधिनियम को भूतकालीन प्रभाव सहित भंग कर दे, जैसा कि ऐसा करने में वह कानूनी सामर्थ्य रखती है तो क्या उसका परिणाम भारत फिर से उसका उपनिवेश बन जाएगा।

जानकारों का कहना है कि इस अस्थायी अनुच्छेद का दुष्परिणाम यह भी है कि 1947 में बंटवारे के बाद जम्मू-कश्मीर में पश्चिमी पाकिस्तान से आए हजारों हिन्दू शरणार्थी (अब करीब दो लाख) अब भी यहां नागरिकता से महरूम हैं, जबकि तत्कालीन प्रधानमंत्री शेख मोहम्मद अब्दुल्ला ने ही खाली पड़ी सीमाओं की रक्षा के लिए उनको यहां सरहदी इलाकों में बसाया था। इनमें अधिकतर दलित व पिछड़ी जाति के हैं। इनके बच्चों को न छात्रवृत्ति मिलती है और न ही इन्हें व्यावसायिक पाठ्यक्रमों में प्रवेश का अधिकार है। सरकारी नौकरी, सम्पत्ति क्रय-विक्रय तथा स्थानीय निकाय व विधानसभा चुनाव में मतदान का भी अधिकार नहीं है। 63 वर्षों के बाद आज भी ये अपने देश में गुलामों का जीवन जी रहे हैं।

शेष भारत से आकर यहां रहने वाले व कार्य करने वाले प्रशासनिक, पुलिस सेवा के अधिकारी भी यहां नागरिकता के मूल अधिकारों से वंचित हैं। सेवानिवृत्ति के बाद वे यहां एक मकान भी बनाकर नहीं रह सकते। 1956 में सूबे के तत्कालीन प्रध ानमंत्री बख्शी गुलाम मोहम्मद ने जम्मू में सफाई व्यवस्था में सहयोग करने के लिए पड़ोसी सूबे पंजाब के अमृतसर से 70 वाल्मीकि परिवारों को आमंत्रित किया था। 54 वर्ष की लम्बी अवधि के बाद भी उन्हें राज्य के अन्य नागरिकों की भांति अधि कार नहीं मिले। उनके बच्चे भले ही पढ़-लिखकर किसी भी लायक हों, मगर वे जम्मू-कश्मीर संविधान के मुताबिक केवल सफाईकर्मी की नौकरी के ही पात्र हैं।

मंडल आयोग की रिपोर्ट लागू न होने के कारण यहां अन्य पिछड़ी जातियों को आरक्षण नहीं मिला। शासन के विकेंद्रीकरण के 73 एवं 74वें संविधान संशोधन को अब तक लागू नहीं किया गया। विगत् 67 वर्षों में केवल 4 बार पंचायत के चुनाव हुए। सारे देश मे लोकसभा क्षेत्रों का सन् 2002 में पुनर्गठन हुआ, परंतु यहां ऐसा नहीं हो पाया। यहां विधानसभा का कार्यकाल 7 साल है, जबकि शेष पूरे देश में 5 साल है। भारत के राष्ट्रपति में निहित अनेक आपातकालीन अधिकार यहां लागू नहीं होते वगैरहा-वगैरहा।

पाकिस्तान के कब्जे वाले आजाद जम्मू-कश्मीर के प्रेसीडेंट

1. सरदार मोहम्मद इब्राहिम खान - 24 अक्टूबर, 1948 से 12 मई, 1950 तक, ऑल जे. ऐंड के. मुस्लिम कांफ्रेंस।

2. कैप्टन सैयद अली अहमद शाह - 30 मई, 1950 से 2 दिसम्बर, 1951 तक सैन्य।

3. मीरवाइज मोहम्मद यूसुफ शाह - 2 दिसम्बर, 1951 से 18 मई, 1952 तक, ऑल जे. ऐंड के. मुस्लिम कांफ्रेंस।

4. राजा मोहम्मद हैदर खान (अंतरिम)- 18 मई, 1952 से 21 जून 1952 तक, ऑल जे. ऐंड के. मुस्लिम कांफ्रेंस।

5. कर्नल शेर अहमद खान - 21 जून, 1952 से 3 मई, 1956 तक, सैन्य

6. मीरवाइज मोहम्मद यूसुफ शाह - 30 मई, 1956 से 8 सितम्बर, 1956 तक, ऑल जे. ऐंड के. मुस्लिम कांफ्रेंस।

7. सरदार मोहम्मद अब्दुल य्यूम खान - 8 सितम्बर, 1956 से 13 अप्रैल, 1957 तक, ऑल जे. ऐंड के. मुस्लिम कांफ्रेंस।

8. सरदार मोहम्मद इब्राहिम खान - 13 अप्रैल, 1957 से 30 अप्रैल, 1959 तक, ऑल जेख ऐंड के. मुस्लिम कांफ्रेंस

9. खुर्शीद हसन खुर्शीद – 1 मई, 1959 से 7 अगस्त, 1964 तक, ऑल जे. ऐंड के. मुस्लिम कांफ्रेंस।

10.अब्दुल हमीद खान – 7 अगस्त, 1964 से 7 अक्टूबर, 1969 तक, ऑल जे. ऐंड के. मुस्लिम कांफ्रेंस।

11.ब्रिगेडियर अब्दुल रहमान खान – 7 अक्टूबर, 1969 से 30 अक्टूबर, 1969 तक, सैन्य।

12.सरदार मोहम्मद अब्दुल कय्यूम खान – 30 अक्टूबर, 1970 से 16 अप्रैल, 1975 तक, ऑल जे. ऐंड के. मुस्लिम कांफ्रेंस।

13.सरदार मंजर मसंद (अंतरिक) – 16 अप्रैल, 1975 से 5 जून, 1975 तक, ऑल जे, ऐंड के. मुस्लिम कांफ्रेंस।

14.सरदार मोहम्मद इब्राहिम खान – 5 जून, 1975 से 3 अक्टूबर, 1978 तक, आजाद मुस्लिम कांफ्रेंस।

15.ब्रिगेडियर मोहम्मद हयात खान – 30 अक्टूबर, 1978 से 1 फरवरी, 1983 तक, सैन्य।

16.मेजर जनरल अब्दुल रहमान खान – 1 फरवरी, 1983 से 1 अक्टूबर, 1983 तक, सैन्य।

17.सरदार मोहम्मद अब्दुल कय्यूम खान – 1 अव्टूबर, 1985 से 20 जुलाई, 1991 तक, पाकिस्तान पीपुल्स पार्टी।

18.साहेबजादा इशाक जफर (अंतरिम) – 20 जुलाई, 1991 से 29 जुलाई, 1991 तक, पाकिस्तान पीपुल्स पार्टी।

19.अब्दुल रशीद अब्बासी (अंतरिम) – 29 जुलाई, 1991 से 12 अगस्त, 1991 तक, पाकिस्तान पीपुल्स पार्टी।

20.सरदार सिंकदर हयात खान – 12 अगस्त, 1991 से 12 मई, 1996 तक, ऑल जे. ऐंड के. मुसिलम कांफ्रेंस।

21.अब्दुल रशीद अब्बासी (अंतरिम)	-	12 मई, 1996 से 25 अगस्त, 1996 तक, आल जे. ऐंड के. मुस्लिम कांफ्रेंस।
22.सरदार मोहम्मद इब्राहिम खान	-	25 अगस्त, 1996 से 25 अगस्त, 2001 तक, जम्मू-कश्मीर पीपुल्स पार्टी।
23.सरदार मोहम्मद अनवर खान	-	25 अगस्त, 2001 से 25 अगस्त, 2006 ऑल जे. ऐंड के. मुस्लिम कांफ्रेंस।
24.राजा मोहम्मद जुलकामन खान	-	25 अगस्त, 2006 से 25 अगस्त, 2011 तक, ऑल जे. ऐंड के. मुस्लिम कांफ्रेंस।
25.सरदार मोहम्मद याकूब खान	-	25 अगस्त, 2011 से आज तक, पाकिस्तान पीपुल्स पार्टी।

प्रिंसली स्टेट जम्मू-कश्मीर में वजीरे-आजम प्रधानमंत्री से लेकर मुख्यमंत्री का क्रम

वजीरे-आजम

दीवान बहादुर सर एन. गोपाल स्वामी अय्यर	1936 से जुलाई, 1943 तक।
	जुलाई, 1943 से फरवरी, 1944 तक।
कैलाश नारायण हक्सर	फरवरी, 1944 से 28 जून, 1945 तक।
सर वेनेगल नरसिंह राव	28 जून, 1945 से 11 अगस्त, 1947 तक।
रामचंद्र काक-प्रधानमंत्री	11 अगस्त, 1947 से 15 अक्टूबर,
जनरल जनक सिंह कटोच	1947 तक।

प्रधानमंत्री

मेहरचंद महाजन	15 अक्टूबर, 1947 से 5 मार्च, 1948 भारतीय राष्ट्रीय कांग्रेस।
शेख मोहम्मद अब्दुल्ला	5 मार्च, 1948 से 9 अगस्त, 1953 तक, नेशनल कांफ्रेंस।
बख्शी गुलाम मोहम्मद	9 अगस्त, 1953 से 12 अक्टूबर, 1963 तक, नेशनल कांफ्रेंस।
ख्वाजा शम्सुद्दीन	12 अक्टूबर, 1963 से 29 फरवरी, 1964 तक, नेशनल कांफ्रेंस।
गुलाम मोहम्मद सादिक	29 फरवरी, 1964 से 30 मार्च, 1965 तक, नेशनल कांफ्रेंस।

1965 में सूबे के संविधान में संशोधन हुआ, फिर प्रधानमंत्री अथवा वजीरे-आजम के स्थान पर मुख्यमंत्री का पद बनाया गया।

मुख्यमंत्री

जी.एम. सादिक	30 मार्च, 1965 से 12 दिसम्बर, 1971 तक, भारतीय राष्ट्रीय कांग्रेस।
सैयद मीर कासिम	12 दिसम्बर, 1971 से 25 फरवरी, 1975 तक, भारतीय राष्ट्रीय कांग्रेस।
शेख मोहम्मद अब्दुल्ला	25 फरवरी, 1975 से 26 मार्च, 1977 तक, नेशनल कांफ्रेंस।
राष्ट्रपति शासन	26 मार्च, 1977 से 9 जुलाई, 1977 तक।
शेख मोहम्मद अब्दुल्ला	9 जुलाई, 1977 से 8 सितम्बर, 1982 तक, नेशनल कांफ्रेंस।
डॉ. फारूक अब्दुल्ला	8 सितम्बर, 1982 से 2 जुलाई, 1984 तक, नेशनल कांफ्रेंस।
जी.एम. शाह	2 जुलाई, 1984 से 6 मार्च, 1986 तक, आवामी नेशनल कांफ्रेंस।
राष्ट्रपति शासन	6 मार्च, 1986 से 7 नवम्बर, 1986 तक।
डॉ. फारूक अब्दुल्ला	7 नवम्बर, 1986 से 19 जनवरी, 1990 तक, नेशनल कांफ्रेंस।
राष्ट्रपति शासन	19 जनवरी, 1990 से 9 अक्टूबर, 1996 तक।
डॉ. फारूक अब्दुल्ला	9 अक्टूबर, 1996 से 18 अक्टूबर, 2002 तक, नेशनल कांफ्रेंस
राष्ट्रपति शासन	18 अक्टूबर, 2002 से 2 नवम्बर, 2002 तक।
मुफ्ती मोहम्मद सईद	2 नवम्बर, 2002 से 2 नवम्बर, 2005 तक, पीडीपी।
गुलाम नबी आजाद	2 नवम्बर, 2005 से 11 जुलाई, 2008 तक, भारतीय राष्ट्रीय कांग्रेस
राष्ट्रपति शासन	11 जुलाई, 2008 से 5 जनवरी, 2009 तक।
उमर अब्दुल्ला	5 जनवरी, 2009 से अभी तक, नेशनल कांफ्रेंस।

मुझ पर रहम करो

"बस... बस... बहुत हो गया, मेरे रूप और स्वरूप का बुरा हाल। मुझे आप लोगों ने खूब बेचा। सियासी दांव-पेंच में फंसाया और बदहाली के कगार पर पहुंचाया। मेरी आबरू पर भी जमकर हमले किए। मैं कई सालों से बेवा की तरह जीती रही, मगर अब मुझ पर रहम करो, मुझे सजने-संवरने दो।" यह पीड़दायक आवाज उस बेबस कश्मीर की है, जो पिछले 67 वर्ष से पाकिस्तानी चालों का शिकार बनता रहा। अब आकर उसे थोड़ा सुकून मिलता दिखाई दे रहा है। चूंकि उसे अमन की उम्मीद दिखाई देने लगी है, पर सावधानी जरूरी है, क्योंकि सीमापार से निर्देश लेते आ रहे अपने ही चंद कश्मीरी अभी भी खामोश नहीं बैठे हैं।

दुनिया की जन्नत कहे जाने वाला कश्मीर अपनी बर्बर तबाही के बाद एक नई उम्मीद के साथ करवट लेने लगा है। कई दशक से जारी आतंकवाद के कारण उसका आकर्षण बेहद फीका पड़ गया था, जो अब दोबारा दमकने लगा है। अब उसे देखने के लिए पर्यटक भारी संख्या में घाटी पहुंच रहे हैं। देश के अन्य हिस्सों तथा दुनिया भर से आ रहे पर्यटक उसे (कश्मीर को) फिर से खड़ा करने की

कोशिश में लगे हैं। बॉलीवुड भी अब पीछे नहीं है, वह भी शूटिंग के लिए विदेश में जाने के बजाय कश्मीर आने के लिए तैयार है।

पाश्चात्य संस्कृति और बहुराष्ट्रीय कंपनियों जैसा रंग-रूप अब यहां खुले शॉपिंग मॉल में साफ झलकता है। कश्मीर को फिर से सजाया-संवारा जा रहा है। मैं कश्मीर में उस दौरान यानी सन् 90 के दशक से सन् 2000 के पूर्वार्द्ध में जाता रहा, जब वहां चिनार कहीं बारूद की गंध में दब गया था। पूरा श्रीनगर शहर खासकर, थोड़ी-थोड़ी दूरी पर बने बंकरों और आजादी के नारों के साथ मुठभेड़ से गूंज उठता था। चंद अलगाववादियों और अपने ही गुमराह लड़कों को जो एके-47 के साथ खेलते हुए आतंकवाद को बढ़ावा दे रहे थे। इनमें मारे जाने वाले भी ज्यादातर अपने ही लोग थे।

जब मैं 2013 साल के जाते वक्त श्रीनगर पहुंचा तो अचंभित तो हुआ, लेकिन बेहद सुकून भी मिला। यह देखकर कि अब यहां के हालात और तस्वीर बदल रही है। श्रीनगर में बना सांगरमल शॉपिग कॉम्पलैक्स कश्मीर की बदहाली पर मरहम लगाने जैसा लगा। भव्य मॉल देखकर एक बारगी यकीन नहीं हुआ कि मैं श्रीनगर में ही हूं। यह शॉपिंग मॉल किसी सांस्कृतिक धरोहर का नूमना लगता है। इसमें बने 62 शोरूम, दस से ज्यादा दफ्तर और सैकड़ों गाड़ियों के लिए पार्किंग की व्यवस्था के अलावा इसमें लगे 5 संगीतमय रंगीन फव्वारे इसकी खूबसूरती में चार चांद लगा रहे हैं। वैसे इसी शॉपिग मॉल में और भी बहुत कुछ है। आप हैरान होंगे कि यहां की दुकान की कीमतें दिल्ली से ज्यादा नहीं तो कम भी नहीं हैं। यहां डेढ़ करोड़ रुपये कीमत तक की दुकान हैं। इससे साफ लगता है कि अब कश्मीर तरक्की की ओर बढ़ना चाह रहा है। यही वजह है कि अब यहां सम्पत्तियों के भाव लगातार बढ़ने लगे हैं। बैंक भी अब दिल खोलकर कर्ज देने लगे हैं। चूंकि पर्यटकों की आमद तेजी से बढ़ रही है। यह बात राज्य का पर्यटन विभाग भी मानता है। विदेशों मे रह रहे समृद्ध कश्मीरी भी घाटी को संवारने में लगे हैं। यहां बड़े-बड़े भव्य आवासीय प्रोजेक्ट बन रहे हैं। श्रीनगर एयरपोर्ट के पास जो आवासीय कॉलोनी बन रही है, वह काबिले तारीफ है। जानकारों का कहना है कश्मीर की यह खूबसूरत नई तस्वीर सीमा पार बैठे आतंकवादी सरगनाओं के गले नहीं उतर रही है। वे बर्दाश्त नहीं कर पा रहे हैं कि जिस कश्मीर को उन्होंने दोजख में ला दिया, अब वह फिर से जन्नत का रूप-स्वरूप कैसे ले रहा है।

कश्मीर में आए इस बदलाव के चलते राष्ट्रीय बैकों के अलावा कई और निजी बैंक भी यहां अपनी शाखाएं खोल रहे हैं। विदेश के भी निजी बैंक यहां कारोबार के लिए प्रेरित हो रहे हैं।

उम्मीद की जानी चाहिए कि इस प्रगति के पहिए के चलते रहने से बेरोजगार नौजवान अपने काम-धंधे अथवा नौकरी की ओर ज्यादा आकर्षित होंगे, न कि किसी स्वार्थी नेता अथवा अलगाववादी नेता के बरगलाने में आएंगे। कश्मीर एक बार फिर दुनिया में अपना नाम कमाएगा।

पाकिस्तानी पत्रकारों का कश्मीर पर नजरिया

सन् 2004 का अक्टूबर माह... जाड़े की शुरुआत... पाकिस्तान के पत्रकारों का एक दल घाटी में... कोई 57 बरस बाद! पहली बार जम्मू-कश्मीर के दौरे पर आए पाकिस्तानी पत्रकार दल को कश्मीर विश्वविद्यालय में उस वक्त अजीब स्थिति का सामना करना पड़ा, जब कुछ अलगावपसंद छात्रों ने इस दल की निष्ठा पर सवाल खड़े कर दिए। आजादी के नारे लगाने वाले इन छात्रों ने पाक-पत्रकारों को काफी खरी-खोटी सुनाई और कह दिया कि उनकी भारत सरकार से सांठ-गांठ है। इन अलगावपसंद छात्रों की खिलाफत के कारण सर्दी में भी माहौल काफी गरम हो गया था।

अलगावपसंद छात्रों के इन आरोपों को सुनने के बाद पाक-पत्रकारों ने छात्र नेताओं से दो टूक कहा कि पहले वे अपने हुर्रियत नेताओं से जाकर पूछें कि वे भारतीय पासपोर्ट पर दुनिया-भर में कैसे घूमते-फिरते हैं?

दरअसल, इन छात्रों की भीड़ ने पाक-पत्रकारों पर आरोप लगाया था कि आप भारतीय वीजा पर यहां (जम्मू-कश्मीर) आए हैं। इसका मतलब आपने मान लिया है कि जम्मू-कश्मीर भारत का ही हिस्सा है। उत्तेजित छात्रों, जिनमें कई बड़ी उम्र के भी थे, ने उत्तेजित नारेबाजी करते हुए यह कहा कि कश्मीरी न तो भारत के साथ रहना चाहते हैं और न ही पाक के साथ जाना चाहते हैं। वे केवल आजादी चाहते हैं। यह भी पुरजोर अंदाज में कहा कि ये लोग यहां तफरीहबाजी करने आए हैं। ये गद्दार हैं, यहां से इन्हें भगाओ।

इस पर पाकिस्तानी पत्रकारों ने बड़ी साफगोई से कहा कि कश्मीरी यह न समझें कि हम उन्हें आजादी दिलाने आए हैं। हम तो यहां केवल जमीनी-हकीकत जानने आए हैं। साउथ एशियन फ्री जर्नलिस्ट एसोसिएशन (सैफमा) के नेता एवं 'द न्यूज', पाकिस्तान के वरिष्ठ पत्रकार इम्तियाज आलम के नेतृत्व में आए इन पत्रकारों ने कहा, 'वे यहां की सच्चाई को पाकिस्तान लौटकर अपने-अपने अखबारों व

टेलीविजन चैनलों पर बयां करेंगे।' घाटी में पत्रकारों के इस दल से कई संगठनों व राजनैतिक दलों ने भी बातचीत की थी।

कश्मीर रवाना होने से पहले इन पत्रकारों का जम्मू में शानदार स्वागत किया गया था। बाकायदा इनके सम्मान में लजीज भोज से लेकर संगीत का कार्यक्रम भी रखा गया था। दुनिया के कई मुल्कों में अपने फन की धूम मचा चुके डोगरी के मशहूर लोकगायक गुलाम मोहम्मद के गीत पर सभी मेहमान पत्रकार झूम उठे थे। जम्मू में हुई मेहमाननवाजी से अभिभूत पाक पत्रकार दल के प्रधान इम्तियाज आलम ने कहा, 'यहां पहुंचने के लिए हमें 57 साल इंतजार करना पड़ा।' इसी दल में शामिल एक

महिला पत्रकार रेहाना हकीम ने कहा, 'उनका एक बड़ा सपना साकार हुआ है...।' कमोबेश यही अहसास अथवा लफ्ज़ हर पत्रकार के थे, जो इस दल में था।

दरअसल, सैफमा के जरिए भारतीय और पाकिस्तानी अध्याय के साझा प्रयास का सुफल था कि पाकिस्तानी पत्रकारों का यह पहला दल जम्मू-कश्मीर यात्रा पर आ सका। करीब सप्ताह भर की इस यात्रा में इम्तियाज आलम के अलावा तारिक नक्श, नासिर बेग चुगतई, जावेद नदीम, रोशन मुगल, मुजाहिद बरेलवी, अफजल

खान, खालिद आर. चौधरी, तलत हुसैन, रेहाना हकीम, आमिर अहमद खान, अरूसा आलम, एम. जावेद, नुसरत जावेद, नदीम शाह, रजा मोहम्मद आलम तथा प्रमुख मानवाधिकार कार्यकर्ता अस्मां जहांगीर की बेटी मुनिजा जहांगीर शामिल थे। इस दल में पाक के कब्जे वाले आजाद जम्मू-कश्मीर के पत्रकार भी थे। लाहौर के रास्ते सड़क मार्ग से यह दल 3 अक्टूबर, 2004 को रात करीब साढ़े दस बजे जम्मू पहुंचा था। जहां भारतीय चैप्टर के नेता के.के. कात्याल, विनोद शर्मा के अलावा प्रेस क्लब आफ इंडिया वुलफ्रेण्ट तथा जम्मू-कश्मीर के समर्थक प्रमोद जामवाल ने इनका गर्मजोशी से स्वागत किया था।

जम्मू में उपमुख्यमंत्री पं. मंगत राम शर्मा तथा श्रीनगर में मुख्यमंत्री मुफ्ती मोहम्मद सईद ने उनके सम्मान में भोज दिया था। इम्तियाज आलम ने जोर देकर कहा कि बहुत गलतफहमियां व झूठा प्रचार इसलिए भी होता चला आ रहा है कि दोनों मुल्कों के आवाम की मेल-मुलाकातें जरूरी हैं। श्रीनगर-मुजफ्फराबाद, जम्मू-सियालकोट तथा अमृतसर-लाहौर के बीच विशेष बस सेवाएं तुरंत शुरू होनी चाहिए। ये बस सेवाएं आरंभ होने पर वर्षों की नफरत और पाकिस्तान बल्कि समूचे दक्षिण एशिया के पत्रकारों को एक-दूसरे के यहां कहीं भी जाने की छूट होनी चाहिए। सैफमा की प्राथमिकता के तौर पर सभी मुल्कों से यही मांग है।

इस दल को श्रीनगर में तो अलगावपसंद युवाओं के तीखे विरोध का सामना करना पड़ा था, वहीं उससे पहले पाकिस्तानी पत्रकार जब विस्थापित कश्मीरी पंडितों के कैम्प मुट्ठी पहुंचे थे, उनका वहां स्वागत तो हुआ ही, साथ ही उन्हें नाराजगी का सामना भी करना पड़ा था। कड़ी सुरक्षा व्यवस्था में मुट्ठी कैम्प पहुंचे पाकिस्तानी पत्रकार विस्थापित कश्मीरी पंडितों की पीड़ा सुनकर विचलित हो गए थे। एक विस्थापित कश्मीरी पंडित ने पूछा, 'बताइए पवित्र कुरान में कहां लिखा है कि मानव और मानवता का खून करो, लेकिन कश्मीर और अन्य हिस्सों में जेहाद के नाम पर इंसान व इंसानियत का कत्ल जारी है। आपकी कलम ऐसे गुनहगारों और उन्हें शह देने वालों के खिलाफ क्यों नहीं चलती?

यह भारत ही है, जहां बाबरी मस्जिद गिराए जाने तथा गुजरात दंगों पर मीडिया खुलकर लिखता है। यदि पाक मीडिया भारत की भांति निर्भीक व निष्पक्ष होता तो विस्थापित कश्मीरी पंडितों की पीड़ा पर जरूर लिखता...।'

पाक पत्रकारों के दल से जब यह पूछा गया कि पाक के कब्जे वाले आजाद जम्मू-कश्मीर और जम्मू-कश्मीर में आप क्या फर्क पाते हैं, तो कोई भी सदस्य सीध जवाब देने को तैयार नहीं हुआ था। कुछेक ने कहा भी तो घुमा-फिराकर या फिर मेरे एक सवाल के जवाब में कुछ ने कहा कि अपने परंपरागत मूल्यों को लेकर उन्हें वर्षों से संघर्ष करना पड़ रहा है। पाकिस्तान में नौ जगह से प्रकाशित 'डेली खबरें' के संपादक खालिद आर. चौधरी का कहना था कि दोनों मुल्कों को अपना अड़ियल रवैया छोड़ देना चाहिए। उन्होंने माना कि आजाद जम्मू-कश्मीर से यहां की स्थिति बेहतर दिखाई दे रही है। शिक्षा के क्षेत्र में तो जम्मू-कश्मीर काफी आगे है। खालिद आर. चौधरी ने बताया कि वे पत्रकारिता के उसूलों की खातिर आठ साल पाक जेलों में काट चुके हैं और इससे ज्यादा वे कुछ नहीं कह सकते।

'द न्यूज' अंग्रेजी अखबार के प्रमुख वरिष्ठ पत्रकार नुसरत जावेद ने भी इस सवाल का सीधा जवाब नहीं दिया था। यहां की प्रगति व विकास से प्रभावित हो, उन्होंने कहा, 'यहां तो घूमने वाले कई रेस्तरां होंगे, जबकि पाकिस्तान में ऐसा अकेला रेस्तरां केवल कराची में है।' यह बात उन्होंने स्थानीय (जम्मू के) होटल के सी रेजिडेंसी के रिवॉल्विंग रेस्तरां को देखने के बाद कही। उन्होंने यह भी कहा कि उन्हें यहां आना बेहद अच्छा लगा, पर अभी खिड़कियां खुली हैं, दरवाजे खुलने बाकी हैं...।

'जियो टीवी' न्यूज चैनल के वरिष्ठ कार्यकारी निर्माता नासिर बेग चुगतई ने कहा कि जम्मू-कश्मीर के बारे में जैसा प्रचार किया जाता है, वह सरासर गलत है, पर कश्मीर मसले के हल के बिना शायद बात बनने वाली नहीं है। आजाद जम्मू-कश्मीर और जम्मू-कश्मीर के बारे में नासिर दबी जुबान में कहते हैं, 'वहां

की सरकार पाक हुकूमत के कब्जे में है, जबकि यहां निर्वाचित सरकार है...।'

महिला पत्रकार मरियाना बाबर ने कहा, 'जैसा हम यहां के बारे में अपने मुल्क में सुनते थे, वैसा कुछ भी नहीं पाया, बल्कि यहां की मेहमाननवाजी ने हमें चकरा दिया है। हम यह समझ सकते हैं कि घाटी से हिंदुओं को किन हालात में अपना घर-बार छोड़ने को मजबूर होना पड़ा था।' अंग्रेजी पत्रिका 'न्यूज लाइव' की संपादक रेहाना हकीम काफी भावुक दिखीं। उन्होंने कहा, 'बिना जमीनी हकीकत जाने भी खबरें छपती हैं, ऐसा नहीं होना चाहिए।'

'डान' अखबार के पत्रकार तारिक नक्श ने कहा, 'जैसा सुना था, उससे भी ज्यादा खूबसूरत है जम्मू-कश्मीर, मगर विकास आजाद जम्मू-कश्मीर में भी काफी हुआ है। महाराजा के समय मुजफ्फराबाद काफी पिछड़ा इलाका था। अब वह विकसित है और नब्बे फीसदी इलाकों में बिजली है।' यही उद्गार पत्रकार रजा मोहम्मद असगर ने व्यक्त किए। वहीं पाकिस्तान की प्रमुख मानवाधिकार कार्यकर्ता अस्मां जहांगीर की बेटी एवं 'जियो टीवी' की पत्रकार मुनिजा जहांगीर का कहना था कि दोनों मुल्कों के आवाम की प्राथमिक जरूरत रोटी, कपड़ा और मकान है, न कि कश्मीर।

पाक पत्रकार दल के वापस लौटने के बाद भारत से भी सैफमा के बैनर तले एक पत्रकार दल पाकिस्तान, उसके कब्जे वाले आजाद जम्मू-कश्मीर तथा नार्दर्न एरिया के गिलगित भी गया था। काबिलेगौर है कि उस दौरान पाकिस्तान में राष्ट्रपति जनरल परवेज मुशर्रफ की हुकूमत थी। उन्होंने भी दोनों मुल्कों के पत्रकारों की इस कोशिश की जमकर तारीफ की थी। मुझे आज भी बरसों बाद वह यात्रा एक सुखद अनुभूति की भांति याद है कि किस प्रकार पंजाब (पाक) के गवर्नर हाउस में राष्ट्रपति जनरल परवेज मुशर्रफ से बढ़िया मुलाकात व बातचीत हुई थी। दोपहर के दिए गए भोज पर उनसे बेबाक ढेरों अनौपचारिक बातें हुई थीं। गिलगित (नार्दर्न एरिया) का हम लोगों के पासपोर्ट पर वीजा न होने के बावजूद जनरल परवेज मुशर्रफ ने हमें वहां भेजा था। वहां हमने गिलगित, बाल्टिस्तान व सकर्दू के लोगों से खुलकर बातचीत की थी। इस यात्रा का जमीनी जिक्र मैंने अपनी पूर्व प्रकाशित किताब 'पाकिस्तान की हकीकत से रू-ब-रू' में किया है।

सरहद के शिकार

('अल्लाह हू अकबर' के साथ शुरू हुई फज़र की अजान के खत्म होते ही एक करीब 35 साल का नौजवान की आवाज गूंजी–

"लुक छुप जाओ तारेओ, पा देयो अन्हेर वे।
हुन असां नहीं देखनी, होने वाली सवेर वे॥

यानी कि हे तारो! जाकर कहीं छिप जाओ और अंधेरा कर दो। अब हमने नहीं देखना है होने वाला सवेरा।

इन बोलो को गुनगुनाने वाले नौजवान को मालूम था कि चंद घड़ी के बाद उसे फांसी दे दी जाएगी। सुबह के पांच बजे से ऊपर का वक्त हो चुला था। जिस समय वह ये पंक्तियां गा रहा था, तब वह नहा-धोकर तैयार हो चुका था और उसे जेल के ब्लाक नम्बर 4 के पीछे बने फांसी के फंदे के करीब ले जाया जा रहा था। उसके दोनों हाथ रस्सियों से पीछे की ओर बंधे थे। वह उस वक्त बेबस जरूर था मगर उसके चेहरे पर किसी प्रकार की शिकन नहीं थी। .... और फिर उसे सूली पर लटका दिया गया था।

यह बात फरवरी, सन् 1978 की है। जगह थी पाकिस्तान की स्यालकोट जिला जेल। इस नौजवान का नाम था मोहम्मद बूटा। राष्ट्रीयता-पाकिस्तान और उसका गुनाह था भारत के लिए जासूसी करना। स्यालकोट के एक सरहदी गांव का मोहम्मद बूटा, था तो पाकिस्तान की सेना में मगर उस पर आरोप था कि वह भारत के लिए काम करता है। उस वक्त इसी जेल में वंदी रहे एक भारतीय मूल के कैदी के मुताबिक मोहम्मद बूटा ने फांसी पर लटकने से पहले पुरजोर आवाज में यह भी कहा था, 'इंडिया वालों! अगर मेरी आवाज आप तक पहुंच रही है तो मेरा आखिरी सलाम इंडिया तक जरूर पहुंचा देना।'

आरोप के मुताबिक अपने मुल्क के साथ गद्दारी और भारत के लिए वफादारी अमूमन किसी भी शख्स की समझ से परे हो सकती है लेकिन मोहम्मद बूटा ने ऐसा क्यूं किया, इसका जवाब ढूंढना मुश्किल हो सकता है।

बात यहीं खत्म नहीं होती। दरअसल पाकिस्तान की जेलों की अनगिनत कहानियां हैं। ये अंतहीन कहानियां भारतीय कैदियों से ठीक उसी तरह जुड़ी हैं, जैसे कि कहा जाता है कि **'हरि अनंत हरि कथा अनंता'**। अविभाजित ब्रिटिश-इंडिया के दौरान सन् 1854 में पंजाब प्रिजन डिपार्टमेन्ट की स्थापना हुई थी। फिर, प्रिजन एक्ट 1894 में पास हुआ। अंग्रेज अकसर डा. सी हाथावे पहले इंस्पेक्टर जनरल प्रिजन, पंजाब प्रोविंस नियुक्त किए गए थे।

जासूरी एक मजबूरी है और जरूरत भी। दुनिया के सुपरपावर मुल्कों से लेकर अन्य देशों में भी जासूसी-कार्य को अंजाम दिया जाता है। एक- दूसरे के मुल्क की जासूसी आम आदमी से, उसे मानसिक तौर पर तैयार करके कराई जाती है। भारत और पाकिस्तान की बात करें तो दोनों मुल्कों के कई वाशिंदे जासूसी के आरोप में एक-दूसरे के यहां पकड़े जा चुके हैं यह जुदा बात है कि भारत की जेलों में किसी भी पाकिस्तानी जासूस के साथ क्रूर व्यवहार अथवा जुल्म नहीं होता जैसा कि पाकिस्तान की जेलों में भारत मूल के आरोपी जासूस को अमानवीयता और क्रूरता की तमाम हदें पार करके यातनाएं दी जाती हैं। लाहौर की कोटलखपत जेल, मुल्तान जेल हो या फिर स्यालकोट जिला जेल, यहां ऐसी कई कहानियां दफन हैं।

मोहम्मद बूटा तो पाकिस्तान मूल का ही शख्स था जिसे जासूसी के आरोप में बरसों कैद रखने के बाद जिला स्यालकोट जेल में सूली पर लटका दिया गया था। भारत के पंजाब के सरवजीत सिंह का मामाला हो या फिर अखनूर-जम्मू के चमेलसिंह का, इन दोनों को कितनी बेदर्दी से मारा गया। इसकी मिसाल दुनियाभर में बहुत कम मिलेगी। हैरत इस बात की भी होती है जिस पाकिस्तान में विख्यात मानवाधिकार नेत्री आसमां जहांगीर तथा मानवाधिकार प्रमुख कार्यकर्ता अंसार वर्नी साहब जैसे बड़े नाम हों फिर भी, इंसानियत को शर्मसार कर देने वाली ऐसी घटनाएं घट जाती हैं।

गांव विक्खीसिंह पंजाब के सरवजीत सिंह को कोटलखपत जेल (लाहौर) में हमलावरों ने इतनी बुरी तरह मारा कि वह कोमा में चला गया था, बाद में 26 अप्रैल, 2013 को उसकी मौत हो गई थी। उसे पाकिस्तान की मिलेट्री इंटेलिजेंस बटालियन ने अगस्त, 1990 में कसूर इलाके में गिरफ्तार किया। उस पर लाहौर और फैसलाबाद में 30 अगस्त, 1990 को विस्फोटक रखने का आरोप लगा। विस्फोट में 10 लोग मारे गए और अनेक जख्मी हुए थे। पाकिस्तान की एक अदालत ने अक्टूबर, 1991 में उसे सजा-ए मौत सुना दी थी। फिर, लाहौर की कोटलखपत जेल में 26 अप्रैल, 2013 को कैदियों के जानलेवा हमले के बाद मौत हो गई थी। पाकिस्तान का आरोप था कि सरवजीत भारत की खुफिया एजेंसी का एक खतरनाक जासूस था। बम विस्फोट के बाद उसे जब पकड़ा गया तो उसके पास एक नकली पहचानपत्र मिला था और उसने

अपना अपराध भी कबूला था। जबकि उसका केस लड़ने वाले वकील का कहना है कि सरवजीत के खिलाफ बताया गया मामला झूठ का पुलिंदा था।

सरवजीत सिंह की हत्या से पहले उसी तरह जम्मू के अख्तर के चमेल सिंह को 15 जनवरी, 2013 को मौत दी गई थी। वह अखतर के परगवाल इलाके से सन् 2008 में अनजाने में सरहद पार कर गया था। जिसे पाक रेंजरों ने पकड़ लिया था। .... और फिर उसको कोलखपत जेल में उसे भी मौत के घाट उतार दिया गया था।

सरहद के शिकार लोगों की एक लम्बी फेहरिस्त हैं और फिर कोटलखपत जेल जिसे भारतीय कैदियों की कब्रगाह की संज्ञा दी जाती है, यहां अनगिनत कैदी अकाल मौत के निशाना बने। बरसों-बरस सजा काट कर जो बच आए, उनमें से ज्यादातर मानसिक तौर पर असंतुलित हो गए। इनमें एक शख्स हैं जम्मू के बख्शी नगर निवासी विनोद साहनी। विनोद साहनी को भी स्वदेश लौटने की उम्मीद बेहद कम थी। वह परमात्मा का शुक्र अदा करते हैं कि वह जिन्दा वापस आ गए।

बकौल विनोद साहनी यह 18 अगस्त, 1977 की बात है। टैक्सी चलाने वाले साहनी के मन में देश के लिए कुछ करने का जज़्बा पैदा हुआ। रात आधी बीत चुकी थी। सुचेतगढ़ अंतर्राष्ट्रीय सीमा पर जबरदस्त घुप्प अंधेरा पसरा हुआ था। हाथ को हाथ दिखाई नहीं दे रहा था। वह (साहनी) सरकंडों में से निकलते हुए जीरो लाइन पार कर गए। उस वक्त सरहद पार भी मानो कोई पहरेदारी नाम की कोई चीज दिखाई दी। विनोद साहनी के साथ एक गाइड था। जो उसे 'टास्क' के मद्देनजर पाकिस्तान ले गया। पहली सुबह हुई तो वह स्यालकोट में थे। फिर उसके बाद जेहलम (गुजरात), रावलपिंडी, इस्लामाबाद, फैसलाबाद, लाहौर, गुजरावालां, शैखूपुरा करीब एक सप्ताह पूरा होने पर वापस रात के वक्त स्यालकोट की दिशा से जैसे ही जीरो लाइन पहुंचा और सुचेतगढ़ के लिए आगे बढ़ा तो वहीं किस्मत धोखा दे गई और पाक रेजंटों ने पकड़ लिया था। यह 25 अगस्त, 1977 की बात है भारत में तब जनता पार्टी का शासन था।

विनोद साहनी को भी यातनाएं दिए जाने का सिलसिला लम्बा रहा। पाक-रेंजर ने उन्हें सेना के हवाले कर दिया था। पाकसेना के 'ज्वाइंट इंट्रोगेरा सेन्टर' (जेआईसी) नं. 702693 में 5 महीने 20 दिन तक लम्बी गहन पूछताछ चली। इस दौरान तब तक बुरी तरह मारा-पीटा जाता जब तक वह बेहोश न हो जाते और फिर होश आने पर फिर शुरू होता जुल्मोसितम का दौर। यह भी पूछा गया कि 'तेरे सोर्स कौन-कौन हैं....?

....और फिर, जिला स्यालकोट जेल में भेज दिया गया। वहां स्यालकोट की एक अदालत में 8-9 महीने ट्रायल चला फिर गैरकानूनी सरहद पार करने के जुर्म में 6 महीने की सजा सुना दी गई। सजा के ऐलान के बाद मुल्तान जेल में भेजा

गया। जब वहां सजा पूरी काट ली तो रिहा करने की बजाय जेल में हिरासत में ले लिया गया था। बकौल विनोद साहनी मुल्तान जेल में राजस्थान के परमानंद जिसकी वहां मौत हो गई थी, को लेकर प्रोटेस्ट किया था। उससे पहले लुधियाना के सुरजीत सिंह, आरएस पुरा जम्मू के हंसराज उर्फ हंसू, पंजाब के डेरा बाबा नानक के वीरामस्सी की भी मौत रहस्यमय ढंग से हुई थी। मैंनें व अन्य कैदियों ने प्रोटेस्ट इसलिए किया था कि मृत भारतीय कैदियों को जेल प्रशासन सफाई कर्मचारियों की मार्फत एक रेहड़ी में डालकर किसी गटर व नाले में फिंकवा देता था। परमानंद की मौत से नाराज हम कई कैदी जिनकी संख्या काफी थी, काफी हंगामा मचाया था तब जेल प्रशासन ने मृत भारतीय कैदियों की बेकद्री न करने का वायदा किया था और तभी हमने अपना प्रोटेस्ट खत्म किया था। उस वक्त मेरे पांव में 8 किलोग्राम की बेड़ियां हर वक्त पड़ी रहती थीं। पाकिस्तानी मोहम्मद बूटा भी इसी जेल में बंद था। उसके बारे में भी विनोद साहनी ने बहुत कुछ बताया।

फिर मुझे 15 अगस्त, 1983 को साहिलपाल जेल में शिफ्ट कर दिया गया। यह जेल काला पानी के नाम से बदनाम है। यहां मुझे तन्हाई–सैल में रखा गया। जहां मेरे साथ कोई दूसरा नहीं सिर्फ मैं ही मैं था वहां। यहां अंग्रेजों के वक्त से एक 'शिकंजा' लगा हुआ है। इसके जरिए कैदी को यातनाएं देने के दौरान मौत साक्षात दिखाई देती है। इस जेल में 13 महीने रहने के दौरान मुझे 'शिकंजा' पर भी चढ़ाया गया था। मैं तब कैसे बचा, मुझे खुद मालूम नहीं। चूंकि शिकंजा पर चढ़ने वाला बामुश्किल ही जिंदा बच निकलता है। तब पाकिस्तान में जनरल जिया उल हक की हुकूमत थी। इसी जेल में जिया उल हक विरोधी जुल्फिकार-मुर्तुजा भुट्टो की राजनैतिक तंजीम के कई वर्कर यहां बंद कर दिए गए थे। फिर, फरवरी, 1988 को कोटलखपत जेल, लाहौर भेज दिया गया था मैं। तब मेरे साथ अमृतसर का दिलीप सिंह कंग, अमृतसर का महेंद्र सिंह, आरएस पुरा जम्मू का सूरम सिंह, फिरोजपुर का जगजीत सिंह सोढी भी थे। मार्च, 1988 को इस्लामाबाद स्थित भारतीय दूतावास के प्रथम सचिव डब्लू जे अमरानी जेल में आए और उन्होंने मेरे समेत कई भारतीय कैदियों से बातचीत की। आखिरकार 23 मार्च 1988 को रिहा करके बाघा के रास्ते हमें भारत भेज दिया गया। हम एक महिला समेत 109 भारतीय थे।

करीब 11 साल पाकिस्तान की अलग-अलग जेलों में गंभीर यातनाएं सहते हुए रिहा होकर अपने मुल्क व घर पहुंचे विनोद साहनी बताते हैं कि कोटलखपत जेल के दो रूप हैं। एक वह जो कि हकीकत है यानि जहां भारतीय कैदियों की हालत मौत से बदतर है। दूसरा रूप वह है जिसमें इसे एक सुसज्जित जेल के तौर पर देखा जा सके। जब कोई अंतरराष्ट्रीय मानवाधिकार संस्था अथवा संगठन इस जेल में

जायजा लेने आते हैं तो उन्हें जेल का खूबसूरत चेहरा दिखाया जाता है। साहनी का कहना है कि भारत के सन् 1971 के युद्धबंदियों को पाकिस्तान सेना द्वारा कई गुप्त तहखानों में छिपा कर रखा गया है। इनमें एक सरगोधा एयरबेस स्थित तहखाना भी था। कोटलखपत जेल के अलावा अन्य जेलों में भारतीय मूल के कैदी या फिर पाकिस्तान मूल के कैदी जो भारत की जासूसी के आरोप में बंदी हैं, उन्हें इलैक्ट्रिक शाक व उनके नाखून खींचने के अलावा अन्य तरीके से दहला देने वाली यातनाएं दी जाती हैं। उस दौरान जब मैं वहां बंद था बांग्लादेशी महिलाओं की हालत तो बेहद अफसोसजनक थी। मुल्तान जेल के महिला वार्ड में बंद बांग्लादेशी महिलाओं के यौन शोषण के कई किस्से सामने आए थे। यहां की जेलों की ऊंची पुख्ता दीवारें किसी भी चीख-पुकार को अपने आगोश में दबा लेती थीं। जेल अधिकारियों द्वारा औरतों के यौन शोषण के कारण कई औरतों ने जेल में ही बच्चों को जन्म दिया था। इन जेलों में बंद ईसाई कैदियों की और भी दुर्दशा थी, उनसे जिनसे हर तरह की सफाई का काम लिया जाता था। इस जेल की मुक्कमल खामोशी भी यहां होने वाले जुल्मों को बयां करती है। यहीं पर राजौरी (जम्मू) का मोहम्मद हुसैन बट्ट भी बंद था। उसके साथ भी ही हुआ था।

यहां की जेलों में मिलने वाले खाने को लेकर विनोद साहनी ने बताया कि एक बार उनके पके हुए भोजन में कीड़े पाए गए थे और फिर बीफ पड़ा मिला। काफी विरोध करने पर हमें कच्चा राशन मिलना शुरू हुआ था। एक दिन के लिए दो वक्त का खाना 233 ग्राम आटा, 56 ग्राम दाल, 10 ग्राम डालडा घी, 12 ग्राम गुड, डेढ़ ग्राम चायपत्ती, 350 ग्राम लकड़ी वगैरह मिलती थी। पाकिस्तान से स्वदेश लौटने के बाद आजकल वह पाक में बंद भारतीय कैदियों के लिए काम कर रहे हैं। उनकी मानें तो अभी भी पाक जेल में जासूसी के आरोप में 200 से 250 भारतीय बरसों से बंद हैं। जिनमें अधिकतर पागल हो चुके हैं।

कई कैदियों के घुटने व एड़ियां यातनाओं के कारण खराब हो चुकी थीं। गुप्तांगों में बिजली के करंट भी लगाए जाते थे। वह सरबजीत की मौत के बाद उसे शहीद की मिली मान्यता से संतुष्ट हैं लेकिन यह भी कहते हैं कि और भी सैकड़ों सरबजीत हैं, जिन्होंने पाकिस्तानी जेलों में बंद रहकर यातनाएं झेलीं। सरकार उनके बारे में क्यों नहीं सोचती है।

आरएस पुरा जम्मू के 60 साल के राजकुमार की कहानी भी रोंगटे खड़े कर देने वाली है। वह 1974 में सरहद पार पकड़े गए और फिर उसके बाद एक के बाद एक यातनाएं झेलते हुए एक जेल से दूसरी जेल 14 साल से ज्यादा वक्त गुजारने के बाद सन् 1988 में घर वापस पहुंच सके थे। उनकी मनोदशा भी चिंताजनक है।

सरहद पार के शिकार इन जासूसों की कहानियां किसी को भी बेहद भावुक कर देने वाली हैं। एक बात समझ आती है कि देश की गुप्तचर एजेसियां दो तरह के गुप्तचर रखती हैं– एक सामान्य जासूस और दूसरे हमला करने वाले जासूस। 'रा' के एक पूर्व अधिकारी वी. रमन ने अपनी सन् 2007 में आई 'द काऊबायज ऑफ रा' किताब में लिखा। इस छदम्-गतिविधि के माध्यम से 'रा' को पुनर्जीवित करने का श्रेय जोखिम उठाने वाले 'रा' के प्रमुख एनके वर्मा के कार्यकाल को दिया जाता है। किताब में उन्होंने लिखा कि 'श्री वर्मा ने 'रा' को पैने दांत दिए जो सन् 1977 से गायब थे और उसे दोबारा काटने के काबिल बना दिया।' जिस प्रकार आईएसआई भारत, यूके, अमरीका, चीन समेत अन्य मुल्कों में सक्रिय है उसी तरह भारत ने अपने रक्षार्थ काउंटर इंटेलिटीम एड्स को सन् 1960 में गठित किया था। मकसद भारत की सुरक्षा व इनके जरिए सूचनाएं एकत्र करके जवाब तैयार करना था।

पाकिस्तान की विभिन्न जेलों में बंद भारतीय कैदियों की दुर्दशा पर सांसद अविनाश खन्ना ने अगस्त, 2013 में कहा कि इन कैदियों में कृपाल सिंह, कुलदीप सिंह, धर्म सिंह, मोहम्मद फरीद, तिलकराज, मकबूल, अब्दुल मजीद, शम्भूनाथ, सुरजा राम, मोहेन्द्र सिंह तथा पतवा सी अपनी मौत के लिए फरियाद कर रहे हैं। वहीं 21 कैदी और हैं जिनमें महिलाएं भी कोटलखपत जेल में अत्यधिक यातनाओं के कारण पागल हो गई हैं। ये सभी वहां दुख दर्द भरा जीवन जी रहे हैं। जनवरी 2007 में भारत और पाकिस्तान का इंडिया-पाकिस्तान ज्यूडिशियल पैनल बना। जिसमें भारत से पूर्व न्यायाधीश ए एस गिल व पूर्व न्यायाधीश एम ए खान तथा पाकिस्तान के पूर्व न्यायाधीश अब्दुल कादिर चौधरी, नासिर असलम जैदी व मियां मोहम्मद अजमल सदस्य थे।

उन्होंने कराची, रावलपिंडी, अदिपाला समेत कई जेलों का जायजा लिया था। इसमें पाया कि 36 भारतीय कैदियों में अकेले 20 कोटलखपत जेल में थे, जिनकी मानसिक दशा एकदम बिगड़ चुकी थी। उन्हें यातनाएं मिलीं लेकिन बाद में इलाज मुहैया नहीं हुआ। दोनों मुल्कों ने कन्सूलेट एक्सेस एग्रीमेंट भी किया जिसके तहत हर साल फरवरी, मई, अगस्त व नवम्बर के पहले हफ्ते में जेलों का निरीक्षण किया जाएगा। हर कैदी को महीने में एक बार अपने परिजनों के साथ फोन करने की सुविधा होगी।

परंतु जैसे हालात इन जेलों के पता चलते रहते हैं उससे लगता है कि कैदियों को लेकर अभी बहुत कुछ किया जाना बाकी हैं। पाकिस्तान की अलग-अलग जेलों में भले सन् 1971 के युद्धबंदी हों या फिर सरबजीत जैसे शख्स उनमें जम्मू-कश्मीर खास कर जम्मू रीजन के लोगों की तादाद काफी है। जम्मू के बख्शी

नगर के विनोद साहनी मुल्तान जिला जेल का एक काफी पुराना किस्सा बताते हैं, जो उन्होंने वहां बंदी रहते हुए सुना था। सन् 1972 या 1973 की बात है तब उस जिला जेल में जहांगीर तिहाना सुपरिटेंडेंट थे। उसी दौरान सामान से लदी एक बैलगाड़ी जेल की डियौढ़ी से भीतर आई कि बैलगाड़ी के बैल की चिंघाड़ निकल गई। यह चिंघाड़ जब जेल सुपरिटेन्डेट के कानों तक पहुंची तो वह गुस्से में लाल-पीला हो गया। उसने फौरन अपने मातहात को आर्डर दिया कि उसे (बैल) को 15 कोड़े लगाए जाएं। जेलर के हुक्म का फौरन अनुपालन किया गया था। यानी की यह एक उस मानसिकता का इजहार है जो कई दशकों से यहां जेलों में बंद इंसानों से लेकर बेजुबान जानवरों के साथ होने वाले अमानवीय व क्रूर व्यवहार को बताती है। कठुआ के राम राज, जम्मू के स्वर्ण लाल खड़ोत्रा, कठुआ के ही के. एल. वाली भी उन जासूसों की कतार में हैं जो सरहद पार गए और वहां अपने 'टास्क' के दौरान पकड़े जाने पर घोर अमानवीय यातनाओं के शिकार हुए। आज ये वापस लौटने पर ज़िन्दा जरूर हैं मगर सहज नहीं हैं। यह अंतहीन जंग कब थमेगी किसी को मालूम नहीं।